U0918348

中国现当代文学研究

ZHONGGUO XIANDANGDAI WENXUE YANJIU

黄伟林　刘铁群　主编

中国社会科学出版社

图书在版编目(CIP)数据

中国现当代文学研究/黄伟林,刘铁群主编. —北京：中国社会科学出版社，2015. 10

ISBN 978 - 7 - 5161 - 6638 - 3

Ⅰ. ①中… Ⅱ. ①黄…②刘… Ⅲ. ①中国文学—现代文学—文学研究②中国文学—当代文学—文学研究 Ⅳ. ①I206. 6

中国版本图书馆 CIP 数据核字(2015)第 166998 号

出 版 人 赵剑英
选题策划 郭晓鸿
责任编辑 慈明亮
责任校对 董晓月
责任印制 戴 宽

出 版 中国社会科学出版社
社 址 北京鼓楼西大街甲 158 号
邮 编 100720
网 址 http://www. csspw. cn
发 行 部 010 - 84083685
门 市 部 010 - 84029450
经 销 新华书店及其他书店

印 装 北京君升印刷有限公司
版 次 2015 年 10 月第 1 版
印 次 2015 年 10 月第 1 次印刷

开 本 710 × 1000 1/16
印 张 22. 25
插 页 2
字 数 348 千字
定 价 80. 00 元

凡购买中国社会科学出版社图书，如有质量问题请与本社营销中心联系调换
电话：010 - 84083683

《叠彩文存》编辑委员会

目　录

中国现当代文学史研究

序 言

呈现在诸君面前的五卷本《叠彩文存》，是广西师范大学文学院在职教师历年来公开发表的、有代表性的学术论文的结集。之所以冠以“叠彩”二字，理由有二：一是20世纪五六十年代，广西师范大学文学院的前身广西师范学院中国语言文学系曾在横亘桂林市区的叠彩山下办学；二是文存所收录的文章，无论是内容还是形式、风格都各具特色，可谓异彩叠呈。

文学院是广西师范大学办学历史悠久、学术积累深厚、办学特色鲜明、社会影响显著的二级学院之一，其主体远可追至1932年10月创办的广西省立师范专科学校文学组（旋即改为文学科，陈望道为首任主任，近可溯及1953年8月以原广西大学文教学院和语文专修科为基础组建的广西师范学院中国语言文学系。1983年5月，广西师范学院中国语言文学系更名为广西师范大学中国语言文学系。2006年12月，在原有中国语言文学学科的雄厚基础上构筑了新的发展平台——广西师范大学文学院。

创办八十多年来，文学院老一辈知名学者陈望道（首任科主任）、夏征农、欧阳予倩、谭丕模、穆木天、沈西苓、吴世昌、逯钦立、冯振、林焕平、贺祥麟等笃信精勤，弘文励教，奠定了坚实的学科基础和学术特色。经过几代中文人薪火相传，锐意进取，传承创新，文学院在学科建设方面实现了跨越式发展：1979年，开始招收硕士研究生；1981年，获批为全国第一批硕士学位授权点；1995年，成为首批“国家文科基础学科（中国语言文学）人才培养和科学研究基地”，并在2001年的终期验收评估中被评为“优秀”等级；2005年，中国古代文学、文艺学被认定为广西高校重点学科；2006年，获批为中国古代文学博士学位授权点和全国第一批中国语言文学一级学科硕士学位授权点；2008—2009 年间，汉语言文学被确认为高等学校国家级特色专业和广西高校自治区级精品专业；2010 年，审美人类学研究中心、八桂文化与文学研究中心被认定为首批广西高校人文社会科学重点研究基地；2012 年，获批设立中国语言文学博士后科研流动站；2012—2014 年间，中国语言文学学科被认定为广西优势特色重点学科，桂学研究协同创新中心被认定为广西“2011 协同创新中心”培育建设单位，并先后获批设立第一、二、三批“广西特聘专家”岗位。

目前，文学院拥有一支高学历、高职称、年龄与学缘结构优化、敬业乐教、具有协同创新精神、可持续发展的师资队伍。有教职工 89 人，专任教师 75 人，教授 36 人（其中广西终身教授 1 人、二级教授 4 人），副教授 25 人，博士 45 人；博士生导师 11 人，硕士生导师 53 人。专任教师中，具有省部级及以上人才称号（国务院特贴专家、教育部跨世纪人才、广西特聘专家、广西优秀专家、广西“十百千”第二层次人选）者 4 人，广西高校自治区级教学名师 1 人，广西高校卓越学者 1 人，广西高校优秀人才资助计划人选 2 人，广西高校教学管理先进工作者 1 人。还建有高等学校国家级教学团队 1 个，广西高校自治区级教学团队 3 个，广西创新人才培养团队 2 个，“广西特聘专家”科研团队 3 个，“广西高校卓越学者”科研团队 1 个，广西人文社会科学发展中心特色团队 5 个。

文学院科学研究成果显著，学术影响力日益增强。近五年来，学院教师承担省部级及以上纵向科研课题 51 项，其中“桂学研究”为国家社科基金重大招标课题，国家社科基金各类其他课题 22 项，教育部人文社科课题 9 项；荣获中国高校人文社会科学研究优秀成果奖 1 项、全国少数民族文学创作“骏马奖”1 项、广西社会科学研究优秀成果奖 30 多项、广西文艺创作“铜鼓奖”4 项；在《文学评论》、《文学遗产》、《文艺研究》、《中国语文》、《方言》、《外国文学评论》、《民族文学研究》等重要刊物发表论文 50 多篇，在其他 CSSCI 期刊发表论文 500 多篇；在中华书局、商务印书馆、中国社会科学出版社、人民文学出版社、生活·读书·新知三联书店等国家级出版社出版学术专著 40 多部。

经过长期凝炼，文学院在中国古代文学与文献、中外文论与文学批评、现当代作家群与流派、汉语言学与广西语言、多民族文学与民俗文化等五个学术方向和研究领域，形成了“学理性与地方性研究相结合、语言文学与民族文化研究相促进”的学术传统和特色，尤其在中国中古文学研究、壮族文学史研究及桂学研究等领域处于国内领先水平。《叠彩文存》就是围绕上述五个学术方向和研究领域对文学院在职教师历年来特别是改革开放以来公开发表的、有代表性的论文进行收录的，每个学术方向和研究领域的文章结成1卷，共5卷，每卷版面规模25万字左右。收入文存的文章坚持高标准、严要求，精选精编，既忠实于原稿，又坚持与时俱进，力求全面体现文学院教师的学术成就和水平。文存在教师个人自选的基础上，由文存编委会和编辑工作小组统一组织编辑和审稿，送出版社审定出版。

为做好《叠彩文存》的编辑出版工作，文学院专门成立了以胡大雷教授为主编的编委会及编辑工作小组，并得到了全院教师的大力支持。学院教师多年来的不懈努力和艰辛探索而创造的丰厚理论成果，为文存的编辑出版奠定了坚实基础。尽管编委会及编辑工作小组秉承精益求精、宁缺毋滥的原则，严把编校质量关，力求使每一卷都成为精品，但百密总有一疏，在浩大的编辑工作中难免疏漏和差错，敬请诸君不吝赐教！

杨树喆

2014年1月20日于桂林三里店，7月17日修订

（作者系广西师范大学文学院院长）

中国现当代
文学作品研究

去除时代之蔽　执守人的恒常本质

——阿城《棋王》①的现代主义解读

黄伟林

现代主义相信人是具有某种理想本质的，这种理想本质与人的本我有关，是人的生命本真，是个人无意识的自然流露，是人的感性对人长期形成的理性的异化的突破与超越。②《受戒》中明海与小英子那种顺乎自然、水到渠成的生命存在就是汪曾祺心目中中国传统民间生活方式、中国社会江湖传统对那种以“子曰诗云”为代表的儒家理性的解构，是汪曾祺对人的自由本质以及对中国民间江湖的一种想象和向往，中国的民间江湖传统成了人的自由本质的载体。具体到《受戒》的故事，可以说是借“佛”事讲“道”理，即借佛教的故事讲道家的哲理。当然，在这里，道家的哲理还是很朦胧的，很隐蔽的，很冲淡的。到了阿城的《棋王》，道家的哲理就不再犹抱琵琶，终于水落石出，显山露水。

发表于1984年的《棋王》被认为是寻根小说的代表作。当时中国小说从伤痕到反思、从反思到改革，持续的是一条启蒙理性之路，也是一条现实主义深化之路。确切地说，是现实主义的理性深化之路。作为一部知青题材的作品，阿城是很容易陷于知青小说的窠臼的。无论你是认同还是批判知青运动，都进入了理性设计的天网。因为知青运动本身就是一个按照某种“现代理性”设计的社会运动，深刻地表现了现代理性对现代社会的巨大影响。而现实主义的理性并没有提供对这种“现代理

① 《棋王》初刊于《上海文学》1984年第7期，本文所依据的文本收入阿城小说集《棋王》，作家出版社1998年版。

② 黄伟林：《论现代主义的人及其小说人物形象》，《南方文坛》2006年第2期。

性”进行反思的途径。这就是说，现实主义理性在这里显得无能为力，无所作用。

很多人都看出阿城的《棋王》与当时的小说不一样。王蒙说：“我久没有见过这样的文字、这样的文体、这样的叙述风格了。”季红真说：“在这一片纷纭繁荣的气象中，阿城的小说却以其朴素的故事和比故事更朴素的叙述方式，开出一片美学新地，争得广大的读者群，这是极不容易的。”这些说法其实都只是看到了阿城小说文学的相，而没有触及阿城小说思维的心。准确地说，阿城小说与当时小说的根本不同在于，当时的小说主流是现实主义形态的，其核心思想为理性。阿城的《棋王》脱离了现实主义这一主流文学形态，其核心思想是道。

现实主义理性的核心在于实现人的社会等级地位的提升。因此，现实主义理性也可以称为工具理性、功利理性。如前所说，据马克斯·韦伯认为：工具理性以能够计算和预测后果为条件来实现其目的，它着重考虑的是手段对达成特定目的的能力或可能性，至于特定目的所针对的终极价值是否符合人们的心愿，则在所不论。[①] 显然，1984 年前后的中国现实主义小说在理性的轨道上专心致志、乘胜前进，它只知理性就事论事的能力，却没有考虑到在中国当时那样的背景下讨论政治得失，只能是“不识庐山真面目，只缘身在此山中”的结果。正因此，当时所谓反思小说在原来的理性框架中层层推进，结果或者是隔靴搔痒，或者是触犯禁忌。这时候，唯有一种新的思维才可能将中国小说从当时的迷局中超拔出来。如今看来，这个任务正是由《棋王》完成的。

1997 年前后，阿城在《收获》上开设了一个为期两年的专栏，名为“常识与通识”。专栏的 12 篇文章后来辑成同名图书 1999 年由作家出版社出版。如今看来，阿城的《棋王》的意义恰恰在于以常识思维超越了 1984 年前后中国现实主义小说的理性思维模式。理性思维乐于纠缠理论是非，比如，与《棋王》题材相类似的知青小说喜欢评判知青运动的是与非，分析知青在这场运动中的得与失。也许，在阿城看来，这些做法

---

① 参见仪平策、王卓斐《论“理性”概念的五大基本范式——文艺美学关键词研究之一》，《理论学刊》2003 年第 4 期。

都属于“智障”，即受到理智的障碍。不是作者们智力上有问题，而是理智本身就是障碍，理性蒙蔽了作者的目光。阿城的做法是绕开这种理智的障碍，直接进入常识叙述。何谓常识叙述，即表现生活之道。

1980年前后中国作家的兴奋点在于对社会历史指点江山，激扬文字，以抒发其书生意气。对社会历史的过度关注，使他们忘记了无论什么社会政治，最需要关注的还是人与人生，是普通人的日常生活。关于这一点，《棋王》一开始就有明显的暗示：

> 车站是乱得不能再乱，成千上万的人都在说话。谁也不去注意那条临时挂起来的大红布标语。这标语大约挂了不少次，字纸都折得有些坏。喇叭里放着一首又一首的语录歌儿，唱得大家心慌。

这个小说的第一段堪称意味深长。我们可以发现，标语、语录这些东西都是可以调换变化的，也就是说，它们都可能是虚假的，是必然时过境迁的。但是，人却是真实的，人的生活却是恒常的。于是，这个开头起到了这样的作用：它将读者的兴奋点一下从追问历史是非、关心社会动态转移到对人本身、对人的生活本身的关注。在这里，我们并不是提倡作家回避具体特定的社会历史。事实上，写出特定社会历史条件下的人，正是现实主义小说难以取代的深刻之处。然而，我们也必须承认，相对淡化具体的社会历史背景，显示人及人的生活的恒常性、发现那在所有社会时代生活中都存在的一以贯之的人性本质或人生之道，同样可以成为文学存在的理由，成为文学为读者需要的理由。而这种将特定的社会历史背景淡化，将人从具体的时代进程中剥离出来以求其本质、抵达终极的思维模式，正是现代主义小说的思维模式。

阿城在《闲话闲说——中国世俗与中国小说》中曾经这样评价中国新时期的寻根小说：“‘寻根文学’有一点值得注意，就是其中开始要求不同的文化构成”，“‘寻根文学’，却撞开了一扇门，就是世俗之门”①。这两句话涉及两个概念：文化构成和世俗。阿城所谓世俗指的就是那种

---

① 阿城：《闲话闲说——中国世俗与中国小说》，作家出版社1998年版，第168—169页。

超越于不同社会历史背景的恒常人生。世者，世代，恒常也；俗者，一贯、不变也。文化构成则应该有两个层面：表面为象，诸如儒、道、佛各种文化现象；内在为心，即究竟是理性思维模式还是常识思维模式。显而易见，阿城是回避当时的工具理性思维，以常识思维取而代之。

具体到人，在《棋王》中，阿城关心的不是那些被国家意志左右的人，更不是那种被时代政治异化的人性。他关心的是世俗之人，世俗之人就是在恒常生活中生活的人；他关心的是常识人性，常识人性就是任何社会形态公约的人性，是人性中的恒常基因。而在这种世俗之人常识人性中，阿城推崇的是一种“道”的人生境界，这种“道”可以理解为阿城所认定的人的本真、人的本质、人的理想境界。

“棋王”，即小说主人公王一生就是这种人生之道的载体，在这个意义上可以说《棋王》是一个“载道”小说。小说重点写了三个人物：一是叙述人，即小说中的“我”，二是倪斌，三即王一生。不同人物的不同人生境界成为王一生人生境界的对比与衬托。

根据小说的叙述，我们得知，“我”出身文化人，父母为知识分子，在机关工作，“文革”刚开始就因有污点被打翻死去，“我”因此成了孤儿。显而易见，“我”这个人物具有某种复杂性。一方面，他属于“黑帮”子女，出身孬，从小康坠入困顿，在社会上受歧视，逐渐理解生活中的世态炎凉，对人生真相有所了解；另一方面，他曾经有过优越的生活，读过不少书，诸如杰克·伦敦的《热爱生命》、巴尔扎克的《邦斯舅舅》，这些书多为欧美近现代文学，“我”自然深受其中思想的影响，建构了一定程度的现代理性，习惯于用理性思维看问题，这当然也成为他参悟人生亦即“悟道”的“智障”。

倪斌来自南方大城市，出身象棋世家，父亲是名人，喜结交高雅之士，也有不少官场朋友。倪斌本人讲究风雅，对自己的出身有较强的优越感，但同时是一个现实主义者，知道利用人际关系解决现实问题，比如，小说专门写到他利用父亲的关系为王一生解决参加象棋比赛的报名问题。倪斌家境好，朋友多，爱炫耀，他的优越感实际上成了他的“智障”，在小说中，这是一个看不见人生真相、无法参悟人生的人物。

王一生出身贫寒，母亲旧社会做过妓女，后从良，几经周折有了王一生。大概王一生的父亲属于另一阵营，临解放就不见了。王一生从此有了一个出卖体力且很快身体垮了的继父。继父身体差、挣钱少，母亲无正式工作，家里又添了妹妹，生活非常贫困。地位低、收入少，王一生几乎从未过过好日子。但正是这种生活，使王一生从来生活在人生的真实中，虽然他读书不多，“我”读的那些书他几乎都未读过，但他在学校数学物理学得很好，迷上象棋，表现出卓越的象棋天赋。

三个人物，如果从社会阶层分类，倪斌可算学院人物，王一生则来自江湖，“我”身处江湖与学院之间。这种分类有阿城的人生体验在其中。阿城出身高级知识分子家庭，父亲钟惦棐是著名的电影理论家，1957年曾以《电影的锣鼓》一文名震大陆文坛，但也因此受祸，成为右派。阿城中学尚未毕业就遭遇“文化大革命”，然后“上山下乡”。阿城这个身世有点接近《棋王》中的“我”。这种特殊的身世，使阿城既受到深厚的传统文化熏陶，但又不被正宗学院文化接纳，从而具有较强的江湖情结。中国地大物博，江湖文化驳杂多元，从来就有藏龙卧虎、礼失求诸野的传统，加上“文化大革命”作为一场破坏文化的革命，更使中心发达地区、学院庙堂之中的文化薪火遭到灭顶之灾，“学在民间”的传统又一次得以彰显。阿城因为“上山下乡”的缘故在山西、内蒙古、云南等地长期生活，见多识广，深知许多文化传统的精华藏于江湖民间，这既是他的经验，也是他的信念，这种经验与信念的融合，使阿城形成了他独特的文化见解与文化眼光。

显然，王一生就是阿城文化经验及信念的化身。当倪斌（绰号脚卵）与王一生初次见面，阿城就有意将两个人物做了对比：

> 脚卵是南方大城市的知识青年，个子非常高，又非常瘦。动作起来颇有些文气，衣服总要穿得整整齐齐，有时候走在山间小路上，看到这样一个高个儿纤尘不染，衣冠楚楚，真令人生疑。脚卵弯腰进来，很远就伸出手来要握，王一生糊涂了一下，马上明白了，也伸出手去，脸却红了。握过手，脚卵把双手捏在一起端在肚子前面，说：“我叫倪斌，人儿倪，文武斌。因为腿长，大家叫我脚卵。卵是很粗俗的话，请不要介意，这里的人文化水平是很低的。贵姓?”王

一生比倪斌矮下去两个头，就仰着头说："我姓王，叫王一生。"倪斌说："王一生？蛮好，蛮好，名字蛮好的。一生是哪两个字？"王一生一直仰着脖子，说："一二三的一，生活的生。"倪斌说："蛮好，蛮好。"就把长臂曲着往外一摆，说："请坐。听说你钻研象棋？蛮好，蛮好，象棋是很高级的文化。我父亲是下得很好的，有些名气，喏，他们都知道的。我会走一点点，很爱好，不过在这里没有对手。你请坐。"王一生坐回床上，很尴尬地笑着，不知说什么好。倪斌并不坐下，只把手虚放在胸前，微微向前侧了一下身子，说："对不起，我刚刚下班，还没有梳洗，你候一下好了，我马上就来。噢，问一下，令尊也是棋道里的人么？"王一生很快地摇头，刚要说什么，但只是喘了一口气。倪斌说："蛮好，蛮好。好，一会儿我再来。"我说："脚卵，洗了澡，来吃蛇肉。"倪斌一边退出，一边说："不必了，不必了。好的，好的。"大家笑起来，向外嚷："你到底来是不来？什么'不必了，好的'！"倪斌在门外说："蛇肉当然是要吃的，一会儿下棋是要动脑筋的。"

显然，倪斌是一个浑身浸透了文化教养的人，其待人接物、行为举止无不合乎礼的规范，但就在这处处循规蹈矩的礼仪规范中，我们也可以看出礼的虚饰：虚伪与装饰。文雅失去了实在的内容，仅仅徒有其表。令读者感到一种文明的空洞。其实这种空洞是阿城故意揭开来让我们看到的。它表现出阿城对学院派人物的不以为然，同时也反衬了江湖人物的实在与质朴。

如果说倪斌浸透了学院文化，那么，王一生则饱蕴江湖文化。其父身份不明，其母做过妓女，王一生的出身是典型的江湖身份。更重要的是，他的象棋路数，也完全与学院师承无关，纯粹来自江湖传统。他最初迷上象棋，是因为帮母亲叠书页子时无意间遇到一本讲象棋的书。学会下棋之后主要是通过到街上与别人下提高自己的实战技艺。他最重要的老师是一个捡烂纸的老头儿。使他棋艺大进，成为"道家的棋"的那本棋谱（异书）不知出自哪朝哪代，并且是手抄本，最后还被造反派搜去毁了。如此看来，王一生出身无名、师承无名、对手无名，一句话，王一生其人其棋皆为无名的出处来历。

无名的王一生却有极其自觉的自我意识。他总是将自己与“我”这样的人物区别，将“我”归为“你们”一类：“你们这些人好日子过惯了”[①]，“馋是你们这些人的特点”[②]，“你们这些人哪！没法儿说，想的净是锦上添花”[③]。以致“我”不禁提问：“你总在说你们、你们，可你算什么人？”[④] 王一生明确表示自己是“对吃要求得比较实在”[⑤] 的人，“我挺知足”[⑥]，不是那种将“忧”作佐料儿的文人。[⑦] 结合他对“你们”的看法，我们还可以引申，他是那种“不馋”的人。“馋”作何解？我觉得，在这里，“馋”特指人越出本质、越出本真、越出本分的欲望。所以，王一生既然非“馋”之辈，那么，他也就是一个恪守本质、本真、本分的人。

在这里，本质、本真、本分并不是一些抽象的概念，而是有着具体所指的。一部《棋王》，就具体事情而言，只写了两件事：吃饭和下棋。但这两件事又不局限于具体之事，而称得上微言大义，以小见大，承载了人生之道。先说本分，具体到吃饭：可以理解为王一生的吃饭为满足身体需要，是谓不馋；落实到下棋：可以理解为王一生的下棋只是满足兴趣爱好，是谓不贪。不馋不贪，知可为，知不可为，有所为，有所不为，诚为本分。再说本真，小说专门有一节写王一生的吃相：

> 我看他对吃很感兴趣，就注意他吃的时候。列车上给我们这几节知青车厢送饭时，他若心思不在下棋上，就稍稍有些不安。听见前面大家拿饭时铝盒的碰撞声，他常常闭上眼，嘴巴紧紧收着，倒好像有些恶心。拿到饭后，马上就开始吃，吃得很快，喉节一缩一缩的。脸上绷满了筋。常常突然停下来，很小心地将嘴边或下巴上

---

① 阿城：《棋王》，作家出版社 1998 年版，第 8 页。

② 同上书，第 11 页。

③ 同上书，第 24 页。

④ 同上书，第 11 页。

⑤ 同上。

⑥ 同上书，第 24 页。

⑦ 同上书，第 11 页。

> 的饭粒儿或汤水油花儿用整个儿食指抹进嘴里。若饭粒儿落在衣服上，就马上一按拈进嘴里。若一个没按住，饭粒儿由衣服上掉下地，他也立刻双脚不再移动，转了上身找。这时候他若碰上我的目光，就放慢速度。吃完以后，他把两只筷子吮净，拿水把饭盒冲满，先将上面一层油花吸净，然后就带着安全到达彼岸的神色小口小口地呷。有一次，他在下棋，左手轻轻地叩茶几。一粒干缩了的饭粒也轻轻地小声跳着。他一下注意到了，就迅速将那个干饭粒儿放进嘴里，腮上立刻显出筋络。我知道这种干饭粒儿很容易嵌到槽牙里，巴在那儿，舌头是赶它不出的。果然，呆了一会儿，他就伸手到嘴里去抠。终于嚼完，和着一大股口水，“咕”地一声儿咽下去，喉节慢慢移下来，眼睛里有了泪花。他对吃是虔诚的，而且很精细。有时你会可怜那些饭被他吃得一个渣儿都不剩，真有点惨无人道。

这里的吃相去掉了所有文化的装饰，很显示王一生本真的性格。进一步，王一生的“吃”，蕴含着一种人生态度，即中国普通老百姓对生计的基本追求。只有解决了“吃”的问题，也就是最基本的物质问题，才能言及其他。这也许是几千年中国老百姓最朴素的人生经验。过多的精神想象和文化装饰是一种奢侈，更可能是一种矫情。换言之，“吃饭”这件日常事件同样表现了王一生本真的人生态度和人格境界。最后说本质，小说有一个细节，写王一生的母亲临终前送他一副无字棋，这个细节是由王一生转述的，引述如下：

> 家里供我念到初一，我妈就死了。死之前，特别跟我说，“这一条街都说你棋下得好，妈信，可妈在棋上疼不了你。你在棋上怎么出息，到底不是饭碗。妈不能看你念完初中，跟你爹说了，怎么着困难，也要念完。高中，妈打听了，那是为上大学，咱们家用不着上大学，你爹也不行了，你妹妹还小，等你初中念完了就挣钱，家里就靠你了。妈要走了，一辈子也没给你留下什么，只捡人家的牙刷把，给你磨了一副棋。”说着，就叫我从枕头底下拿出一个小布包来，打开一看，都是一小点儿大的子儿，磨得是光了又光，赛象牙，

可上头没字儿。妈说，“我不识字，怕刻不对。你拿了去，自己刻吧，也算妈疼你好下棋”。

《棋王》是一个情感极为内敛的小说，但这一段写得很煽情。不是说阿城用了什么煽情的手段，而是故事本身以及人物本身的情感具有质朴的动人力量。这种在艰难时世、困苦环境中母亲对儿子的感情既是母子至情，也是人类至性，这种人的至情至性当然是人的极为可贵的本质。王一生对这种人的本质是倍加呵护的，在小说后半部分，专门写了王一生的一段话：“我妈留给我的那副无字棋，我一直性命一样存着，现在生活好了，妈的话，我也忘不了。”这副无字棋，作为一种至情至性的信物，正成了需要呵护的人的本质的化身。

不馋不贪、恪守本质、本真、本分的王一生被称为棋呆子。这个外号不仅说王一生痴迷于棋，“呆在棋里舒服”；而且意指王一生与功利理性背道而驰的本真人格。进一步，王一生不仅下的是“道家的棋”，而且抵达了“道的人生境界”。作为寻根小说的代表作，王一生这种“道的人生境界”是很受关注的。它往往被认为是对中国文化根本的回归与认同，是找到了中国人的精神家园。这个说法很容易让人觉得阿城是一个复古主义者，试图用古老的道家理论作为现代人的救世良方。这种理解确实失之肤浅和简单。在我看来，阿城其实是看到了现代理性对人的异化，具体表现为人的馋与贪，表现为人对自己本质的迷失、本真的丢弃以及本分的逾越，于是他通过王一生的“道的境界”为现代人的病态解毒，试图找回现代人那个本质、本真、本分的自我。不妨引述一段当年李庆西讨论寻根小说中的新笔记小说的一段话作为补证，李庆西是这样说的：

> 事情不是简单地回到过去。“新笔记小说”作家对中国笔记传统的认同，首先意味着主体精神的复活。在古典的自由境界的映照下，现代人的个性意识被升华了。作家们借助这股随意的文体，提示了世界的另一副格局，也完成着自己的心灵构造。我们看到，无论阿城在《遍地风流》中表现的那种调侃人生的大幽默，还是陈村的《一个人死了》包含的个体悲剧意味，都隐伏着现代哲学的思辨轨

迹。自我的人生体验沟通了人类生存的普遍境遇，便超越了士大夫文人那种狭隘、封闭的自我意识。

李庆西对这些新笔记小说有一个结论：寻根派，也是先锋派。我想说，阿城《棋王》所表现出来的这种试图重建人的本真价值的努力，不仅是寻根思潮，更是现代主义，仍套用李庆西评价新笔记小说的话："在根本的思维关系上，它比那些摹仿现代主义风格的探索小说走得更远"。[①]

当我们将汪曾祺的《受戒》、阿城的《棋王》理解为现代主义小说时，也许人们会指出汪曾祺、阿城的小说与我们司空见惯的西方现代主义小说的一个直观差异：那就是西方现代主义小说如《变形记》的人物往往是病态的、扭曲的，是遭到作者否定的价值判断的，而中国汪曾祺、阿城的这类所谓现代主义小说的人物却往往承载着理想、健康的人生之道，成为正面形象。关于这一点，李庆西也有所觉察，他指出：

> 西方现代派作家往往在某种病态心理的支配下，写出深刻的传世之作，这使一部分中国作家心向往之；相反，本文所论及这些中国作家，在他们的艺术观照尤其是对他人的心理剖析中，显然体现了自身的心理健全和心态平衡。[②]

其实，李庆西这里只看到了事实的一部分。事实上，西方现代主义小说也并不仅仅为我们提供病态、扭曲、异化的人物形象，也有健康、自强、抵抗异化的人物形象，像罗曼·罗兰的《约翰·克利斯朵夫》中的主人公约翰·克利斯朵夫就可以说是一个不断自我磨砺，并达到较高人生境界的人物。当然，由于中西方文化心理的差异，西方作家更倾向于发现生命中的悲剧因素，中国作家更乐于营构健康人生；也因为中国文化本身的多元构成，作家们在中国文化体系中很容易找到主流文化之外的文化传统对主流文化进行解构，不像西方作家往往置身于相对单一

① 李庆西：《新笔记小说：寻根派，也是先锋派》，《上海文学》1987年第1期。
② 同上。

的文化系统中，一旦对这种文化感到失望，就容易走向虚无和幻灭。所以，上述既属于寻根小说，也使现代主义小说的作品表现了更多理想、健康的因素，这是无可厚非的。

不过，话题延伸至此，当我极力强调汪曾祺、阿城小说的积极意义，当我竭力凸显阿城、汪曾祺小说的现代主义品质时，我仍想指出其作品的某些问题：他们的小说多少带有某种以前现代抵抗现代的倾向。比如，汪曾祺《受戒》中的那个庵赵庄、《大淖记事》中的那个大淖，都具有某种世外桃源的性质，它们都是以自我封闭保持自身的和谐的。阿城《棋王》王一生无名的出身、无名的师承，无不具有明显的神秘主义色彩。在中国，“无”既可能是“无中生有”之“无”、“无不为”之“无”；也可能是“空无”之“无”，“无所作为”之“无”。中国文化就是这样虚实相间，神秘莫测，有时候上演的是伏击战，更多的则可能是空城计。然而，当人类社会进入现代，当中国进入世界历史，当公开、公平、公正的现实主义理念成为现实，那种将自己超然物外的想法往往容易变成一厢情愿。这正是西方现代主义作品将自我逼到极端仍产生巨大震撼力和强烈认同力的原因。汪曾祺、阿城式的自我乌托邦的营建，虽然迷人，但进入现实，往往显得虚幻，不堪一击。事实上，阿城对此并非没有认识，在《棋王》中，他专门写了一段王一生与捡烂纸的老头儿的对话，当时王一生看到这位老头儿棋道如此高明，可生计却如此困顿，从而对棋道与生道的关系迷惑不解，进而向老头询问天下大势，小说这样写道：

> 我似乎听明白了一些棋道，可很奇怪。就问：“棋道与生道难道有什么不同么？”王一生说：“我也是这么说，而且魔起来，问他天下大势。老头儿说，棋就是这么几个子儿，棋盘就这么大，无非是道同势不同，可这子儿你全能看在眼底。天下的事，不知道的太多。这每天的大字报，张张都新鲜，虽看出点道儿，可不能究底。子儿不全摆上，这棋就没法下。”

这番话当然是微言大义，包含了作者对“文化大革命”时代的理解，它暗示我们《棋王》不仅是一个寻根小说，同时也是政治寓言。限于本文题旨，这里不打算索解小说的政治寓意，而只是想借这位老头儿对天下形势的理解说明现代与前现代的区别。诚如上面所说，现代的一个重要特点是公开、公平、公正，以棋作比，前现代社会仿佛棋子儿不全摆上棋盘的情况，对手才有瞒天过海、唱空城计的可能；现代社会则必须棋子儿全摆上棋盘，在共同的游戏规则规范下，对手双方完全是实力比拼。中国长期处于未进入世界历史的前现代社会，棋子儿不全摆上棋盘的情况特别多，从而造就了中国阴谋文化特别发达的传统。这里使用“阴谋”这个词不完全是贬义，更倾向于客观表述一种文化事实。然而，进入现代，这种谋略逐渐失去英雄用武之地。所以，当我们在弘扬道家传统文化时，也应该注意到道家的“无”的局限性，意识到世外桃源不可避免会受到现代化进程的冲击，意识到东方神秘主义虚幻性的一面。与此同时，我们不得不承认西方经典现代主义小说对人的异化状态的揭露，对人的生命悲剧意识的揭露的真诚和深刻。

（原文载于《文艺争鸣》2007 年第 4 期）

以坚忍的姿态承担不可抗拒的苦难

——余华《活着》的现代主义解读

黄伟林

余华的《活着》往往被认为标志着余华从先锋立场回到现实主义立场。比如，耿传明这样说：“《活着》是余华重返写实之路的作品。”① 陈晓明也说“《活着》已经完全恢复传统小说的故事、人物以及明晰的时间顺序”②。不能否认这些观点所指认的事实。也就是说，《活着》的确有着明显的现实主义色彩。不过，《活着》同样也是标准的现代主义小说。因为，现代主义小说与现实主义小说的区别并不在于是否按常规方法讲故事，而在于作者对人的理解。现实主义以表现社会人为目标，社会人通常是具体的，个性化的，甚至可以说是职业化的，因为职业是社会人的明显社会标志，所以现实主义小说很强调对人物的描写要反映出人的职业性质。然而，余华对此不以为然，他在那篇写于1989年，也就是公认的他的先锋实验小说巅峰期的创作谈——《虚伪的作品》中专门对现实主义的这些原则表示了反感，他是这样说的：

> 事实上我不仅对职业缺乏兴趣，就是对那种竭力塑造人物性格的做法也感到不可思议和难以理解。我实在看不出那些所谓性格鲜明的人物身上有多少艺术价值。那些具有所谓性格的人物几乎都可以用一些抽象的常用词来概括，即开朗、狡猾、厚道、忧郁等等。

---

① 耿传明：《试论余华小说中的后人道主义倾向及其对鲁迅启蒙话语的解构》，《中国现代文学研究丛刊》1997年第3期。

② 陈晓明：《表意的焦虑》，中央编译出版社2002年版，第110页。

> 显而易见，性格关心的是人的外表而并非内心，而且经常粗暴地干涉作家试图进一步深入人的复杂层面的努力。①

然而，由于《活着》中的人物有着鲜明的身份标志，故事有着鲜明的时代色彩，特别是小说的“写人生”的叙事模式，使人们普遍认为20世纪90年代以后写作《活着》的余华已经背叛了他几年前的主张。然而，认真分析《活着》的写作动机，我们应该承认这种观点是一个误会。事实上，余华多次谈到《活着》的写作动机，1993年，他在《活着》的中文版序言中是这样说的：

> 我听到了一首美国民歌《老黑奴》，歌中那位老黑奴经历了一生的苦难，家人都先他而去，而他依然友好地对待这个世界，没有一句抱怨的话。这首歌深深地打动了我，我决定写下一篇这样的小说，就是这篇《活着》，写人对苦难的承受能力，对世界的乐观态度。②

2000年，余华在英文版序言中再次说：

> 一首美国的民歌，寥寥数行的表达，成长了福贵动荡和苦难的一生，也是平静和快乐的一生。
>
> 老黑奴和福贵，这是两个截然不同的人。他们生活在不同的国家，经历着不同的时代，属于不同的民族和不同的文化，有着不同的肤色和不同的嗜好，然而有时候他们就像是同一个人。这是因为所有的不同都无法抵挡一个基本的共同之处，人的共同之处。人的体验和欲望还有想象和理解，会取消所有不同的界线，会让一个人从他人的经历里感受到自己的命运，就像是在不同的镜子里看到的都是自己的形象。③

---

① 余华：《虚伪的作品》，《余华作品集》第2卷，中国社会科学出版社1994年版，第287页。

② 余华：《活着·中文版自序》，上海文艺出版社2004年版，第3页。

③ 余华：《活着·英文版自序》，上海文艺出版社2004年版，第10—11页。

显然，写人的一生，是现实主义小说的常见思维模式。莫泊桑的《一生》、福楼拜的《包法利夫人》、德莱塞的《珍妮姑娘》、《嘉丽妹妹》都堪称现实主义写人生的典范之作。《活着》以具体的历史时代为背景，以明确的人物身份为核心写主人公福贵的一生命运，这很容易被人们误认为是一部单纯的现实主义小说。然而，如果我们仅仅将它视为一部现实主义小说，我们就必须努力开掘小说的现实批判性，特别是小说对中华人民共和国成立后社会现实的批判。这很容易将《活着》与“文革”后的反思小说等同起来。然而，如果我们尊重作者对作品的解释，就可以发现，作者从未提及《活着》的这种现实批判性。虽然有人可以认为这是作者的策略：只呈现事实，不表达观点。但是，我们不得不承认，除了作者有意回避的一面：小说中的苦难与当代意识形态的关系；也有作者直接表达的一面，那就是作者反复强调的人对苦难的承受，人的乐观的态度。这就是说，作者自认为《活着》这部作品的重心不在强调苦难的现实政治原因，而在表现苦难情境中的人的人性。而这种苦难情境，注意，在作者眼里，是超越了政治、民族、文化的局限的，也即一种恒在的苦难，是人无法逃避的苦难，是与生俱来的苦难。这一点非常重要。正是因为这一点，才能使《活着》的苦难主题超越传统现实主义的规范：传统现实主义也写苦难，但这种苦难往往是有具体原因的，是社会造就的，如雨果曾有过的名言：男人堕落成窃贼，女人堕落为妓女，都是社会造成的。然而，余华这里也写苦难，但他力图摒弃苦难的社会现实原因，他写的是苦难的宿命。更进一步，余华写的不仅是苦难的宿命，更是人对这种宿命式苦难的承受以及态度，也即人性。这就是问题的关键。按照我的理解，现实主义写人生，它写的是特定社会现实中的人生，是具体的社会现实如何造就了特定的人生；现代主义也可能写人生，但它写的是恒定人生中的人性，它关注的是在任何社会现实中都可能存在的一以贯之的人性。

那么，《活着》中的人性是一种怎样的状态呢？

这要从《活着》讲述的故事去理解。

《活着》讲述的是福贵的人生故事。以时代划分，福贵的故事可分为民国时代的福贵故事和共和国时代的福贵故事；以福贵的内心欲望划分，则可以分为作为纨绔子弟的福贵的故事和作为坚忍的父亲的福贵的故事。

仅仅从时代故事去理解《活着》，我们很容易发现小说的现实批判精神。民国时代的福贵被抓壮丁成为战争炮灰，自然可以理解为那个社会时代黑暗的证明。共和国时代的福贵历经大跃进、“文革”而妻死子女亡，同样可以理解为对社会时代的抗议。针对第二个时代故事，张清华就因此断定余华是个“勇敢的作家”，因为《活着》显示了余华“直面现实的秉笔直书”以及对“作为政治的历史”的关注。①

无疑，死亡和灾难是小说最为触目惊心的事实。《活着》以短短十来万字的篇幅，写了福贵父、母、子、女、妻、婿、孙七个人的非正常死亡。而在福贵家庭之外，小说还写到了赌徒龙二、县长春生等一批人物的非正常死亡。可以说，小说的故事是由一个接一个的死亡连缀而成的。福贵一家，儿子有庆、女儿凤霞、妻子家珍、女婿二喜、孙子苦根之死都在共和国时代，特别是有庆之死直接因为县长太太需要输血抢救，这个情节自然强化了小说的现实批判功能。然而，如果我们的阅读不那么粗疏，我们就会发现，社会批判显然不是作者的本意。因为，认真追究，福贵父亲实际上死于福贵的赌博嗜好，而福贵这一嗜好显然又来自其父本人的遗传，于是，福贵父亲在一定程度上是死于自己的赌徒基因。同样，福贵母亲死于疾病，福贵妻子家珍死于软骨病、福贵女儿凤霞民国时代因为发烧而成为聋哑人，“文革”时代死于产后大出血，这一系列死亡固然有时代贫困、科学不发达的原因，但从本质上说，疾病主要还是一种天灾，不能过多归咎于人祸。而现实主义的批判性恰恰主要体现为对人祸的揭露。福贵女婿二喜死于劳动事故，这里固然也有现实中劳动条件太差的原因，但从根本上说仍然属于意外事故、飞来横祸。而现实主义更倾向于写人的死亡的必然性而非偶然性。必然性是体现现实主义深刻性的保障，偶然性往往成为现实主义不够深入的证明。甚至有庆之死，虽然由为抢救县长太太直接造成，本质上可以理解为当代中国只有官本位而无人本位，人的社会身份决定了人的命运待遇，这当然是现实主义批判精神的有力体现。但是，小说进一步的叙述却冲淡了这种现实

① 参见张清华《境外谈文》，花山文艺出版社2004年版，第104页。

主义批判精神。因为，这位县长恰恰是当年与福贵在战场上同生死共患难、九死一生的春生。这个事实实际上使有庆之死不单纯是一个社会事件，同时蒙上了宿命的阴影。最值得玩味的是，福贵孙子苦根之死是在改革开放时代，也即所谓新时期，这实际上使小说中的苦难延续了三个时代，即民国时代、共和国时代以及共和国的新时期，按照通常思路，比如人们对老舍《茶馆》的分析，我们很容易得出《活着》否定三个时代的现实主义结论。然而，就小说的阅读感受而言，我们又明显意识到余华意不在此。虽然苦根之死的宏大原因是贫困，但具体原因仍然是意外，是偶然，是福贵的愚昧：福贵给饥饿的苦根吃了太多的豆子而撑死了苦根。于是，苦根之死也失去了社会时代的必然性，而在很大程度上，成为福贵无知无能以及命运偶然性合谋的结果。

不知是故事的巧合还是作者的有意，《活着》第一个和最后一个死去的分别是福贵的父亲和福贵的孙子。父亲之死意味着承前的终结，孙子之死意味着启后的无望。于是，福贵成为前后均无依傍的“空前绝后”的孤独者。这真是人类作为一个孤独的存在的绝好的象征。更重要的是，父亲之死与孙子之死的直接原因均来自福贵，前者来自福贵作为赌徒的恶欲，后者来自福贵作为祖父的善意。这既说明苦难的无处不在，与生相偕，同时也说明苦难与价值立场无关，咎由自取，恶与善的结果都是死亡，这是否可以作为余华所谓“作家的使命不是发泄，不是控诉或者揭露，他应该向人们展示高尚。这里所说的高尚不是那种单纯的美好，而是对一切事物理解之后的超然，对善与恶一视同仁，用同情的目光看待世界”① 这番说法的合适的注脚？

“对善与恶一视同仁”，这在福贵的欲望故事中有着相当具体的表现。福贵内心欲望的变化无疑是小说前后故事的一座醒目的分水岭。最初，福贵是一个嗜赌如命的赌徒和厚颜无耻的嫖客。福贵的这两大嗜好实际上是对福贵的秉性定位：既贪婪又好色。并且，福贵的这一秉性与其父一脉相承。按照现实主义的思路，必然挖掘福贵这一秉性的社会阶级根源，并尽可能使福贵的性格保持前后的一贯性。这是现实主义性格塑造

① 余华：《活着·中文版自序》，上海文艺出版社 2004 年版，第 3 页。

的基本规则。显然，福贵后来变成一个坚忍的父亲多少有悖现实主义的性格塑造原则。尤其戏剧性的是，福贵的贪欲和色欲虽然导致了他的破产以及父亲的死亡，但这在小说似乎并不是悲剧，而成为喜剧。因为，父亲之死终于使福贵成为一家之长产生了对于人生的责任感，这是福贵秉性变化的关键因素，所以，虽然父亲之死是一个悲剧，但由于这一死亡换来了福贵的觉悟，多少算是一种补偿。至于破产，在小说中不仅不是悲剧，而且堪称喜剧，尽管福贵一家因此受了几年贫穷之苦，但也因此逃避了后来的枪决之灾，并且强化了福贵好好活着的内心欲望。然而，无论是善意还是恶欲，都不能改变福贵命定的苦难。死亡和痛苦如影随形、须臾不分离地追踪着弃恶从善的福贵。这使小说彻底摆脱了古典小说善恶报应的俗套，人生即痛苦人生即苦难的绝对性得到了高度的强化。

显然，余华是有意将所有的苦难加于福贵身上。破产的痛苦、丧父的痛苦、被抓壮丁妻离子散的痛苦、丧母的痛苦、战场上的死亡痛苦、女儿成为聋哑人的痛苦、因贫困而不得不将女儿送人的痛苦、自然灾害带来的饥饿之苦、妻子患软骨病而无法劳动且随时被死亡威胁的痛苦、儿子因荒唐的医疗事故而生命葬送的痛苦、女儿因产后大出血而死亡的痛苦、妻子最终被疾病折磨致死的痛苦、女婿因意外事故死亡的痛苦、孤独的老人独自养育孙子的痛苦、孙子因长期饥饿暴食而亡的痛苦，以及全家人为了最基本的生存而付出的没有止境的不堪重负的劳作之苦。抽象的苦难是易于接受的。最不可接受的是，所有这些痛苦，都加于那些最为善良最为美好的人物身上：贤良而含辛茹苦的妻子、懂事而忍辱负重的儿女、善良而豪爽厚道的女婿。所有这些被苦难折磨得痛苦不堪的人，无一不是生活善良的弱者。灾难降于其身激起人们最大的同情。就阅读体会而言，我以为，《活着》也许是中国当代最煽情同时也最惨不忍睹的作品。它所叙述的善与美的遭遇折磨和毁灭的情景真正达到了催人泪下的效果。

有相当长一段时间，我对《活着》的叙述企图难以理解。习惯了现实主义思维方式的我觉得既然余华写悲剧而不表达社会批判意识，那么，《活着》的意义何在？小说有意采用了双重第一人称叙述视角，主体故事由福贵作为第一人称叙述，充满了情感力量；外部故事则由采风者“我”

作为第一人称叙述。采风者在乡间收集民间歌谣的时候遇见了福贵，福贵为采风者讲述了自己坎坷的一生。如果说福贵的叙述充满悲剧感，令人伤感不已；那么，采风者的叙述则有明显的喜剧效果，冲淡了福贵故事的悲剧效果和伤感情绪。这是很直观的阅读体验。然而，余华为什么要制造这样一种双重情感的阅读体验呢？余华说福贵乐观面对命运，作为读者，我们为什么不可以认为福贵愚昧麻木对苦难缺乏自觉的认识呢？为什么不能将福贵的性格与我们熟悉的国民劣根性相联系呢？这显然是现实主义的阅读惯性在起作用。如果我们认同这种阅读惯性，《活着》的价值也就大打折扣了。因为它所希望表达的意义已经被20世纪的中国文学反复表达。在反复阅读小说之后，我觉得，唯一的解释就是，余华并不希望《活着》被写成一部传统的现实主义小说，他必须用采风者的叙述将读者从单一的福贵故事中超脱出来，也就是要让读者从现实中超脱出来，他不想让读者沉浸于福贵故事中不能自拔，他不仅要让读者看到福贵的经历，更要让读者看到福贵的叙述态度。而福贵的叙述态度在很大程度上可以理解为福贵的人生态度。显而易见，故事之外福贵讲述自己故事的态度已经是一种超脱的态度。

由此可见，一方面，《活着》可以给予中国读者极其逼真的现实联想，以至于许多人认为这是一部典型的现实主义作品，这其实是对余华小说叙事现实穿透力的承认；另一方面，《活着》确实具有一种超越现实的力量，它并不局限于对某一具体的社会时代的批判，而力图抵达对人类命运的理解。如果人类命运是苦难，像《活着》所叙述的那样，是一连串令人难以忍受的死亡体验；那么，余华更乐于表现的是人类承担苦难的品性，这才是余华叙述用心所在。苦难叙述不是目的，承担能力才是余华《活着》这部作品执着的表达。的确，既然苦难不是人祸而是天灾，既然苦难无处不在与生相偕，既然苦难已经成为宿命，那么，人最可贵的本质，抑或人性是什么？当然是承担，是乐观。因为，如果不承担就意味着堕落，不乐观就意味着死亡。显然，已经拒绝了堕落的福贵必须承担，活着的福贵必须乐观。

对待人生的苦难，佛教的态度是摒弃欲望，所谓无欲则刚。基督教认为有一个彼岸世界，试图以彼岸的终极目标淡化此岸的现实的苦难，以神的受难消解人的受难。进入现代，现实主义承认人的欲望，但专注于社会原因的追究。加缪标榜西绪福斯神话，西绪福斯不断将石头推上山顶的姿势给人抗争的倾向。作为一个现代人，在苦难叙述中，余华没有表现出对神学宗教的皈依，没有企求神的扶助，他选择的是人的承担。以乐观的姿态承担不可抗拒的苦难，这就是余华发现的“真理”，“排斥道德判断的真理”。与加缪不同的是，余华式的承担不是一种抗争的姿势，而是一种人忍受、忍耐的状态。但不论抗争还是忍受，都是人的自我承担，而不是彼岸抑或神的超度，不是对社会时代的怨天尤人。显而易见，这恰恰是现代主义的人性理想和人生态度。

我们应该充分意识到，现代主义并不是无本之木、空穴来风，真正的现代主义本质上是在现实主义的土壤里生长出来的。现实主义已经拒绝了彼岸和来世，人唯有依靠现世自我的努力改变自己的社会身份。社会身份诉求是现实主义的核心诉求。社会身份的平等往往取决于一个合理完善的社会。而社会的不合理不完善几乎是一个公认的事实，这就决定了某些现实主义作品强烈的社会批判性质。似乎社会环境一旦完善人的命运必然改善。然而，现实主义关注的问题并不等同于人的全部问题。社会环境的完善也不等同于人的问题的全部解决。现代主义将现实主义对人的社会身份的关注延伸到对人的生命存在的关注，将现实主义对社会环境的关注延伸到对人生命运的关注。显而易见，余华的《活着》正是现代主义小说的一个范本。尽管它有着明显的具体所指，如张清华所说的“历史叙事”，它叙述了中国20世纪40年代到80年代大约四十年的历史，“讲述了我们中国人这几十年是如何熬过来的”[①]，但同时它更有着强烈的抽象能指，如张清华所说的“哲学叙事”，福贵的一生成为人类命运的缩影。[②] 这个命运是如此残酷：无论福贵是恶还是善，无论福贵是生活在民国还是生活在共和国甚至新时期，人生对于他都是灭顶的灾难，无边的苦难。古代载道文学通常标榜扬善惩恶实现对苦难的救赎，现实主义通常标榜合理完善的社会以结束苦难，它们都给我们一个虚幻的承

① 余华：《活着·韩文版自序》，上海文艺出版社2004年版，第5页。

② 参见张清华《境外谈文》，花山文艺出版社2004年版，第104—108页。

诺，即善的道德会带来幸福，合理的社会会结束苦难。这都是我们司空见惯的传统写作。但余华显然改变了这种思维模式，他没有求助于道德效力，也没有将救赎的压力倾覆在社会制度上，对社会公正性与合理性的呼唤是现实主义文学的使命和责任，现代主义则回到人的内心：福贵的救赎是自我救赎，福贵的超度是自我超度。它具体表现为在面临无法逃避、不可抗拒的苦难之时所表现出来的来自个人本身的承担和忍受的力量和意志。

事实上，余华在《活着》的韩文版序言里清楚地表达了类似的意思，他是这样说的：

> 这部作品的题目叫《活着》，作为一个词语，“活着”在我们中国的语言里充满了力量，它的力量不是来自于喊叫，也不是来自于进攻，而是忍受，去忍受生命赋予我们的责任，去忍受现实给予我们的幸福和苦难、无聊和平庸。作为一部作品，《活着》讲述了一个人和他的命运之间的友情，这是最为感人的友情，因为他们互相感激，同时也互相仇恨；他们谁也无法抛弃对方，同时谁也没有理由抱怨对方。他们活着时一起走在尘土飞扬的道路上，死去时又一起化作雨水和泥土。与此同时，《活着》还讲述了人如何去承受巨大的苦难，就像中国的一句成语：千钧一发。让一根头发去承受三万斤的重压，它没有断。[①]

“挺住意味着一切。”这句里尔克著名的诗句用在这里一定很贴切。

进一步，我想说，《活着》试图告诉人们，古典主义的“活着”以神为最高目的，可以理解成为神活着；现实主义的活着以社会为最高目的，可以理解成为社会活着；现代主义的活着以活着为最高目的，这就是余华紧接着上面这段话所说的：《活着》“讲述了人是为了活着本身而活着的，而不是为了活着之外的任何事物而活着”[②]。《活着》其实试图回答的

① 余华：《活着·韩文版自序》，上海文艺出版社2004年版，第4—5页。

② 同上书，第5页。

是这样一个问题：如果活着意味着苦难，如果苦难并不来自社会的不公，如果苦难并不能获得彼岸的救赎，那么，人是否还有必要活着？显然，《活着》的回答是肯定的：人应该活着，并且，对这个人生存其间的世界心存善意。

于是，在我看来，《活着》力图完成的是一个受难者形象。与古典主义神的受难者不同，神是在为人类受难，受难的意义在普度众生；与现实主义的英雄的受难者不同，英雄受难是为了兼济天下，受难的意义在于社会改良；而福贵则是一个人的受难者形象，他既非代众生受难，也非为兼济天下，他的受难是高度自我化、高度个人化的，他是为自己受难，为自我受难，受难成为其人生命运的本质，而福贵面对苦难的姿势也蜕尽了古典主义与现实主义的所有崇高色调，与西方的西绪福斯那种承担的方式相对应，福贵完成的是一个受难者的中国式的忍受的姿势。以一个普通人的立场上直面并忍受苦难，这是福贵的姿势，也是现代主义的人生姿势，这个姿势由余华的《活着》所表现。而忍受的姿势在本质上体现的是一种包容的世界观，包容什么？当然不仅是包容快乐和幸福，现代主义同样乐于揭露真相：人生同样需要对苦难的包容，而且这种包容已经彻底洗尽了神圣承诺的陶醉，只有人的平凡甚至平庸。

（原文载于《南方文坛》2007 年第 5 期）

《玉梨魂》与《金锁记》的互文解读

刘铁群

徐枕亚的《玉梨魂》和张爱玲的《金锁记》都是曾经产生轰动效应的重要作品。《玉梨魂》一发表就受到读者追捧，“再版三版至无数版，竟销三十万册左右”[①]，之后又改编成电影和新剧，影响广泛，成为民国初年声誉最著、销量最大的小说，被称作“鸳鸯蝴蝶派小说的祖师”。《金锁记》一问世就轰动孤岛，受到读者的喜爱和批评家的垂青，被视为张爱玲的代表作。这两部作品的差异是显而易见的，而差异背后的相似和互文性却不易被察觉。我看到的唯一一篇把《玉梨魂》和《金锁记》相提并论的文章是金克木先生 33 年前写的《玉梨魂不散　金锁记重来》[②]。但这篇文章的着重点既不是深入分析《玉梨魂》或《金锁记》，也不是寻找两部作品的联系，而是为了引出一个话题：“历史的荒诞”。不过，当金克木将重点引向“历史的荒诞”时，也给我们留下了一个很有意思的论题。

任何作品都不是孤立的存在，它存在于与其他文本的关系之中。罗兰·巴特说：“任何文本都是一种互文。在一个文本之中，不同程度地、以各种多少能辨认的形式存在着其他的文本”，“任何文本都是过去的引文的重新组织”。[③] 从表面上看，《玉梨魂》和《金锁记》的确差异巨大，但如果用减法提取故事的核心，这两部作品讲述的都是怨女的故事，或怨女的悲剧。而且凑巧的是，两个故事发生的时间非常接近。《金锁记》

① 郑逸梅：《我所知道的徐枕亚》，《大成》1986 年第 154 期。

② 金克木：《玉梨魂不散　金锁记重来》，《读书》1989 年第 1 期。

③ 罗兰·巴特：《文本理论》，张寅德译，《上海文论》1987 年第 5 期。

开头这样写道："三十年前的上海，一个有月亮的晚上……我们也许没赶上看三十年前的月亮。"曹七巧的故事就是在"三十年前"的月亮下开始的。"三十年前"既可以看作一个虚设的、颇有苍凉意味的叙事起点，也可以看作一个具体的故事背景。《金锁记》发表于1943年，小说开头就交代："那两年正忙着改朝换代，姜公馆避兵到上海来"，姜公馆娶三奶奶，"偏赶上革命党造反"。另外，小说中还提到，七巧哥嫂来姜公馆，是因为"他家没过门的女婿在人家当账房，光复的时候恰在湖北，后来辗转跟主人到上海来了，因此大年亲自送女儿来完婚，顺便探望妹子"。这些细节足以说明，"三十年前"指的是民国初年。《玉梨魂》中何梦霞与白梨影的故事也是在月亮下开始的。梦霞第一次见到梨影是一个月明人静之夜，"时正月华如水，夜色澄然，腮花眼尾，了了可辨"。《玉梨魂》发表于民国元年即1912年，小说中明确提到梨影的小姑筠倩"戊申之秋，肄业于鹅湖女学"，死于"庚戌年之六月十七日"。戊申年是1908年。庚戌年是1910年。小说的结尾，男主人公梦霞死于1911年的武昌起义。这些信息可以确定《玉梨魂》所讲述的故事发生在民国成立的前夕。显然，白梨影的故事刚落幕，曹七巧就粉墨登场了。见证曹七巧悲剧的月亮应该刚刚见证过白梨影的悲剧。当张爱玲"隔着三十年的辛苦路往回看"的时候，她实际上是在重新讲述一个清末民初的怨女的故事。因此，白梨影和曹七巧这两个怨女形象之间必然形成对话，《玉梨魂》和《金锁记》也必然会成为有千丝万缕联系的互文性文本。

一　怨恨：对话的起点

白梨影和曹七巧这两个人物形象所形成的反差非常明显，这在人物出场的描写上就能体现出来。梨影的出场像楚楚可怜的林黛玉："缟裳练裙，亭亭玉立，不施脂粉，而风致娟秀，态度幽闲，凌波微步，飘飘欲仙"，"其黛娥双蹙，抚树而哭，泪丝界面，鬟低而纤腰欲折"。而七巧的出场则像锋芒毕露的王熙凤："那曹七巧且不坐下，一只手撑着门，一只手撑着腰，窄窄的袖口里垂下一条雪青洋绉手帕，身上穿着银红衫子，葱白线镶滚，雪青闪蓝如意小脚裤子，瘦骨脸儿，朱口细牙，三角眼，小山眉，四下里一看，笑道：'人都到齐了，今儿想必我又晚了。'"但不管是柔弱的梨影，还是强悍的七巧，她们生命中最重要的情绪体验就是怨恨。怨恨是一种有明确前因后果的心理情感，形成怨恨的直接原因是伤害感和压抑感。对于梨影和七巧来说，她们的伤害感和压抑感主要来自爱的权利被剥夺和情欲的无处安放。这些内在的共通与相似是接通梨影和七巧的纽带，是这两个人物形成对话的起点。

梨影貌美如花、年轻守寡、独守空闺、顾影自怜。她只能对着镜子述说深深的寂寞和深深的怨恨："镜中人乎？镜中非梨娘之影乎？此中人影怎不双双？既未尝昏黑无光，胡不放团栾之彩，而唯剩有一个愁颜，独对于画眉窗下乎？呜呼梨娘，尔有貌，天不假尔以命；尔有才，天则偿尔以恨。貌丽于花，命轻若絮；才清比水，恨重如山。此后寂寂窗纱，已少展眉之日；悠悠岁月，长为饮泣之年矣！"梨影怨天恨命，愁绪满怀。在看到梦霞掩埋梨花的香冢时，她见景生情、感慨万千，觉得落花还有人怜惜，而自己却命薄于花："此花遇多情之梦霞，开时有保护之人，落后免飘零之恨，以梨娘较之，幸不幸正悬殊矣！草草姻缘，往事空留影象；悠悠岁月，终身难展眉头。除却嫦娥相伴，已无知我之人；即令女娲复生，亦少补天之术。恨逐年添，愁催人老，未亡人其能久于人世也乎？"在封建伦理规范中，"未亡人"没有追求爱的权利，只能为死去的丈夫守节，默默地等待死亡的来临。但梨影不甘心，她怨恨没有"保护之人"、"知我之人"，怨恨没有爱与被爱的痛苦生活。梦霞对梨影的爱就包含着对这种怨恨的理解，他在给梨影的信中说："仆本恨人，又逢恨事；卿真怨女，应动怨思。"梨影的确是一个动了怨思的怨女。

七巧与梨影一样怨恨填膺，不同的是，梨影的怨恨是一种深藏的幽怨，而七巧的怨恨是直露的、控诉的。七巧本是一个充满朝气与活力的大姑娘，当年她"高高挽起了大镶大滚的蓝夏布衫袖，上街买菜去"的时候，曾是男人爱慕的对象。但嫁给姜家患有骨痨的二爷之后她就陷入情欲的极度压抑，这是她生命中最无法承受的残缺与疼痛。因此，她好恨！她一出场就带着满腔的怒气与怨恨。她向玳珍抱怨："知道你们都是清门静户的小姐，你倒跟我换一换试试，只怕你一晚也过不惯。"这表面是嫌屋子光线不好，但实际上是暗示她与骨痨的丈夫共处一室感到压抑、窒息。面对自己爱慕的季泽，她更是毫不掩饰心中的怨恨：

……七巧直挺挺的站了起来，两手扶着桌子，垂着眼皮，脸庞的下半部抖得像嘴里含着滚烫的蜡烛油似的，用尖细的声音逼出两句话道："你去挨着你二哥坐坐！你去挨着你二哥坐坐！"她试着在季泽身边坐下，只搭着他椅子的一角，她将手贴在他腿上，道："你碰过他的肉没有？是软的、重的，就像人的脚有时发了麻，摸上去那感觉……"季泽脸上也变了色，然而他仍旧轻佻地笑了一声，俯下腰，伸手去摸她的脚道："倒要瞧瞧你的脚现在麻不麻！"七巧道："天哪，你没挨着他的肉，你不知道没病的身子是多好的……多好的……"她顺着椅子溜了下去，蹲在地上，脸枕着袖子，听不见她哭，只看见发髻上插着的风凉针，针头上的一粒钻石的光，闪闪掣动着。发髻的心子里扎着一小截粉红丝线，反映在金刚钻微红的光焰里。她的背影一挫一挫，俯伏了下去，她不像在哭，简直像在翻肠搅肚地呕吐。

抖动的脸部、尖细的声音、颤动的风凉针和一挫一挫的身影分明让我们看到七巧那颗被怨恨灼烧的心。

梨影和七巧都生活在怨恨中，怨恨一直伴随她们到生命的终点。梨影在重病垂危之时绝望地认为只有死能结束自己的怨恨："命薄如侬，生何足恋？与其闷闷沉沉，生埋愁坑，不若干干净净，死返恨天。转念及斯，万恨皆空。"晚年的七巧在众人的怨恨中想起自己充满怨恨的一生，流下眼泪，一滴眼泪在荷叶边小洋枕上擦了，另一滴懒得去擦，"由它挂在腮上，渐渐自己干了"。无尽的怨恨啃噬着她们的生命，生活在怨恨中就是生活在被怨恨啃噬的疼痛中，这是没有尽头的身心折磨，是小火慢熬的生命酷刑。

怨恨是梨影和七巧面对伤害和压抑的情绪反应，而这一反应的前提是女性自我意识的觉醒和对爱的渴求。没有自我意识的觉醒和对爱的渴求就不会感到压抑和伤害，没有压抑感和伤害感就不会产生怨恨。父权制文化所赞美的贞女烈妇们是没有欲望的（很可能她们也有，但被遮蔽、改写了），她们抚养孩子、孝敬公婆、心如止水、无怨无欲。但她们在获得赞美与认可的同时也彻底失去了自我。哀莫大于心死，失去自我就无异于生活在死亡中，因为她们的心已经被抽空，只在尘世间留下一副躯壳。显然，梨影和七巧都没有资格做符合父权制文化标准的模范妇女。她们不仅有不满和不甘，还有渴望和挣扎，她们能感觉到自己的心在跳动在疼痛，她们在述说怨恨的同时也有对欲望的表达。而对怨恨的述说和对欲望的表达正是她们自我意识的体现和生命活力的所在。

二 被遮蔽的对话

白梨影和曹七巧的相似不仅在于她们都有深深的怨恨，更在于她们在怨恨中对欲望的表达，这是她们共同的精神血脉。但这种相似在阅读和研究中却很大程度上被遮蔽了，而被遮蔽的主要原因是浮在作品表面的善恶判断拉开了两个人的距离，甚至把她们推向了冰火不相容的两个极端。

《玉梨魂》以极富抒情色彩的骈四俪六的文字展示了梨影的温婉贤淑、善解人意、重情守礼。小说开头渲染的“香雪缤纷，泪痕狼藉，玉容无主，万白狂飞，地上铺成一片雪衣”的梨花就是梨影的象征。梨影是梨花之影、梨花之魂，让人同情，惹人怜爱；而《金锁记》则以如月光般冷静的文字写出了七巧的恶毒与疯狂，“她有一个疯子的审慎与机智”，“她那扁平而尖利的喉咙四面割着人像剃刀片”，“她用那沉重的枷角劈杀了几个人，没死的也送了半条命”。梨影在作品中几乎受到所有人的喜爱和尊重，她是崔父心中的好媳妇，是鹏郎心中的好母亲，是筠倩心中的好嫂子，是梦霞心中理想的情人；而七巧在作品中则遭到所有人的怨恨，“她儿子女儿恨毒了她，她婆家的人恨她，她娘家的人恨她”。这些浮在作品表层的信息似乎可以说明梨影是个天使，七巧是个恶魔。但如果我们这样把梨影和七巧划分为天使和恶魔未免太失之皮相。回到文本的细节，回到梨影和七巧对欲望的表达，我们就可以穿越表层的善恶，看到两个人物的复杂性和内在的联系。

细读《玉梨魂》，我们会发现，梨影的善良与美好之中隐藏着颇深的城府和心机。在梨影与梦霞的爱情关系中，梨影一直占主动地位。梨影虽然经常把礼教挂在嘴边，欲迎还拒地让梦霞收敛对自己的爱意，但实际上推动两人感情向前发展的正是梨影。是梨影引诱梦霞先表露心迹，并设法让他时时牵挂自己。小说第四章《诗媒》中，梨影趁梦霞不在到他房间，拿走诗稿，并把插在发簪上的花留在书桌上。梦霞“把玩之余，见花蒂已洞一穴，定是簪痕”，这让他浮想联翩：“其遗此花也，有意耶？亦无意耶？”结果主动写信向梨影表白爱意。在“遗花”之后，梨影更暧昧的行为是把自己的照片放在梦霞的被子里，这使“梦霞喜生望外，私念梨娘今日必独自来馆，留小影于衾中，以慰我相思之苦，何其用情之深而寄意之远也！”显然，为了得到爱情，梨影不仅大胆，而且用尽心机，甚至不惜作出被封建礼教视为荡检踰闲的行为。梨影最后让小姑筠倩代替自己嫁给梦霞的行为表面看来是自我牺牲，是发乎情止乎礼，但实际上这是她为了私欲而精心设计的骗局。崔父虽然看好梦霞和筠倩的亲事，但也没有立即许诺，而是表示“容往商之”。当崔父对梨影提及此事时，梨影装作不知情，高兴地对崔父说：“筠姑得配梦霞，询称佳偶，况有阿翁做主，儿亦深望此事之成就。得此佳婿，筠姑亦乌有不愿意者？儿当即以好消息报告，且将为筠姑贺喜也。”

然而，梨影向筠倩转告此事时却将崔父“容往商之”的态度描述成了不得不接受的命令：“阿翁适诏余，谓‘筠儿今已有婿，温郎不日将下玉镜台矣，冰人来，直允之，不由儿不愿意也。’”而且她还把在崔父面前表现出的喜悦转换成对筠倩的同情和不平：“余闻言甚骇，乃婉语翁曰‘此事翁勿孟浪，一时选择不慎，毕生之哀乐系之，容儿商诸姑，然后再定去取。’余窃为姑不平。”梨影的精心策划、巧言善辩、两面三刀使筠倩痛苦地接受了婚事而对促成这门婚事的梨影没有一丝怨恨。显然，如果梨影仅仅追求“止乎礼”，没有必要如此机关算尽，没有必要毁掉筠倩的幸福。她的这些努力表明她在无望与梦霞长相守之后仍然为两人的爱情寻找归宿，她试图通过李代桃僵的办法把梦霞“名正言顺”地留在身边，以求将来还可以跟梦霞经常见面。这是一个渴望爱情的寡妇无路可走时的反抗和挣扎，当然这是一种扭曲的反抗和挣扎，她不仅以牺牲其他女人的幸福为代价，而且也使自己无法走出痛苦、自责和内疚，导致她最后选择了死亡。因此梨影不是一个“发乎情而止乎礼义”的寡妇，而是一个在封建礼教逼压下积极反抗、苦苦挣扎的女子。在温婉平静的外表之下，梨影内心对爱情的渴望与追求可谓执着，而且不计后果、近乎疯狂。

七巧也同样在欲望中苦苦挣扎。与梨影相比，七巧对爱的渴求和对欲望的表达更大胆、泼辣。她当着三奶奶兰仙的面，就不避嫌疑地出言挑逗季泽。当季泽怕惹麻烦退却时，七巧直勾勾把情欲抛向他："你又是什么好人？趁早不用在我跟前假撇清！且不提你在外头怎样荒唐，单只在这屋里……老娘眼睛是揉不下沙子去！别说我是你嫂子，就是我是你奶奶，只怕你也不在乎。""我就不懂，我有什么地方不如人？我有什么地方不好……""难不成我跟了个残废的人，就过上了残废的气，沾都沾不得？"七巧几乎豁出去了。这一句接一句的逼问就像她内心翻滚喧嚣的情欲，一浪比一浪高，随时都能冲毁堤岸。十年后，季泽到七巧面前述说爱的时候，她体会到了在爱中陶醉的眩晕："七巧低着头，沐浴在光辉里，细细的音乐，细细的喜悦……这些年了，她跟他捉迷藏似的，只是近不得身，原来还有今天！可不是，这半辈子已经完了——花一般的年纪已经过去了。人生就是这样的错综复杂，不讲理。当初她为什么要嫁到姜家来？为了钱么？不是的，为了要遇见季泽，为了命中注定她要和季泽相爱。"这一瞬间，七巧被爱之神光照亮。但这仅仅是一瞬间，她马上又溺陷在阴冷和黑暗中。因为她清醒地意识到季泽对她根本没有真心，只是想骗她的钱。赶走季泽后，七巧痛苦到了极点："就算是他骗她的，迟一点儿发现不好么？""她要在楼上的窗户里再看他一眼。无论如何，她从前爱过他。她的爱给了她无穷的痛苦。单只这一点，就使她留恋。""七巧眼前仿佛挂了冰冷的珍珠帘，一阵热风来了，把那帘紧紧贴在她脸上，风去了，又把帘子吸了回去，热气还没透过来，风又来了，没头没脸包住她——一阵凉，一阵热，她只是淌着眼泪。"这些文字绝望到了极点，也美到了极点。七巧对爱的渴求成了幻影，七巧在欲望中的挣扎最后是一场空。如果能注意这些文字，我们给予七巧的不应该是憎恨，而应该是怜悯。七巧比梨影更让人怜悯，梨影的悲剧是她的爱情注定没有归宿，而七巧对爱的追求就像陷入了无物之阵，她拼尽所有的力气也触摸不到真实的感情，她只能品味、留恋追求爱给她带来的痛苦。张爱玲写《金锁记》并不是为了展示或批判七巧的疯狂与恶毒，她说过："我写到的那些人，他们有什么不好我都能够原谅，有时候还有喜爱，就因为他们存在，他们是真的。”[①] 张爱玲之所以会原谅他们，是因为她理解笔下的人物，是因为懂得，所以慈悲。与今天大量的以各种高深理论挖掘、分析七巧人性恶的论文相比，胡兰成在《论张爱玲》中的一段文字更令人心折：“读她的作品的时候，有一种悲哀，同时是欢喜的，因为你和作者一同饶恕了她们，并且抚爱那受委屈的。饶恕，是因为恐怖，罪恶与残酷者其实是悲惨的失败者，如《金锁记》的曹七巧，上帝的天使将为她而流泪，把她的故事编成一支歌，使世人知道爱。”[②]

从上述分析可以看出，看似单纯善良的梨影并不是纯粹的天使，她的内心也隐藏着一个疯狂的七巧。同样，七巧也不是彻底的恶魔，她延续了梨影对爱的渴求，她在对欲望的表达中也流露出了女性内心的柔软和美好。对于梨影和七巧这两个清末民初的女子来说，对爱情的追求和对欲望的表达无疑是一件艰难的事情。在相对封闭的崔家大院，年轻守寡的梨影渴望抓住儿子的家庭教师梦霞；在相对封闭的姜公馆，嫁给骨痨丈夫的七巧希望能得到小叔季泽的爱。她们都是一边怨恨着，一边挣扎着、追求着，而且她们在爱情中都扮演了主动者的角色，并掌控着爱情的结果。在某种程度上，梨影就是七巧，七巧就是梨影。从《玉梨魂》到《金锁记》，女性在怨恨、压抑中挣扎的故事一直在月光下蔓延。就像《金锁记》的结尾：“三十年前的月亮早已沉了下去，三十年前的人也死了，然而三十年前的故事还没完——完不了。”

三　对话的偶然与必然

《玉梨魂》和《金锁记》的创作时间相隔了三十年。从辛亥革命到上海沦陷，中国的政治、经济、文化、文学都发生了很大的变化。但《玉梨魂》中的梨影和《金锁记》中的七巧在遥相对望的时候想必能够心有灵犀地会心一笑，因为她们在对望的时候，就如同看到了另一个自己。

然而，梨影和七巧的默契并不是由于两位作家在创作意图和价值观念上的趋同而产生的必然结果。《玉梨魂》表现出非常鲜明的创作意图，

---

① 张爱玲：《我看苏青》，《张看》（上册），经济日报出版社2002年版，第163页。

② 胡兰成：《论张爱玲》，陈子善主编《张爱玲的风气——1949年前张爱玲评说》，山东画报出版社2004年版，第21页。

徐枕亚想塑造一个符合父权制文化规范的完美女性，想写一个既忠贞专一又“发乎情止乎礼”的爱情故事。在小说中，叙述人不断地发出声音，直接对故事和人物作出评价和判断：“梨娘固非荡子妇，梦霞亦非轻薄儿。发乎情，不能不止乎礼义。”“梨娘故非文君，梦霞亦非司马，两人之相感，出于至情，而非根于肉欲……不然，稗官野史，汗牛充栋；才子佳人，千篇一律。况梦霞以旅人而做寻芳之思，梨娘以嫠妇而动怀春之意，若果等于旷夫怨女采兰赠芍之为，不几成为笑柄？记者虽不文，决不敢写此秽亵之情，以污我宝贵之笔墨，而开罪于阅者诸君也。”类似的声音在作品中经常出现，这些声音表现出作者干预故事的企图，他希望通过某些方式的净化和过滤，使笔下的人物和爱情都达到他所渴望的那种美好。而《金锁记》并没有表现出明显的创作意图。张爱玲反对以主观意愿束缚故事的发展，她认为故事比主题更重要。她说：“我的情节向来是归它自己发展，只有处理方面是由我支配的。”[①]“写小说应当是个故事，让故事自身去说明，比拟定了主题去编故事要好些。”“让故事自身给它所能给的，而让读者取得他所能取得的。”[②]由于让故事本身去说话，张爱玲从不刻意美化笔下的人物或爱情，她“只求自己能够写得真实些”[③]，而她看到的真实却是破碎与苍凉，“生命是一袭华美的袍，爬满了蚤子”[④]。七巧身上没有梨影那种梦幻般的美好，七巧的爱情也千疮百孔。

徐枕亚和张爱玲在创作上似乎南辕北辙。那么，他们为什么能塑造出心灵相通的梨影和七巧呢？一个主要的原因是梨影的形象背离了徐枕亚的创作意图。如果徐枕亚能把梨影严格控制在创作意图之内，梨影和七巧将是两个截然不同的怨女形象。但徐枕亚虽然强烈地表现出操控人物的欲望，他的控制并不成功。在清末民初这一具体历史语境下生存的徐枕亚在很大程度上还保持着传统文人的心态，但同时他也是一个面向

---

① 张爱玲：《写〈倾城之恋〉的老实话》，《张看》（下册），经济日报出版社 2002 年版，第 373 页。

② 同上书，第 369 页。

③ 同上书，第 368 页。

④ 张爱玲：《天才梦》，《张看》（上册），经济日报出版社 2002 年版，第 5 页。

市民社会的、以卖文为生的职业作家。作为传统文人，他忘不了在小说中强调“发乎情止乎礼”，而作为以市民读者为衣食父母的职业作家，他必须努力写出贴近市民生活的故事，这两方面往往会发生矛盾，因此他的作品不可能成为纯粹的图解其传统观念的工具。《玉梨魂》的核心故事是爱情，作者也正是希望通过对真情、痴情的渲染感动读者，得到市场的回报。而在对真情、痴情的渲染中，女性对情感的言说必然处于至关重要的位置，这就使梨影得到了表达爱情、言说自我的机会。王安忆在谈小说创作时说：“人物一旦进入一定的轨道里，它便会根据自然合理的逻辑自己活动起来，好像它是一个有生命的人。”① 梨影在进入表达爱情、言说自我的轨道之后就在一定程度上挣脱了作者的控制，按照自己的情感逻辑，发出了女性的声音。她的确是“发乎情”，但并没有按作者的想象“止乎礼”，更没有成为符合父权制文化规范的天使型女性。徐枕亚对梨影的控制显然是不彻底的，他的控制就像给梨影戴上了一副被父权制文化认可的面具而不是真正改变梨影的内心和灵魂。戴上面具之后的梨影反而可以在被父权制文化认可、接受的前提下以自己巧妙的方式在父权制文化内部捣乱，这是无法走出家庭和父权制文化控制的女性的反抗和言说的方式。当徐枕亚倾心于自己笔下的佳人的时候，也许梨影已经在面具后面露出了狡猾的微笑。梨影形象的复杂性提醒我们应该反思对《玉梨魂》的研究。关于对《玉梨魂》的评价，我们可以概括出一批关键词，例如过渡时代的投影、半新半旧、既传统又现代、发乎情止乎礼等等。显然，这些评价的依据主要是作者表现出的过于鲜明的创作意图和渗透了作者创作意图的文本表层信息。如果深入文本的细节，克服叙述人声音的干扰，客观分析梨影的形象，这些评价就会陷入尴尬。而且，所谓的半新半旧或既传统又现代等说法可以用于概括清末民初的大部分作品所表现出的过渡时代的痕迹，但不适合用于界定《玉梨魂》或其他某一部具体的作品。因为针对具体的作品，它无法抵达文本深处，也无法呈现作品的独特性，只能成为一句正确的废话。

除了梨影背离徐枕亚的创作意图，张爱玲对主流意识形态的疏离是

① 王安忆：《心灵世界——王安忆小说讲稿》，复旦大学出版社 1997 年版，第 251 页。

梨影与七巧心灵相通的另一个主要原因。在《玉梨魂》发表的30年之后，张爱玲是以站在潮流之外的姿态讲述怨女的故事。在五四之后的新文学中，关于女性问题的探讨，给我们留下深刻印象的应该是被奴役的“祥林嫂”系列和出走的“子君”系列。其中更让人激动的是“子君”们出走的身影。子君骄傲地宣布：“我是我自己的，他们没有谁能干涉我的权利。”子君勇敢地和涓生同居；田亚梅给父母留下字条：“孩儿的终身大事，孩儿该自己决断。”砰的一声关上门，坐陈先生的汽车离开了。这是五四主流意识形态为女性解放照射出的一道光亮，但这道光能照多远？子君没多久就离开涓生，默默死去。田亚梅出走之后生活得怎样，胡适没写。张爱玲提起自己的出走这样说：“从父亲家里跑出来之前，我母亲秘密传话给我：‘你仔细想一想。跟父亲，自然是有钱的，跟了我，可是一个钱都没有，你要吃得了这个苦，没有反悔的。’当时虽然被禁锢着，渴想着自由，这样的问题也还使我痛苦了许久。后来我想，在家里，尽管满眼看到的是银钱进出，也不是我的，将来也不一定轮得到我，最吃重的最后几年求学的年龄反倒被耽搁了。这样一想，立刻决定了。这样的出走没有一点慷慨激昂。我们这个时代本来就不是罗曼蒂克的。”[①] 张爱玲解构了主流意识形态给女性解放赋予的浪漫神圣，也看透了女性生存的来龙去脉。她意识到“现实这样东西是没有系统的，像七八个话匣子同时开唱，各唱各的，打成一片混沌”[②]。被奴役的“祥林嫂”们和出走的“子君”们就像是其中一两个话匣子发出的声音，不能为所有的女性代言。她还强调：“事实的好处就是在‘例外’之丰富，几乎没有一个例子没有个别分析的必要。”[③] 张爱玲的多数小说关注的就是那些相对于主流意识形态的“例外”之丰富：“《倾城之恋》里，从腐旧的家庭里走出来的流苏，香港之战的洗礼并不曾将她感化为革命女性；香港之战影响范柳原，使他转向平实的生活，终于结婚了，但结婚并不使他

---

① 张爱玲：《我看苏青》，《张看》（上册），经济日报出版社2002年版，第164页。

② 同上书，第32页。

③ 张爱玲：《走！走到楼上去》，《张看》（下册），经济日报出版社2002年版，第359页。

变为圣人，完全放弃往日的生活习惯与作风。”[①] 同样，在辛亥革命之后三十多年的历程中，七巧没有成为默默背负历史罪孽与苦难的祥林嫂，也没有成为出走的子君或田亚梅，她只是一个匍匐在家庭中的怨女，她延续着梨影的挣扎。张爱玲说：“人生活于一个时代里，可是这时代却在影子似的沉没下去，人觉得自己是被抛弃了。为要证实自己的存在，抓住一点真实的，最基本的东西，不能不求助于古老的记忆，人类在一切时代之中生活过的记忆，这比瞭望未来更明晰、亲切。”[②] 娜拉们将走到哪里，是张爱玲无法预言也没有兴趣预言的将来，而七巧在旧家庭中的怨恨与挣扎却是她从人类生活过的记忆中抓住的一点真实。这一点真实接通了梨影和七巧。从梨影到七巧，我们可以看到，旧家庭中被压制的女性也具有反抗的力量、主动的力量。梨影和七巧的挣扎与子君和田亚梅的反抗同样值得关注。此层面上，以娜拉出走的反抗模式作为价值标准批判或否定梨影和七巧都是不合理的。张爱玲曾说：“如果必须把女作者特别分作一栏来评论的话，那么，把我同冰心、白薇她们来比较，我实在不能引以为荣，只有和苏青相提并论我是甘心情愿的。”[③] 我想，如果曹七巧能站出来说话，她也许会说：“把我和祥林嫂、子君、田亚梅比较，我实在不能引以为荣，但和白梨影相提并论我是甘心情愿的。”不可否认，五四主流意识形态强调的反叛家庭和离家出走的确曾给女性带来鼓舞人心的光亮，但也不能忽视，从梨影到七巧的怨女形象的塑造揭开了被这道光亮所遮蔽的作为丰富的“例外”的女性生存的真实。

梨影对作者创作意图的背离和张爱玲对主流意识形态的疏离使梨影和七巧走到了一起。这可以说是一种偶然，是冥冥之中的缘分，但偶然中也有必然。因为梨影和七巧的默契其实就是女性声音的默契。女性的声音与女性的言说是女性主义批评最关注的问题之一。女性主义批评家们发现女性在漫长的历史中是沉默的大多数，她们无从言说，无以言说，她们在文学中是被书写的他者，是被言说的对象，是

---

① 张爱玲：《走！走到楼上去》，《张看》（下册），经济日报出版社 2002 年版，第 367 页。
② 同上。
③ 张爱玲：《我看苏青》，《张看》（上册），经济日报出版社 2002 年版，第 161 页。

男权中心文化的产物。她们被男性作家根据自身的欲望和期待改写成天使或恶魔。这些深刻的洞见的确让我们看清了很多被遮蔽的现实，但我们必须承认，文学自身的规律注定女性的形象不可能被彻底改写，女性的声音也不可能被彻底淹没。徐枕亚想把梨影改写成天使，但梨影还是发出了与徐枕亚的期待不和谐的属于女性的声音。其实，女性并不是真正的沉默者，在文学发展的历程中，女性的声音一直存在，它们或显或隐、或明或暗，它们必然互相呼应，互相照亮。这种呼应和照亮必然可以接通很多作品，也可以帮我们找到那些被忽视的女性的声音。

每一部作品都会成为其他作品的镜子，每一部作品都要跟自己的历史对话。张爱玲曾提到对《海上花列传》、《歇浦潮》等清末民初的小说的喜爱，却没提过更具有轰动效应的《玉梨魂》。但不管张爱玲是否读过《玉梨魂》，《玉梨魂》都是她创作《金锁记》的背景和传统，张爱玲版的怨女与徐枕亚版的怨女已经构成了对话。当《金锁记》中的七巧蓦然回首，看到灯火阑珊处的梨影，她也许想轻轻地问一声："噢，你也在这里吗?"

（原文载于《南方文坛》2012 年第 6 期）

《天龙八部》的原型分析

——从《俄狄浦斯王》谈起

刘铁群

文学艺术就像空气和流水一样能跨越时代与国界。金庸的武侠小说《天龙八部》和古希腊的著名悲剧《俄狄浦斯王》从表面上看并无直接联系，但是，如果我们对《天龙八部》进行原型分析，就可以透过两部作品表层的巨大差异看到它们深刻的内在一致性，那就是《天龙八部》中隐含着俄狄浦斯悲剧的原型。

一　“向后站”：悲剧原型的发现

俄狄浦斯的悲剧是古希腊神话传说中最具有命定色彩的悲剧，俄狄浦斯越是想逃避命中注定的不幸，越是更深地陷入悲剧命运的魔圈，他对命运的逃避与抗争只不过是一次次悲剧性的努力。古希腊著名的悲剧家索福克勒斯根据这个神话创作了震撼心灵的剧本《俄狄浦斯王》，他通过俄狄浦斯的悲剧展示了人与命运的冲突：俄狄浦斯未曾出世，阿波罗的神示便规定他要“弑父娶母”，他的父母——忒拜城的国王拉伊俄斯和王后伊俄卡斯特得知神示后就在婴儿脚上钉了钉子，让人把他抛到喀泰戎山上，想让他死去。后来科任托斯的国王和王后收养了他，并把他当作自己的儿子。不幸的俄狄浦斯自己也受到神示的折磨，为了逃避命中注定的不幸，他离开了科任托斯的养父母，然而在流浪途中他与一位老人发生了争执并杀死了老人。他来到忒拜城时，城邦正遭受斯芬克斯的灾难，他解决了斯芬克斯的难题，拯救了忒拜城，并娶了丧夫的皇后伊俄卡斯特。可是忒拜城却再次遭受了瘟疫和旱灾，神示是因为杀害拉伊俄斯的人还没有受到惩罚。正直的俄狄浦斯决心捕捉元凶，但结果却发现罪犯是自己，而且伊俄卡斯特就是他的生母，他戳瞎了双眼，自我流放，以消除城邦的灾难。然而俄狄浦斯是无辜的，他是在无意中犯了逆伦的大罪，而且这完全是阿波罗预言过的，不以人的意志为转移的，但是他所遭受的惩罚却是那么残酷。在此，索福克勒斯向人们揭示出了一个深刻的命题：命运是如此捉弄人，在压倒一切的命运的力量之前，人是那么渺小、无力、无法把握自己。这个从远古时代就令人困惑的命题又被后世的作家们反复探讨，俄狄浦斯的悲剧也因此被原型批评家公认为文学中的一个重要原型，并且用它对众多的文学作品作出解释。本文正是用俄狄浦斯的悲剧对金庸的武侠小说《天龙八部》进行原型分析。

要找出《天龙八部》中所隐含的原型并不难。原型批评主张在精细的阅读中把握作品的结构，但不注意作品的文学结构，而是站在高处和远处看一部具体的作品。弗莱就主张把作品视为“稳定图像”，“向后站”来观察。他让我们这样去发现原型：“在看一幅画时，我们可以站得很近，分析笔触和刀痕，这大致相当于文学中新批评派的修辞分析，站得稍远一点，构图就显得较清晰了，我们可以研究它的内容，例如，对于荷兰绘画来说，这是最佳的距离，在某种意义上，我们是在阅读这幅画。再站远，我们就能更清楚地感知到构图的整体。假如我们站在——比如说，离圣母像很远的距离，我们看不到别的什么，只能看见圣母的原型，一团蓝色的蓝块聚向中心。在文学批评中，我们也常常需要‘向后站’，远离一首诗去看它的原型组织，如果我们‘向后站’看斯宾塞的《变化无常》，就可以看到背景上秩序井然的光环和一块不祥的黑色色块从下部突出来。如果我们‘向后站’看《哈姆雷特》第五场开头，就可以看见舞台上张开大口的坟墓，英雄、敌手、女英雄都走下坟墓，接着上界展开一场决战。如果我们‘向后站’看一部现实主义小说，如托尔斯泰的《复活》或左拉的《萌芽》，我们就可以看到这些标题所显示的神话诗般的构图。”① 现在，让我们“向后站”，看金庸的武侠小说《天龙八部》。《天龙八部》是金庸武侠小说中的杰作，这部作品虽然人物众多、头绪纷

① 叶舒宪编：《神话——原型批评》，陕西师范大学出版社1987年版，第180页。

繁、场面阔大、背景复杂，但是当我们超越《天龙八部》的具体细节，从一个较远的地方观察它，并逐渐剔除枝叶，留下主干，就会发现作品中三个主人公段誉、乔峰、虚竹身上都有俄狄浦斯的身影。他们都在与命运的不幸作抗争，但他们无法战胜命运，最后都和俄狄浦斯一样被一种不可知的力量以玄妙不可解而又必然不可避免的方式操纵着走向更深的不幸的故事。如果我们再向后退一步，从整体上把握作品，则会感受到一种古希腊悲剧中所特有的恐怖与悲悯，金庸似乎和索福克勒斯一样在讲述一个由命运之神造成的古老而又遥远的不幸的故事。在“向后站”的体验形式中，我们显然可以发现《天龙八部》中所隐含的俄狄浦斯悲剧的原型。

二　原型与变体

弗莱认为，原型在每个历史时代都会发生“置换变形”，后世出现的文学形态实际上是一系列置换变形了的神话。显然，从《俄狄浦斯王》到《天龙八部》，原型也经过了“置换变形”。而“置换变形”之后，相对于《俄狄浦斯王》,《天龙八部》已经发生明显的内容的更新和故事架构的调整。在《俄狄浦斯王》中，索福克勒斯主要是通过俄狄浦斯一人的悲剧展示了人与命运的冲突和命运对人的捉弄。在《天龙八部》中，金庸则塑造了三个主人公：段誉、乔峰、虚竹，这三位主人公都和俄狄浦斯一样在邪恶命运的摆布下遭受了巨大的痛苦和不幸，他们各自具体的命运悲剧虽然不能等同于俄狄浦斯的神话，但是在他们身上都能找到俄狄浦斯的身影，也可以说在他们身上都有俄狄浦斯原型的显现，而金庸正是通过这三位主人公的命运悲剧共同揭示了与《俄狄浦斯王》同样的主题。因此，我们可以把《天龙八部》中的主人公段誉、乔峰、虚竹的命运悲剧分别看作俄狄浦斯神话在不同的历史时期的三个不同的变体。下面我们将对这三个变体进行具体分析，并探讨它们与原型的关系。

《天龙八部》中的第一位主人公段誉是大理国的皇太子，与俄狄浦斯对“弑父娶母”的恐慌一样，他的江湖之行使他不断地陷入难以自拔的乱伦的恐惧，段誉先后爱上的几位姑娘都被证实是他同父异母的妹妹。当母亲临终揭开他的身世之谜：他的生身之父不是段正淳而是“四恶之首”段延庆时，乱伦的恐惧才消失了。但是，命运把段誉的不幸安排得天衣无缝，他还没有获得从旧的痛苦中解脱出来的喘息机会，便又陷入了新的痛苦。段誉虽然没有像俄狄浦斯一样犯下逆伦的罪孽，可当他发现自己的仇人——恶贯满盈的江湖歹徒段延庆正是自己的生身之父时，邪恶身世的负罪感使他陷入了同俄狄浦斯一样的悲苦和绝望的境地。

乔峰是《天龙八部》乃至金庸全部武侠小说中最完美、最有魅力的侠义英雄。但他与俄狄浦斯一样，在身处人生最辉煌境地之时遭受了命定的苦难与不幸。乔峰本是中原武林个个倾慕的英雄、丐帮上下人人拥戴的帮主，但是在杏子林中却突然有人揭露他不是中原子民，而是与汉人有世仇的异族后代——契丹人。突如其来的现实灾变使乔峰难以置信，像俄狄浦斯查找杀害拉伊俄斯的元凶一样，乔峰开始了追索身世之谜的艰难历程。但是，他矢志追索的过程实际上是一个纯粹失去的过程。因为种种事实证明了当年他家世的惨变和他无法改变的契丹血统，他由乔峰变成了萧峰（生父是契丹人萧远山），由丐帮帮主变成了丐帮及中原武林乃至大宋的敌人，甚至被辱骂为“大辽番狗”，而他的恩人、师长又都变成了当年误杀他父母的仇人。乔峰对真实的追求把自己逼向了毁灭的边缘，在痛苦与茫然中，他自愿放弃了丐帮帮主的地位，成了孤苦无依的流浪英雄。他的身世使他无法继续生存在汉人世界，他的教养又使他无法进入契丹人的生活，无尽的诬陷、侮辱、误会也接二连三地降临到他的头上，天地之大，竟无乔峰的容身之地。最后在宋辽两军阵前，乔峰以一己之勇胁迫辽王百年之内不犯宋境，以保辽宋边土平安，之后悲壮地自尽身亡。乔峰和俄狄浦斯一样以自己的生命挽救了国家的灾难，当他在雁门关前把两截断剑插入自己的心口时，我们似乎又看到了俄狄浦斯用两枚金别针刺瞎双眼，走向喀泰戎山的身影。然而，乔峰也和俄狄浦斯一样是无辜的，他的契丹血统并不是他的罪过，而是父辈的罪孽注定了他的悲剧命运。

《天龙八部》中的第三位主人公虚竹从小在少林寺出家，自以为是无父无母的孤儿。一个偶然的机会，他得到了神功，被迫当了逍遥派的掌门人，接着身不由己地连破荤戒、酒戒、杀戒和淫戒，进而成了灵鹫宫的主人，最后被逐出少林寺门。然而对于虚竹来说，神功、权势、富贵并不是他的追求，少林寺才是他安身立命之所。可当他千方百计、不惜一切代价地想回归少林之时，他的身世之谜揭开了。他的生身之父就是从小与他近在咫尺的玄慈方丈，而生母却是杀人魔王——“无恶不作”的叶二娘。玄慈方丈与叶二娘的结合犯了禅家之戒，而虚竹也就成了生于邪恶的孽子。玄慈引咎自杀，叶二娘也随之而去，虚竹解开身世之谜之日，也是他与父母永别之日，他又成了真正的孤儿。他只有离开少林寺，回到灵鹫宫。然而，豪华舒适的灵鹫宫对于他来说就像俄狄浦斯的喀泰戎山，如同一座天然的坟墓。虚竹的悲哀在于他无法把握自己的人生自由和选择，就像俄狄浦斯一样在命运的捉弄下，变成了不能掌握自己的莫名其妙的东西。在孤立无助的人生长旅中，他就像一个被厄运胁迫的羔羊，控制不了自己的方向。

可见，《天龙八部》中三位主人公的命运悲剧作为原型的变体都各有其不同于俄狄浦斯的独特的“神话模式”。但是，原型批评并不需要（也不可能）找出完全一致的神话模式，正如魏伯·司各特在他的《西方文艺批评的五种模式》中所说：“原型批评并不一定要追溯到某些特定的神话，他们可以只发现基本的文化形态，这些形态在某些特定的文化中显示出神话的特点。”① 前面我们对段誉、乔峰、虚竹的命运悲剧的具体分析已经表明，这三个变体虽然具有自身独特的神话模式，但是这并不能掩盖他们与俄狄浦斯神话之间的深刻的内在一致性，而这种一致性就表现在三个变体都以自身独特的“神话模式”反映出了俄狄浦斯神话的基本文化形态。可以说他们是在不同的程度上分别揭示了原型的一个方面，也可以说他们是从不同的角度体现了同一个原型，而三个变体之和则基本上展示出了原型的完整形态。

作为批评的途径，弗莱称原型批评为“超越之路”。在这样的结构中，如果我们对三个变体进行一次整体观照，就能够超越每一个变体而达于更深层次。《俄狄浦斯王》是原始人与命运发生冲突，并困惑于命运的神话表现形式。而当我们把三个变体整合为原型时，金庸的小说《天

---

① 魏伯·司各特：《当代英美文艺批评的五种模式》，蓝仁哲译，《文艺理论研究》1982 年第 3 期。此文节译自《西方文艺批评的五种模式》。

龙八部》就表现为一部现代人的神话，一部人生的悲剧寓言，它反映了现代人对命运的思考和面对命运的不可知的困惑。从某种程度上可以说，《天龙八部》是《俄狄浦斯王》的“神话性思维习惯的继续”，它延续着千百年来人类对自身命运的关心和求索。

三　集体无意识的不自觉的浮现

神话作为上古时代社会、文化诸因素综合作用的产物，它参与构建原始人的思维模式和认识世界的方式。正如荣格所说，神话是原始氏族的心理生活，“原始人的智慧并不‘制造’神话，而是体验神话，神话是前意识心理的启示，是关于无意识心理事件的不由自主的陈述，以及除了物质过程的寓言之外的其他一切”[①]。因此，神话作为原始人的思维是一种人类普遍的集体无意识，它在历史的发展过程中必须以心理积淀的方式遗传下来，组成一种超个性的共同的心理基础，并普遍地延续。然而集体无意识一直处于不自觉的状态，它既独立于意识又超越意识，虽然“神话的原型与今日个人的原型非常可能以很相同的方式出现”[②]，但它绝不能通过意识的选择来引起，而只能是间接地通过意识来引起或自发地出现。也就是说，不是来自可以察觉、可以说明的意识根源。这种原始意象即原型的自发显现可以用来解释创作中的非自觉性现象。荣格就认为原始意象和原型的存在为艺术和文学提供了基本的创作主题，伟大的作家之所以写出了伟大的作品是在集体无意识的影响下不自觉地表现了一些原型，触动了种族之魂，触动了读者的深层无意识。《天龙八部》中的原型显现也正是如此，金庸之所以能将俄狄浦斯的悲剧自然地承袭为自己作品中的原型，并不是他对《俄狄浦斯王》进行了有意识的模仿，而是他在集体无意识的影响下不自觉地表现了俄狄浦斯悲剧的原型。

在《俄狄浦斯王》中，命运表现为一种无法逃脱的神秘而可怕的力量。在一些西方哲学家看来，这种神秘可怕的力量就是异化。当人开

---

① 荣格：《集体无意识和原型》，《多维视野中的文化理论》，浙江人民出版社 1987 年版，第 321 页。

② 同上书，第 323 页。

始意识到自己成为人的时候，就开始与异化自身的力量作斗争，几千年的人类文明史，实际上就是一部人与自然社会斗争的历史。然而在斗争中，面对自然和社会的强大，人类不断地遭受着无可逃遁的痛苦、折磨乃至死亡，这些在人的头脑中会很自然地转化为命运观念。正如朱光潜在谈到古希腊悲剧时所说：“从整个古希腊悲剧看来，我们可以说它们反映了一种相当阴郁的人生观，生来孱弱的人类注定了要永远进行战斗，而战斗中的对手不仅有严酷的众神，而且有无情而变化莫测的命运……既没有力量抗拒这种状态，也没智慧理解它，他们的头脑中无疑常常会思索恶的根源和正义的观念等，但是却很难相信自己能够反抗神的意志，或者能够掌握自己的命运。”[①] 在各种异化自身的力量面前，人是那么渺小、软弱，在不可知的命运面前，人是那么无能为力，难以把握自己。

命运的阴影笼罩着整个古希腊，远古先民在对人与命运的冲突进行探讨的过程中体验到个体的脆弱以及生命的无价值、无意义，因此不可避免地陷入了悲观和困惑，并用上帝和天神解释命运的神秘。随着历史的发展和科学的进步，并不是人人都相信上帝和神话，可是人类并没摆脱那种异己的力量对自身的威胁。虽然人类不再由于对自然力难以控制而感到自身的软弱，不再寻求在想象中征服自然，但恰恰相反，人害怕的是他自己所创造的社会力量。现代文明的发展在给人们带来物质财富的同时，也给人们带来了空前的精神危机，人们在失掉上帝的同时，也失掉了自身的价值感。人的心灵在科学的冲击下倾斜了，文明的进步与人类精神的恐慌之间的巨大反差，使人类深深感觉到生命的痛苦和人性的压抑，正如卡夫卡所说：“我们看见，这是由人建造的迷宫，冰冷的机器世界，这个世界舒适的表面上的各得其所越来越剥夺了我们的权利和尊严。”[②] 战争的威胁、金钱的诱惑、情感的物化等构成的综合病症使人们感到无所适从；价值的失范、精神家园的丧失，使人们失去了生存的精神依托。现代人所面对的主要威胁是精神上的贫穷，而不是物质上的贫

---

① 朱光潜：《悲剧心理学》，人民文学出版社1985年版，第101页。

② 古斯塔夫·雅努施：《卡夫卡对我说》，赵登荣译，时代文艺出版社1991年版，第56—57页。

困。那些失去正确生活目标的人们犹如生活在丧失了精神生命的现代“荒原”，感觉自己正在被巨大而令人昏乱的变化之轮带向不可知的地方。从某种程度上说，现代人在异化自身的物质中体会到了与远古先民同样的孤立、无助、茫然、恐慌与绝望。在这种情况下，现代人的生命体验便很自然地接通了远古先民的心灵深处。许多作家的创作开始不自觉地转向了曾被视为与理性和科学背道而驰的远古神话、仪式、梦和幻想，20世纪的文学出现了明显的“回到神话”的趋向和强烈的“寻根”意识。也许“我们的时代离开生命的本原越远，艺术和诗就越坚决地渴求回到那里去。向往原始模型、榜样，向往藏在深处的不变的东西”①。金庸就以他的小说《天龙八部》向人们展示出了一部现代人的神话。也许金庸在塑造段誉、乔峰、虚竹三位主人公时并没有想到俄狄浦斯的悲剧，但是当他在作品中对现代人的命运进行思考时，面对异化自身的物质世界，不可避免地要陷入与索福克勒斯同样的悲观和困惑，而当他带着这种情绪寻找悲剧命运的根源时，便自然而然地激活了潜意识里的原型，唤醒了沉睡于他思想深处的俄狄浦斯。

金庸作为一个通俗文学作家，自称讲故事的人，他自己说只求把故事讲得生动热闹。然而，当金庸在他的作品中不自觉地表现出俄狄浦斯悲剧的原型，并以无法摆脱的偶然和近乎命定的绝对向现代人昭示生命的悲哀和无望时，《天龙八部》早已远远超出了他“讲故事”的目的。在荣格看来，艺术代表着民族和时代生活中的自我调节活动，它在对抗异化、维护人性完整方面具有不可替代的作用。当艺术家以不倦的努力回溯于无意识的原始意象，这恰恰为现代的畸形化和片面化提供了最好的补偿。② 同样，当金庸从无意识深渊中把渗透着远古人类深沉情感的原型重新发掘出来时，武侠小说《天龙八部》就不再是一个普通的传奇的故事，它已经不自觉地对异化自我的现代物质世界作出了某种对抗。正如荣格所说，原型具有强烈的影响力，作家一旦表现了原始意象，……同时将他所要表达的思想从偶然和短暂提升到永恒的王国之中，

---

① 丘·勃列克尔：《新的现实》，转引自班澜、王晓秦《外国现代批评方法纵览》，花城出版社1987年版，第201页。

② 叶舒宪编：《神话——原型批评》，陕西师范大学出版社1987年版，第8页。

把个人的命运纳入人类的命运，并在我们身上唤起那些时时激励着人类摆脱危险、熬过漫漫长夜的亲切的力量。

（原文载于《广西大学学报》1999 年第 3 期，《中国人民大学报刊复印资料·中国现当代文学研究》1999 年第 9 期）

“这悲伤的颠覆者”

——蓝蓝的《从这里，到这里》

冯　强

初次拜访蓝蓝时她提到对“社会主义经验”的处理，这让我想起谢默思·希尼在提到东欧社会主义国家的诗人时所意识到的一些问题：在那里，诗歌以其正义感承担起本该由国家来实践的正义。从历史事实来看，如果我们承认诗歌也是一种良心的事业，我们就不会怀疑所谓的“东欧社会主义国家”里的诗人拥有比生活在资本主义国家的诗人更多的写作资源和动力，与后者相比，他们面临更多的社会不公和伪善，而言论上的不自由又使他们必须发明更多的写作面具，这恰恰契合了语言本身游戏的一面。让人遗憾的是，面对东欧社会主义诗歌的巨大成就，中国诗歌所能呈现的社会主义经验却是贫乏的，蓝蓝自觉意识到这个问题，并在2010年出版的《从这里，到这里》集中展现了她近年来对这种经验的刻画。

2009年夏天，在风景如画的瑞典哥特兰岛上，蓝蓝同王家新等诗人相约写一首“哥特兰岛的黄昏”的同题诗。在诗的结末，蓝蓝写道：

> 哥特兰的黄昏把一切都变成噩梦。
> 是的，没有比这更寒冷的风景。

黄昏时刻哥特兰岛天堂般的美景使诗人仿佛遭受到“无意的羞辱”，哥特兰的美好换来的是诗人的罪感，而诗人的罪感又颠覆了美景，宛若沙漏，美被一点点瓦解、漏下，美得越饱满、充盈，漏下的痛苦和空虚就越大。在波罗的海圆满的日落面前，“我是个外人，一个来自中国/内心阴郁的陌生人”。诗人加强了自己的身份属性，一个中国诗人，焦虑于这个国家众多的苦难，这些苦难使她所见到的任何一种美成为“不洁的幸福”，它们是沙漏的另一端，在不停的颠覆中获得自身的意义。因为“‘完美’即是拒绝”（《哥特兰岛的黄昏》），拒绝他人，拒绝对他人的想象，拒绝对他人痛苦的想象，而这恰恰是蓝蓝界定善良与否的重要标准。在蓝蓝那里，美是残缺的，为善留下余地——

临街钟楼的半截梯子微微一晃
撤回云端。沙漏突然停了——(《大天使》)

这是《大天使》中的句子，也是蓝蓝的本色。读她的诗歌，常常能感受到从云端放下的梯子，有天使在梯子上上下。而有了梯子的放下和撤回，美和善的辩证就达到一个平衡，沙漏就停止。那些细细漏下的良知的沙子重组了风景，“这细碎的缺失使他完整”——

大地在飞，丑陋的疤痕
被他的双翼抬起。这悲伤的颠覆者
垂下他的眼睑。……
他以阳光遮脸，以灯火后的阴影
以发黄的沉沉书页。他消失在明晰中(《大天使》)

飞翔时被双翼抬起的丑陋疤痕，这种残缺的美扩大了诗人“视力的阴影”，使她写下了带着阴影的诗歌，这阴影既有伦理上的包容性，也有美学上的神秘感：

……如此缓慢
搬动光明之词的黑暗。　（《活着的夜》)

一般情况下，西方的理论旅行到封闭的中国会变得失去大部分说服力。同样，在西方显得光明的词语和警句到了中国也会因为语境的丧失而显出阴影。毋宁说，能否“搬动光明之词的黑暗”就是考验中国诗歌对社会主义经验的处理能力的关捩：

“生存，还是毁灭?”
哈姆莱特在说话。而我的问题却是
关于沉默的罪过：
——“是说话，还是毁灭?!” （《克伦堡》）

哈姆莱特的名言需要得到中国语境的改写，因为“我们的嘴已装上安全的消声器”（《火车，火车》）。在写给墨西哥诗人帕斯的《现在，不可触及》一诗中，蓝蓝向曾经有着同样遭遇的帕斯诉说了自己的苦恼：经过1968年墨西哥城奥运会前后的“特拉特洛尔科”惨案，墨西哥战后经济增长奇迹宣告结束，从而拉开了社会公正及政治民主化运动的帷幕，1992年，获得诺贝尔奖的帕斯已经可以在一个自由民主的社会语境下要求“对现在的追求”，而蓝蓝——

在语言和真实的岩石上
在刀刃和孤独者的眼里

而依旧是我的现在
不可触及。……（《现在，不可触及》）

所以蓝蓝才会写出如此痛彻心扉的诗句：

我俯身嚎啕仅仅是因为利刃
而生出了盔甲。 （《活着的夜》）

现在流行的东方主义（Orientalism）和西方主义（Occidentalism）都以民族国家为单位，而且它们根本上都是一种西方话语，尤其是前者，是西方话语内部对主流的自由民主话语的一种批评，而后者则可以视为其反批评。它们以权力关系为核心，是对权力关系的一种再认识。在《身份焦虑》一诗中，蓝蓝批评了中国诗歌界中存在的以"汉学家的尺寸"来度量诗歌的风气。如果说东方主义和西方主义偏向一极而憎恶、仇恨另一极，"从这里，到这里"这样的命名则明确拒绝了这种以某一地域、某一种生活方式为中心而以另一地域、另一种生活方式为陪衬甚至敌人的思维，在诗集的后记《寻找与裂痕对位的言说》中，蓝蓝将两种生存并置对观：

> 自2005年起，因为生活的原因，我常常来往于京广线上。坐在明亮或昏暗的车厢里，看着车窗外飞驰而过的华北大地，忽而又是映入眼帘的高楼密布的都市；身边上上下下的旅客，身着不同的服装、有着不同的口音，显示出他们不同的身份……这是他们的生活，同样，也是我的生活和羞愧，是我自身经验中深深的裂痕。

无论是北京还是华北农村，都是诗人念兹在兹的"这里"。这不再是东/西方主义围绕民族国家进行的敌—我想象，也不仅仅是对权力关系的再认识，对他人生活的好奇、同情和因理解而生的羞愧让诗人给出了对于生命和人性的深层次理解。凭借诗歌的想象力，"使得人与人、人与万物同为一个整体的生存体验成为可能"，同时，诗人对诗歌想象中的权力关系难得的清醒又使得她了解"自身经验中深深的裂痕"。蓝蓝曾说"在面对时代的美杜萨那使一切都变成石头的沉沉目光时，想象力既能够成为一面遮挡它可怕面孔的盾牌，同时又能使它的恐怖面容真实地反映在这面盾牌之上"（木朵《蓝蓝访谈：更多的是沉默》），一方面，语言遮挡和反映了时代；另一方面，时代也激发和深化了语言，"生活带着诗意的伤痕，而诗歌则带着生活并不光彩的暗疾"（耿占春《宁静的源泉》）。语言和时代的相互伤害和相互支援在蓝蓝那里得到了充分的展开：

> 我的鼠标在黑暗地洞里奔窜，寻找一个

光明的出口。荒凉的楼群不可触及
语言犁头找不到泥土里
最细的草根，那门缝夹疼的一丝光亮 （《现在，不可触及》）

……摇动铁轮的手臂
被活塞催起——火苗窜上来。一扇窗口
飘着晾晒的婴儿尿布，慢慢升高了…… （《未完成的途中》）

村庄埋下了道德的栅栏。纪念碑
在会议桌上矗立。棺柩悄悄运进了城。 （《即景诗》）

我的脸像一块石头被扔进坚硬的深夜。 （《克拉玛依之夜》）

这些句子属于当代诗歌对我们这个时代的批判，但即使从纯诗的角度看它们也无可指摘，反而是时代的语境让这些悲愤显得更加纯粹，弥足珍贵。现实非但没有限制诗人，反而在最意想不到的时刻帮助了她。对他人的情感——对他人痛苦和欢乐的想象——并没有减弱诗歌的修辞，反而激发出其语言自身所葆有的神秘效果。蓝蓝认为好诗有它失控的部分，“会有我们的感情和理智在一开始做一个引导，但随后会发生什么，我们自己会预料不到。感性和语言的神秘会在创作中突然拐弯，有时会甩开理智的控制，自己朝一个方向奔去。这也许就是诗歌迷人的魅力”。（王西平对蓝蓝的访谈《写童话的“温色”诗人蓝蓝》）语言会在理智的大路上突然拐弯，去寻找自己的欢乐，而更多的时候，是语言的迷途知返，重新拐回悲哀而无奈的现实当中：

此时，是我悲哀于从没有扑进你的视线
在词语的废墟和熄灭矿灯的纸页间，是我

既没有触碰到麦穗的绿色火焰
也无法把一座矸石山安置在沉沉笔尖。 （《矿工》）

这样一个内在的辩证可以通过诗人关于“拐了弯儿”这一意象的不同处理得到直观：

……站在窗前，
我想：我爱这个世界。在那
裂开的缝隙里，我有过机会。
它缓缓驶来，拐了弯……　（《未完成的途中》）

诗人啊，你想象力的翅膀
在通往高超技艺的途中
——拐了弯儿　（《良知》）

后者是诗人放在诗集扉页的几句诗，将二者参读才会得出相对完整的意义。我将这一“拐了弯儿”视为词语和语境的互渗性。互渗性的前提是“裂痕”，“从这里，到这里”这样一个标题已经向我们暗示了这个裂痕的存在：重复出现的“这里”让它有一种迷人的摇篮曲般的沉醉，无疑它也是睿智的，将京城和华北乡村合二为一之后又将其拆散，使每个独立的部分又获得一种整体的粘连感：“裂痕”既意味着命运的整一，也意味着命运的离心。读蓝蓝的诗歌，如果不能读出“裂痕”，不能读出那些“光明之词的黑暗”，那些中国当代的语境对词语的纠正，我以为就是不充分的。蓝蓝会“因为没认出一条微小的裂缝而羞愧”（《有所思》）。如果说词语是分享的最初可能，那么词语也是不可分享的最初命令，因为不同的语境会促使其从抽象向着具体的分裂，词语和语境互为相遇和对话的前提，二者只有在不断的渗透中获得自身的意义。这种互渗既发生在单纯的个人记忆当中，比如“经七路梧桐树上的白鹭”（《白鹭》），翻翻诗集的最后一首诗，也是组诗《阿克苏诗笺》的最后一首《七月》，我们会再一次发现“搬动光明之词的黑暗”的“这悲伤的颠覆者”：

阿瓦提，美丽的胡杨和白杨

我的嘴唇留下过杏子的甜蜜
拥抱我的沙漠的热风和夜空的星辰
在这个时刻惩罚了我：
木卡姆，你的歌声
是多么美——有着黑色洞口的绝望！

帕斯认为：“诗歌正是现代政治思想所缺少的伟大因素……倘若在专制制度失败之后诞生一种新的政治思想，则必须吸收现代文学和诗歌的全部鲜活的遗产。”① “对他人的感情”作为蓝蓝写诗的初衷和持续的动力，正是帕斯指出的诗歌能够为现代政治提供的宝贵因素。“只要一个人还有对他人的想象力，只要人是各种关系中的存在，那么你就无法只盯着自己那点‘痛苦’，其他人的命运就是你的命运，况且你自己也身在其中，在一个人类社会的现实里。”（《寻找与裂痕对位的言说》）

蓝蓝的可贵之处在于，她将颠覆者的角色贯彻到底——她的自省意识，她对自身优越感的警惕使她常常推翻自己，从崭新的角度重新审视自己：

我的手也击打过他们的脸
以优雅的书斋生活的方式：
背影踯躅的老妇，惊恐的孩子的目光
腐烂在桥洞下的姑娘的乳房
我的手还在掩着自己的面孔
眼睛却瞥见——

拿笔的手已经洗不干净……　（《日常生活》）

有时，一声遥远的哭泣，一个孤单离去的背影抛出绳索
从深渊救出我。

---

① 帕斯：《写作：我的思想就是一些意见》，赵振江译，《南方周末》2008年1月31日。

我认出那张我曾无情击打过的脸。　（《钉子》）

从这样对自身的颠覆中我们读到了一个当代诗人的真诚。我仍然想起《大天使》中那个停止了的沙漏意象。在为王家新《为凤凰找寻栖所》一书写的评论当中，蓝蓝写道："因为历史的原因，中国很多的诗人常会处于'二元对立'的矛盾和思想方式之中，或强调'介入'生活，或专注于对'纯诗'探索。对此，王家新重提诗人的'承担'一词，来超越这种'二元对立'。他提出'把一个时代的沉痛化为深刻的个人经历'，他赞赏'从内部来承担诗歌'，都有助于我们把握到问题所在。这种对于'介入'和'纯诗'的双重纠正，'使写作有可能在一个更切实的起点上展开'。"[①] 具体到个人，知行相合的承担就是使沙漏停止的时刻，这种承担不是奴才式的逆来顺受；相反，它是一种寻求独立和自由行动从而摆脱被看护状态的努力，这是当代诗歌所潜隐着的政治功能，也是当代诗歌的活力所在。

（原文载于《名作欣赏》2011 年第 12 期上旬）

① 蓝蓝：《墨水的诚实——读王家新〈为凤凰找寻栖所〉》，《新诗评论》2009 年第 1 辑，北京大学出版社 2009 年版，第 126 页。

《看虹录》:“用人心人事作曲”的实践

李雪梅

在英语或德语小说史上，小说的音乐化一直是个重要现象：涉及的作品范围之广与囊括的作家数量之多①令人叹为观止。检视中国现代小说，有意识地借鉴音乐技巧或手段来写小说的作家，据笔者目前所知，以沈从文最为突出。音乐在沈从文的小说中不仅有着营造小说氛围、刻画人物性格的作用，而且也作为小说写作的参照对象出现。本篇论文以《看虹录》为例，考察沈从文“用人心人事作曲”的实践。

沈从文的短篇小说《看虹录》，1943 年 7 月发表在《新文学》期刊上。作品自诞生之日起便毁誉参半。作者本人对此似乎早有准备，预先拣选了小说的理想读者：“应当是批评家刘西渭先生和音乐家马思聪先生，他们或者能够超越世俗所要求的伦理道德价值，从篇章中看到一种‘用人心人事作曲’的大胆尝试”；或者“是一位医生，一个性心理分析专家”②。这一段独白是中国现代小说史上绝无仅有的关于小说模仿音乐的证据，并且是来自作者本身的证据。

如果是一位不知道作者意图的读者，大概更能感兴趣并容易接受的是文中男女相互挑逗与揣测的场景；而如果知晓，必会感叹如此一部作品，不从音乐的试验角度来理解，怎么能领会其中妙趣？并且从作者所

---

① 作品方面，如中国读者熟悉的《约翰·克里斯朵夫》、《追忆逝水年华》、《尤利西斯》、《生活在别处》等；作家方面，如罗曼·罗兰、普鲁斯特、乔伊斯、米兰·昆德拉、伍尔夫、托马斯·曼等。

② 沈从文：《〈看虹摘星录〉后记》，《沈从文全集》（第 16 卷），北岳文艺出版社 2002 年版，第 343—344 页。

期待的两种读者来看，也可以发现其中的关联：一是形式上对音乐的模仿试验；一是为心理“疾病”求医，也即病例的展示。说是病例，其实是大部分人都会有的“病”：人生情、欲、道德、责任等的交织冲突状态，令人无所适从。因而也可以看作为这一种人生现象寻找合适的“外衣”。虽然，人生的隐在疾病千头万绪，岂是这试验中的精致小结构及两条线索所能担负的？于是，生命在沈从文看来又实在是一部头绪纷繁却各行其道的交响乐了。沈从文曾在20世纪70年代两次提到，如果社会再变，自己将选择作曲①作为职业。社会没有给沈从文这个机会，但“乐迷”沈从文，早已用“人心人事作曲”。

一 作曲实践之一：一节真实的“音乐”

从整体结构上来看，小说分成三节。第一节是引子，如京剧的自报家门，也是由坚硬却混沌的现实进入抽象虚空通道的打开。其中，“夜”、“空阔而寂静”、“感情”是打开的准备要素，“梅花清香”则是直接的诱发。香味暗示一个空间长驱直入的形态，弥漫开来，影影绰绰。空间的进入过程如此不可思议，不可捉摸，不可言说，一如跟着“清香”走。从“作曲”的目的上看，此处亦可理解成作者是从音乐在时空中建构幻觉世界的神秘方式，来扭转读者关注小说世界的习惯，因而完全可以以聆听音乐的方式，细细触摸、进入这里保存并重现的“流动不拘的美”。这样，才能在接下来的“故事”展开过程中，“有所为，有所不为”：既可以当故事解读，也可以当作旋律的展开和发展。作者在叙述的过程中努力营造这样一种“音乐幻觉”，也希望读者理解并呵护这实际上比较朦胧的音乐效果。因此这一节简单的引子却从整体上奠定了文本的多种姿态。“万物自生听，太空恒寂寥”，小说将音乐幻觉世界的背景放在“空阔而寂静”的夜里，即使万籁不俱寂，但是这一个世界的诞生意味着万

① 沈从文：《沈从文全集》，北岳文艺出版社2002年版。一次为1971年2月19日沈从文在复彭子冈、徐盈的信中说：“如果还有个什么机会去和音乐学院师生一道，我肯定还有第四次改业机会，即作曲。”（见22卷第440页）；另一次为1972年8月14日沈从文在复沈虎雏的信中说：“如社会再变，还有第四次改业机会，或许将试学‘作曲子’”，“若活到七十六岁还有机会接近什么乐舞团，那些年轻女孩子会激起我的想象力，写得出十分好听的民族曲子。成就肯定将不下于我写的小故事”。（见23卷第245—246页）

物的退隐，“梅花清香”如划过夜空的炫目亮光，如神说的“我要有光”，于是世界便有了光，刹那间，那一道门打开了。沈从文“用人心人事作曲”的野心似乎也只是想在这道亮光中想象一个充满纠结与挣扎的心灵世界。而后随着时间的消逝，化成一把灰烬，如梦如幻。同时，这更是一个绝妙的进入“抽象的抒情”的小说开头。“夜”、“感情”、“清香”使小说的开头实现了纯粹的“抽象”，使凝眸虚空成为接下来自然而然的顺从了。

第二节，顺着清香而进入的“空间”——房间内发生的故事，如梦如魅，如影如幻。作为小说第一节已打开的空间，这一节，叙述的有限线条构成了空间的界限。就像雕塑在空间所占的体积与形状，舞蹈的肢体在空中画出的弧度，音乐的旋律在时间中留下的起伏身影。“房间”，象征音乐在时间过程中建构的虚幻空间。如果我们依旧遵循第一节的聆听音乐的原则，依旧让“用生命中最纤细的神经捉住了一个美的印象”，继续纯粹地在抽象中流动，小说中的环境、人物、对话描写便都可以幻化出纯粹的音响幻觉。只是虽然，如上文提到过，音乐在这里是以形象和概念出现。这里有个问题是，音乐对我们的影响方式由声音而形象、感觉，这里却是反过来的，由形象、感觉而声音。这里我们不必苛求：“如此得不合情理或牵强”，因为当我们阅读这一部小说，我们就已经接受了作者对这一小说的文体预设：“用人心人事作曲”的尝试。作者自己也说“文字写得太晦，和一般习惯不大相合”，“十分危险，会出乱子的”。的确，假如我们诚心理解作者，我们也可以意识到小说的危险无处不在，感觉到作者小心谨慎的叙述触角十分有节制地扶“墙”（房间的墙）行走。比如，进入房间后，小说中的第一次关于窗外的描写是“像是一个年夜，远近有各种火炮声在寒气中暴响”；第二次是主人阅读故事时，客人的心绪似乎又飘移到了窗外：“房中只两人，院外寂静，惟闻微雪飘窗。间或有松树上积雪下堕，声音也很轻。”第三次是客人拉开窗帘一角，“但见一片皓白，单纯素净”。窗外，有一种静默的声音，由于不太过分，倒有点丰富了屋内声音的层次。否则，将不但是寒夜中冷空气的无情侵入，更可能使温暖的幻觉空间顿时分崩离析。

Werner Wolf在分析《尤利西斯》中的“塞壬”插曲时[①]，曾把小说中的人物分组，各归到几个声部当中去，这对本身就是音乐表演者的乔伊斯（男中音）来说，具有合理的现实意义。而对沈从文来说，虽然这一特出的实验几乎达到了Wolf意义上的通篇小说音乐化的程度，但我们依然不能忽视的是沈从文此处凸显出的特质是：第一、营造音乐幻觉，文字的目的是保存并试图重现幻觉；第二，小说的结构是按中国人的思维习惯理解的西方交响乐的一般特征，即各声部的对话性。因此，这里的结构显得略微单薄、拘谨。作者只能集中在二人之间的言在此意在彼的对话上，即使换了个方式，多了个“嵌套”：移到小说中的小说，作者在总体上想维持的叙述思维也没有改变。而乔伊斯，则可以在众多人物与场景当中，像米兰·昆德拉所说的，以某个隐秘的概念将他们拢到一起。《拿破仑交响乐》[②]也是这样，虽然严格将小说的结构定位在贝多芬的《第三交响乐》(Eroica)，以完全地实现音乐的线条为小说的目标，但作者依然可以大胆驰骋在历史与想象之间。至于对随后是否实现了结构上的模仿，在什么样的程度上实现，似乎就留给批评家与读者去“激扬”文字了。另一方面，我们还应该看到的是，沈从文这里的小心，却也实现了一种纯粹的音乐结构概念，并且是只有中国的作家才会如此理解的结构：带着单线音乐的思维来理解的交响乐。这一点，小说的第三节就体现得更为突出了。虽然，这一节如果能够简洁一点，与第一节在结构上会更协调一点。

第三节，小说由虚空中又回到现实，“一切不见了，消失了，试去追寻时，剩余的同样是一点干枯焦黑东西……”。在此，小说实际上被活生生分割成两个部分，现实与幻觉，其实也是小说与音乐的分割。“一切结束了”，也即在时空中进行的那一节纯粹抽象的流动结束了。我们已经被遗弃在现实的房间或路边了。当“一切消失了”，我们回到小说的现实。有意思的是，似乎每一部“音乐化小说”，各自的作者都会有一番表白与解释，不管是实验的雀跃与自信，还是完成后的自大或担忧。比如《拿

---

① Werner Wolf, *The Musicalization of Fiction: A Study in the Thoery and History of Intermediality*, Amsterdam: Rodopi, 1999, pp. 125 – 140.

② Anthony Burgess, *Napoleon Symphony*, Jonathan Cape, London, 1974.

破仑交响乐》的《致读者信》，乔伊斯在不同文本或信件中的自白，《点对点》[1] 中的嵌套式结构——小说主人公是小说家，在解释如何写一部音乐化小说，以及《看虹录》这里更隐晦的小说与音乐的分界。不同的是，前三位作者主要是在结构上（乔伊斯是全面的实验）孜孜以求，沈从文是对音乐抽象虚空的“展现”。

总之，将此小说与很多拥有类似结构（引子、发展、尾声）的小说区别开来的是，小说试图用文字营造出和音乐一样的效果：进入虚空，虚空中的一切清晰又模糊地展开，既准确无误又什么都抓不住。整个小说三节其实就是一次完整的聆听音乐的过程。

二　作曲实践之二:《看虹录》的复调

《看虹录》中暗示出努力某个声音的进入与隐去。如本来就只有两个人在房间内，这里可以出现的声音当然只有主客两位发出的了。作者细细描绘主人的出场：“原来主人不知何时轻悄悄走入房中”，然后欲诉还休的几句对话后，主人回去换衣服，又从现场隐去，由于整个氛围是梦幻般的静谧幽诡，哪怕是再轻巧的脚步，都会引起这个世界的震动，都有异常清晰的声响回荡。犹如交响乐的一个声音的加入与隐退，自然得如同本来就应该是这样的，自然得不像艺术作品，作品的物质媒介——声音消失了，仿佛剩下的只是世间的人来人往、潮起潮落。熟悉沈从文的读者大概都不陌生，在沈从文看来，一切都是现成的大乐章，只差用乐谱记录下来，那么，这里就是沈从文心灵的乐章的文字表达。小说当中，客人处于观者的角度，并且整个梦幻般的氛围也一直笼罩着客人。客人就像主旋律一直在舒缓地进行，主人的出现—对话—隐去—又出现，作者极力突出这个过程的声音性。假若可以，继续第一节的聆听，那么这里就是第二声部进入的袅娜身姿了。

本来，小说中几乎是很难实现音乐中声部的自由穿梭的，但由于《看虹录》线索上的单纯明净，局部上暗示出这样一种持续变化的声音之流，并且这样一种声音之流与一般小说中人物的进出与情节的发展变化

---

① ［英］奥·赫胥黎:《旋律的配合》，龚志成译，上海译文出版社 2002 年版。

相区别的地方在于：后者犹如嘈杂的市声喧哗，没有规律，构不成乐音；前者则是精心营造，并且有合适的节奏感，如果说这一切是在想象中发生，前后一定还连成了旋律的。沈从文的部分其他作品也是如此，比如《湘行散记》，而《边城》，则可以看成市声与乐音的融合。沈从文此处并未模仿任何一部现成的大乐章，他只是倾听，并记录下来而已。总之，这正是沈从文所谓的“人心人事作曲”实验的成功处之一：凸显小说的声音性。

同时小说努力用单线语言呈现出两个不同声部的声音同时出现。这个同时性不是巴赫金意义上的“双声语”，而是外在现象的“双声”，从小说的叙述本身，更确切地说是文字的排列本身即可看出的“双声”。小说中出现了以下几种“双声”现象：

(1) 主人与客人的直接对话，每一句对话却都像是回音壁一样，都弹到另一层心照不宣的意思上去，形成两个声音同时出现，却在奏着两条不太一样但又相互关联的旋律：

> “天气一热，你们就省事多了。”意思倒是“热天你不穿袜子，更好看”。
>
> “天热真省事。”意思却在回答，“大家都说我脚好看，那里有什么好看”。

这样几个回合之后，作者说“这种无声音的言语，彼此之间都似乎能够从所说及的话领会得出，意思毫无错误”。似乎在提醒读者，此处的描绘正如音乐的语言，无比模糊，却无比精确地描绘出心里情感的生命形式。是心有灵犀，还是生命的原始矛盾和痛苦本来就是一样的？“这种无声音的言语”，与前面有声语言构成音乐的本质发现。而且，言说的一层是社会人“虚伪”的语言方式，未言说的是“原始”人的生命冲动，二者之间的张力呼应出语言表达与身体的深层联系和冲突。生命的流动不拘以这样一种方式捕捉，是否更妥帖了呢？我们在下面会得到更清晰的答案轮廓。而这一点，也并不是空穴来风，因为我们要时刻记住作者的自白“用人心人事作曲”，以及他为数不少的对音乐的抒写，与想作曲的奇志。[①] 无论此处是性爱叙事，还是“作文字的裸体画”[②]，对论文所关注的形式上的实验来说，内容在这里并不重要，只要这种内容具有“交响”、“复调”的性质，可以用来更好地体现层次的清晰与轻盈就可以了。

(2) 肢体语言与其所言说的，没有出现真正的物理声音，像一场哑剧。如果说上面的言在此意在彼式的对话可以正襟危坐时而微笑颔首地听的话，这里，则需要凝神贯注：

> 主人轻轻的将脚尖举举。(你有多少傻念头，我全知道！可是傻得并不十分讨人厌。)
>
> 脚又稍稍向里移，如已被吻过后有所逃避。(够了，为什么老是这么傻。)

如果硬要用乐曲结构来比喻，显然这里相当于用两种乐器的对话交流。而且肢体语言类似于弦乐的拨奏，后面的言外之意类似于旋律，就像莫扎特的《C 大调长笛与竖琴协奏曲》（k299/297c）中，长笛与竖琴这两种号称最美音色的乐器，相互嬉戏跟随，倾心相诉，是二重奏——对话的经典例子之一。竖琴的拨奏，如“轻轻的将脚尖举举”，这不是手指拨的动作吗？而“举举”，动词音响化了，成了个具有拨奏效果的象声词——juju，清脆俏皮，宛如小约翰·施特劳斯和约瑟夫兄弟合作的《拨奏波尔卡舞曲》中那些晶莹圆润的音符。与此形成对照的是，括号里面的另一个声音的（你有多少傻念头，我全知道！可是傻得并不十分讨人厌。）情思流畅，自然形成和婉柔媚的旋律，这里可以是小提琴，也可以是竖琴、长笛。由于这一句的成功模仿了两个乐器的对话，下一句就变得容易理解了，虽然可能没有那么形象，因为“如已被吻过后有所逃避”太概念化了，属于一种现象背后的心理探寻。而“将脚尖举举”，则同时

① 这一点，笔者在硕士论文《“眼睛想听见，耳朵想看见”——论音乐对沈从文的思想和创作的影响》中已有较多论述，此处不再赘述。

② 郭沫若：《斥反动文艺》，《抗战文艺丛刊》1948 年第 1 期。并且，这里郭沫若实际上也指出了《看虹录》的另外一个重要特征：绘画化。

兼具了音乐的身体性和声音性。

同时，这一节的对话，在小说的“音乐”进行当中是个特别宁静的部分，然而分外温馨，且富有张力，全场寂静，“轻轻的将脚尖举举”，“轻轻的”“举举”，牵引着旋律所有的注意力与走向，担负着生命里的所有重量，真正具有一发千钧的意味。因此，虽然是一节沉默的“人心人事”音乐，却是小说当中极为精彩的一部分。

还有一个值得注意的是（这一点在这里分析的四种对话方式中都适用），《看虹录》的这些对话实验，可以以下面的方式分离成两个独立的声部，比如，这一节分离后是这样的：

① 主人轻轻的将脚尖举举。脚又稍稍向里移，如已被吻过后有所逃避。

② 你有多少傻念头，我全知道！可是傻得并不十分讨人厌。够了，为什么老是这么傻。

我们无法忽视各自声部的独立性，也因此，对《看虹录》的阅读，这里也不能以常规的线性方式来进行，而应按声部的同时进行来建构各自旋律的完整性。这样才能获得对话彼此间的逻辑。从这一点来看，无论这个复调实验有多么笨拙，都应该得到高度的肯定：是中国现代文学史上唯一的实现了叙述上的对位的文本。

(3) 与 (1) 中的位置相反，即言外之意与主客的直接对话。这种位置对换的意义也在于两个声部交叉变化的需要，并且这个对话只进行了一个回合，直接跳回到 (1) 的模式：

①“你想不出你走路时美到什么程度。不拘在什么地方，都代表快乐和健康。”可是客人开口说的却是“你喜欢爬山，还是在海滩边散步?”

②“我当然喜欢海，它可以解放我，也可以满足你。”主人说的只是“海边好玩得多。潮水退后沙上湿湿的，冷冷的，光着脚走去，无拘无束，极有意思。”

③“我喜欢在沙子里发现哪些美丽的蚌壳，美丽真是一种古怪东西。”（因为美，令人崇拜，见之低头。发现美接近美不仅仅使人愉快，并且使人严肃，因为俨然与神对面！）

④“对于你，这世界有多少古怪东西！”（你说笑话，你崇拜，低头，不过是想起罢了。你并不当真会为我低头的。你就是个古怪东西，想想许多不端重的事，却从不做过一件失礼貌的事，很会保护你自己。）

在这①/②组成的问答，与③/④组成的问答之中，有一个容易被人忽视的地方。即①句中的两个声部之间用“可是客人开口说的却是”隔开，②句用“主人说的只是”；而③/④则与第（2）种方式一样，用括号隔开。但在②和③之间却没有任何过渡，直接“换挡”。由于①/②中的未言明的在前半句，言说的在后半句，我们容易将注意力放在后半句的“旋律”上。但紧接着的③/④，迎头碰上来就是言明的“旋律”。这种突兀感，造成鲜明的形式特征：不同乐器的轮番上阵。到此，我们可以发现，虽然故事只在简单的主客二人之间，但到现在为止，至少得用上十种左右的乐器了：

a. 主人直接说的话，未言明的话，肢体语言；

b. 客人直接说的话，未言明的话，客人对主人肢体语言的反应；

c. 窗内与窗外环境的描绘等。

也正是形式的突兀感，时刻提醒我们，作者是在“作曲”，而非纯粹地讲故事，我们也再一次惊叹于小说主题的选择在这里是如此具有生发力，如果可以放弃所谓的道德审判。何况，这里的“你就是个古怪东西，想想许多不端重的事，却从不做过一件失礼貌的事，很会保护你自己”。似乎可以看出作者又忍不住提前为小说的道德命运做了解释。

令人惊讶的是，①/②句中似乎出现了一个失误。我们用（2）中的分离独立声部的方法，将分离后的结果放在这里：

a.“你想不出你走路时美到什么程度。不拘在什么地方，都代表快乐和健康”；“我当然喜欢海，它可以解放我，也可以满足你。”

b. “你喜欢爬山，还是在海滩边散步”；“海边好玩得多。潮水退后沙上湿湿的，冷冷的，光着脚走去，无拘无束，极有意思。”

c. “你喜欢爬山，还是在海滩边散步”；“我当然喜欢海，它可以解放我，也可以满足你。”

很明显，a中的逻辑有问题，前言不搭后语，也即②句中的回答对不上①句中的议论。虽然如果从①句总后半句的提问来看，可以作为其未言明的部分来看，但这样一来显然①/②句总体的对位结构上就出现了失衡问题。大概，这是连续的交替问答之后，作者一时的疏忽。的确，要在这么短的段落中，暗示出众多音色、音质、音量上的微妙变化，尽量减少形式上的困窘和尴尬，绝不是一件轻松的事。

（4）主客间无声的对话与人体内、自然的声音。二者构成鲜明的对比。当主人在阅读小说时，客人觉得“需要那么一种对话，来填补时间上的空虚”，于是一场主客之间无声的对话开始……然后，作者解释道：“房中只两人，院外寂静，惟闻微雪飘窗。间或有松树上积雪下堕，声音也很轻。客人仿佛听到彼此的话语，其实听到的只是自己的心跳。”这样看来，心里惊涛骇浪，现实中的声音却只有轻轻的积雪下堕声，只有心跳的扑扑声。

这一节的头绪似乎纷繁了一点：主客间的无声对话/心跳/窗外飘雪及积雪下堕声，至少需要三个声部来表现。却由于三个声部的声音都接近于“无”，以致小说中写到，需要对话来填补时间上的空白。也即音乐不能再次停顿，必须有东西继续流下去，让时间显示出自身。于是，作者用了三种因素，后两者自然是唾手可得，可前者呢？虽然类似于前面的未言明部分，但这个“无声话语”，却由于“客人仿佛听到彼此的话语”的“听到”，而意味着二者可能在声部上可以合二为一了：“其实听到的只是自己的心跳。”

整个故事的主要部分在以上几种对话形式（也即复调对话形式）的轮流出现中进行。而末尾的那封信，几乎是概括性地再现前面的内容。某种程度上，这些对话具有极为干净纯粹的音乐性形式特征。小说中只有两个人，却要让复调性贯穿小说的主体，以上几种对话对象的使用搭配，几乎达到了极限：可用的因素太少了。再回到小说的“欲望”主题上来，在如此少因素的情况下，极简就是极繁，沈从文可挖掘的空间就完全在“灵”与“肉”欲望的冲突之中了。然而，小说中的灵与肉也不是真正的灵肉纠缠，而是抽象意义上的灵与肉，虽然有主客/男女的对峙，实际上却也只是凝眸虚空中的生命力挣扎：发生在抽象时空的“房间”里，“力比多”的彼此试探。这样看来，如果单从形式的实验上看，这是一个方便且具潜力的主题，但同样也是一个如此容易被人曲解的主题。同样，对于小说的晦涩，作者也辩白道：“大凡一种和习惯不大相合的思想行为，有时还被人看成十分危险，会出乱子的!”一语成谶，比如，就有研究认为：“小说插入大量抽象的抒情与议论来体现沈从文的独特思索，他进行多种文本的实验，既有隐喻的语言模式，又有转喻式的多种故事结构方式，再加上弗洛伊德的心理分析，沈从文刻意要把这段婚外情，写得隐晦，因此这小说是晦涩难懂的。”[①] 但无论如何，都不影响其在小说与音乐的关系史上占据了特殊的位置。“因为在中国，这的确还是一种尝试。”[②]

吕西安·戈德曼说“作品就是一个有意义的结构”，对实验性质的小说作品而言更是如此。《看虹录》中的意义建构旨在“一个人二十四点钟内生命的一种形式”我们已经看到了，正是这个结构赋予了虚空中的抽象抒情以清晰的轮廓。而由于采用了作曲的方法，整部小说几乎就是用文字的叙述结构模仿音乐的运动过程。或者也可以说，“音乐有着意味，这种意味是一种感觉的样式——生命本身的样式，就像生命被感觉和被直接了解那样”[③]。沈从文只是试图以音乐的方式表达某一种生命体验，也即赋予这一种体验以形式，虽然这种方式有点“古怪”，但在这种“古怪”之间，透露出的正是生命的某些不可言说的状态。

总之，无论是在什么意义上，比如是受到弗洛伊德的所谓艺术与白

---

① 蔡登山：《林徽因劝沈从文斩断婚外情》，《南方都市报》2010年10月24日。

② 沈从文：《〈看虹摘星录〉后记》，《沈从文文集》（第11卷），花城出版社、三联书店香港分店1984年版，第49页。

③ ［美］苏珊·朗格：《情感与形式》，刘大基、傅志强、周发群译，中国社会科学出版社1986年版，第42页。

日梦的理论影响，还是文字与形式上的“晦涩”，都可以说《看虹录》是中国现代文学史上绝无仅有的一个“用人心人事作曲”的特殊例子，甚至完全可以说在世界小说的音乐化史上也散发出同样炫目的光彩。

（原文载于《中国现代文学研究丛刊》2013 年第 6 期）

一首有趣的变奏曲:《棉鞋》

李雪梅

变奏曲是主题及其一系列变化反复，并按照统一的艺术构思而组成的乐曲。其特点是主题的简洁性、同一性和完整性，各个部分的收拢性及相对的静止性。作为一种音乐作品的曲式，我们常常在不同的语境中使用这一术语。而当我们在非音乐语境中使用时，是个比喻的用法，指其作为艺术结构手法层面的意义的。本文即试图借用这一概念来分析沈从文的短篇小说《棉鞋》，以便更形象地理解和鉴赏小说。

沈从文刚到北京时，出于谋生和练笔的需要，写了大量的作品，其中有很大一部分是述说自己穷困艰难的处境的，如小说《不死日记》、《公寓中》、《绝食以后》、《用A字记录下来的事》，散文《一天》等，如果把这一部分作品放在一起读的话，就会有重复絮叨之感，无论是结构还是语言上都在一定程度上存在散漫、拖沓的问题。而写于1925年的短篇小说《棉鞋》则可以说是个例外，这是一首精致的典型的变奏曲。文章围绕为了给自己找买“候补”棉鞋的“钱夹子”展开，描写自己的穷困在各种场合、各色人前的遭遇。在这个遭遇过程中，鞋子即是“我”本人，人们只要看到鞋子，仿佛就都明白了“我”这个人。鞋子的面孔也是“我”的象征。小说巧合地利用了变奏曲的形式（据笔者目前所知，沈从文此时应该并不了解相应的曲式原理），上演了一幕幕以“鞋”取人的滑稽戏，主题形象丰富，结构比较严谨，行文充满诙谐调侃的意味。

小说开头写道：

> 我一提起我脚下这一双棉鞋，就自己可怜起自己来。有个时候，

还摩抚着那半磨没的皮底，脱了组织的毛线，前前后后的缝缀处，滴三两颗自吊眼泪。

开始，单刀直入，语气洒脱。“摩抚”、“三两颗自吊的眼泪”，奠定小说调侃、自怜的感情基调。紧接着小说介绍棉鞋“不寻常”的由来、变成今天这副模样的过程，以及自己始终舍不得丢弃的原因。这一部分虽显得有点冗长，但针对小说复杂的心理色调，还是必要的，而且也为后面的活泼简单但意义深刻的变奏打开了局面；同时，自然而然地抽出变奏进行的动机是棉鞋屡补屡破，“我”打算去找一双买候补鞋的小皮夹：“为使这希望能在日光下证实，我是以每天这里那里满山乱跑”，“不拘那一处”。于是，小说从“窄而霉斋”开始，继而在“图书馆”、“半山亭”、“见心斋”等地方展开变奏，每一次地点的转换也伴随着人群的改变，每一次的改变并不是无谓的重复，而是一浪强一浪地推着小说的主题和情感前进。小说的主题——人们见“棉鞋”而对我嗤之以鼻，由棉鞋而“哭”穷，温婉的谴责直指人心，不平的感情翻卷而来。

首先，“窄而霉斋”里，“我”舍不得老棉鞋却借口“足疾”，终于底子与鞋面分家，只得用四个子找伙计了：

“综计起来，左边一只，补鞋匠得了我十二个子，右边也得了八枚；伙计被我麻烦，算来一总已是五次了……”

只好寻找候补者，然而没钱。于是把希望寄托在侥幸拾得个钱包上，那么只有拖着“无耻”的棉鞋出门，满山跑。这可以看作是主题的第一次展开，内容主要还是“我”和鞋子本身的基本情况，“不平”的遭遇还只限于伙计的烂嘴烂脸。

鞋子一出了门的遭遇是小说的第一次变奏，地点是图书馆。因为“我”是个书生，所以先得到图书馆借本书，到山上或公园里以“掩人耳目”。当“我”彳亍彳亍来到图书馆，出现了如下戏剧性的场面：

“想来借几本书。”

“好吧好吧。”管事先生口上说着，眼睛第一下就盯在我脚上。

哈哈，你眼力不错，看到我脚上东西了吗——我心里想起好笑。

于是，“我有点恨眼睛，就故意索性把底子擦到楼板上”，恶作剧地让鞋子“发恶心的声气”，迫使管事的尽快找到自己所要的书，“驱逐我赶快出图书馆”。这是第一个简单的变奏，此时的“我”还是有些幽默的。与“想起”伙计的烂嘴烂脸相比，“我”开始有了直接得有点过度敏感的“反击行为”。

第二个变奏是在见心斋展开的。“我”拿着本《白氏长庆集》在泉边边读书边等待“钱夹子”。来了一老一少，本来“扳谈”起来了，“希望”似乎在招手，“不幸的是我脚大大方方跷起时，两只大棉鞋同时入到老少两人的眼里”。一双快从少年口袋里跃出的新鞋就这样失去可能了。这个变奏流露出自卑又自负的声音，既想要用书来“改善”自己的形象，又要“大大方方”地露一下“无耻”的脚趾，即使是饱读诗书的两位游客，也经不住这么一“露”，批判的程度加强，“我”讽刺，也调侃。

第三个变奏是半山亭旁自己的鞋声惊扰了一对朦胧夜色中亲嘴的情侣：

“呵哈，你们亲起嘴来了呀!”我鞋底在脚下响起来。

毕竟是姑娘家耳朵好，当第二次戴白草帽那个下颌送过去时，她忙拒开，且回过头来。

狼狈、羡慕是这一节的情感色彩，然而，“棉鞋还未脱去的人，当然不应去羡慕别人”。这是“棉鞋”给自己在爱情上所带来的“障碍”。渴望、自卑的心理在这一节得到深化。

最后一个变奏，也是整篇小说的高潮，是天更黑时碰到自己的上司——教育股股长先生“棒打”棉鞋：

他用他手上那枝小打狗棒敲打我的鞋子，我以为他是问我这夜里到山上怎么。或是脸上颜色怎么。但接着他又打了我鞋子一下：

“烂通底了，”我只好涎脸说话。“莫有买鞋的能力，所以——”

高潮的来临也意味着小说的一个局点，对单一主题的变奏曲来说，因为主题是静止的，似乎就只能结束了。因为“变”的力量和强度都到了极致。小说中“我”的“钱夹子”没拾到，“我”的苦衷没人原谅，反拾到了一个比一个狠的“打击”。“我”终于不能再“大大方方”地调侃，连出“窄而霉斋”来拾“钱夹子”的任务都忘了，只顾恨恨地发起牢骚来，伤心地为棉鞋自怨自艾起来：

> 呵呵，我的可怜的鞋子啊！你命运也太差了！为甚当日陈列大而发光的玻璃橱柜时，几多人拣选，却不把你买去，独跑到我这穷人身边来，教你受许多不应受的辛苦，吃几多不应吃的泥浆，尽女人们侮辱，还要被别人屡次来敲打呢？

小说的叙述是不断为自己的感情升温，但这最后一个变奏几乎是失控。一“棒”打在了“我”的心上、自尊上，致使小说一头栽倒在“棒”下，未能如前文轻轻绕过“侮辱”，把调侃和幽默的主题形象贯穿到底。

小说的结尾是“呵呵，可怜的鞋子啊！我的同命运的鞋子啊！”与开头呼应，而后在另起一段的长长的一排省略号中结束，似乎意味深长，意味着这样的“变奏”还将不断“奏”下去？“我的同命运的鞋子”点出了小说言在鞋而意在自己的命运。与直接感叹沉重而又抽象的命运相比，鞋子的境遇在这里只是作者命运的一次坐实，命运的一次具体呈现，是对命运的一次轻盈而又穷酸的挖苦。

变奏的结构形式在这里起到了小说的内容之外的一种力量，就像国画里的层层渲染，在同一个地方重复同样的颜料，你所看到的色泽与效果是复合的、深沉的、具有包容性的，而非单薄的非此即彼。形式也正是在这种意义上，不单纯是承载内容的容器，而是具有自己的意义，并与内容一起生成出摇曳多姿的文本特质，与内容融合幻变出无限的组合效果，从而也更贴近无边无际的生活本身，给予每一个对生活有自己的体验和认识的读者解读文本的权利，同时，赋予这种权利以平等的天性，差别只在于解读的深入丰富与否。文本也正是在这种意义上成为开放的、立体的、无限的文本。

总体来说，《棉鞋》在小说结构上采用了变奏的形式，是沈从文小说里比较独特的作品。

相对于沈从文初期的坚持写作并与命运抗争主题的不少作品中，也只是一个小插曲，一个同样主题的一次变奏。

参考文献：

沈从文著：《沈从文全集》（1—27卷），北岳文艺出版社2002年版。

（原文载于《名作欣赏》2009年第6期）

《瀑布》:开导壮族小说现代化历程的先河

李雪梅

古代壮族虽然拥有比较发达的长诗、民歌、民间故事，但现代小说不仅起步晚，而且整个文坛到了20世纪六七十年代都未形成良好的气候。六十年代初陆地创作出版的《美丽的南方》所流露出的传统思想观念还相当浓重。韦一凡的《风起云涌的时候》则深受当时意识形态的影响，概念化的痕迹也比较明显。《瀑布》的出现就如桂林的山一样在壮族文坛上奇峰突起，挺拔秀丽，它是老作家陆地一生创作的高峰，也是壮族文学史上一座里程碑。假如把它放到壮族小说现代化的历程中来观照，这座瑰丽的里程碑则又有了另外独特的一面——朦胧的现代意识。本文就将试着阐释小说所体现出来的现代意识。

陆地（1918—2010），原名陈克惠，壮族，广西扶绥县人，从小在家乡长大，稍年长便远离家乡，奔赴延安。在延安期间，他先后到抗日军政大学和鲁迅艺术文学院文学系学习。1942年，以处女作《落伍者》在《谷雨》上的发表为标志，陆地开始了自己的写作生涯。小说《瀑布》的缘起，是作者还在延安鲁艺学习时，由一位政治处主任讲述的一段自己很不一般的经历引起的：“但愿此生，有朝一日，能将这一叱咤风云的英雄一代，再现于文书，以纪念这段历史中的革命先烈”；小说从构思到第二部《黎明》的出版，历经二十余载。

作者用文字代替记忆、语言讲述了一个时代的故事，一个英雄的故事，一个穷苦人民翻身的故事，一个民族觉醒开始举步踏上现代化之路的故事。这种史诗般的画卷，在中国现代小说史上几乎可以与《创业史》、《红旗谱》等相媲美。小说讲述民族崛起的正义感、责任感一次次飞扬激荡。只是现代小说诞生起就携带的“主体自由”性质久久未见回归，人们的记忆和想象在很大程度上呈现出一致性，讲述的故事也表现出惊人的单一性，人物还不能完全摆脱概念化的毛病。小说中的“风雨三杰”代表了知识分子的三种道路，历史选择的三种可能。和茅盾的《子夜》所刻画的吴荪甫等人物一样，作者让韦步平、王光宗、凌云青的性格、命运充分地发展。他们奋斗、挣扎、徘徊、堕落，历史的偶然和必然、坎坎坷坷、曲曲折折在小说里得到了很好的表现。

小说第一部《长夜》在1915—1925年中国的新旧民主交替这样的大背景下，以韦步平为代表的有识之士寻求救国真理，奔走呼号，发起暴动，闹赤潮，但终因没有正确的理论指导而以失败告终，革命还处在漫漫的长夜之中。“不眠悲长夜，风雨泣神州。闻鸡怀壮志，孰与挽狂流!”青年学生韦步平的这一抒怀诗形象地表达了那一代人的理想和抱负。第二部《黎明》展示了1925—1932年这七年间壮族桂西地区的生活和复杂的斗争。小说具有鲜明的民族特色，如关于“那平十友”、“十姐妹”、“血同盟”、歌圩，浓郁的壮族瑶族生活习俗和环境的描写，即使是人人“谈韦色变”的韦步平，也是活生生的一位能唱能跳的邻家阿哥，随口都能飞出“火灰盖火留火炭，灰里火炭暗里燃；我俩如同灰里火，风吹火红半边天”这样诙谐幽默的壮族情歌来。汉族语言和民族语言的巧妙运用，也是《瀑布》的一大特色。语言是表达思想的工具，和思想有着血肉的关系，壮族作家用汉语来思维、来写作，但民族思想感情的火花在脱口而出的话语里尽情流淌。如果这是少数民族善于学习的结果，这个行为本身就是壮族小说在现代化的道路上迈出的可喜的一步。

陆地历来善于写青年知识分子的形象，在《瀑布》里，这一特点得到全方位的展现。小说不但写特定历史环境下知识分子的出路，更重要的是探讨中国的出路。韦步平虽然还未脱离“英雄”人物的旧模，仍然是在一系列的考验中和与对立面的斗争中，一步步地凸显人物的英雄品格，小说也还没有逃脱20世纪五六十年代的小说常有的以戏剧冲突为主要结构方式的小说模式，但是在整个叙述“故事的自然时序背后还有一个因果的时间关系"[①]，这种时间关系在一种抽象的意义上表达了历史的不可逆转和进步的方向，从而也在文本的开始暗示了故事的结局。文中人物性格命运的发展都被社会的风云牵制着，似乎人物从一出场就定了位，就能预感他将来的走向，因为社会、时代的需要，更因为作家完成自己艺术构思的需要。主人公韦步平具有某种象征意义，他的成长过程的挫折摸爬滚打到最后势如破竹、不可阻挡的胜利象征着中国共产党20世纪上半叶在历史的夹缝中脱颖而出，逐步领导人民求解放的艰难历程；象征着中华民族在历史关头的选择，特别是壮族人民在中国共产党的领导下逐步走上革命道路，解放自己的历程。与覃华[②]相比，韦步平又上了一个台阶。他站得高，看得远，他可以率领壮族人民，他比覃华胸襟宽阔，见识广。他既是身边不能缺少又是可以不必在的精神领袖，是人们理想的化身，虽然人性很足，但神性也不少。覃华则实实在在。韦步平是壮人中的少数，是英雄；覃华、韦廷忠等是多数，是大众，是英雄的基础。所有的这些平凡与不平凡的壮族的人们共同在书写民族的生存、奋斗、发展、强盛，见证了民族和国家的繁荣。

与韦步平一样，"风雨社"的另二杰王光宗和凌云青的命运也是在时势里沉浮，不同的是他们对政治、对生活的认识和态度。韦以大众的解放和幸福为自己人生的最高理想；王则投机取巧，自私自利，眼里除了权还是权；凌沉湎于"害羞"的网络里，只有不负于国家的"良知"，而没有担当变革和战斗的勇气。"三杰"的高瞻远瞩因人生观、世界观、个人遭遇和情性的不同而"瞻"、"瞩"到了不一样的世界图景。

"无论哪一个国家，只有它的人民从心理、态度和行为上，都能与各种现代形式的经济发展同步前进，相互配合，这个国家的现代化才真正能够得以实现。"[③] 真正意义上的现代人不安分守己，不惧怕变化；他们相信努力工作的意义，相信抗争的义不容辞。从《美丽的南方》到《瀑

---

① 萨支山：《"故事"与"抒情"：五六十年代短篇小说的两种可能性》，《中国现代文学研究丛刊》2004年第2期。

② 覃华是韦一凡的长篇小说《风起云涌的时候》里的主人公。

③ ［美］阿利克斯·英格尔斯等：《人的现代化》，殷陆君编译，四川人民出版社1985年版，第5—6页。

布》，陆地笔下的农民形象从心理、态度和行为上逐步地跨进了现代的门槛。在《美丽的南方》里，韦廷忠一开始时惧怕打蛇不死倒被反动派反咬一口，甘愿做个“闷葫芦”。到了《瀑布》里，只有梁少英的父亲且走一步看一步，相信自己的儿子消息多，“谁”好会有个判断的，但“先不急着选择”。其他的如盘大爷、马大嫂、罗汉、“那平十友”等，他们都能与时俱进，积极参与自己翻身解放的事业中去，即使是遭遇了敌人凶险的绞杀和围剿，即使是在瑶寨这依然封建迷信、自闭自足的“世外桃源”，“蓝志高们”爱恨分明，“反官不反汉”，敢于灵活机智地与“官老爷”周旋，斗争，在韦步平的领导下，组织“三三会”、举行“岚山暴动”、“河口起义”、“火烧蚂蟥园”等暴力形式的反抗，敢于争取自己的合法权益：如争取“瑶汉平等，共享上学读书的权利”等。这种相信只要团结起来自己就能解放自己的现代意识，这种反权威的现代意识对瑶民来说“挺新鲜”，因此也特别可贵。罗汉的“几大就几大，至大芭蕉叶”“悲壮”地透露出他迎接变革、迎接挑战的凛然；壮族农民出身，一生大部分时间都在农民身边度过、与农民同呼吸共命运的民族英雄韦步平的现代意识就更不用说了，他是时代的镜子，时代的风云是他生命的图案。

刘思谦在《中国女性文学的现代性》里认为女性追求解放的三部曲是：人—女人—个人。第一步是从社会的最底层翻身成为真正的人，与男性一样平等地进入这个世界的象征秩序；推翻封建地主阶级的压迫，女性也一样翻身成为新中国的主人，因此，对女性来说，这第一步的迈出就具有双重的意义。双重的翻身意义也同时赋予了她们双重的权利和义务：那就是身为人和女人的权利和义务。身为人，她们可以与男人平起平坐；身为女人，她们依然要担负起传统女人应尽的义务。“人”和“女人”的组合使得她们一个个干练得风风火火，豪爽泼辣。她们大都具有男人般的粗壮、刚强和真正参与社会进程的豪迈、忘我，但她们没有摆脱回家后要做贤妻良母的社会期待和自我要求的重负。如当言真这位迟迟未露面的真正的中央特派员出现在人们面前时，人们诧异得很：“真是出奇：女子打扮男人穿戴？说话是男人口气，长相却是姑娘的眉眼。”小说中不管是城市青年知识分子桂品微、言真、海银华，还是山里的重

九、黄凤仙、玉姑，都具有较强的独立意识和反抗精神。黄凤仙这个“伟大英雄”（韦步平）背后的“平凡女人”，是一朵“红山茶”，爱憎分明，泼辣爽快，她真心爱着自己的丈夫，为了他，忍辱负重，最后为了自己心中的“信仰”（爱情和丈夫的事业）英勇牺牲。她的敢于追求的坚定和魄力是壮族新女性的典型代表。广西的柯仑泰、妇女界领袖——全省妇女联合会主委、《妇女周刊》的主编海银华发出了振聋发聩的声音：“你们男人把几千年封建的重担全部推到妇女身上，也是公平吗？拿妇女当玩物，逼迫人家做丫头，当侍妾，这些还不都是你们男人干的?”言真更是在《大华日报》上发表了呼吁解放妇女的社评专稿。当韦步平喃喃自语：“嫁得浮云婿，相随即是家”，言真几乎跳了起来，马上瞪着眼睛反驳：“谁嫁给谁啦？我就嫁人也绝不会把自己的事业和信仰当作陪嫁的妆奁。你说，人各有志，那我也告诉你：我可不是那种嫁鸡随鸡的人。”词锋之凌厉，态度之凛然，丝毫不逊于面对敌人时。女性的不再依附于婚姻而活，不依赖男性生存的独立意识坚定，而且明朗。

晚清作家曾做将政治小说嫁接到言情小说的努力，到了革命时代，就公然地成了必不可少的形式：革命+恋爱。蒋光慈、茅盾、白薇等一批现代作家的人生和著作都在阐释着这对现代文学关键词的微妙关系。陆地的爱情观也是紧跟时代的步履：黄凤仙和韦步平的传统爱情终于被言真和韦步平的主流爱情替代，壮汉（言真是汉族）联姻，是现代超越传统、现代民族发展的必然趋势。言真的择偶条件是当时的典型：对方是否愿意到革命的最前线。她向代表党、代表当时最崇高的女性之一的邓颖超大姐汇报自己的思想，诉说自己的犹豫，得到“组织”上的肯定之后，才真正同韦步平确立关系。这种爱情观念反映出作者所坚守的文学观念受时代意识形态制约的进步性和局限性。事实上，早在同学时代，韦步平和言真就在心里默默地喜欢对方，只是环境的迅速变化，使这两个人爱情没来得及发展便匆匆地擦肩而过了。韦步平“为了不平”，带凤仙出逃，后与她成婚。在韦看来，这是一种不能推脱的责任。黄凤仙的死宣告了传统婚姻的命运，也宣告了像韦步平这样一位与时代同呼吸共命运的弄潮儿对爱情的必然选择——现代爱情。那就是“爱情是什么两个心灵成一片　幸福在哪里献身革命竟始终”，这副他给覃富贵和重九的结婚贺联也道出了自家的心思：与言真的爱情是心心相惜，志同道合。韦步平的婚姻道路总是自然而然，即使是已为人父，言真将担当的角色是“后妈”，但在二人的关系里却超越了旧传统伦理道德的过多束缚。他们是为了彼此的共同追求和爱慕走到一起的。从这一点上讲，他们的爱情很具革命性，是革命升华了他们的爱情。

整个《瀑布》里青年男女的结合几乎都是自由的，几乎都是为了革命而走到一起，也似乎是革命促成了他们，轰轰烈烈、紧紧张张的阶级斗争很吊诡地成了爱情的试金石。当重九误以为覃富贵成了人民、革命的叛徒时，竟要亲手枪毙自己的爱人。因为如果真的是那样，覃富贵背叛的不仅是人民、革命，还有自己的爱人、爱情！重九的“枪毙”也同时展开了对“敌人”和对爱情的革命。革命的感情与个人的感情冲突的结果，不禁令人惊讶：从何时起，爱情亦具备了革命的性质？

桂品徽这个优柔寡断的女子的爱情似乎是个异数。从一开始在王光宗与凌云青之间的摇摆不定：一个是善花言巧语的哄骗而实际被利用，一个是真正的知己但拙于表白自己，到最后的决绝似乎都在“革命”之外：她因为王对她好而和他结了婚，因王的“不轨”而走出婚姻。而实际上，却是她善良的心在向革命群众（几次巧妙大胆的对韦步平等的帮助）靠近，是她自我的独立意识在觉醒。

韦步平的表弟家庆和家庆嫂的婚姻悲剧从一个侧面反映了传统的婚姻里“女人无才便是德”的行不通。她无法理解家庆“三更半夜”还会为“什么事”而匆匆离家，扯着有了很高的革命觉悟并积极参加革命的家庆的后腿，从而与文中其他的自由结合的“夫妻”相映衬，表现出作者较现代的婚姻观：两人要有共同的追求，一起进步，爱情也才能成长。

当然，小说也存在令人遗憾的地方：如悲剧意识的错位。好的故事往往都单纯得很，无须旁生节枝，无须制造做作的偶然，而是充分利用现有的材料和线索，让人物发展、活动，让人物自己决定自己的命运。陆地对韦步平在《长夜》里的摸索，若说都没有偶然性那也不是，在那么阴险的环境里，人物随时都有死掉的可能性，韦步平屡经大难而不死，就不能不说是个奇迹。但作者让韦的爱人黄凤仙代他死，让韦的好友、淳朴善良的壮民和瑶民的死缓解这种情节安排的勉强，从而满足了故事发展的需要和读者的期待心理，也加强了小说的历史感和韦步平艰难的责任感，加强了小说净化读者情感的功能。但这种情节安排与悲剧意识之间的妥协和调和也减少了好故事和悲剧的可能性和力量。到了《黎明》，到了革命的最后关头，眼看胜利在望，韦步平却因自己的疏忽大意而毙命于“自己人”梁少英的刀下。这是韦步平的悲剧，更是作者的悲剧，因为《黎明》里的韦步平已经是成熟的马克思主义者了，一系列与韦步平不相符的行为举止却发生在他身上了。作者最终的目的——韦步平的死是一个有力的结尾，但这种推动情节的办法让人觉得是悲剧的意识发生了错位。

陆地生逢文艺政治化的年月，但他始终坚守自己的文学观念，坚定地站在文学与政治具有辩证关系而非“盲从”的立场，这是作为现代作家的是否具有现代意识的重要品质之一。这在今天看来，似乎是再自然不过的事，但在特殊的环境里，却是分外不容易，分外大胆。宁可不写，也不愿去歪曲文学，这一点，永远值得壮族文坛的尊敬。如20世纪60年代初的《故人》《美丽的南方》等，他写的人物就不能用简单的一个正面人物或反面人物来概括，即使是我们非常熟悉的《瀑布》里的“民族英雄式”的人物韦步平，也是在主流意识形态的洪流里逐步成长起来的。陆地从《美丽的南方》到《瀑布》，从反映桂西农民在土改中由奴隶到主人的历史性变化，到大规模地反映20世纪初至20年代初期西南地区的历史生活，从写人到写史，这是陆地本身文学观念上的一个质的飞跃。但可惜的是作者不是从人类自身的生存、发展与历史的复杂性角度切入，而是受到现成政治观念的较深影响，这样就使创作自由度减少了很多，也使小说滑进了“小说宿命论”的圈套。即使是这样，小说依然透出缕缕的现代气息，这是值得肯定和赞许的。因为他的创作实绩，在壮族小说发展史上留下了精彩的一页。

作者不经意地流露与娓娓描绘出了人在那时的环境下的悲哀、无奈，像桂品微、王光宗的悲剧能说就不是现代很多的人处境的悖论？并不是所有人都能像韦步平、言真一样坚定地走向党，走进历史的主流，生活的安逸和优越似乎是安于现状的理由。对钱权的追逐，不同的人生择向，即使是在战争的年代里，依然不是清一色的火红。作者的本意也许是本着批判的关怀让读者明白革命是唯一的道路，但作者对所看到，所听到的“非正面人物—中间状态人物”的隐隐同情无意中消解了一部分革命的激情，无意中更强烈地昭示人们，革命的外面还有琐屑的生活，生活依然和战争一样残酷。在关注人的社会性，集体意识的时代，这种微微的潜流虽不引人注意，却在严酷的政治斗争里淌着奢侈的温情，增添了小说的魅力，也预示着过分的压抑在后来和平环境里的泛滥。同时，这也是作者在革命战争小说之外一个意外的收获。

半个多世纪里，中国的战乱频仍，政治风云变幻，陆地亲身经历了一系列的重大历史事件，他是时代的弄潮儿，当海浪被飓风逆向翻裹时，他沉到了最海底——成为广西文艺界首当其冲的批判对象。他身为作家，却一直人在仕途，双重的身份是折磨，历经的艰难险阻是折磨，但折磨也给了陆地丰厚的回报：那就是深入历史旋涡又站在时代浪尖上的他也拥有了深邃、独到的历史眼光，使他的小说拥有鲜明的民族特色的同时，吸取了兄弟民族甚至外国主要是苏联的长处而拥有了作品的开放性和深刻；使他的小说能够贴切时代，具备较为深厚的现代意识，在壮族小说现代化的历程中留下了厚重的一页，开导了多元的现代化历程的先河。

（原文载于《南方文坛》2006 年第 2 期）

中国现当代文学作家研究

听到、说出并看见我们的世界

——解读东西小说中的两个世界两种人

黄伟林

东西是一个很注意评论家反馈的小说家。他曾经转述过他的中篇小说《没有语言的生活》评论的三句话。第一句是鲁迅文学奖评委的评语，“他们的身体虽然残疾，但是他们的精神是健康的”。第二、第三句是评论家的评语，“它表达了今天我们看不见、听不到、说不出的这种状态”。“这个小说表达了我们今天沟通的困难。”①

我觉得，将这三句话整合起来，或者能发现东西小说的一些秘密。

《没有语言的生活》写的是一个由瞎子、聋子和哑巴组成的家庭。父亲王老柄是瞎子，儿子王家宽是聋子，媳妇蔡玉珍是哑巴。这个小说最直观的价值是让读者看到了东西的才华。因为瞎子、聋子和哑巴组成的家庭是不能用语言直接交流的，东西却用语言表现了这样一种没有语言的生活。瞎子、聋子和哑巴组建的家庭无法像健康人那样用语言实现直接的交流，但小说中的王老柄父子儿媳三人，却突破了交流的障碍，实现了交流。

王老柄父子儿媳包括后来出生的王胜利祖孙三代四人组成的家庭其实是一个隐喻，一个与健康人（现代人、正常人、理性人）组成的世界相对应的世界的隐喻。

这个与健康人相对应的人可以理解为残疾人，与现代人相对应的人

① 胡野秋：《东西：文学活在影像时代》，《六零派文学对话录》，商务印书馆2012年版，第164页。

可以理解为非现代人，与正常人相对应的人可以理解为非正常人，与理性人相对应的人可以理解为非理性人。

概括地说，前者可以理解为主流的人、主流的世界，后者可以理解为边缘的人、边缘的世界。

如果认同以上的判断，那么，我们可以一层层地推论《没有语言的生活》的价值。

第一，《没有语言的生活》的具象价值在于写出了一个由瞎子、聋子和哑巴组成的残疾人的世界。这些残疾人无法像健康人一样交流，但他们终于创造出一种交流的方式，实现他们自己的交流。东西引领我们走进了这样一个残疾人的世界，让读者领略了瞎子、聋子和哑巴交流的风景。

第二，《没有语言的生活》的抽象价值在于写出了一个与主流世界与相对应的边缘世界。这个世界表面看没有语言，实际上并非没有语言。东西听到、说出并看见了这个边缘世界的语言，这个边缘世界自有其奇异的风景。

第三，《没有语言的生活》的表层价值在于写出了主流与边缘两个世界的疏离。边缘世界努力进入主流世界，终于不得其门而入。两个世界渐行渐远，不能融合。就像是王家宽祖孙三代一家人，虽然努力进入村庄主流世界，但始终不被接纳，最终只好从村庄消失，迁移到小河对岸，定居在村庄坟场，过自我放逐且自给自足的生活。

第四，《没有语言的生活》的深层价值在于以边缘世界比照出了主流世界的缺陷。表面看是王家宽祖孙三代一家人所代表的边缘世界过着没有语言的生活，其实，是与王家比邻而居的村庄主流世界过着没有语言的生活。用东西的话说就是："我们主要是在提醒那些看得见、听得到、说得出的人，也就是观众，当这个世界已经没有爱情的时候，当我们觉得这个世界上可能已经没有语言的时候，我们却看到了这三个稍微残疾的、在器官上有障碍的人告诉我们，什么是有语言的生活，什么是真正的爱情，什么叫爱。其实他们是反过来在提醒我们，什么叫健康……"①

我们不妨沿着东西的思路上继续往前走，探询一下主流世界的爱与

① 胡野秋：《东西：文学活在影像时代》，《六零派文学对话录》，商务印书馆 2012 年版，第 164 页。

边缘世界的爱究竟有什么不同。

短篇小说《我们的感情》中的男主人公延安与女主人公肖文在办公室对面坐了七年，也调了七年的情。他们口齿伶俐，语言丰富，相互挑逗，彼此调侃，什么话都说完了，但从来没有发生过关系。终于获得了一次两人单独出差的机会。

第一个晚上，虽然两人互相试探，但最后肖文终于拒绝了延安，第一个夜晚相安无事地过去了。

第二个晚上，肖文的同学蒋宏水宴请肖文和延安。蒋宏水讲述了大学时代他对肖文的恋情，当年蒋宏水曾经用一张白纸在海水里浸泡了五分钟，然后悄悄送给了生病住院的肖文，说是给肖文带来了大海。这个故事非常动人，充分显示了语言的力量。但肖文不承认，说这是蒋宏水编的故事。而蒋宏水在讲述这些爱情故事的时候，仿佛是把那些故事当作下酒菜慢慢吃掉。受到蒋宏水故事的感染，这个晚上，延安和肖文之间发生了故事。只是，在故事的过程中，延安遵守肖文的规则，一言不发。

事情发生之后，因为事情的整个过程没有说话，延安无法确证事情是否发生过。他因此得出结论，没有语言的性关系，等于梦遗。

延安与肖文的爱情因为没有语言的交流，难以确证。小说中，延安始终无法证实他是否与肖文发生过关系，肖文也无法确证延安是否对她确有爱情。这种无法确证的感觉最后导致他们双方进入了一种类似幻觉的状态中，延安在幻觉中对肖文开枪射击，肖文饮弹身亡。

整个小说，写得扑朔迷离。延安与肖文，是否真有爱情，是否真的发生过故事，实在难以确认。甚至连蒋宏水讲述的故事，是否真的发生过，也无法证实。小说题名“我们的感情”，应该是隐喻现代人感情的迷失。他们虽然口若悬河，能说出各种动听的语言，讲述各种感人的故事，他们过着有语言的生活，也不乏调情的对象，但是，他们的语言无法与他们的现实感情融为一体，他们的故事也让人怀疑纯属虚构，简言之，他们无法成为爱情的见证。

与《我们的感情》相对应，东西后来又写过一个短篇小说《你不知道她有多美》。

与延安、肖文的现代理性相比，《你不知道她有多美》中的春雷具有边缘人的性质。

延安、肖文都是现代职场中的人物，可能是公务员，也可能是企业白领。日常生活中，他们都循规蹈矩，除了语言越轨之外，不越雷池一步。小说中甚至有一个细节，表现出肖文强烈的理性意识。她有一个黑皮小本，除了名字、电话号码、通信地址、账号和密码之外，专门有一页记录了玫瑰的特点。诸如不同的颜色不同的数量代表不同的爱。肖文按图索骥去解读爱情，就像现代人按照各种现代社会规则去生活。

相比之下，少年时代的春雷尚未长大成人，还没有完全被现代性俘虏，还保留着许多自然人的遗存，类似边缘人。

青葵是念哥的新婚妻子，非常漂亮、温柔而且善良。少年春雷非常迷恋她，在春雷的心目中，青葵就是天使，是仙女下凡。春雷想尽一切办法接近青葵，因为迷恋青葵，春雷每天在笔记本上画青葵，越画越像，画得比青葵的相片还像；他每天站在走廊上朗诵诗歌，故意读错，以获得青葵的纠正，竟获得全校朗诵第一名。对青葵的迷恋给了春雷无限动力，以至于在震惊世界的唐山大地震中，从四楼掉到地上的春雷，被那些落下的玻璃扎到身上，变成了一个长满玻璃的刺猬，却因为一心想着青葵而毫无痛感，并因为误以为青葵去了机场而坚持走到了机场。直到到达机场之后，得知了青葵的死讯，才有了痛觉，身体像着了火，痛不欲生。

从小说的叙述，我们可以看出，正是因为春雷还是一个理性尚未健全的少年，还没有被现代社会的伦理规则完全俘虏，他才可能葆有对青葵那种真正的爱。这种爱又反过来爆发出巨大的能量，不仅帮助春雷忘记了痛感，而且帮助春雷战胜了死亡。有句话说的是，比死亡更强大的力量是爱情。如果这句话还是真理，或许，它只能适用于那些尚未被理性完全启蒙的边缘人，只能适用于那个尚未被现代性彻底征服的边缘世界。而对于那些已经高度理性的现代人，对于那个已经密布各种现代规则的主流世界，爱情可能只是神话，是幻想，抑或幻觉，就像《我们的感情》中的两位男女主人公，他们可以无限度地调情，但仍然不知爱情为何物。

真正的爱情只能在边缘世界，在边缘人身上存在。这个结论在东西另外两个小说中继续可以得到对比性的证实。这两个小说分别是短篇小说《秘密地带》和中篇小说《救命》。

《秘密地带》中的城市青年成光因为失恋而投水自杀，沉入河水后进入了另一个世界莲花河谷。莲花河谷住着几十户人家，炊烟飘荡，雾霭缠绕，早晨的阳光洒落下来，与烟和雾打成一片，仿佛人间仙境。

莲花是莲花河谷一个美丽善良的姑娘，她救出了成光。但成光执意要死，不接受姑娘们送来的食物。莲花答应帮成光找到他的恋人慕秋秋，成光停止了绝食。在莲花的陪伴下，成光游览了莲花河谷的许多风景，他意识到这些景物曾经在他的脑海里出现过，是他一直在寻找的地方。成光在劳动中逐渐快乐起来。

成光无意中发现留在衬衣里的女友慕秋秋的照片，心情又变得沉重。成光曾经与慕秋秋相爱六年，慕秋秋因为成光什么都没有而移情别恋，抛弃成光跟别人走了。成光因此投水自杀。

成光在伤心中触犯了莲花村的规矩，要受到惩罚。莲花跪求谢大爷不要惩罚成光，她可以替罪。成光被莲花的真情感动，两人相爱。

成光没有耐心接受姑娘们的考验，他以为他在莲花河谷不可能获得爱情，再次投水自杀。莲花为救成光而跳起了谁都不会跳的师公舞《你不活我也不活了》。成光得救，莲花晕倒。

成光每天面对两棵鸳鸯树默念九十九遍莲花的名字，终于感动了莲花。莲花不顾小棉的阻拦，决定用自己的生命去换取与成光相爱的机会。莲花与成光终于相见。而一个夜晚之后，莲花消失了。

成光在等待莲花的过程中不知不觉回到了城市。他告诉朋友们，他真的找到了那么一个地方，那个地方叫莲花河谷，那个地方没有烦恼，没有疾病，没有哭泣，没有脏话，人们平等相处，吃的都是素食；姑娘特别漂亮，人们都很善良，身体健康，长命百岁；有山有水，空气清新，特别适于人类居住……朋友们不相信成光的说法，认为他的病还没有好。成光到医院跟医生诉说，医生问他是不是再进来住一段时间。成光终于找到了前女友慕秋秋，他告诉慕秋秋他找到了那个地方，慕秋秋说他的病越来越严重了。

最后，成光变卖了家产，离开了城市，下定决心到莲花河谷隐居。当他找到莲花河谷，发现村庄已经荡然无存，莲花家的方向横躺着一块石碑，上面刻着：夜郎国公主谢莲花战死之地。

成光到河边的鸳鸯树下呼喊莲花的名字。莲花终于出现。莲花说成光应该明白，他们分别属于阴阳两界。成光表示不愿分离，真的愿意与莲花永远在一起。那个消失了村庄，终于从河谷里冒了出来。

小说里的主人公成光是一个精神病患者。在现实中他因为没有财富而得不到慕秋秋的爱情。自杀后却在莲花河谷遇到了与他相爱的姑娘莲花。《秘密地带》这个小说，显然是将阴阳两界进行了对比。阳界就好比主流世界，以财富、权力为价值，在这个主流世界找不到真爱；阴界就好比边缘世界，以美丽善良为价值，真爱在边缘世界存在。成光进入阴界后才实现了他的理想。阴界成为他心目中的世外桃源，也是作者试图呈现的每个人心中的秘密地带。

在莲花河谷，成光找到了他理想的爱情。在现实世界，人们哪怕以性命作抵押，也无法获得爱情。这样的情形，在中篇小说《救命》中再次得到呈现。

《救命》的女主人公麦可可因为男友郑石油不与她结婚而准备跳楼自杀。孙畅为了救她而假说郑石油是他的学生，并承诺自己会保证郑石油与她结婚。麦可可得救后不久，郑石油人间蒸发。麦可可在孙畅当老师的教室跳楼受伤。在医院，孙畅和妻子小玲答应麦可可一定找到郑石油，麦可可同意暂时不寻死。然而，寻找不果，孙畅和小玲将真相告诉了麦可可，没想到，麦可可当天夜晚就割腕自杀。孙畅无奈，只好假装自己是郑石油，再次将麦可可从死神手里救出来。通过网络人肉搜索，发现郑石油在国外，并且是与一个半老徐娘在一起。麦可可暂时停止了自杀的想法。麦可可记得孙畅曾经的承诺，当时孙畅为救她而假装自己是郑石油并愿意与她结婚，麦可可因此有与孙畅结婚的念头。孙畅为解脱自己，给麦可可介绍了一位教政治的匡老师。麦可可与匡老师交往了一段时间。匡老师发现麦可可爱的是孙畅。孙畅为了兑现承诺，被迫与麦可可结婚。婚后的孙畅，每天都在回忆他与小玲的婚姻生活。

东西曾经对《救命》做过阐释。[①]

---

① 东西：《我们内心的尴尬》，《谁看透了我们》，江苏文艺出版社 2011 年版，第 34—35 页。

他指出，在这个小说里，他的第一个兴奋点是“救命”时该不该说假话。的确，这个兴奋点成为小说情节的一个重要推动力。麦可可不断自杀，孙畅为了营救麦可可，不断承诺，承诺中自然有不少善意的谎言。小说的故事就在孙畅的假话和麦可可的较真中推进。

麦可可为爱情而活。爱情消失，生命就失去了意义。她是宁可不要命，也要爱情。东西说，为了让这个人活着，我要为她寻找种种活着的理由。这是小说的第二个兴奋点。这个寻找活着的理由的过程，就是一个寻找生命意义的过程。小说中有一段孙畅与小玲的对话：

> 小玲问：“孙畅，你为什么而活着？”
>
> 孙畅说：“为了你和孙不网能过上有尊严的生活。”
>
> “其实这就是爱情，只不过附加了一个结晶。也许，麦可可的想法没错。”
>
> 孙畅反问：“那你活着的理由是什么？”
>
> 小玲说：“为了给你和孙不网洗衣服、煮饭。”
>
> “我们的理由都不崇高，和年少时的想法大不一样。”
>
> “但是实用。”
>
> “什么都讲实用，包括理想。你说，世界上还有多少人在问活着的理由？”
>
> “不知道。也许有百分之五十的人会问，也许只有百分之十，也许就麦可可一个人。为什么问这个问题的人会发疯呢？”

小说中为麦可可做治疗的牛医生说：想活着就别想事，一想准得死。这似乎是一句箴言。

麦可可想要爱情，为爱情九死而不悔。然而，像麦可可这样的人，似乎只能是疯子。

“为什么问这个问题的人会发疯呢？”

这是小说中人物的提问，也未尝不是作者的提问。

值得注意的是，《救命》中的麦可可恰恰是一个疯子。她只为爱情活着。与小说中其他人物相比，她是一个执拗的生命意义的追问者和守护者。她没有变通，没有妥协。而那些正常人，则过着实用而津津有味的生活。就像小说中对孙畅一家三口午餐食物的描写：一盘每百克含蛋白质23.3克的鸡肉、一盘有生血功能的菠菜、一盘防癌的红薯，外加一碗解表散寒的香菜豆腐鱼头汤。这是一顿高度物质主义、高度现代理性的午餐。人类的饮食被分解为纯粹的物质成分，精神的内涵被完全剔除。如果说麦可可是纯粹的精神存在，那么，《救命》中的其他人，则更接近纯粹的物质存在。

至此，我们发现，东西小说中那些对爱情执着的人物，往往是非常态的。麦可可是疯子，成光是精神病患者，莲花是死者，春雷是理性尚未健全的少年，王家宽和蔡玉珍是残疾人。这些爱情的执着者，几乎无一例外，都生活在与主流世界相对的边缘世界，属于与主流人相对的边缘人。

也就是说，东西通过他的小说，有意无意地呈现了两个世界：一个是主流世界，这个世界由理性正常的人们所主宰；另一个是边缘世界，这个世界寄居着一批非理性非常态的人。

在阅读东西小说的时候，我经常思考一个问题：那就是东西为什么如此着迷于书写这样一个非理性非常态的边缘世界，为什么如此着迷于书写这样一群非理性非常态的边缘人？

只有将东西笔下的主流世界与边缘世界、理性正常的人与非理性非正常的人两相对照，才可能发现东西的创作意图：他试图通过这个边缘世界的描述，照见我们这个主流世界存在的各种缺陷；他试图通过这些边缘人物的塑造，反思我们这些理性正常的人的种种痼疾。

东西写过一个短篇小说《雨天的粮食》。小说讲述向阳公社粮所所长范建国的故事。作为粮所所长，范建国威风、潇洒、霸道，每年毫不留情地征收社员的粮食。直到有一天深夜，粮所失火，范建国的人生被彻底改变。

小说描写受到处罚的范建国去公社最偏远的生产队桃村化粮。为了去桃村，他必须爬过几座大山，还要走漫长的荒无人烟的路。最后到达桃村，已经是第二天的早晨。而在桃村，他只看到一个正在为孩子哺乳的妇女。这位名叫汪雪芹的妇女，正好是去年被他利用职权玩弄过的一位女性。在范建国的记忆中，汪雪芹圆脸、大眼睛、臂膀结实丰润，而现在的汪雪芹，除了奶子洁白丰满之外，其余的地方十分瘦削。

小说有一段描写，完全写实，不带感情，也不渲染和夸张：

> 吃饭的时候，范建国问煮饭的妇女，怎么村里没见一个人？妇女说社员们都出工了。范建国说，小孩呢？妇女说上山打野菜去了。范建国问，老人呢？妇女说，哪里还有老人？能劳动的下地了，不能劳动的早就饿死了。

这种白描式的书写，读者倘不用心，可能会轻易滑过。然而，如果仔细阅读，我们会发现，作者在这里隐藏了非常强烈的感情，寄托了对那个时代强烈的控诉和批判。只是，小说的控诉和批判不是用评判式的语言进行的，而是使用了隐喻的手法。在小说结尾，作者写道："昔日英俊潇洒的白脸所长范建国从这个世界消失了，取而代之的是一位疯子。"有意思的是，东西小说又出现了一个疯子。为什么东西要为范建国这样一个主流世界的理性正常人设计一个疯子的结局？可能的理由是，范建国因为一次渎职而堕入了边缘世界。置身这个边缘世界，他看到了真相，看到了主流世界的各种荒诞和不义，他的同情心被重新唤醒，他不得不变成疯子。

一旦提到同情心，人们会发现，东西许多小说不仅与爱情相关，更与同情相涉。如果说前面几篇小说人们只读出了爱情，那么，这种阅读显然是浮浅的。因为这些小说有爱情的后面，还隐藏着深刻的同情。《没有语言的生活》，固然写出了王家宽一家沟通的艰难，但同样衬托出其他村民的麻木与无情。《救命》固然写出了麦可可执着爱情的癫狂，写出了孙畅夫妇被承诺纠缠的麻烦。然而，正如东西所说："麦可可同时也是试金石。我不爱她，但必须救她，这是人生而有之的'恻隐之心'。正是因为孙畅和小玲的这'一救'，才证明了我们还有做人的资格。"① "恻隐之心"正是同情之心。同情，同样是东西小说反复书

---

① 东西：《我们内心的尴尬》，《谁看透了我们》，江苏文艺出版社 2011 年版，第 34—35 页。

写的一个情感主题。

短篇小说《我们的父亲》讲述了一个丧父的故事。父亲来到居住在省城的小儿子的家。正赶上小儿子的妻子怀孕，小儿子又被单位领导叫去出差。父亲只好离开小儿子家，去了在县城生活的女儿的家。女儿一家非常讲卫生，吃饭前会将每双筷子用酒精消毒。然而，当女儿为每个家庭成员的筷子消毒，却没有为父亲的筷子消毒时，父亲因此离开女儿家而去了在县城做公安局长的大儿子家。大儿子正好不在家，儿媳妇在家接待，父亲停留了一会儿就离开了。无家可归的父亲重新走进了夜色浓重的县城，从此失踪。

小儿子去县城寻找父亲的过程中遇到侄儿，侄儿说十多天前曾经埋过一个人，有点像叔公。小儿子去县医院太平房调查，果然发现了父亲的遗物。女婿是县医院的院长，他对此事毫不知情。小儿子又到了公安局，找到了公安局的相关记录，一位老人在十字街口摔倒，由一位踩三轮车的男人送往县医院，老头被送到医院时已经断气。而这份电话记录的领导签字，正是父亲的大儿子。父亲的大儿子是县公安局局长。

小儿子、大儿子、女婿等人找到埋葬父亲的地方，打算将父亲用棺材装上重新安葬。然而，当他们扒开埋葬父亲的土堆，却发现空无一人。

“我们的父亲到哪里去了?”

这是小说结尾的追问。

如果我们只是追问父亲尸骨的下落，显然是不够的。问题的关键在于，即便在父亲尚未身亡的时候，父亲已经被儿女们从他们的世界上放逐了。在儿女们的内心世界，没有父亲的位置。人类曾经最重要的感情，父子亲情，在这里，已经没有地位。主流世界的这些理性正常的人，驱逐了曾经神圣的亲情。如果连父子亲情都被放逐，人类还有什么理由要求同情?

在现代人心的沙漠上，哪里去寻找同情呢?

东西专门写过一个关于同情的小说，即《伊拉克炮弹》。

村庄里各家各户装了大锅盖之后，每天夜晚，王长跑终于可以看电视娱乐了。那段时间，正好是美国对伊拉克实行斩首计划的日子，小布什终于向伊拉克宣战。美军飞机上的炮弹将伊拉克港口城市乌姆盖斯尔炸成火海。王长跑在电视前看得眼睛一眨不眨，除了上厕所几乎没有离开过椅子。小说写道：

> 电视里，英国士兵向伊拉克平民分发粮食和水。王长跑看到那些面黄肌瘦、手臂纤细、肚皮鼓凸的孩童，眼睛忽地一热，泪水不知不觉滑出眼眶。伊拉克的孩子没有妈，大帅的妈也死得早，王长跑越想感情越脆弱，满脸都是泪水。
>
> 电视上的战争场面每天都在更新，但王长跑看花了眼，不管是布什讲话，或者萨达姆下令给纳西里耶阵亡将士家属发抚恤金，始终都有一个孩子的头像叠在画面上。那个孩子的头大得像堆在屋角的南瓜，眼窝深深像村头的那口井，满脸都是害怕的饿了的表情，更可怜的是他还穿着一件打补丁的衣服。……王长跑对衣服上的补丁再熟悉不过了，就是现在他也能找出当年外婆给他缝补的衣服，毫不夸张地说他曾经的补丁比那个孩子的补丁还大还密。

因为同情那些伊拉克平民，王长跑甚至给美国总统布什写了一封信，信中写道：

> 总统先生：
>
> 你好！你说你的炮弹是轰炸军事目标，其实伤害了好多平民。那都是些和我们谷里村一样的平头百姓，生活条件艰苦，没有特权，也不搞腐败。他们老老实实地生活，规规矩矩地做人，从来没得罪过你，你的炮弹为什么要落在他们头上？有本事，你让炮弹直接命中大人物，别让老百姓流血……

王长跑是一个农民，生活在需要依靠锅盖才能收看电视的乡村，干的是插秧、施肥、种玉米、扛木头的活，然而，正是这样的一个“穷者”，却具有“兼济天下”的胸怀，怀抱着对伊拉克平民的“同情”。而与之相对应的“达者”的世界，却麻木不仁，“独善其身”。

值得注意的是，王长跑不仅是“穷者”，而且是一个失明者。他因为眼疾而出现各种幻觉，他所看到的电视上的许多画面，缘于他的眼疾，是因为眼疾造成的重影、幻象所致。

在理性正常的现代人心中，没有“同情”的位置，他们从来看不见、听不到、说不出他人的苦难；只有在非理性、非正常的边缘人，像王长跑这种患了眼疾，“看不见”的边缘人那里，才可能看见、听到、说出他人的苦难。

至此，我们可以对上述东西的小说做一个小小的概括。

东西的小说为我们塑造了一群疏离于现代理性的人物，他们有的是瞎子、有的是聋子、有的是哑巴、有的是精神病患者、有的是理性尚未健全的少年，这些人物看不见、听不到、说不出，他们疏离于我们置身其中的主流世界，或者说，他们被主流世界遗弃和放逐。东西写出了他们生存的苦难和艰难，写出了他们被主流世界遗弃的痛苦，写出了他们的压抑和愤懑。

这只是东西小说表层的内容。

与这种表层内容相对应的，东西小说通过这些看不见、听不到、说不出的人物，看见、听到和说出了主流世界的痼疾和缺陷，揭露了主流世界的虚伪、冷漠和麻木，揭露出主流人物业已失去“做人的资格”。

当主流世界日趋虚伪、冷漠和麻木的时候，东西让我们看到，爱与同情，这些现代主流世界业已消失的情感，还保留在这些看不见、听不到、说不出的边缘人物的内心世界，还存活于边缘世界。

这是一个巨大的悖论。东西既让我们看到了现实的残酷，也让我们看到了现实的希望。

那么，究竟是什么力量造成了主流世界的虚伪、冷漠和麻木？究竟是什么力量推动主流世界与边缘世界渐行渐远？在这篇文章的结尾，我还想探究一下这个问题。

东西写过一个短篇小说《反义词大楼》。这是一座共有十八层的大楼。

> 我一直不知道这幢楼是干什么用的，它的外面没挂任何招牌。每天早晨，有许许多多的名牌车，像甲虫一样挤在大楼前的空地上，

等候他们的主人。它们的主人大都西装革履油头粉面。他们在进入大楼时，会遇到门卫最严格的检查和盘问。

凡是进入这幢大楼的人员，必须经过一楼的培训合格之后，才能上到二楼，以此类推中，一层又一层，当你每一层都合格之后，才能到达十八楼。

这幢反义词大楼，让我们联想到哲学中的总体性概念，“总体性犹如空气，我们每天都在呼吸它，受它支配，听命于它，但是我们从来没有看见它……”[①] 这是汪民安先生对总体性的描述。如果说哲学家的描述过于抽象，那么，小说家的描述则给我们带来了具象。随着小说情节的推进，我们可以看到，在反义词大楼，现代人的生成是权力、暴力和金钱逐次规训的结果。人，正是由于接受过反义词大楼的规训，最后成为理性正常的现代人。

哲学家认为我们从来没有看见过总体性，小说家却虚构了一座可以让我们联想到总体性的大楼。当东西在写作或读书劳累的时候抬头打量这座反义词大楼的时候，他应该能够洞悉这座反义词大楼的秘密，他应该能够看见、听到并说出这座总体性大楼的风景。

（原文载于《中国作家》2012 年第 10 期）

---

① 汪民安：《后现代性的谱系》，汪民安等主编《后现代性的哲学话语》，浙江人民出版社 2000 年版，第 1 页。

论凡一平的新乡土小说[①]

黄伟林

新乡土小说这个概念20世纪90年代已经出现，但至今没有产生很大的影响。造成这种局面的根本原因不是理论阐述是否完备的问题，而是缺乏代表作家和代表作品的支撑。

2005年以来，凡一平在写作大量城市题材小说之后，开始了创作题材的乡土回归。迄今为止，凡一平为我们奉献了三部乡村题材的小说力作，分别是中篇小说《撒谎的村庄》、《扑克》和《上岭村的谋杀》。这三部小说实现了凡一平个人小说创作的重大突破，在当下乡村题材小说创作中独树一帜，充分显示了新乡土小说的审美力量。

对于凡一平来说，他生命中有三个地方是非常重要的。第一个是他的故乡广西河池市，第二个是他文学创作初出茅庐之后求学深造的中国大都市上海，第三个则是他1991年以后定居的广西首府南宁。

这三个地方，凡一平在河池生活了25年，在上海求学两年，在南宁定居至今已经22年。

河池位于广西西北部，与贵州相邻。1964年，凡一平出生于河池南部的都安县箐盛乡上岭村，他曾经专门写过一篇题名《上岭》的文章，文章开头就写道："从桂北都安瑶族自治县往东十三公里，再沿红水河顺流而下四十公里，在三级公路的对岸，有一个被竹林和青山拥抱的村庄，就是上岭。我十六岁以前的全部生活和记忆，就在这里。"[②]

---

① 本文为广西人文社会科学发展研究中心"桂学研究团队"阶段性研究成果。

② 凡一平：《上岭》，覃瑞强主编《重返故乡》，广西人民出版社2011年版，第1—2页。

在25岁以前，凡一平基本生活在河池。这25年时光，前面16年完全属于上岭村；1980—1983年，凡一平16岁到19岁的时候，在宜州的河池师专求学3年；1983—1989年，凡一平19岁到25岁这段光阴，他大学专科毕业后回到都安工作了6年。

1982年，还在河池师专求学的凡一平，在《诗刊》发表了他的诗歌处女作《一个小学教师之死》，考虑到20世纪80年代初文学特别是诗歌的影响，可以想见这首诗给凡一平带来了巨大的荣耀。当然，我们也可视之为凡一平文学职业生涯的开端。

凡一平早期的创作大多取材于他的乡土和乡亲。温存超在《追飞机的玉米人——凡一平的生活和创作》一书中，为我们披露了凡一平当年创作《一个小学教师之死》这首诗歌的过程。最初，凡一平想写一首诗表达他对自己做乡村教师的父母的感情，但找不到合适的角度。在与师兄兼文友田湘、闻程交谈的时候，听闻程讲述了一位女教师不甘凌辱决绝而死，其学生为之送葬，每逢清明还到其坟墓献花的故事。“死”和“送葬”，让凡一平蕴藉在心中的情感找到了合适的形象，原来左冲右突找不到出口的构思，终于豁然开朗。①

1988年，凡一平在《青春》发表了纪实小说《官场沉浮录》。许多人都注意到这篇小说是因为某些人的“对号入座”，给凡一平的现实生活带来了一些麻烦。然而，这篇小说毁誉的巨大反差，或许对凡一平的文学创作有着更深层的影响。不过，很快地，对于凡一平来说，一个更重要的机会降临了，他得到广西作家协会的推荐到复旦大学作家班学习深造。

上海自1843年正式开埠，仅仅用了20来年的时间，其外贸出口就超过了中国最早的通商口岸广州。从此，上海将这一荣誉保持了120多年。“在新文化运动的第二个十年，中国的文化中心历史性地转移到了上海。这个自晚清始新兴市民文化的大本营，风云际会，诞生了不同凡响的海派文化。”② 不过，凡一平在上海求学的1989—1991年，对于上海来说，是很特殊的两年。因为，1978年以后，中国南方的深圳，因为邓小平的

---

① 温存超：《追飞机的玉米人——凡一平的生活和创作》，广西师范大学出版社2011年版，第49页。

② 杨东平：《城市季风——北京和上海的文化精神》，东方出版社1994年版，第4页。

设计，成为改革开放的桥头堡。1986 年，广东的外贸出口，重新超过上海，位居全国第一。然后，1992 年，同样是因为邓小平南方讲话，上海又迎来了一个历史性的机遇，造成了海派文化的复兴。这种既具历史性又具戏剧性的变化，不知是否为 1989 年至 1991 年在上海求学的凡一平感受到？不过，从凡一平上海求学以后小说创作的变化，我们可以感受到上海这座城市对凡一平的深刻影响。

在《“身份焦虑”与“浑身是戏”——壮族小说家凡一平小说论》[1]这篇文章中，我曾经谈到 1992 年是凡一平文学创作的一个重要的分水岭。因为在这一年，凡一平的身份发生了重要变化，终于从广西的贫困地区都安落籍广西首府南宁。于是，就在这一年，凡一平的文学创作出现了诸多变化，其中一个重要的变化就是创作题材从乡村转移到城市。

6 年之后，当我再一次回望凡一平的创作历程时，我愿意修改当年的结论：凡一平小说创作的变化，在他的上海求学阶段业已发生。

在上海求学以前，凡一平虽然在上岭村、宜州县城、菁盛乡、都安县城等地生活、学习和工作，这些地方虽然有所差异，但总体而言，它们都是广西的贫困地区，它们共享的都是广西山区的乡村文化。而上海，作为中国第一大都市，虽然在凡一平求学期间处于衰落状态，但海派文化海纳百川、有容乃大的气势，显然是长期被山峦遮蔽局限的凡一平未曾体验过的。因此，对于凡一平而言，上海求学，知识的增长、技巧的增进，固然明显；但更深层的、不易为人察觉的，应该是价值观的变化。而这一点，在凡一平上海求学以后的作品中，表现得非常明显。

如果把中国人分成四种类型：农民、士民、官民和市民，那么，市民文化是中国最薄弱的文化。广西是中国欠发达地区，其最大特点之一就是市民文化不发达。作为中国市民文化的大本营，海派文化与整个广西文化完全不同。因此，当凡一平从一个农民文化地区进入中国的市民文化大本营，他内心必然遭遇强劲的文化冲击。

在《“身份焦虑”与“浑身是戏”——壮族小说家凡一平小说论》

---

① 黄伟林：《“身份焦虑”与“浑身是戏”——壮族小说家凡一平小说论》，《民族文学研究》2007 年第 1 期。

这篇文章中，我认为："凡一平小说的人物具有两种特别令人关注的内涵特质，一是身份焦虑，二是角色多元。"这是凡一平小说特别令人着迷也特别令人不解的地方。经过这几年的阅读和思考，我以为，凡一平小说人物的身份焦虑不仅来自他从乡村到城市的身份改变，而且来自他从单一的农民文化圈到多元的市民文化圈所遭遇的文化冲击。市民文化的价值观对凡一平的创作产生了根本性的颠覆，在上海求学之前，凡一平"小说的价值倾向基本称得上是非分明、善恶对立"。上海求学之后，"凡一平小说中的人物在善与恶、是与非、正义与邪恶、贞洁与淫荡的道德边界游走，价值判断遭遇悬隔抑或莫衷一是"。

这种变化使凡一平的小说脱胎换骨。1995 年，凡一平的中篇小说《女人漂亮男人聪明》在《上海文学》第 2 期被列入"新市民小说"栏目发表。"新市民小说"是《上海文学》着力打造的一个文学概念，凡一平的小说被纳入"新市民小说"体系，由此可以看出凡一平小说所具有的与其与生俱来的本土文化气质相异的文化气质。

《"身份焦虑"与"浑身是戏"——壮族小说家凡一平小说论》对这种文化气质做了较深入的分析，本文试图通过对《撒谎的村庄》、《扑克》和《上岭村的谋杀》三部小说的解读，从乡土、乡情和乡思三个层面，对凡一平的故乡文化心理进行阐释。

故乡对一个作家的重要性是不言而喻的，许多文学史事实都证明了故乡是作家最重要的写作资源。对于凡一平来说，这一点也不例外。然而，故乡作为写作资源得以激活，却需要某些契机。上海求学之前，凡一平写乡土乡亲，那是一种自发行为。上海求学之后，凡一平有相当长一段时间，写作与乡土渐行渐远，写了大量以市民文化为底蕴的城市小说。

直到 2005 年，凡一平写出了中篇小说《撒谎的村庄》，用他的话说，这是他对他敬畏的乡村、故土奉献的试探之作。[①] 仔细琢磨这句话的意思，可以感觉到，这时候的凡一平重写乡土、乡情、乡思，已经上升为一种自觉行为。

---

① 温存超：《追飞机的玉米人——凡一平的生活和创作》，广西师范大学出版社 2011 年版，第 294 页。

乡土，顾名思义，即故乡的土地，是作者关于故乡自然形貌、自然地理的文化记忆。

在《上岭》那篇散文中，凡一平告诉我们，他的祖籍地上岭这个地名，第一次出现在书里，是在他写的长篇小说《顺口溜》里。有意思的是，《顺口溜》也是出版于2005年。那么，可以肯定的是，2005年，在离开故乡16年后，凡一平开始比较有意识地将他的故乡记忆纳入了小说创作。

《撒谎的村庄》的故事发生在菁盛公社（乡）的火卖村。故事的主人公蓝宝贵是菁盛公社的放映员，1978年，他与火卖村女孩韦美秀发生了一夜情而被迫成为韦家的上门女婿。半年后蓝宝贵考上了北京大学，然而，一个月后，韦美秀生下了一对龙凤胎后身亡，蓝宝贵被迫放弃学业，留在火卖村当了小学教师。尽管数年后蓝宝贵证实了韦美秀生下的并不是他的亲生儿女，真正的父亲是当时菁盛公社放映员苏放。但是，善良而懦弱的蓝宝贵因为不忍心乡村的孩子们没有老师而继续留在了火卖村，并因为不忍心韦龙和韦凤两个孩子成为孤儿，而与火卖村全体村民坚守着韦龙与韦凤是他的孩子的这个谎言。火卖村因此成为一个撒谎的村庄。

《撒谎的村庄》是一个充满悬念的故事，而不是一个具有深度的小说。小说中的人物性格都比较简单。韦秀美单纯而向往山外的世界，苏放轻佻而不负责任，蓝宝贵善良懦弱而忍辱负重。此外，整个火卖村的村民仿佛沉默的大多数，为了村庄的名誉，他们明知真情，却仍然制造了韦美秀早产身亡的谎言，使无辜的蓝宝贵成为谎言的牺牲品。这些村民面目不清、性格不明，他们有善意，也有私心，但无论善意还是私心，这些人物形象因为缺乏内心的深度和情感的强度而无法给读者留下深刻或者鲜明的印象。

"撒谎的村庄"，无论如何，这是一个绝妙的标题，是可能成为杰作的标题，因为这个标题透露了某种乡村集体无意识的信息。它提醒我们，韦美秀、苏放、蓝宝贵其实都不是这个题目所概括的主角，真正的主角应该是村庄的全体村民，是村民的集体无意识。但是，或许是因为初次回归乡土，凡一平没有像他写《跪下》、《顺口溜》、《寻枪记》、《理发师》那样洒脱不羁，他更多地在故事上做文章，将故事写得一波三折，巧合多多，但是，在开掘人物内心世界上，他顾虑重重，欲言又止。他为火卖村进行了撒谎的定性，但他自己似乎也坠入了编织谎言的圈套。虽然他的编织动机也是出于善意，但是，对于透视人性真相的小说，他似乎有点背道而驰。

凡一平自己很清楚，《撒谎的村庄》是他对他敬畏的乡村、故土奉献的试探之作。因为有敬畏，因此缩手缩脚；既然是奉献，就不敢揭露真相；由于是试探，所以不可能鞭辟入里。可以说，凡一平已经敏感到了乡土、乡村、乡亲所包含的丰富深刻的信息，但他或许是无力，或许是因为有情，终于不敢揭开乡土、乡村、乡亲那潘多拉的盒盖。

不过，《撒谎的村庄》的写作，仍然激活了凡一平的故乡记忆，这个记忆，在《撒谎的村庄》中，主要是关于乡土的记忆。

除了故事的起承转合，《撒谎的村庄》最引人注意的是景物描写。有相当长一段时间，凡一平的小说久违了乡土的自然景物描写。《撒谎的村庄》最成功的地方，恰恰是乡村景物的回归。小说开头不久后就写道：

> 火卖村不通公路，惟一一条通外面的路是祖祖辈辈脚踏出来的，因为都想走捷径，所以路就特别直，也特别陡。从山上往下望，路就像一根垂直的绳子，而照相师傅就像绳子那端的一只瓶子，慢慢地被吊上来。①

山路犹如一根垂直的绳子，这肯定是凡一平最鲜明的故乡记忆之一。因为，几年后凡一平另外一个中篇小说《扑克》又一次使用了这个比喻：“山路狭小而陡峭，就像是从山顶垂直扔下来的绳子，王新云和警察则像两个拖油瓶，慢慢地往上吊。”显然，凡一平的故乡记忆，最初是从山路这种自然地貌开始复活的。如果读者细心就可以发现，恰恰是从《撒谎的村庄》开始，景物描写越来越多地出现在凡一平的小说里。

> 青山如黛，草木如同锦绣，包裹着如婴儿一般娇小的村子。村

① 凡一平、章明：《撒谎的村庄》，上海译文出版社 2006 年版，第 52—53 页。

子的房前屋后，是碧绿的菜园。土生土长的鸡鸭，就在菜园外走动，觅食它们最喜欢的东西。更远处的梯田边，是一排排挺拔的树木，一团团火焰燃烧在梯田的上空，那是木棉树盛开的花朵。①

值得注意的是，当熟悉了城市文明的凡一平重新观察乡村自然景物的时候，他获得了一种糅合了农业文明与工业文明的想象力。在《最后一颗子弹》中有一段非常绝妙的景物描写文字：

重峦叠嶂的山像一架机器，尖硬繁杂的石块像无数的齿轮，蜿蜒崎岖的路像丈量不尽的链条，而活动在它们之上的一行人，就像是制造或输送出去的产品，并且大都非常贵重。②

这样的景物描写可圈可点，可以作为写作的经典案例。

然而，促使凡一平乡土记忆复活的原因是什么呢？在我看来，或许是乡村自然形貌产生了巨大变化，原生态乡村消失的可能性促使凡一平用文字来实现他对乡土记忆的缅怀。

这个猜测并非空穴来风。当凡一平为《撒谎的村庄》想象外景地的时候，他想象故事发生在一个封闭而又盛开着木棉花的村庄。在他童年和少年的记忆中，到处都是这样的村庄：

四面环山，山坡匍匐着松落的石头，石头缝和石头上长着青草和苔藓，像是粗粝的、结着菜垢的锅面。山底是松散的房屋和肤浅的土地。房屋冒出炊烟，像是锅底还在温热的玉米窝头。土地长着庄稼，主要是玉米，其次是红薯、木薯和黄豆，它们露在浅土上，像是铺在一个巨大囤仓底部的粮食。事实上它们都是粮食。在每一块地的地头，都长有树。最多也是最高的是木棉树，它有着粗糙乃至丑陋的躯干，却能绽放着最鲜红、硕大、美丽的花朵。最少和最

① 凡一平、章明：《撒谎的村庄》，上海译文出版社2006年版，第53页。

② 同上书，第44页。

> 矮的是草芒，但这就不是树了，是拿来烧火的柴禾。还有，在村庄里找不到水。水是山民最珍贵的东西，比油还珍贵。还有，上下山看不到路。但路肯定是有的，只是因为太小、太陡峭和弯曲，而且没有开凿过的痕迹，只有人和牛羊的脚踩踏过的印痕，让没有走过的人不相信这就是路。①

然而，当他跟着摄制组坐着车在崎岖、蜿蜒、陡峭、刺激和危险的村级公路上爬行为《撒谎的村庄》寻找外景地的时候，才发现要找到与他记忆吻合的场景或环境已经很困难。

显然，快速扩张的现代化已经改变了乡村，“摄制组所经过和看过的村庄，不是地头或屋后建起了水柜，架接了电杆和电线，就是通了机耕路”②。

消失的总是珍贵的，仔细阅读凡一平的小说，可以发现，自《撒谎的村庄》之后，乡土记忆中的景物描写越来越多地出现在凡一平作品中。

如果说《撒谎的村庄》更多局限于关于乡土的书写，从自然地理的层面复苏了凡一平的故乡记忆，那么，发表于《花城》2008 年第 1 期的中篇小说《扑克》，则深入了乡情的层面。

乡情，可以理解为对故乡的感情，但这里的故乡不仅是自然地理意义上的故乡，而且包含了人物对故乡及其生命本原的情感记忆。

5 岁时被拐卖的王新云 19 年以后从一则印刷在扑克上的寻子启事中发现了自己的来历。这时的王新云已经成年，父亲是浙江王牌服装集团的总裁，一个身家过亿的企业家。他本人毕业于北京广播电视学院，是浙东电视台文艺部助理编导、记者，得到他的直接上司、文艺部主任、有夫之妇宋海燕的悉心栽培和宠护。两人间正进行着如火如荼的婚外情。

王新云按图索骥找到了自己的故乡——广西都安县菁盛乡内曹村乜鸡屯。“站在菁盛的集市上，王新云已经看不到和记忆里相对应或吻合的房子、店铺和路面。这里的一切都已经翻新。但是王新云能感觉到，他现在站着的地方，就是当年父亲卖猪的地方，也是他被拐卖的起点。”王

---

① 凡一平：《卡雅》，《作家》2008 年第 3 期。

② 同上。

新云找到了他被拐卖的起点，同时也就意味着找到了他血脉的来源、生命的起点，他作为人的七情六欲、喜怒哀乐的情感的最初来源。

他终于走进了他生于斯长于斯的家。小说的描写触目惊心：

> 这个作别了十九年的家现在已经变得破败不堪，墙壁大开裂缝，东歪西斜，屋瓦漏洞百出，堂屋空空如也。黄警官走到没有门的内屋入口，站住。王新云的视线越过黄警官的肩膀，看见一根横着的绳索，联系着两张床。黄警官走进两步，王新云跟进两步。黄警官轻轻掀开一张床的蚊帐，一个白发如雪的老婆子兀立床上！像个女魔。她的眼眶凹陷，却眼球凸出，而眼神呆滞。或许因为在黄警官的身后，也或许断定是自己的生母，王新云并没有受太多的惊吓。他所惊讶的是生母苍老的容颜超过了他的预想，还有，生母瘦小的身骨令他心颤。绳索的一端并不系着床，而是栓在生母的腰上！另一端呢？王新云移步上前，抓着绳索，拉了拉绳索的另一端。另一张床上有了动静，像人在翻身。王新云掀开另一张床的蚊帐，只见一个男子在睡觉，绳索的另一端也系在腰上。这应该就是自己的哥哥了。王新云想，那究竟是大哥呢还是二哥？生母和哥哥为什么要用绳子相互栓着？是谁怕谁跑丢？黄警官这时朝睡觉的哥哥喊道，阿大，起来咯！王新云终于知晓睡觉的哥哥是大哥。①

王新云面对这个维系着他的血脉的家，父亲是劳改释放犯、母亲是疯子，大哥是傻子；二哥，根据小说后面的叙述，我们得知，虽然考上了大学，但因为家庭变故，放弃了上大学的机会，在广州从事男妓的职业。

小说正面描写了王新云生父韦元恩寻子的执着，并在与韦元恩的执着的对比中，尽可能表现不敢认家、不敢认父的王新云的内心冲突和内心挣扎。

《扑克》发表后，引起了较多的关注。我也曾以课程作业的形式，让

---

①　凡一平：《扑克》，《花城》2008 年第 1 期。

中文专业的学生评论这个作品。大多数人都在“富爸爸”与“穷爸爸”的对立中讨论王新云形象，对王新云进行道德评判。然而，在我看来，凡一平写《扑克》这个小说，显然不仅是为了宣示某种道德教义，应该有更深层的内心冲动。那么，这种内心冲动来自何处呢？

有必要从一个更宽广的范围去理解这个小说。凡一平讲述这个故事的深层动机应该是基于他内心深处对故乡、对乡村的情感。众所周知的是，我们对故乡、对乡村忽略太久了，我们对我们生命的根源、对我们血液的根脉忽略得太久了。就像王新云，因为某种缘故，离开了故乡、离开了乡村。或许最初的离开是一种痛苦，然而，在现代化的进程中，离开者最终或许会感到幸运。面对极端贫穷、极端封闭的乡村，有几个人能够像《撒谎的村庄》的主人公蓝宝贵那样选择留下呢？

然而，无论怎么样，《扑克》中的王新云终于因为某种机缘找到了他的故乡、他的家、他的根。虽然他没有在现实层面上认祖归宗，但在内心深处，他无疑拥有对这个根、对这个家的认同。生活在现实中的王新云，他有他的利害考虑；处于内心挣扎的王新云，却有着难能可贵的忏悔。小说中有这样一段王新云的心理描写：

> 现在，王新云觉得，他必须向另一个人下跪，那就是自己的亲生父亲。他来到隔壁的卧室，那是安置亲生父亲的房间。他跪在亲生父亲跟前，涕泗滂沱地说阿爸，对不起，阿爸，我明明已经知道你就是我的亲生父亲，却没有认你。因为我不知道该怎么办？我现在生活得很幸福，真的很幸福。这幸福是养父给我的，我怕我认了你，我的幸福就会失去。阿爸，原谅我。原谅我，阿爸！

比较一下《跪下》中的宋杨、《顺口溜》中的彰文联，就可以知道，与这两个同样有内心矛盾的人物相比，王新云的内心冲突何等激烈和深刻，从而上升到忏悔的层面。而这种激烈和深刻，这种忏悔，正是因为对故乡、对家、对生命之根的发现。

因此，乡情可以理解为对生命之根的感情。这是人性中极其深层的感情。而它一旦唤醒，当会产生难以想象的震撼力。

为什么王新云面对失而复得的故乡会选择离开，为什么王新云面对失而复得的亲情会选择放弃？仅仅指责王新云的背叛是不够的。我们应该正视王新云这种选择的现实合理性。否则，我们只能堕入肤浅的道德理想主义，而无法体会人性深层的矛盾和挣扎。

在我看来，正是因为有了《撒谎的村庄》中温情的乡土记忆的复活，有了《扑克》纠结的乡情的重新发现，才有了《上岭村的谋杀》有关故乡、有关乡村严峻的思考。

也就是说，乡思，在这里，并不意味着对故乡的思念，而意味着对故乡、对乡村、对乡亲的反思。

上岭村的青壮男人们大都在外打工，村庄里除了妇女，剩下的男人多是老弱病残。复员军人韦三得或是利诱，或是胁迫，或是强暴，与许多村妇长期私通。韦三得的流氓恶霸行为让整个上岭村的男人蒙羞忍辱，上岭成为一个混乱、悲情的村庄。

小说分成三部，采用了倒叙的手法。

第一部写的是2010年春节前的一天，韦三得突然上吊身亡。大年初一，警方得到韦三得不是自杀而是他杀的匿名举报，进入上岭村逐个对村民进行调查。数日后，村支书韦江山的儿子，转业在南宁民族学院做保卫干部的韦波承认是他谋杀了韦三得，被捕入狱。韦三得之案得以了结。

第二部回溯到2008年，南宁大学的学生黄康贤有一天无意中遇到了他的初中同学唐艳。唐艳是黄康贤的梦中情人。当年他们一起考上了重点高中。最终唐艳没有到高中报到，给黄康贤留下了不解之谜。这次相遇，两人迅速坠入爱河。根据观察，黄康贤知道唐艳在南宁从事的是色情服务。不久，唐艳对黄康贤不辞而别。黄康贤回上岭过寒假，终于得知唐艳当年不上高中的原因是遭遇了韦三得的强暴。韦三得的种种劣迹，促使黄康贤与怀疑韦三得挖了他家祖坟的韦波兄弟走到了一起，黄康贤又争取了因为妻子与韦三得通奸而对韦三得恨之入骨的韦民全、韦民先兄弟俩的合作，韦三得终于落入了他们设计的圈套。

第三部写2011年黄康贤毕业后回到大成乡派出所做见习警察，所长田殷因为不相信当年韦三得案件的调查结果，将“上岭村2·15案询问记录”全部给了黄康贤，要求黄康贤重回上岭村进行秘密调查。从这些询问记录，黄康贤知晓了上岭村许多男人和女人的秘密。一天，韦昌英的妻子苏春葵与韦茂双的妻子蓝彩妹发生冲突，黄康贤无意中介入得罪了苏春葵。苏春葵利用她掌握的信息向黄康贤父子提出各种要求，黄康贤被迫答应了苏春葵与之通奸的要求。黄宝央为了帮助儿子黄康贤摆脱困境，谋杀了苏春葵。警方调查后，结论是苏春葵偶然失足跌入粪池身亡。苏春葵的丈夫韦昌英不接受警方的死亡鉴定，苏春葵被谋杀终于证实，但无法找到凶手。后来，韦昌英发现了黄康贤与苏春葵私通的秘密并报告了警方。在真相即将大白之际，黄康贤自杀身亡。

小说虽然集中围绕谋杀案叙述，但却建构了多重视角。

有集体视角。通过上岭村主流视角，我们看到的是一个道德败坏、死有余辜的韦三得，他打断了黄宝央的腿，挖了韦江山的祖坟，强破了唐艳的处女身，奸淫了众多上岭村男性的妻子。

有个体视角。如黄康贤，他的父亲被韦三得打断腿，他的梦中情人被韦三得强奸。

有男性视角。绝大多数男性眼里，韦三得奸淫妇女，引发众怒。

有女性视角。部分女性眼里，韦三得竟然是一个好男人，她们甚至为之争风吃醋。

主流视角视韦三得为恶棍流氓，罪不容赦；非主流视角则认为韦三得之所以堕落到这个地步，与当年村支书韦江山剥夺了他的参军机会有关。于是，韦三得的恶行包含了向这个不义的社会报复的因素。

多重视角的建构，是对传统乡村文化意识的超越。只有经过城市文明的洗礼，才可能建构这种多重视角，进而获得相对客观的观察事物的方法，使小说的内涵更为丰富，更具弹性。

性在中国长期以来是一个讳莫如深的话题。20 世纪 80 年代以后，随着张贤亮、王安忆、苏童、贾平凹、陈忠实等一批作家的书写，禁区终于冲决。世纪之交，卫慧、棉棉等“70 后”作家以其作品呈现了与前辈作家完全不同的性态度。近年来，章诒和的《刘氏女》、《杨氏女》重拾性话题，产生了不小的影响。然而，在我看来，迄今为止，对中国乡村性现状的描写，《上岭村的谋杀》最真实、最有力，也最深刻。

通过《上岭村的谋杀》，凡一平写出了中国乡村惊心动魄的性现实。

他不仅写出了中国乡村现实中性资源的匮乏，而且写出了中国乡村妇女性意识、性观念的变化，写出了被隐秘性意识牵连着的乡村价值观、道德观的深层变化。由于性本身的隐蔽性质，凡一平实际上是通过性的描写，撕开了乡村那关得严严实实的帷幕，揭露了乡村的深层真相。“上岭村谋杀案”的告破，就像小说中所写：“在这个混乱的村庄，已经没有什么可能守可以守的秘密了。把什么都说穿了说破了也好，说穿了说破了反而就简单了，清楚了。”

比较《撒谎的村庄》、《扑克》和《上岭村的谋杀》三部小说，可以发现，三部小说都试图写出乡村主人群像，写出中国农民群像，写出那沉默的大多数，然而，《撒谎的村庄》中的村民面目晦暗不清，性格暧昧不明，《扑克》的农民性格偏执愚钝、形象难以理喻，他们承载的是作者的思想、理念，依靠作者的扶助和推动；只有到了《上岭村的谋杀》，虽然人物众多，然而，每个人物都鲜活生动，合情合理，他们有真实的感情、鲜明的性格，他们受伤害、受欺辱，有痛苦、有怨恨，但也有隐忍、有希望，他们承载着自己的血肉，有着自己的灵魂，张扬着自己的生命活力，散发着自己的生命气息，这是真正活着的中国农民，他们从作者的笔下站立起来，栩栩如生，震撼人心。

如果说《撒谎的村庄》因为被作者的故乡温情引导而回避了乡村的真相，《扑克》因为过多纠结血缘身份与社会身份的冲突而导向伦理道德评判，那么，长篇小说《上岭村的谋杀》则超越了这两个中篇小说的局限：它真实，迄今还鲜有作品如此真实地呈现当下中国乡村赤裸裸的社会现实；它深刻，在这个作品中，凡一平没有被情感或者道德所遮蔽，他直抵社会的深处，言说人性的大彻大悟；它善意，在这个作品中，凡一平寄托了他对故乡、对乡村的大爱，这种大爱既是悲悯，也是关怀，还有拯救之心；它有力，有力的观察、有力的陈述、有力的分析、有力的追问、有力的开阖以及有力的思考贯穿了整个小说；它美，构思之奇崛、叙述之简洁、描写之传神、布局之周密、悬念之引人入胜、人物形象之鲜明生动，涉及问题之复杂深入，处处显示了文学之美。

今日中国，乡村引起了越来越多的关注。乡村的混乱、乡村的衰败、乡村的堕落、乡村的消失……尽管写乡村的文学作品不少，但或者隔靴搔痒，或者云山雾罩，在这个气氛中，《上岭村的谋杀》单刀直入，一剑封喉，从一个刁钻的角度，将乡村的隐秘和盘托出。

毫无疑问，《上岭村的谋杀》不仅实现了凡一平小说创作的自我超越，而且堪称近年中国文坛的一部力作。因为它的出现，新乡土小说获得了有力的支撑。新乡土小说，不仅要唤起我们对乡土的体认，而且要接通我们与乡土的血脉，在这个基础之上，还必须抵达对今日乡村现实的反思。这是新乡土小说的力量所在，《上岭村的谋杀》，以其情感的深切、思想的深刻和技巧的深湛，显示了这种力量。

（原文载于《广西民族大学学报》2014 年第 2 期）

论陈白尘喜剧创作的讽刺艺术

李　江

陈白尘是中国现代讽刺喜剧史上一位具有独特风格的剧作家。无论是在政治讽刺喜剧中，还是在社会讽刺喜剧里，都能够让读者和观众强烈地感受到他那别具一格的创作个性。迄今为止，人们已经充分注意到陈白尘喜剧的历史渊源和艺术渊源，发现了陈白尘讽刺喜剧继承了鲁迅的犀利、辛辣与透辟，果戈理和莫里哀对人性和人的本质的观察和表现也对陈白尘讽刺喜剧产生过影响，但显而易见的是，通过在创作中广泛的继承，陈白尘已经确立起了一种非常个性化的讽刺艺术。他那特殊的思想认识特点决定着他对讽刺对象的选择。为了跟这种描写对象相适应，他必定会采用他觉得最切题的讽刺方式。由于剧作家的素养不同，对讽刺对象的认识深度不同，讽刺的技巧和方法也会判然有别。因此，我们在关注剧作家与历史传统之间相互联系的同时，更不应忽略剧作家的创作个性，从方法论的角度看，对渊源的指认无法代替对陈白尘讽刺艺术的本体认知。

在我看来，陈白尘的讽刺艺术是由讽刺的观念和讽刺的方法这两个方面构成的。从讽刺观念上看，陈白尘剧作的讽刺艺术具有如下特点：第一，他对讽刺对象的选择有着特殊的立足点。进入他讽刺视野的对象，几乎都是那个时代中重大的社会问题，从而使他的讽刺在一定程度上体现出时事评论的特点。对时代、社会生活不会产生巨大影响的事件，通常都被排斥在他的视线之外。第二，虽然在他的剧作中充满了大胆的想象、奇妙的夸张、荒诞的变形、离奇的构思，但真实性、真实感仍然是他在讽刺中追求的目标。夸张、变形而不失其真，这正是陈白尘讽刺喜剧的艺术生命之所在。尽管在陈白尘笔下，夸张、变形的方式多种多样，有浓缩，也有放大，不一而足，但在总体效果上还是没有离开“真”和“信”，这种效果跟剧作家对喜剧对象的本质把握密切相关。他立足现实来求得对喜剧对象本质特点的准确把握，因而在夸张和变形中可以不至于失去喜剧对象的现实性。中国台湾学者马森在谈到《升官图》一剧时，提出该剧采用的夸张是一种“表现主义的夸张”[①]，这种结论无疑是对陈白尘讽刺喜剧艺术特点的一种“误读”。我们姑且不说在表现主义戏剧和陈白尘喜剧之间缺乏一种令人信服的关于影响和接受的史证，仅就陈白尘讽刺喜剧的“夸张”和“变形”的特点来看，他的追求也跟表现主义戏剧相去甚远。真正的表现主义戏剧追求的是一种既抽象又鲜明、既诉诸视觉又诉诸听觉的艺术效果，传达的是感性的直观的印象，而陈白尘不追求那种简单的直喻，他的认识也不是从哲学观念出发的抽象认识，而是富有现实性的思考。因此，他所采用的夸张和变形严格来说是一种“写意性”的夸张和变形。这种夸张和变形方法的文化渊源更多地存在于中国传统艺术中。夸张、变形到极致反而求得了对讽刺对象内在本质揭示的真实，反而达到一种强烈的喜剧效果。这种讽刺的喜剧化境界，不是一般的剧作家能达到的。第三，在对讽刺的艺术作用和社会作用的认识方面，他不仅看到了讽刺是一种具有攻击性的艺术方法，而且还看到了讽刺的建设性意义。他曾经说过：“讽刺的作用在于否定不合理的事物，而积极的意义依然是在肯定合理的事物的。”[②] 在他把矛头指向那些丑恶事物时，剧作家的心中蕴含着一种对理想的强烈憧憬。正因为对合理的事物有着强烈而深沉的爱，所以他对不合理的事物进行讽刺时显得那样尖锐、犀利、毫不留情。从方法的角度来看，我们发现：陈白尘讽刺喜剧的讽刺是一种非常喜剧化的讽刺，他不仅揭示出了喜剧对象的内在矛盾和本质，而且非常注重强烈的喜剧效果。从而使讽刺性因素和喜剧性因素浑然一体。那些诸如人物、情境、对话、冲突等具体的喜剧艺术环节也都恰到好处地满足了剧作家犀利、泼辣地表达讽刺意图的需要。

---

① 马森：《中国现代戏剧的两度西潮》，（台北）文化生活新知出版社 1991 年版，第 175 页。

② 陈白尘：《〈升官图〉的演出》，重庆《新民报》（晚刊）1946 年 2 月 28 日。

在陈白尘笔下，喜剧的技术和艺术手段绝不游离于讽刺意图之外，具有明确而强烈的目的性。这些艺术手段都是具有实战目的的战术环节，那一招一式都是要刺刀见红的。

陈白尘讽刺艺术的形成原因在很大程度上跟他本人的个性气质有关。他之所以确立这样的讽刺观念，选择这样的讽刺方法，主要源于他的性格、他的生活态度和行为方式。生活中的陈白尘，为人正直，机敏干练，爱憎分明，疾恶如仇。在上海艺术大学求学期间就因为看不惯校长周勤豪的贪污，毅然和同学们一起发起学生运动，“推翻旧校务委员会”①。还有一件事也很能说明他的个性。1937 年 10 月，他带领上海影人剧团去重庆，当时以重庆市长李宏坤为代表的地方官僚和军阀，久闻这个剧团明星荟萃，就企图以“请饭”和“跳舞”的名义，羞辱剧团的女演员。②作为剧团领导，陈白尘有理有礼有节地展开斗争，坚决而成功地粉碎了这些地方官僚和军阀的阴谋。这种不畏强权、坚决斗争的个性，投射在他的讽刺喜剧创作中，就演变成了这种独具特色的讽刺特点，即迅速地撕破丑恶势力的画皮，淋漓尽致地揭穿讽刺对象的本来面目。他总是尽可能地减少中间环节，尽可能地避免那种迂回曲折的闲墨，以有效地保证强烈的讽刺效果，直截了当地传达否定性评价。

1943 年，曾经有批评家指出，在陈白尘讽刺喜剧中，“我们除了读到讽刺以外，很少有别的东西”③。这种意见显而易见地带有简单化的痕迹。这位批评家只看到了陈白尘讽刺喜剧的表层特点，而忽视了在这个表层之下的深层结构。

实际上，“冰山在海里之所以威武雄壮，是因为它只有八分之一露在水面上的缘故”。陈白尘之所以能够在讽刺喜剧中确立起以讽刺为主导的艺术特色，是因为他善于把其他的喜剧艺术因素都融进他的讽刺里，由此形成了这种以讽刺为主导特点的喜剧艺术风格。当年的批评家在陈白尘讽刺喜剧中只看到了讽刺，而没有看到其他的喜剧艺术因素。幽默、

---

① 陈白尘：《上海艺大的“戏剧系”》，《陈白尘专集》，江苏人民出版社 1983 年版，第 54 页。

② 陈白尘：《影人入川记》，《戏剧与电影》1980 年第 8 期。

③ 陈白尘：《结婚进行曲·外序》，《文学创作》1943 年第 6 期。

滑稽、机智、嘲弄等喜剧艺术因素在陈白尘笔下都变成了服务于讽刺这个主要因素的次要因素。在具有强势力量的讽刺因素的作用下，其他艺术因素都只为加强和突出讽刺效果而存在。这种喜剧艺术因素的配置格局，跟剧作家陈白尘那种强烈的主观战斗精神有关。20世纪三四十年代中国社会生活的特点加强了陈白尘的社会责任感和历史使命感，使那种强烈的社会情感跟剧作家的个体情感相互吸引、彼此凝结，形成了一种强烈的主观战斗精神。在这种精神的支配下，陈白尘得以勇敢地面对生活中的矛盾和斗争，直面惨淡的人生，正视淋漓的鲜血。要让他去走一条远离社会斗争和政治斗争的喜剧艺术之路，反而是匪夷所思的。试想，让讽刺喜剧家陈白尘以幽默为本位，或以机智为本位去创作喜剧，他一定会嘲之曰“逃避现实的游戏之作”。难能可贵的是，一个民主运动的战士，具有强烈干预现实愿望的陈白尘，还能够保持着一份对生活的喜剧兴趣，一种举重若轻的幽默感或喜剧精神。在主体与客体、在认识与生活之间，他找到了一种结合点，这种结合点就是他在讽刺喜剧创作中形成的以讽刺为主导的喜剧艺术表现方式。

在陈白尘讽刺喜剧中，讽刺的方式和其他的喜剧艺术方法有机地结合在一起，共同烘云托月地突出讽刺的目的和效果。在这里，讽刺的目的是中心、是根本、是精神、是灵魂。而其他的喜剧艺术方法，如讽刺、机智、幽默、滑稽等都是为讽刺的目的而存在的。他以自己的讽刺喜剧创作建立起了一整套以讽刺为基点、为本位、为风格的喜剧艺术方法，确立起了一种成熟的艺术风格。我们可以从戏剧形态学的角度来比较细致地透视一下陈白尘讽刺喜剧中讽刺性因素和喜剧性因素的结合方式。

第一，我们来看讽刺与喜剧人物描写的关系。从讽刺方法的角度看，喜剧人物的性格刻画是最能体现讽刺意图的喜剧艺术方法。在一定程度上，喜剧人物就是剧作家讽刺意图的表现性载体。陈白尘讽刺喜剧在描写喜剧人物方面有一个引人注目的特点，那就是善于勾勒一个个由否定性人物组成的群丑图。剧作家对这些否定性人物的描绘基调是讽刺。由于这些喜剧人物的性格是千差万别的，所以剧作家对他们的描写方法也是多种多样的。在总的讽刺基调和具体的喜剧方法之间，我们不难发现那种主与次、总体和部分的结构关系，不难发现夸张、变形、揶揄、自我暴露、自相矛盾等具体的讽刺手法和其他非讽刺手法之间的关系。跟讽刺手法一样，类似于幽默的手法、滑稽笑闹的手法等非讽刺性手法，剧作家都把它们用来为讽刺这个大目标服务。他几乎从来不为幽默而幽默，为滑稽而滑稽地描写人物。在《乱世男女》中，剧作家要讽刺的是一群“乱世男女”的欺世和混世。在剧作家笔下，这些人物欺世和混世的方式各有不同。对蒲是今，剧作家抓住其华而不实、阿谀逢迎的特点，揭示出本质和现象之间的不一致，这种方法既揭示出了人物的喜剧性，又达到了讽刺的目的。对那个《中国月刊》编辑吴秋萍，剧作家抓住他以空话和大话欺世的特点，采用夸张的方法来突出人物嘴尖皮厚的个性。对那个不断地渲染自己“忙”着赴会的紫波女士，剧作家采用嘲弄的方法，表面褒而实际上含着贬，嘲笑她那种喜欢自我渲染、自我表现的虚荣。如果说，滑稽、夸张、嘲弄等具体的喜剧描写方法由于性质上跟讽刺很接近，容易跟讽刺密切配合，那么，幽默相较于讽刺，其间的差别就明显要大得多，但在陈白尘笔下，幽默也跟其他描写手法一样，传达出了剧作家所需要的讽刺意味。《结婚进行曲》对黄瑛这个人物的描写，采用的就是“幽默”的方法。黄瑛为了求职，被迫隐瞒自己已经订婚的事实，以达到用人单位不聘已婚或订婚女士的聘任条件，由此引出一系列引人发笑的故事。这种笑声不是滑稽那样直露的笑，也不是讽刺那种尖刻的笑，而是融会着同情、理解、意味深长而又发人深省的笑。这显然属于严格意义上的幽默。但这种幽默毫无疑问含有批评和责备的意味。剧作家对黄瑛的“浅薄、无知、空想”有所批评。这些“幽默”的描写，在功能意义上是从属于讽刺的。从这些描写在全剧中的地位来看，它服务于对“周围的社会”的讽刺，加强了全剧的讽刺效果。

第二，讽刺与情境描写的关系。在讽刺喜剧中，剧作家讽刺意图的传达主要是通过塑造喜剧人物来实现的，但人物必然是生活在具体时空中的人物。在人物与环境的关系中，情境描写有助于揭示出性格的喜剧性。陈白尘剧作中的情境描写在表达讽刺意图方面，也是独具特色的。他所营造的情境可谓讽刺化了的喜剧情境。在这种喜剧情境中，无论是喜剧人物的情态，还是人物与人物之间的关系，都因为“曲尽人情”而充满喜剧性。这种喜剧效果之所以不是那种“硬”噱头或“外插花”那样的局部性喜剧效果，而是一种酣畅淋漓的整体效果，是因为境随情迁，意到境成。那种强烈、生动的讽刺性情趣或意趣对喜剧情境形成了自始至终的贯穿。

《禁止小便》一剧的情境设置在陈白尘讽刺喜剧中是很有代表性的。该剧讽刺的对象是国民党官僚机构的工作作风以及官员的素质。这种“逾于锋刃”的讽刺是通过一种怎样的喜剧情境来体现的呢？大幕初启，剧作就已经确定好了一种讽刺的基调，使观众对那杂乱的办公环境以及那只顾唱戏而不办公的老科员刘树诚顿生鄙夷之感。录事周学诗在埋头抄写，刘树诚却手捧水烟袋，面对《大戏考》，有一搭没一搭地哼着《哭灵》。录事无法工作，但又敢怒不敢言，只好沉重地叹气。官僚机构那种森严的等级差别由此可见一斑。尤其精彩的是，由那一块“禁止小便”的牌子牵出来的“戏”，以一种类似于解剖麻雀的方式嘲笑了官僚机构的许多问题。委员要来视察，“禁止小便”的牌子不见了。那墙上是刷过颜色的，“空了一块空白，像什么样子呢？”于是，科里的人们手忙脚乱，好不容易找出一块牌子，上面的字又没有了。吩咐录事周学诗写好倒也罢了。偏偏那个科长的小舅子、科员吴一鸣又要逞能，拟出来一句“禁止小便，有碍卫生”，连科长钱振亚都发现这个句子有毛病，他修改了一下，变为“此处禁止小便”，再在“此处”二字处画一只手指向地下。王秘书说：“手画在上面太俗气了。”大家又赶紧把那只画上去的手涂掉。戏到这里，官僚机构的任人唯亲，官员素质低下，只顾指手画脚，不干实事等问题就都暴露出来了。一块木牌，改来改去，最后发现，木牌后面已有“禁止小便”几个字，简明扼要，何须再写！科里上上下下忙乎了半天，要来视察的委员却因病不来了。这个机关原本就人浮于事，缺乏效率，大家忙了半天，目的就是为了迎接检查。委员不来，这些科长科员们只好出尽“洋相”。剧中情境始终贯彻着剧作家的讽刺目的。剧作家让剧中人在这个规定情境中充分地展示出各自的性格及其原因：科员吴一鸣文化程度太低，他是凭借裙带关系进入这个官僚机构的。钱科长缺乏最基本的行政能力，却善于溜须拍马。科员刘树诚有能力，却没有“门路”，当了18年的老科员也没能晋升，从而失去了工作的积极性。从这人物的性格、情态中展示出来的内容正是剧作的主题。由于有剧作家讽刺意图的整体穿透，所以这些喜剧情境表现出来的喜剧效果就不再只是局部的或外在的喜剧效果，而是一种具有内涵和深度的整体性喜剧效果。

《升官图》一剧的讽刺艺术能够代表陈白尘讽刺喜剧的艺术成就。在该剧中，讽刺意图对喜剧情境的穿透，有效地增强了情境的表现力。梦境的虚幻性、非现实性跟剧中人为官位、为金钱、为女色而展开的行动之间形成了一种相互说明的关系：强盗们的为非作歹、横行不法，实际上不过是“一枕黄粱”。他们自以为是、胡作非为，失去了对客观环境的正确知觉，所以越是拼命活动，就越是加速他们的灭亡。这是一种以主观愿望和客观效果之间的不协调为基础构筑起来的喜剧性冲突。通过这种喜剧性矛盾，充分地传达出了剧作的主题。以梦境为情境，充分利用梦的虚幻性、无现实逻辑性的特点，也即最有包孕力，可以“指向未来”的特点，达成了对剧作家的讽刺意图保持最大限度的开放的效果。剧中这一整体性情境的讽刺化，不仅有助于传达主题，而且极大地增强了揭示喜剧对象的可笑性、滑稽性的力度。第一幕第二场的县政会就是讽刺化的戏剧情境。剧作由描写官僚的唇枪舌剑、互揭阴私的戏剧情境传达出了强烈而鲜明的讽刺意味。到会官僚一致同意惩治乱党。警察局马局长希望把抓获的乱党都关进他办的“游民习艺所”去做苦工。工务局萧局长不乐意了：“那你的习艺所又要增加经费了？——我的办法是不花钱，抓来的人，都罚他们去修马路，开水塘！这一来对本县又做了两件建设事业，我们现在是建设第一呀！”话音未落，马局长就针锋相对：“你收的那些马路捐、水塘捐、建设捐，又都可以上腰包了！”真是如意算盘！既用了工，又可以一毛不拔。难怪马局长要恼羞成怒，因为整治“乱党”主要由警察局出面，而且还是他率先提议的，到头来却落得个为他人做嫁衣。利益都成了工务局的了，他岂能不生气！教育局齐局长觉得建设之首应该是教育，主张多收罚款，“办几年学校才是正经!”萧局长一见又有人要抢他的“罚款”，马上迎头痛击：“你办的那些学校有什么用？你们那位标准教员把‘奋斗’两个字认做‘夺门’，将来教育出一批人来，好，‘奋斗’都不会，只会‘夺’人家的‘门’!”财政局艾局长见他们斗得热闹，趁机抢夺“罚款”，他做结论道：“不过，这一点是对的：应该重重罚他们一笔款子！至于作什么用场，让我财政局来统筹办理！”因艾局长曾向假秘书长暗示过他知道假秘书长和假知县的底细但又没有揭开，假秘书长这时就先不激化矛盾。各个局长都是他的喽啰，包括那个已经对他发动攻势的艾局长。假秘书长轻轻鼓掌，同意以“罚款”的方式来严惩“乱党”：“至于用途，各局里都可以有一点……”这样，才使局长们暂息干戈。在这一情境中，喜剧人物不同的性格、各自的劣迹都在这场狗咬狗的争夺中得到充分暴露。讽刺的锋芒透过戏剧情境产生的富于喜剧性的“笑”获得了一种酣畅淋漓的表现。无论是总体情境，还是具体情境，都已经成功地纳入了讽刺化的轨道，它已经有效地承担起了表达讽刺意义的艺术使命。

第三，对话与讽刺的关系。在陈白尘剧作中，对话这一艺术手段的讽刺化主要是通过戏剧语言的性格化来实现的。在陈白尘看来，对话就是动作，对话跟人物之间具有非常密切的关系。[①] 从对话中去表现人物的性格，使喜剧对象达到自我暴露、自相矛盾，从而揭示出人物内在的丑恶，表现出剧作家对喜剧性人物的否定与讽刺。《升官图》第一幕中，那个知县太太的台词既是人物行为和心理的自我暴露，又有效地传达出了剧作家的讽刺意图。当知县太太在强盗甲（即假秘书长）的威胁利诱下，表示愿意跟强盗甲合作时，她对那些局长们说了这样一番话：“大家都知道，昨天夜里的事，如果没有张先生（即强盗甲——引者按）在此地，大人的性命难保。一朝天子一朝臣，知县大人一完蛋，诸位局长还不是树倒猢狲散？——哦哦，我不会说话，我是说兔死狐悲！——哦，还是不对！我的意思是说，大家也就完了，大人是很感激张先生的，而张先生过去在政界干过十几年，现在秘书长出了缺，所以就请张先生来做我们的秘书长，今天的会议也就请他主持……”在假秘书长的劝说之后，知县太太不愿为原知县守寡，更不愿意失去“知县太太”这种地位。这段台词非常符合她那种“识时务者为俊杰”的市侩心理，符合她那种粗俗无知而喜欢附庸风雅的个性。通过这段语无伦次、结结巴巴的语言，把人物的个性和心理暴露在观众面前。从讽刺的意味来看，这一段台词

① 陈白尘：《戏剧创作讲话》，《陈白尘论剧》，中国戏剧出版社 1987 年版，第 62 页。

不仅嘲笑了知县太太，而且还讽刺了在场的所有官僚。这一段台词点明了在场官僚之间的利益关系，即“树”与“猢狲”、“兔”与“狐”之间的关系。他们在政治利益上是休戚与共的，这种利益联盟是“官”“匪”一家的政治基础。

一个优秀的剧作家对戏剧语言的设计，绝决不会仅仅限于“性格的语言”或“情势的语言”，还应该有“作者的语言”，至少应该含有这种“作者的语言”的意味。讽刺喜剧家的戏剧语言在功能意义上绝不仅仅是陈述性的或描写性的，他还另有所图。从这种意义上说，陈白尘剧作中的人物语言是一种复杂的语义编码。从语言的风格特点上看，陈白尘讽刺喜剧的语言显得明快、犀利、泼辣；从语义构成的角度看，他的戏剧语言所指并不单一，而是体现为不同层面的多义性。既与人物性格、身份、场景相吻合，又存在着某种“意在言外”的意义指向。有时是言在此而意在彼，轻松、诙谑而又含有某种“夹枪带棍”的锋芒。从人物之间的话语关系去看，这一段台词的意义是特定的。换一个角度，从戏剧与观众之间的话语关系去看，这种台词又具有与此截然不同的新的意义。《升官图》一剧中，当省长大人宣布“速成”结婚时，警察局马局长那一段台词就具有多功能的艺术表现力。马局长欢呼道：“大人！您真伟大！您办事真像闪电一样快！您的意志像钢铁一样坚强！您真伟大，伟大，伟大得至高无上！至高无上的伟大！”这一段台词符合马局长这个角色那种不学无术的特点，只会用词汇的重复来表达他的意愿或情绪，又突出了他那种喜欢巴结、逢迎的性格以及借此达到自己卑劣目的的用心。这段台词出现在那个特定的场景下，也符合彼时彼地的环境和气氛。与此同时，从这一段台词中，还可以读出剧作家对这个人物的调侃、揶揄、讽刺。财政局艾局长当上了知县，要欢送省长大人和新任道尹。在欢送仪式上，艾局长那一段欢送词也是很有表现力的：“卑职来代表民众致欢送词，省长大人，知县大人，你们是老百姓的伟大救星！”“自从省长、知县在任以来，我们老百姓好像生活在天堂里一般……”“我们每人都住了洋房，我们每人都有了汽车，我们每天都在吃大菜，我们真是丰衣足食，安居乐业呀！”“我们感谢二位大人，我们从没受过苛捐杂税的剥削，我们从没受过土豪劣绅的压迫，我们从没受过贪官污吏的敲诈，我们从没受过特务和集中营的威胁。我们从没有——不！我们都有人身的自由，言论的自由，以及一切的自由！这都是二位大人的德政！”这一段台词在剧中符合那个欢送仪式的情境，也写出了艾局长的性格。在《升官图》中，这位财政局长的“权术”和“谋略”跟那个官场老手假秘书长不相上下，惯于说假话、玩伎俩。这段台词也符合他刚升任知县时那种春风得意的心情。读者和观众从这段台词中也能感受到剧作家的意图之所在。它不仅是针对着剧中的贪官污吏，而且也抨击了现实中那个腐败的国民党政府。人物语言的喜剧性加强了剧作的讽刺力量，这是对话讽刺化的成功例证。正如陈白尘自己所说的那样：“对话之于戏剧，犹如线条之于绘画。”[①] 陈白尘讽刺喜剧中的对话，起到的作用类似于绘画艺术中的“线条”，每一笔夸张，每一点起伏，都跟剧作家的讽刺意图紧紧相连。

中国现代讽刺喜剧的历史功绩，不仅在于它帮助当时的观众认清了时代，理解了现实，确立了作为认识主体的地位和立场，而且还在于它培养了一个伟大民族的喜剧素质，激发了一个民族的批判性智慧。它在20世纪50年代中期的全面衰落，根本原因在于非喜剧化倾向。非喜剧化倾向造成讽刺性因素强化、喜剧性因素的弱化。陈白尘的讽刺艺术产生于生活与喜剧艺术的相互交汇，卓有成效地融合了讽刺喜剧的讽刺性因素和喜剧性因素，具有值得肯定的历史意义。

（原文载于《南京大学学报》2002年第6期）

① 陈白尘：《戏剧创作讲话》，《陈白尘论剧》，中国戏剧出版社1987年版，第63页。

寻找声、色、义同时启示的世界

——梁宗岱的中国纯诗之路

高蔚

“纯诗”是象征主义的诗学命题，是诗歌自觉意识在自身发展过程中，对实现自我目的的某种可能性的探索，具有很强的实验性。“纯诗”的先驱爱伦·坡视“美”为诗的要素，波德莱尔继承了这一思想。在象征主义诗人中，马拉美想重构诗歌元素的所有部件，包括在诗句、诗节、诗页，乃至颠覆传统的书籍排版形式等各个层面上，对语言和形式进行重新组织。但经过瓦雷里艺术考量的“纯诗”，却是诗人努力的一个理想的边界。在瓦雷里看来，“纯诗”是从观察推断出来的一种虚构的东西，语言的实际或实用主义的部分，习惯和逻辑形式，以及它们在词汇中的杂乱与不合理，都会在实际上使所谓的“纯诗”不可能存在。

中国新诗中的“纯诗”意识，最早缘于周作人，早在1919年他就开始译介象征主义诗人的作品。在1921年的《晨报副刊》上，他又多次发文介绍波德莱尔及其散文诗，希望波德莱尔的散文小诗，能够参与“修养”中国新诗“深广”的艺术趣味。[①] 然而，对于“五四”至20世纪20年代诗人的艺术理想而言，“纯诗”还仅仅是被借来修正中国新诗尚无“诗质”的一个理论思路。尽管1926年已经有穆木天等人对“纯粹的诗”的明确要求，但他们在创作上仍较多困扰在音律的形式束缚里。他们依然难以摆脱“眼前泥实景、心中一点情”的早期新诗特征，他们还没有进入“纯诗”开阔的“万物感通”的象征境界。中国纯诗的生命形态，

---

① 周作人:《散文小诗·附记》,《晨报副刊》1921年11月20日。

经过20世纪30年代“现代”诗人切实地把象征主义“纯诗”作为新诗发展的艺术参照并进行多方面创作实验后，才逐步成型。其中，梁宗岱给中国纯诗的定位是，诗的情感空间里要有宇宙意识。在梁宗岱的艺术观念中，诗原本没有新与旧的截然分别，他要去探寻真正通向“诗”的那条或幽深或高远的路。他的纯诗境界要具备：在象征的路上不断有心灵的震荡，在刹那间偶然的呼气里伴随音乐的灵魂。他要通过诗“真切地感到宇宙底精神（world spirit）”，让诗“表现那对于永恒的迫切呼唤”。①

一　一种“诗人的天音”

在法国批评家雅克·里维埃尔眼里，象征主义的艺术目标无异于是对自己的一种苛求。他说，为了能够使这种思想开花结果，他们“对自己高度觉悟”，“对自己任何感情的意义和意图都要去刨根问底，究出个所以然来”。这使得它诗中的情感，总是“一种抽象的情感，过于纯洁，既无来由，也无根源，是一种脱离了它的源泉的印象。作者试图去捕捉、固定住的，是他在面对一个物体或一个场景时的情感反应”②。正是在这个意义上，瓦雷里有对“纯诗”虚构性的忧虑。

然而，梁宗岱为中国纯诗设定的艺术目标，却不是要对人类感觉性领域做如此精微的剖解，他是要给中国诗歌在找到“诗”的前提下，找到一条个性化之路。中国新诗的纯美追求在20年代的唯美主义诗人那里，目光多盯着美本身、盯在美的形态上。“凝视”美的各种“组织”，势必将美限制在种种具体的音容笑貌里。到了梁宗岱，“每刹那的沉默，便是每个果熟的机会”，其间潜伏着“意外的喜遇”，“一只白鸽，一阵微风，一个轻倚的少妇，一切最微弱的摇撼，都可以助这令人欣然跪下的甘霖沛然下降”③，他认为，那是一种“诗人的天音”。因此，梁宗岱为中国纯诗指示了美的豁然开阔境界，它直指自然、天宇。诗是什么？诗就是对人类灵魂的探秘。然而，“人类底灵魂却是一个幽邃无垠的太空”，

---

① 梁宗岱：《论诗》，《梁宗岱文集》（Ⅱ），中央编译出版社2003年版，第32页。

② 董强：《梁宗岱　穿越象征主义》，文津出版社2005年版，第218—219页。

③ 梁宗岱：《保罗·梵乐希先生》，《梁宗岱文集》（Ⅲ），中央编译出版社2003年版，第18页。

人类神话时代的结束使“颂赞神界底异象和灵迹底圣曲熄灭了”，但灵魂通向神界的路并没有被割断，诗人是上帝从灵界派向人间的使者，诗人的使命就是要“不断地创造那讴颂灵魂底异象的圣曲”[①]。这个诗的定位，实际上是梁宗岱在作歌德与李白、歌德与瓦雷里的比较时获得的，也可以说，它是纯诗、是一种“诗人的天音”的认识来源，因为在他看来，歌德、李白、瓦雷里都是走向宇宙的诗人。

对梁宗岱而言，歌德和李白不容错认的共通点，是他们的宇宙意识，是他们对于大自然的感觉和诠释。他说，歌德完密和谐，他对于自然界“上至日月星辰，下至一草一叶，无不殚精竭力，体察入微；……从破碎中看出完整，从缺憾中看出圆满，从矛盾中看出和谐，换言之，缤纷万象对于他只是一体，‘一切消失的’只是永恒底象征”[②]。李白则纯粹是诗人的直觉，他“能以凌迈卓绝的天才，豪放飘逸的胸怀，乘了庄子底想象的大鹏，……挥斥八极，而与鸿蒙共翱翔”[③]。透过他的“揽之不盈菊”的“回薄万古心”，梁宗岱看到，李白“从‘海风吹不断，山月照还空’的飙忽喧腾的庐山瀑布认出造化底壮功，从‘众鸟皆飞尽，孤云独去闲，相看两不厌’的敬亭山默识宇宙底幽寂亲密的面庞；他有时并且亲身蹑近太清底门庭：夜宿峰顶寺，/手可扪星辰。/不敢高声语，/恐惊天上人。”[④] 因此，梁宗岱认为，李白和歌德的宇宙意识都呈现为直接与完整：“宇宙的大灵常常像两小无猜的游伴般显现给他们，他们常常和他喁喁私语。所以他们底笔下——无论是一首或一行小诗——常常展示出一个旷邈，深宏，而又单纯，亲切的华严宇宙，像一勺水反映出整个星空底天光云影一样。”[⑤] 而这，正是梁宗岱所理解的，纯诗的“诗人的天音”性质。

梁宗岱对中国纯诗生命形态这一维度的认识，也来自他对歌德与瓦雷里的理解。他心目中的瓦雷里，是“以冷静的理智混入纯美的艺术”的诗

---

① 梁宗岱：《保罗·梵乐希先生》，《梁宗岱文集》（Ⅱ），中央编译出版社2003年版，第7—8页。

② 梁宗岱：《李白与哥德》，《梁宗岱文集》（Ⅱ），中央编译出版社2003年版，第104—105页。

③ 同上书，第105页。

④ 同上。

⑤ 同上。

人，是一个哲学的诗人，他能够把“无情的哲学化作缱绻的诗魂”①。因此，他对歌德与瓦雷里的比较，使他进一步把自己理解的中国纯诗，拉近到“诗人的天音”的位置上。

在为瓦雷里的《歌德论》所作《跋》里，他比较歌德与瓦雷里说：“梵乐希底诗”是“藉了这世界底形相来反映或凝定心灵活动或思想本体底影像”②，因为宇宙间一切事物都是相互连系着的，人类最高的智慧是从一般人看不出连续性的事物中找出关系。尽管表面上，瓦雷里对内在世界的深究与歌德对外在世界的关注不同，但他们是殊途同归的。瓦雷里从认识心灵出发施诸现象世界；歌德则先从森罗万象找出共同的法则，然后从那里通向自我的最高度意识。也就是说，无论从内部切入还是外部切入，“深究一件事物或一个现象到底，从这特殊的事物或现象找出他所蕴蓄的那把他连系于其他事物或现象的普遍观念或法则”③，这就是诗，是瓦雷里和歌德共同寻找的东西。因此，梁宗岱认为，正是在这一点上，瓦雷里与歌德这两位隔着整个世纪的大诗人取得了“高度的连系”。他特举歌德的《流浪者之夜歌》为例：“一切的峰顶／沉静；／一切的树尖／全不见／丝儿风影。／小鸟们在林间无声。／等着罢：俄顷／你也快安静。”并说：这首诗“不独把我们浸在一个寥廓的静底宇宙中，并且领我们觉悟到一个更庄严，更永久更深更大的静——死”。“从那刻起，世界和我们中间的帷幕永远揭开了。如归故乡一样，我们恢复了宇宙底普遍完整的景象，或者可以说，回到宇宙底亲切的跟前或怀里，并且不仅是醉与梦中闪电似的邂逅，而是随时随地意识地体验到的现实了。”④ 这里，人与宇宙万物的冥合，就是瓦雷里的“纯我”（Moi-pur），也是梁宗岱阐释的“自我底最高度意识”。他说：“在这几乎纯粹的活动里，记忆和现象那么密切地互相缠结，期望，

---

① 梁宗岱：《保罗·梵乐希评传》，《梁宗岱文集》（Ⅲ），中央编译出版社 2003 年版，第 17 页。

② 梁宗岱：《哥德与梵乐希—跋梵乐希〈哥德论〉》，《梁宗岱文集》（Ⅱ），中央编译出版社 2003 年版，第 151 页。

③ 同上书，第 152 页。

④ 梁宗岱：《象征主义》，《梁宗岱文集》（Ⅱ），中央编译出版社 2003 年版，第 74 页。

和呼应；事物与心灵底普遍完整的关系那么清楚地恢复回来。”①

梁宗岱清楚，读这样的诗，要准备好我们的想象和情绪。它的音响、回声、诗韵的沉浮、音乐与色彩的波澜，能引导我们深入宇宙的隐秘，使我们感到我与宇宙间的脉搏之跳动——一种严静，深密，停匀的跳动。因而，梁宗岱意识中的中国纯诗，不在于象征了精神的产物，而在于诗化了精神自身。如果说其中有舞蹈，那并不是阐发舞蹈的哲学，而是借舞蹈来象征灵魂的精神作用。如果说里面有建筑，那却是藉建筑来歌颂灵魂巍峨的创造力。这里蕴藏着一种缜密的心灵性活动，不仅有心灵醒后所感觉到的肉体的束缚，心灵认识到的自我的自由；还有心灵解放后对于自我的默契与端详，心灵于创造完成后恬静的微笑。然而，这些心灵的作用又并不是隔绝一切而孤立的，它与世界和宇宙有着密切的关系②。梁宗岱在他有限的纯诗实验中，都在努力尝试把这一切有关心灵对自然天宇的悉心体悟纳入自己的诗意考虑，如《夜露》、《星空》：

> 当夜神严静无声的降临，/把甘美的睡眠/赐给一切众生的时候，/天，披着件光灿银烁的云衣，/把那珍珠一般的仙露/悄悄地向大地遍撒了。/于是静慧的地母/在昭苏的朝旭里/开出许多娇丽芬芳的花儿/多多的向着天空致谢。
>
> ——梁宗岱《夜露》

正因为有这样一份与自然天宇的默契，躁动并缺少神圣感的现代人的“一切忧伤与烦闷”，才“都消融在这安静的旷野，/无边的黑暗，/与雍穆的爱幕下”；才有机会进入“心灵恬谧的微跳”，并“深深的颂赞/造物主温严的慈爱”。③

---

① 梁宗岱：《哥德与梵乐希——跋梵乐希〈哥德论〉》，《梁宗岱文集》（Ⅱ），中央编译出版社2003年版，第153页。

② 梁宗岱：《保罗·梵乐希先生》，《梁宗岱文集》（Ⅱ），中央编译出版社2003年版，第21—22页。

③ 梁宗岱：《晚祷——呈泛，捷二兄》，《梁宗岱文集》（Ⅰ），中央编译出版社2003年版，第31页。

深沉幽邃的星空下，/无限的音波/正齐奏他们的无声的音乐。/听呵！默默无言的听呵！/远远万千光明的使者（人间的婴儿伟大的灵魂罢）/颂赞的歌声/从纷蓝荧荧的天河里/隐隐的起了。——/是夜色深深，/造物的慈爱深深，/心灵的感觉深深。

——梁宗岱《星空》

因倾听而既相互融入又相互遥望，你中有我、我中有你，这就是梁宗岱在自我意识里摆放的人与宇宙的关系位置。四季的轮回，昼夜的更替，万物的形成，生命的神奇，没有一件事物是可以用思考理清的，那么，人所需要做的就是感受、感恩，在敬畏中得到灵魂的升华。因而，安卧星空之下，仿佛安睡于母亲的怀抱，生命与宇宙间的联系有如子与母：不仅仅是相依，已经完全是一种被赐予和一种获得，而这种关系的可遇不可求，又宛若天赐。

梁宗岱给中国纯诗的这个“宇宙性”定位，其背后隐匿的是象征主义的美学思想。尽管作为一种精神性的追求，象征主义诗歌面向的是超自然的世界或理想的世界，但由于长期以来，它的“宇宙概念跟‘上天’、‘神性’的联系”，其诗歌的真正目的，“并非带有强烈古典主义意味的‘理想的美’”，而是通过“对宇宙的理解，去发现创造（创作）的秘密”①。在这个维度里，诗人能够超越人的现实平面存在，进入更广阔的宇宙空间；能够感知或靠近滞重肉身之外的“上天”、“神性”。也正是在这个意义上，“纯诗”作为一种“诗人的天音”的性质，才具有一种合乎情理的现实与理想的存在。

二　“一株元气浑全的生花”

在解决了中国纯诗的情感空间问题后，梁宗岱还认识到，中国纯诗的审美形态也必须有自己的特质。为此他指出，诗的最高境界是“一株元气浑全的生花，所谓‘出水芙蓉’，我们只看见它底枝叶在风中招展，

① 董强：《梁宗岱　穿越象征主义》，文津出版社2005年版，第129—130页。

它底颜色在太阳中辉耀，而看不出栽者底心机与手迹。”[①] 这里的“看不出”，即严羽所谓“不涉理路，不落言筌”的上品。梁宗岱给中国纯诗审美形态的这一诗性定位，体现的也是象征主义艺术思想的内在品质，他说：“象征底微妙，‘依微拟义’这几个字颇能道出。当一件外物，譬如，一片自然风景映进我们眼帘的时候，我们猛然感到它和我们当时或喜，或忧，或哀伤，或恬适的心情相仿佛，相逼肖，相会合。我们不摹拟我们底心情而把那片自然风景作传达心情的符号，或者，较准确点，把我们底心情印上那片风景去。”[②] 这时，有形与有限借象征而进入无形与无限，刹那借象征抓住永恒，我们只在梦中或瞬间瞥见的遥遥宇宙，变成了近在咫尺的现实世界，正如一个蓓蕾蕴蓄着炫熳芳菲的春信，一张落叶预奏那弥天漫地的秋声一样[③]。

在梁宗岱看来，纯诗那“一株元气浑全的生花”，最靠近象征所赋形、所蕴藏的这种丰富、复杂、深邃、真实的灵境。所以，在诗里，梁宗岱仿佛是用自己的创作印证卡莱尔（Carlyle）的名言：一个真正的象征永远具有无限的赋形和启示，无论这赋形和启示的清晰和直接的程度如何；这无限是被用去和有限融混在一起，清清楚楚地显现出来，不但遥遥可望，并且要在那儿可即的。[④] 如梁宗岱在《晚祷》里展示的：

我独自地站在篱边。/主呵，在这暮霭底茫昧中，/温软的影儿恬静地来去，/牧羊儿正开始他野蔷薇底幽梦。/我独自地站在这里，/悔恨而沉思着我狂热的从前，/痴妄地采撷世界底花朵。/我只含泪地期待着——/祈望有幽微的片红/给春暮阑珊的东风/不经意地吹到我底面前。/虔诚地，轻谧地/在黄昏星忏悔底温光中/完成我感恩底晚祷。

——梁宗岱《晚祷——呈敏慧》

---

① 梁宗岱：《论诗》，《梁宗岱文集》（Ⅱ），中央编译出版社2003年版，第26页。

② 梁宗岱：《象征主义》，《梁宗岱文集》（Ⅱ），中央编译出版社2003年版，第63页。

③ 同上书，第67页。

④ 同上书，第66页。

这里体现的正是梁宗岱理解的象征的两个方面特性：融洽或无间，含蓄或无限。在这个万物都将静谧，又将进入新一轮生命整合的夜幕里，诗人情感与智力的触须能够穿越现实与个体的屏障，去感受自然界生命的跃动，从而修正自己生命的缺漏。他阐释说："所谓融洽是指一首诗底情与景，意与象底惝恍迷离，融成一片；含蓄是指它暗示给我们的意义和兴味底丰富和隽永。"他所谓"一株元气浑全的生花"，即从象征之道脱胎而来。在梁宗岱看来，宇宙间一切事物和现象，"其实只是无限之生底链上的每个圈儿，同一的脉搏和血液在里面绵延不绝地跳动和流通着"，"这大千世界不过是宇宙底大灵底化身"，我们"只是消失的万有中的一个象征"，"只是大自然底交响乐里的一管一弦，甚或一个音波"，"只有在醉里的人们……才能够在陶然忘机的顷间瞥见这一切都浸在'幽暗与深沉'的大和谐中的境界"[①]，而那禀赋着"一株元气浑全的生花"的中国纯诗，就在这沉醉以后方可感知的大和谐里。他说，通过"生花"，我们可以感到作者着力的追寻，以及一颗永久追寻的灵魂的丰富生命；可以感到一种超乎文字以上的意境与表现的挣扎；可以感到作者的"灵指偶然从大自然底洪钟敲出来的一声""圆融，浑含，永恒……超神入化"的"逸响"[②]。

梁宗岱理解的这个"象征之道"，也是他为中国纯诗寻找到的"心灵与自然底脉搏息息相通，融会无间地交织出来的仙境"。他说，这是"一片迷茫澄澈中，隔绝了尘嚣与凡迹，只闻色，静，影底荡漾与潆洄"，与李白的"三杯通大道，/一斗合自然"境界相同，都"具有诗的修词以上的真实"[③]，而这个所谓的"修词以上的真实"，就是自然、宇宙本身的空阔与浩淼，中国纯诗就生长在这里。

在梁宗岱的纯诗定位里，"生花"这种空阔与浩淼的性质，还具有一种形神两忘的无我境界。这个境界中有攫取有放弃，而放弃是为了更大的获得。他说，"因为这放弃而获得更大的生命，因为忘记了自我底存在

---

① 梁宗岱：《象征主义》，《梁宗岱文集》（Ⅱ），中央编译出版社 2003 年版，第 70—71 页。

② 梁宗岱：《论诗》，《梁宗岱文集》（Ⅱ），中央编译出版社 2003 年版，第 26—27 页。

③ 梁宗岱：《象征主义》，《梁宗岱文集》（Ⅱ），中央编译出版社 2003 年版，第 71 页。

而获得更真实的存在”，因为，在这难得的真寂顷间，我们和世界之间的一切秘密均在隐潜地息息沟通中，再没有什么能阻碍或扰乱我们的了：“一种超越了灵与肉，梦与醒，生与死，过去与未来的同情韵律在中间充沛流动着。我们内在的真与外界底真调协了，混合了。我们消失，但是与万化冥合了。我们在宇宙里，宇宙也在我们里：宇宙和我们底自我只合成一体，反映着同一的阴影和反映着同一的回声。”① 因而，在诗中，他总是能够葆有一份内心的宁静去凝视天空，享受那些天籁之声。在他的《太空·十二》、《太空·五》等作品中，我们仿佛能看到那株“生花”与宇宙万物同一节奏的招展：

微月的夏夜——/我覆着烟绡的梦衾，/飘飘地/卧在银灰的摇篮里，/摇上星河。/倾听着——宇宙的慈母/低唱催眠的天歌。

——梁宗岱《太空·十二》

诗人始终处于与他所感知的这个宇宙的交流之中。在这里，他可以“纵任想象，醉心形相”，并由此“将宇宙间的千红万紫，渲染出他那把真善美都融作一片的创造来”②。一种精神性的个体，在聆听宇宙万象时所获得的美感享受，又何尝不像音乐一样，是一个绝对独立，绝对自由，比现世更纯粹，更不朽的宇宙呢。他曾说：一切最上乘的诗都可以，并且应该，在我们里面唤起波特莱尔所谓的“歌唱心灵与官能底热狂”：

有时候自我消失了，那泛神派诗人所特有的客观性在你里面发展到那么反常的程度，你对于外物的凝视竟使你忘记了你自己的存在，并且立刻和它们混合起来了。你底眼凝望着一株在风中摇曳的树；转瞬间，那在诗人脑里只是一个极自然的比喻在你脑里竟变成现实了。最初你把你的热情，欲望或忧郁加在树身上，它底呻吟和

---

① 梁宗岱：《象征主义》，《梁宗岱文集》（Ⅱ），中央编译出版社 2003 年版，第 72—73 页。

② 梁宗岱：《谈诗》，《梁宗岱文集》（Ⅱ），中央编译出版社 2003 年版，第 85 页。

摇曳变成你底，不久你便是树了。同样，在蓝天深处翱翔着的鸟儿最先只代表那翱翔于人间种种事物之上的永生的愿望；但是立刻你已经是鸟儿自己了[①]。

这是梁宗岱认定的诗的最高境界。他认为中国纯诗正是这种与万化冥合又不仅仅是与万化冥合，还要能体会和意识到与万化冥合的状态，这种状态能够在我们生命内部唤起两重感应："形骸俱释的陶醉和一念常惺的彻悟"[②]，如他在《太空·五》中体悟的：

像老尼一般，黄昏/又从苍古的修道院/黯淡地迟迟地行近了。/艳装的夕照/依然闪着它最后的金光；/锦衾的晚霞/也一样的泛着他临睡的醉容。/听——听！/熙和的百鸟/又奏起雄浑的凯旋曲来了：/"我们从渊默的黑暗里/唱着胜利之歌醒来的，/又唱着胜利之歌/到渊默的黑暗里安息去了。"

人的生命原本是自然天宇的微尘，但人们却忽略了这个真理性的事实。梁宗岱时常在诗里与星空对视，倾听星河无限的音波，享受这天音里生命的丰富与静寂，思考生命形成的神奇，观察它的形状百态，洞视它的归程，他要在与自然的融合中寻觅生命的意义。他要用艺术的方式把情感对象化，要呈现灵魂的精神状态。这样，梁宗岱的纯诗就不止停留于"形骸俱释的陶醉"，他要用象征诗人惯常使用的"转化"手段物我合一，最终进入艺术的"创造底宇宙"。无论是将生活的原生态流程纳入诗性情感的智性活力，还是将一种哲学思考转化为主客观交融的"意象"，这都是他的一种基本的诗化规程。经由这一"转化"，诗人所领悟到的是一种沐浴着艺术之光的自然：

当"炎炎红镜东方开，/晕如车轮上徘徊，/啾啾赤帝骑龙

---

① 梁宗岱：《象征主义》，《梁宗岱文集》（Ⅱ），中央编译出版社2003年版，第73页。
② 同上。

来”的时候，一轮红日也在我们心灵底天空升起来，一样地洋溢着蜂喧与鸟啼，催我们弹去一夜底混沌与凌乱，去欢迎那生命普赐众生，……

当最后黑夜倏临，天上的明星却一一燃起来的时候，看呵，群动俱息，万籁俱寂中，你心灵底不测的深渊也涌现出一个光明的宇宙：无限的情与意，爱与憎，悲与欢，笑与泪，回忆与预感，希望与忏悔……一星星地在那里闪烁，熠耀，晃漾；它们底金芒照澈了你灵魂底四隅，照澈了你所不敢洞悉的幽隐……①

这时的宇宙已经是普照着艺术之光的宇宙。这里，理性和意志让位给事物的本性，想象灌注于物体，天宇之精气渗透我们的心灵。这是一个有着深切“同情”的构成，“站在我们面前的已经不是一粒细沙，一朵野花或一片碎瓦，而是一颗自由活泼的灵魂与我们底灵魂偶然的相遇”②。它意味着，相遇使物我即刻汇入的这个闪耀着艺术创造之光的宇宙，能够化腐朽为神奇，变卑微为崇高，使“矛盾的，一致了；枯涩的，调协了；不美满的，完成了；不可言喻的，实行了”③。它触及的对日常、自然、宇宙的“过滤”与“升华”，实际上潜藏了中国纯诗“一株元气浑全的生花”的全部奥秘。因此，中国纯诗并非仅仅停留在与自然天宇的融合上，它需要最充分地调动想象力，去生长这株“元气浑全的生花”。

梁宗岱为中国纯诗找到的这个由声、色、义同时启示的世界，其目标的高远，不乏理想主义色彩，但它也并非一种虚无之美。梁宗岱自己就非常乐观，他认为，它的生命之树就生长在我们日常生活热烈而丰富的每一个瞬间里。

（原文载于《广西师范大学学报》2008年第2期）

---

① 梁宗岱：《象征主义》，《梁宗岱文集》（Ⅱ），中央编译出版社2003年版，第75—76页。

② 同上书，第77页。

③ 同上书，第79页。

美与生命本性的召唤

——中国新诗现代化进程中的邵洵美

高　蔚

作为20世纪中国的唯美主义诗人，邵洵美（1906—1968）为中国新诗所引入的美的观念，意义不凡。他不仅以“颓废”的先锋艺术姿态，让唯美—颓废主义艺术思想直接参与了中国新诗的现代化进程，而且受唯美主义的“魅惑”，力图为新诗找到属于自己的诗美形式。由于他的大力推崇，罗塞蒂（D. G. Rossetti）、史文朋（A. C. Swinburne）、乔治·摩尔（G. Moore）等英国“先拉飞尔派”诗人的名字，以及唯美—颓废主义的艺术精神，得以与中国新诗坛谋面。在新诗起步不久的20世纪20年代，他所仰赖的知识谱系，促成了中国新诗在胡适、郭沫若等人的尝试之外，又一个先锋性实验的生成。不无遗憾的是，邵洵美的文学史地位至今在我们的各种基础文学史教科书中尚未被提及。笔者认为，邵洵美欲借助唯美—颓废主义的艺术之手，改变中国诗坛“雕刻家都变成裁缝”这一症象①的良苦用心，不应被排斥在新诗的时代履历之外。

一　“颓废”的先锋艺术姿态

或许如李欧梵所说：邵洵美比大部分中国现代作家都更不为人所知的原因，在于“他最不符合有社会良知的‘五四’作家之典型”②。其实，如果我们认同，一个作家的艺术良知也是社会良知的一个重要构成，

---

① 邵洵美：《一个人的谈话》，上海第一出版社1935年版，第58页。

② 李欧梵：《上海摩登》，北京大学出版社2001年版，第256页。

那么，邵洵美通过其艺术痴迷所体现的社会关注，应该不在徐志摩、戴望舒之下。抛开戴望舒后期的转型，徐志摩同样死守艺术的象牙之塔，其影响却远比邵洵美辽远，这不能不让人要去检视：徐志摩被视为与邵洵美一样“招摇的文学纨绔子”[①]，“两人诗中那种为官能的爱欲而炫目”，并由此迸发的“对生存的热诚赞颂”[②]也都相同，而徐志摩生前身后的声名都比邵洵美响亮，是否唯美—颓废主义的诗人定位，限制了邵洵美的被展开？

在19世纪“世纪末”文艺思潮的分类里，人们通常习惯于把“唯美”与“颓废”捆绑在一起，一个唯美主义诗人同时意味着是一个“唯美—颓废”主义诗人。“颓废”一词源自拉丁文Decadentia，本义是堕落、颓废。西方文化语境中的“颓废”概念，一般是在这一框架内被接受的一种生活态度，一种生命状态，它表现为虽不积极上进有所作为，却也并不构成对社会物质结构的损害性威胁。在文艺美学领域，它又“是一个相当确凿的艺术概念”[③]，始终都在哲学、美学范畴内发展嬗变。其实，唯美—颓废主义并非一种完整封闭的自我构成，它更多是一种“原质”（元素），在哲学和美学思想上，浪漫主义、唯美主义、象征主义，以及象征主义之后的西方现代主义各艺术流派中，都有唯美—颓废主义的身影。

由于持守唯美主义立场的艺术家被视为抛弃世俗生活的实用追求，尽忠于“美的宗教”的祭祀者，邵洵美诗中的色情欲望通过“缤纷的想象力”（李欧梵语）深入“爱的畅想”时，它实际上是在缓解诗人生命理想与现实所遇的冲突（或不圆满），即便这理想的人生仅仅停留于艺术地触摸爱欲。

> 啊欲情的五月又在燃烧，/罪恶在处女的吻中生了；/甜蜜的泪汁总引诱着我/将颤抖的唇亲她的乳壕。//……
>
> ——邵洵美《天堂与五月·五月》

① 李欧梵：《上海摩登》，北京大学出版社2001年版，第256页。

② 沈从文：《论朱湘的诗》，《中国现代作家选集·朱湘卷》，人民文学出版社1989年版，第251页。

③ 李欧梵：《上海摩登》，北京大学出版社2001年版，第246页。

这里，被生命欲念诱惑而极端化的情绪体验和欲望抒写，体现的正是唯美主义的艺术基点：只有艺术能给人以最高质量的生命瞬间。诗人在现实层面的生命欲求无法得到完美的回应，进而奔向艺术层面，用一种情感分裂或情感转移的方式，抒写现实的苍白、不尽如人意和生命的幻美，这在邵洵美的一些诗篇中都有很典型的表现：

> 在宫殿的阶下，/在庙宇的瓦上，/你垂下你最柔软嫩的一段——/好像是女人半松的裤带/在等待着男性颤抖的勇敢。//我不懂你血红的叉分的舌尖/要刺痛我哪一边的嘴唇？/他们都准备着了，/准备着这同一个时辰里双倍的欢欣！//我忘不了你那捉不住的/油滑磨光了多少重叠的竹节：/我知道了舒服里有伤痛，/我更知道了冰冷里还有火炽。/啊，但愿你再把你剩下的一段/来箍紧我箍不紧的身体，/当钟声偷进云房的纱帐，温暖爬满了冷宫稀薄的秀被！
>
> ——邵洵美《诗二十五首·蛇》

这是邵洵美被指认为耽于肉欲与性感“罪证”的典型代表，但如果熟悉佩特（Waltar Pater）的“刹那主义”艺术观，这种强调当前体验的审美和艺术价值取向，应该依然是伸展在唯美主义羽翼之下的。邵洵美不过是借助了这个“西方文学和神话中令人想起欲望、邪恶和引诱的喻体”①，挑战既定艺术（或文化）秩序的唯美主义原则。他所为，意味着一种不同于以往既定规则的美学新走向：对瞬间快感的追求。它使一种强烈的、灵肉分离的、物质化的瞬间，被以佩特命名的理论（刹那主义）审美化、艺术化了，并进而成为一种生活理想。② 从这个意义上说，直接以如此招摇的爱欲描写登堂入室20世纪中国诗歌的圣殿者，恐怕再没有比这首《蛇》更具“现代性”的了。这使得以他的作品为代表的中国“颓废主义”文学，直接与文学上的先锋主义发生了关系。③ 因为，在

---

① 李欧梵：《上海摩登》，北京大学出版社2001年版，第269页。

② 周小仪：《莎乐美之吻：唯美主义、消费主义与中国启蒙现代性》，《中国比较文学》2001年第2期。

③ 邵洵美：《现代美国诗坛概观》，《现代》1934年第5卷第6期。

中国传统审美价值观的构成体系中，美善高度统一，艺术之美始终要受到“善”的检视。从这个意义上说，执意将背离儒家正统的感兴生命之美引入坚守改造社会、改造人生的五四新文学，这本身就是一个极具“现代性”的文学（艺术），甚至是一种文化行为。对中国新诗而言，在某种程度上，它也因“激发了艺术创造的审美活力，促使艺术的价值和功能发生根本性的转变”[①]，而成为新诗“现代性”追索的一个重要组成。如果我们认同李欧梵先生的考察：“颓废”作为一种美学立场，因“它更注重艺术本身的现实距离”，更注重“探究艺术世界的内在真谛”，而映照出中国五四知识分子对“进步现代性”的片面追求[②]；那么，邵洵美在诗中大胆而不乏狂野的爱欲描写，则无疑属于中国新诗寻找完整“现代性”的另一个旅程。尽管20世纪中国文学的现代性目标，因建立在“线性进化论”的基础上而使它的“美学现代性”严重偏食[③]，但邵洵美书写的“颓废”，在20世纪中国文化语境中的现代美学和文化意义，却表明了一个不甘于这种先天基因与后天营养双重缺失的事实。

不无遗憾的是，邵洵美对官能享受的率真颂赞，却使他被钉在了“唯美”、“颓废”、“颓加荡”的十字架上。其实，邵洵美的“颓废”不过是一种先锋的艺术姿态，是西方唯美—颓废主义为艺术寻找经典形式的现代中国版。作为对一种既定艺术秩序的反叛，这是唯美艺术的惯常方式，它与道德和社会秩序是两回事。

也许因为“唯美”、“颓废”的中国文化语境与西方大相径庭，邵洵美“公然拥抱颓废”[④]，才会遭遇政治话语的遮蔽。在中国，由于“颓废”中的“颓”这个词根，“裹挟着某种道德沦丧和堕落的基本含义”，“颓废一词一直是被贬义地打量”[⑤]。主流意识形态“站在苏联马克思主义的意识形态立场”，“不断斥责艺术上的颓废是堕落，是不健康”。[⑥]儒家礼乐文化依据的是“大乐与天地同乐，大礼与天地同礼”（《礼记·乐

① 陈晓卿：《检点二十世纪》，《中华读书报》2001年3月7日。

② 李欧梵：《现代性的追求》，生活·读书·新知三联书店2000年版，第169页。

③ 同上。

④ 李欧梵：《上海摩登》，北京大学出版社2001年版，第248页。

⑤ 同上书，第247页。

⑥ 同上书，第248页。

记》)，它显然也不能允许有违天地伦常的个人性生命美感经验独占审美文化的美善共同体。然而，这个政治的、伦理的，而非纯粹美学意义的文化构成打压了邵洵美，也让他的艺术文化视野显得更加难能可贵。正是他所仰赖的知识谱系，促成了中国新诗在胡适、郭沫若之外的又一个先锋性实验。国内学术界为中国传统审美价值观所囿，似乎并未很好地理解邵洵美的审美趣味。邵洵美所为，实际上是为唯美—颓废主义艺术思想能够作为一种美学原则融入中国艺术精神，拨去理论与情感上的迷雾。

二　唯美主义的“魅惑”

邵洵美对新诗诗美现代化的兴趣，得益于他对唯美主义诗人诗作的译介。由于从小就读于教会学校，他与新诗的关系，直接从翻译外国诗入手。他说自己最初写诗，总是故意去模仿外国诗的格律，但这绝不是“想介绍一种新桎梏”，而“是要发现一种新秩序”。[①]

这种“新秩序”对中国新诗来讲，意味着它除了需要用热烈的情思超越白话新诗味同嚼蜡的语体实验，更需要找到属于自己的“诗的思维术”。20世纪20年代，中国新诗对“诗的思维术”的需要，意味着涉及人类艺术思维与哲学、宗教关系的诗的思维方式，在新诗中还是个难题。这个问题，中国诗歌在自己的古典艺术阶段早有完美解决，但新诗在话语方式的转换中，却未能顾及作为艺术的诗，并不会因语体的不同而使诗的本质有异。所以，诗的艺术思维所涉及的与宗教、哲学的关系重新摆在了新诗面前。唯美主义的纯艺术思想，绝不是单一的“为艺术而艺术”，它背后隐匿着西方文化从古希腊开始，人类艺术思维逐渐由宗教、政治、道德、伦理中剥离出来的漫长演进历程。它们与哲学、宗教的融合，对中国新诗艺术思维的成熟，应该是一个很好的范型。

因此，当邵洵美看到史文朋用“音乐的，色彩的，烈情的手”写来的“全纸住满了Muse，通篇显现著美”的“诗人底诗人（Poet's poet）底诗”[②]时，仿佛遥远地瞥见了能够拯救新诗的那一叶方舟。他惊叹：

---

① 邵洵美:《诗二十五首·自序》，上海时代图书公司1936年版，第3页。
② 邵洵美《史文朋》，《火与肉》，上海金屋书店1928年版，第29页。

“除了他没有别人再能同样地运用诗格（metre）的了”；他诗中的字、句、音、意的多种重复，“完完全全是天然而一些不做作的”[①]。在邵洵美看来，史文朋以莎茀（Sappho）口吻写的《婀娜》，“只有以太阳底炽烈的热度灿烂的色彩来形容他”，那是天籁之作：

> 我觉得你底血粘着我底血：我底痛苦，/使你痛苦，唇贴破了唇，筋刺伤了筋。/啊让果子挤碎在果子上，花儿捣烂在花儿上，/胸脯燃烧在胸脯上吧；否则便都焚毁掉了吧。
>
> ——史文朋《婀娜》[②]

邵洵美说这首诗，“全篇以滔滔的思想，源源的诗意，洋洋的音乐，来形容苦恼中之快乐，忿怒中之爱怜，绝望中之欲求”[③]。

这种因郁积而寻求释放的情感方式，极致到需要被火烤炙的状态，我们在郭沫若的《天狗》里已经熟识了。邵洵美的唯美艺术思想谱系，是中国新诗在郭沫若的模仿对象之外获得的另一个美学资源。他从唯美主义诗人那里看到的是一种思想与情感、诗意与音乐完美融合的诗。他说，莎茀诗中那“希腊原文的音节的美丽词句的缱绻，衬托了那简单的纯粹的而又深厚的情感”[④]，他从中“处处见到他的火的爱”[⑤]。在邵洵美心中，莎茀是不朽的，同样不朽的还有莎茀的崇拜者、英国“先拉飞尔派”的重要人物史文朋、罗塞蒂，以及法国唯美主义先驱戈蒂耶、波德莱尔，象征诗人魏尔伦等。

邵洵美说自己“从莎茀发见了她的崇拜者史文朋，从史文朋认识了先拉飞尔派的一群，又从他们那里接触到波特莱尔、凡尔仑”[⑥]。循着这条线索，我们发现，西方唯美、象征主义诗人“离去一切固有的条规，

---

① 邵洵美《史文朋》，《火与肉》，上海金屋书店1928年版，第27页。

② 同上书，第38页。

③ 同上。

④ 邵洵美：《莎茀》，《火与肉》，上海金屋书店1928年版，第10页。

⑤ 同上书，第16页。

⑥ 邵洵美：《诗二十五首·自序》，上海时代图书公司1936年版，第7页。

独创别格”[1] 的精神最为他看重。史文朋、波德莱尔等人敢于“反对一切专制的政治及虚伪的道德”，“尽量发挥人所欲发挥而未曾发挥不敢发挥的思想和意见于诗歌之中”的“火一般的情感”[2]，是艺术中创造精神的潜质，也是唯美、象征主义艺术的精神实质。在《To Swinburne》中，邵洵美甚至掩藏不住他对原野性绚烂生命的极端化情绪：

> 你是莎茀的哥哥我是她的弟弟，/我们的父母是造维纳斯的上帝——/霞吓虹吓孔雀的尾和凤凰的羽，/一切美的诞生都是他俩的技艺。//……//啊我们像是荒山上的三朵野花，/我们不让人种在盆里插在瓶里；/我们从烂泥里来仍向烂泥里去，/我们的希望便是永久在烂泥里。
>
> ——《天堂与五月·To Swinburne》

这使他的作品仿佛被植入了他的审美感受对象不愿被传统苑囿、不愿流俗的反传统主义倾向。这种倾向对中国新诗的意义，除了艺术精神所拥有的现代品格，还在于它表达这种感性的形式意识。

在邵洵美看来，戈蒂耶能够在任何东西身上，用艺术的形式转化出“一种有条序的美”[3]。在戈蒂耶的艺术规则中，“形式的完美方是盛德”[4]。从邵洵美的诗作中，我们能十分鲜明地感受到这种无处不在的形式观念的影响。这使人有时会很难分辨邵洵美敏感与痴迷的形式美，究竟是戈蒂耶的，还是邵洵美自己的。他为融会情感内容、辞藻、声调，“去记录一个最纯粹的情感的意境”[5] 所做的努力，同戈蒂耶用言辞雕刻的画像一样醒目。戈蒂耶的《粉蓝》写道：

> 我爱看黑玉镜中你艳丽的倩影，/这些画像吓空留着过去的美

① 邵洵美《史文朋》，《火与肉》，上海金屋书店1928年版，第21页。
② 同上书，第25页。
③ 邵洵美：《戈蒂耶》，《火与肉》，上海金屋书店1928年版，第62—63页。
④ 同上书，第62页。
⑤ 同上书，第62—63页。

> 人；/你织指所捻持着的一朵朵玫瑰，/正是百年前那红绿灿烂的蕊英。//寒冬的凛风吹上你雪白的嫩颊，/死了肉色的卡内馨又死了百合；/啊你上面是掩盖了碎残的污泥，/啊你下面是沾满了垢渍的岸石。//休了那美人儿荣华一世的当年；/永不再见了除非是叛逆的红颜/和巴赖裴与邦巴杜一般的显现，/爱吓是早已安眠在墓碑的下面。//但是你这遗忘了的画像仍是在，/早晚继续闻你散了芬芳的花瓣，/你嫣然的一笑中还带着些悲哀，/啊你在相思你死了的那些欢爱。
>
> ——戈蒂耶《粉蓝》

他用 Pastel（菘蓝染料）柔和色彩的清淡优美，掸去了散落在这个美丽粉黛身上百年的时间碎片。仿佛穿越了世纪的墓穴，她的谈笑依然回响在后世一个个被风霜啮啃着的季节。由此，一个本没有“永恒”可能性的物质实体（肉体），在这个形式化了的转换中，被塑成了一个精神性的永久存在。邵洵美的《赠一诗人》，也有着同样的意味。

> 假使一百年后再有个诗人，/他一定不像我，也不像你；/温柔箍紧他灵活的身体，/他认不得这是黄昏还是春。//啊，他再不会记得我，记得你。/他再不会念我们的词句：/在他眼睛里，我是个疯子，/你是个涂粉点胭脂的花痴。//但是也许有个梦后的早晨，/枕边闻到了蔷薇的香气，/他竟会伸进他衬褥底里，/抽出两册一百年前的诗本。
>
> ——邵洵美《诗二十五首·赠一诗人》

与戈蒂耶用清雅香粉找回时间的记忆不同，邵洵美通过梦境弥合了时间的裂缝。同样是在“温柔之乡”里辗转，一百年，这个时间距离两端的诗人，前者因其强劲的生命力而把自己或自己的精神遗产（诗）传递给后者；后者因了“蔷薇花的香气”而从氤氲着自己生命体温的记忆里，孕育出潜藏在时间那头的“诗本”，这“诗本”已经抹去了岁月的尘垢，有了新生命的光辉，但它也因蔷薇纤弱的外形而暗示了被接受行为的先天性基因残缺。这里，邵洵美不仅想雕刻留不住的生物性之美，他更想雕刻留不住的精神之美、意蕴之美。

由于“颓废”想象（李欧梵语）的艺术偏爱一致，邵洵美耽于声、色、欲的斑斓而让幻美走进“颓废”湿漉漉的门槛时，那些“颓废”的想象物虽不及戈蒂耶“画像”化石一般质地坚硬，却拥有诗的生命中那根“不断的蛛丝”。他曾说：“诗的生命是一根不断的蛛丝”①，这根蛛丝上有音节的变化，段落、行数的整齐，平仄韵的交错使用。他坚决拒绝把凑凑字数押押韵当成诗，在他看来，即使有节奏也未必便是诗，诗本来是神秘的！

邵洵美惊异于唯美主义的神秘美，实际上是一种文化、一种不同的艺术思维对他的诱惑。由于中国文化中人与万物的神秘关系，为“天人合一”思想的现实功用目的所破坏，远没有象征主义的廊柱说话，颜色、芳香、声音相互呼应那样的生命感，邵洵美曾十二分地抱怨说：“不论在唐宋明清的诗里面，我们所有看见的不过是一种供状，是一种观察；而不是一种领悟，或是一种会心。”② 在他看来，“诗是诉于第六官感的一种滋味，一种声音，一种感觉，一种形体，一种气息”③。这五个方面的诗定位，意味着他已经意识到，新诗的艺术生命应该在哲学、宗教、历史、思维、心理等方方面面的人类文化的总体构成里。

三　新诗形式美理想

对邵洵美而言，诗一定要有完美的形式，而完美的形式是要与诗的“品性”和谐的。他的诗“品性”是指，用包括情感内容、辞藻、声调等因素在内的诗的完整生命，“去记录一个最纯粹的情感的意境”。他说，“形式的完美便是我的诗所追求的目的。但是我这里所谓的形式，并不只指整齐，单独的形式的整齐有时是绝端丑恶的”④。他认为诗是创造，“诗人在诗里边所说的话，务须是我们第一次听到的；它一定是去泄露一种为平常人所从未领悟过的神秘。但是旧诗里面的不朽作，我们都已

---

① 邵洵美：《诗二十五首·自序》，上海时代图书公司1936年版，第9页。
② 邵洵美：《一个人的谈话》，上海第一出版社1935年版，第14页。
③ 同上书，第15页。
④ 邵洵美：《诗二十五首·自序》，上海时代图书公司1936年版，第10页。

背熟了；柳梢头的月亮，正和房间里的电灯一样，对于我们已不再有什么神秘性。我们看见床前的月光，决不会再疑心是地上霜了。所以我们得用另一种方法去写出另一种的月亮来；我们得用前人所没有用过的方法，去写出前人所没有写过的东西来。有许多人攻击风花雪月的诗，这便是表示出他们对于背熟了的诗已感到厌烦了。假使有人能写出一阵新的风，一朵新的花，一片新的雪，一颗新的月亮，我相信他们一定会欢喜"①。

基于这样的期待，他从美国现代诗由乡村走入都市后的新变化发现，诗的形式与诗的新情绪、新语汇协调相伴，完全可能。他看到，在桑德堡的《芝加哥》里，诗人所用鄙俗的口吻正与城市的罪恶相符，"一连串的粗俗字眼都安排在他们最适当的位置"上。他说："我觉得《支加哥》诗中，非特是新的题材，新的字画，更有极完美的新的技巧。在开首的五行里，表示出这城市的鄙俗与复杂；接下是许多长的句子，使我们直觉地感到他的怒恨的申诉与痛快的咒骂。于是来了一位懒汉，四个分行排的形容字使一个可怕得像是挂着舌头要咬人的狗的懒汉变得更可怕。紧接着的六行中，一共有九个'美'字，一张悲惨地狞笑着的脸便活现在我们面前。这种生动的表现法是旧诗中所没有的。"②

邵洵美眼里的《芝加哥》：文字的粗糙，音节的爆发力，与新兴都市未脱野蛮的粗陋完美融合，它们使诗将诗人和读者的关系转换成"人和人的关系"。在这里，诗人"已不再是个先知，也不再是个超人，他不再预言了，他只是说明；他也不再启示了，他只广告"③。这种坚硬，"有边缘，又有结构；又有一种勇敢的突出的思想的骨干"的诗，正与城市的"钢骨的建筑，柏油路，马达，地道车，飞机，电线等"现代都市生活图景相一致。它不会在机械文明的轰响和商业竞争的厮杀中，再为读者唱催眠曲，"他要去惊醒他，唤醒他，震撼他使他注意；他要威逼他当读诗的时候要运用他的心灵"④。他假设，如果不顾诗中的情景，"把象牙，孔

---

① 邵洵美：《一个人的谈话》，上海第一出版社1935年版，第25—26页。

② 邵洵美：《现代美国诗坛概观》，《现代》1934年第5卷第6期。

③ 同上。

④ 同上。

雀，金刚钻，香料等词，放在这些杀猪屠，造铁器的，堆草的，一般人的旁边；我们一定会感觉到”诗人的病态①。所以，他强调，诗就是要“把最好的字眼放在最好的秩序里”。只懂得用意义写诗的人会遭到小说家的质疑；怕考究了用字会把灵感放走的论调，简直是无稽之谈。② 也就是说，在邵洵美的新诗形式美理想里，字词被赋予了诗本体的意义。

他说，在字上下功夫非但不会有碍灵感，反而会使你“更明白怎样去捉住灵感。用字是一种训练思维的方法，它能使你了解一件事的前因后果”，“用字准确，便是对一切事物的论断准确”。③ 即便如此，他还是排斥“现代主义的诗”拆解文字。

他认为，这种“要使读者可以从一首诗的排式与读音上直接得到一种确定的意义”的诗，“会失掉许多诗的要素”④。将一个字的整体构架拆解开来，会破坏文字从历史深处带来的生命感，我们中国文字有那么深厚的历史，“是决不能像他们一样拆开的”⑤。纯粹的诗虽然“决不被古来的绳规来束缚”，但也不“趋走极端狂舞于无法无天之境”，它是要在“一个字中得到特异的感觉”，因为许多字都“有一种不可解释的音乐的诱惑力”⑥。

他坚持：刻意“要使形式显示新奇的时候，会把诗意打断”；而“抒情诗像是青烟，又像是香气，你不能使他的活动有一忽的静止”；表达可以是直线的，但调子却可以比以前更活泼。比如蒂丝黛尔（S. Teasdale）的爱情诗：

> 我问这满天的星斗/把什么来给我的情人——/它拿沉默来回答我，/沉默的高深。……

声音、动作和光亮，这三样东西在这首诗里全有，它使我们不再想

① 邵洵美：《现代美国诗坛概观》，《现代》1934 年第 5 卷第 6 期。

② 邵洵美：《一个人的谈话》，上海第一出版社 1935 年版，第 31—32 页。

③ 同上书，第 33 页。

④ 邵洵美：《现代美国诗坛概观》，《现代》1934 年第 5 卷第 6 期。

⑤ 同上。

⑥ 同上。

要求格律的自由[①]。因为完美的形式中有音乐，但这音乐“不会挑拨人的心思，而会迷醉人的灵魂，他不会叫血肉颤动，而会叫花草低头”，其间的“纯净与透明”，能使“这一个复杂和烦躁的时代得到一种相当的调和”[②]。所以“诗的格调的变易，是一种自然的现状；既不可以制止，也不可以强求。真的诗人会找到所需要的格调”[③]。

邵洵美显然在向这个方向努力着。他的《天堂》让我们看到了一个行走在人类规则门里门外的灵魂，对陈规的厌恶；然而，为了首先能确立一种对陈规的质疑，诗人刻意让重复和呼唤在前一节中形成数说的“势”，以便后面各节能罗列更多罪状，压向谴责对象。他在尝试使诗的“情景的力量延长”，使诗的“气韵”连贯。[④]

> 啊这枯燥的天堂，/何异美丽的坟墓？/上帝！/你将一切引诱来囚在里面，/复将一切的需要关在外面：/上帝！//来在这里，/一切的一切便须贡献给你；/牺牲了一切来做你的奴隶。/要想须想你，/要爱须爱你，/不愿意也要愿意！/上帝！
>
> ——《天堂与五月·天堂》

而《女人》更像一阕词或小令，上下片的工整是为了从女人最具经典性的两个方面——柔美与易变，诠释诗人对女人生物性属性的理解。

> 我敬重你，女人，我敬重你正像/我敬重一首唐人的小诗——/你用温润的平声干脆的仄声，/来捆缚住我的一字一句。//我疑心你，女人，我疑心你正像/我疑心一弯灿烂的天虹——/我不知道你的脸红是为了我，/还是为了另外一个热梦。
>
> ——《诗二十五首·女人》

---

① 邵洵美：《现代美国诗坛概观》，《现代》1934 年第 5 卷第 6 期。

② 同上。

③ 邵洵美：《一个人的谈话》，上海第一出版社 1935 年版，第 26 页。

④ 邵洵美：《诗二十五首·自序》，上海时代图书公司 1936 年版，第 8 页。

利用中国传统词、令的精美形式，明显包含着对诗歌音乐性的考虑。邵洵美也如魏尔伦一样：他的灵魂中有音乐。他希望这首诗能“在词藻上，在韵节上，在意象上”，获得“相互贯通的效果”①。

邵洵美对唯美艺术情有独钟，原本基于美与生命本性对人的自然心性的召唤，但生命的创造性禀赋却使他在享受了美的欣悦之余，也决不肯放过凝视美的姿态、颜色、形状，以及灵魂。正是这个凝视，使中国新诗有机缘深入触摸“唯美—颓废”主义的艺术趣味与艺术秩序。中国新诗无论建构自己的现代美学观念，还是确立自己的新形式规范，都需要这个理论资源与艺术视野。

（原文载于《河北师范大学学报》2008年第1期）

① 邵洵美：《诗二十五首·自序》，上海时代图书公司1936年版，第8页。

于赓虞：中国“纯诗”的“先锋”诗人

高　蔚

对中国新诗而言，写什么与怎样写，一直是困扰诗人们审美选择的两大难题。在五四“血与泪”的现实负荷中，少数先锋诗人接受西方唯美艺术思想影响，锐意改变新诗“为人生”的泥实现状，让美的观念从传统的“美善”共同体中独立出来，曾经历了痛苦的情感震荡。在这个过程中，于赓虞（1902—1963）作为将美与生命感注入新诗的重要诗人，他的名字显得格外陌生。沈从文先生曾这样评价：“于赓虞，由于生活所影响，对于诗的态度不同，以绝望的，厌世的，烦乱的，病废的情感，使诗的外形成为划一的整齐，使诗的内涵又浸在萧森鬼气里去。对生存的厌倦，在任何诗篇上皆不使这态度转成欢悦。且同时，表现近代人为现世所烦闷的种种，感到文字的不足，却使一切古典的文字，以及过去的东方人的惊讶与叹息与愤怒的符号，一律复活于诗歌中。”[①] 然而，这“绝望的，厌世的，烦乱的，病废的情感”，正是于赓虞所界定的诗的本质：诗是“内在生命”的“表现”，是“对动的生命之表露”[②]。20 世纪 20 年代中期，对诗的内生命的呼唤已经是中国前卫诗人的共同目标，于赓虞曾说，他“第一次‘有意识’的注意的人，就是北京《晨报》‘诗刊’的一群作者，时候是民国十五年的春天。彼时我想约几位朋友，在北新书局办一个纯粹的诗的杂志，不久被志摩、子沅听说，终于移于《晨报》”[③]。由此，于赓虞与“新月社”同道，希望诗“成为一种完美”

---

① 沈从文：《论徐志摩的诗》，《沈从文文集》（第 11 卷），花城出版社 1984 年版，201 页。
② 于赓虞：《世纪的脸 · 序语》，《于赓虞诗文辑存》，河南大学出版社 2004 年版，第 309 页。
③ 于赓虞：《志摩的诗》，《于赓虞诗文辑存》，河南大学出版社 2004 年版，第 608—609 页。

艺术的共同趣味，引起研究者关注。

这是一个1923年就开始与同人合出新诗集的天津"绿波社"诗人。①由于执迷于"自哀自怜"的个人精神苦痛，珍视切身的生命经验，"反复地表现和渲染"② 生命的颓废性，竭力歌咏生命的有限、必死、虚无、绝望，他曾拥有"恶魔诗人"的名声③。但正是他对生命颓废意识的沉迷，使他更靠近唯美—颓废主义诗人"为艺术而艺术"、"为诗而诗"的艺术观。对于赓虞来讲，唯美与颓废只关乎审美，无关乎道德，诗中的耽于酒色与潜心自然，都是灵魂奔放时的不羁之力，是生命不同的色泽，因为在他看来，诗与生命是一个整体。在20世纪20年代的中国新诗坛，诗人们还忙于"白话"、"自由"，忙于用白话寻找"诗"的时候，于赓虞已率先走入了去诗中寻找生命的感觉，在诗中聆听灵魂的声音，用诗描画内生命的色彩的纯粹诗歌世界。他曾潜心研读"欧美各巨人的作品与传记，竭力搜求西洋论诗的专著"，他希望自己"纵然不能成为一位诗人，也要将自己训练成一个懂诗的人"④。这个自我要求使他在接受西方浪漫主义、唯美—颓废主义艺术思想的同时，也建立起自己一套独特的中国新诗理论话语，它包括：诗的独立生命意识、诗的美感追求，诗的至高乐境与诗人情思之波的关系，等等。这意味着，在中国新诗纯艺术追求的旅程中，于赓虞的见识也是一个不该被忽视的和遗忘的一站。

一　在诗中聆听灵魂的声音，用诗描画生命各样的色泽

于赓虞的诗论在数量上远不如他的诗作丰厚，但有限的文字却醒目地提示了他的纯艺术立场。他所坚守的"诗乃一种独立的艺术，无论创作或研究诗的人，应该就诗之本身着想着力"；"诗人是生命的歌者，他与时代有关系，但不是时代的奴仆"⑤ 等诗观念，在今天看来虽已不是什么新异之见，但在20年代，诗人们还挣扎于爱伦·坡、波德莱尔曾遭遇

---

① 聂志强：《绿波社与20年代新诗坛》，《中国现代文学研究丛刊》2003年第4期。

② 解志熙：《于赓虞诗文辑存·代前言》，《于赓虞诗文辑存》，河南大学出版社2004年版，第14—15页。

③ 同上书，第19页。

④ 于赓虞：《世纪的脸·序语》，《于赓虞诗文辑存》，河南大学出版社2004年版，第307页。

⑤ 于赓虞：《诗的艺术》，《于赓虞诗文辑存》，河南大学出版社2004年版，第579页。

过的美善之争时，于赓虞明确的“为诗而诗”艺术观，不能不说是中国“纯诗”的先导之一。

在于赓虞看来，“诗之目的在发抒诗人心中所感到的人间之痛苦，以冀减轻其忧愁悲哀的负戴，而使个人获得愉快”。如果有人以诗之效用为诗之目的，则是绝大的错误。他强烈呼吁，“诗止为诗而存在，不为其他效用而存在”。因此，“诗人只要将其生命的灵影，和谐的韵节表现之于完美的诗篇，则其职务已完；至于道德的或伦理的影响，乃是诗的副产品，无关于诗人，无关于诗之本身”①。也就是说，于赓虞执着地坚守：诗是愉悦人心的，任何超重的社会功能负载都是非诗的行为。这也即爱伦·坡所强调的诗的文学本体地位：“这一首诗就是一首诗，此外再没有什么别的了——这一首诗完全是为诗而写的。”②

于赓虞关于诗与人的心灵状态的纯粹关系，与同样是20世纪20年代的唯美主义诗人邵洵美所言，有着某种精神上的暗合。邵洵美说：诗“不能有任何种的限制，诗人除写诗以外也不应有任何种的企图”，“纯粹诗的结果，只是遗下给我们几滴珍贵的心血”。③ 对此，于赓虞分析道，“所谓诗能感人向善者，并非诗为劝善归道的韵文，而是人类灵魂——痛残的灵魂的绝叫的力量”④，因为“诗与生命是一个整体”⑤，“诗之力在感而不在教，而这力决不是理性的无生命的韵文，而是发自诗人生命的灵海之风波”。⑥ 由此，他从诗的独立品格出发，将一种生命价值观赋予了新诗。他说：“诗的生命即诗人的生命，诗人创作时应有绝对的自由，不受任何规律，典型，教义之限制，则其诗作方能充分的表现，诗人之感情方能达到完美的生命之艺术的目的。”⑦ 他告诫诗家：“要认清，诗歌的本身，本无一定的形式，声调，色泽……一切都由你自己去支配，不是被支配。况且我们所要的总是在新奇（所谓新创造），在富有动人的生

---

① 于赓虞：《诗的艺术》，《于赓虞诗文辑存》，河南大学出版社2004年版，第581页。

② 爱伦·坡：《诗的原理》，杨烈译，《准则与尺度》，北京出版社2003年版，第18页。

③ 邵洵美：《一个人的谈话》，上海第一出版社1935年版，第22—23页。

④ 于赓虞：《诗的艺术》，《于赓虞诗文辑存》，河南大学出版社2004年版，第583—584页。

⑤ 同上书，第581页。

⑥ 同上书，第583—584页。

⑦ 同上书，第584页。

力，在从黑暗荆棘的荒道里，开出你自己的大道来。”之所以如此，在于“诗的气质建筑在灵魂的冒险。……诗人的灵魂在生命之浪波里不畏惧，不迟疑，要与她结成不解的联姻，要认识她的一切。因此，在一方面讲，我们可以说诗是生活的状况，心灵的情境与阅历”①。这样，于赓虞就以生命美学为理论支撑，走进了人类基于美感愉悦之情的需要而创造“美妙”(loveliness）感觉的象征主义“纯诗”。

对于五四诗人而言，虽然郭沫若、冰心等也在作品中表现出一种强烈的生命感，但他们却少有像于赓虞这样，力图把它纳入新诗发展理论框架的理性思考。于赓虞从生命美学出发，他更看重诗与人的灵魂、人的心灵状态的关系。他说：“古来论者多注意于规律，声韵，字数之限制，而忽略为诗的真生命的情感，只以诗应有其一定之作法 Versification，是知其一不知其二。殊不知诗无一定之作法，亦不应有一定之作法，其节奏乃随情感之律动，其起伏抑扬，高低缓急之节拍，乃诗人情感波动之本身，是内在的节拍，而非外界之典律。”因为诗的形体是一种能使诗的生命得以永久生动的迹象，所以诗人应该对于诗神绝对皈依，而不是一味困扰在具体的做法上。② 于赓虞这里关于诗的节奏与诗人情感波动之间关系并非只有外在音乐性的见解，刊出于 1928 年至 1929 年，20 世纪 30 年代“现代”诗人群刻意实验凭情绪的节奏组织结构的“纯诗”探索与于赓虞的思考并行不悖。从《晚祷》、《只我歌颂地狱》、《魔鬼的舞蹈》等诗中，我们可以看到于赓虞典型的“从生命之迅速，跃动，欲求中所压抑出来的生命汁”，而这生命的汁液，正是他所谓的诗歌的核心。

在于赓虞的生命诗歌观里，“诗是从生活的苦汁中压榨出来的。……其中蕴藉不可测忆的神妙的味道”。在他看来，“今日的社会与这时代宛如一匹凶恶的恶虎，我们灵魂的骨血，早已不留痕迹的被他吞噬了。其尚有残喘气息者，亦萎弱黄瘦，遍体鳞伤，几乎认不出本来的面色。一个人决不是这么生活着，尤其是诗人。……今日最迫切的问题，是如何将生命之情感与意志力，从工商业时代思想的迷诱中，自由的，高标的

① 于赓虞：《新诗诤言》，《于赓虞诗文辑存》，河南大学出版社 2004 年版，第 544—545 页。

② 于赓虞：《诗的艺术》，《于赓虞诗文辑存》，河南大学出版社 2004 年版，第 584 页。

解放出来”。这解放的途径，对诗人而言就是“从半死半僵的状态中苏醒过来，着实的生活着，生活在个人的宇宙之光里”[①]。这样，于赓虞的艺术观念也进一步地与“纯诗”的诗学理想不谋而合了，“纯诗”就是要抛却现实具体的表象，潜入生活乃至生命的哲学层面，发掘生命现象背后心灵活动更深微的形迹。

于赓虞20世纪20年代的创作，最为与众不同的，就是这种用生命拥抱所遇，从而产生充沛的情感冲动的艺术敏感。他始终固守着个体体验对社会生活与诗人自我这个两极的沟通，作为创作主体的诗人，他也在生命存在的意义中，与现实化融为一体。

> 夜深了，只我在古城之角里歌颂地狱，/独啜美酒，低吟诗篇，孤听凄厉的夜雨。//此时惨黑的天宇漫饰着恐怖的静寂，/似有鬼蛇联舞窗外，蛟龙哀凄于天际。//微笑的将想象毁灭，天堂失去了意义，/生命神秘的节律似歌女飘动的舞衣。//宇宙之一切权利，荣誉，情爱均已抛弃，/怯弱之心空虚了，只酒与诗陪我暗泣！//……
>
> ——《只我歌颂地狱》

无论这种凄清、沉郁、悲凉源自诗人现实处境的哪一个维度，诗人的个体生存体验都被诗人对自己存在的领悟，赋予了这种生存形态以强烈的情感色彩。尽管这色彩因它晦暗的色调，其背后潜藏着一个沉重而紧张的现实关系，但它确是诗人生命形态活生生的感性显现。

于赓虞的诗基本上都是这样，直接将灵魂的歌哭与凄清色调毋庸置疑地植入某种形式媒介的。形式对他而言往往可以在其次，灵魂不同时刻的声与色必须在第一位，这也是他写了不少散文诗的原因，因为散文诗更自由，更便于装载灵魂的声响与漫漶的流光。

> 这正是伟大的夜之世界！
>
> 饮宴散了，浓烈的红酒给我不可捉摸的力量，因而，我尚能在

---

① 于赓虞：《新诗诤言》，《于赓虞诗文辑存》，河南大学出版社2004年版，第544—545页。

生命的国土劫余的残烬中悲哀，回忆，痛哭。

不堪言，生命于往日，现在，只是一个缥缈的梦，在魔鬼的舞蹈与歌吟中无痕的逝了！我不能，不堪想像歌舞的惨影：声韵，步态，只是一片模糊的惨红与苍黑的结体。微笑与温柔变为不忍一视的惨红，愤怒与惨暴变为刺心惨动的苍黑：远了，灵动的生之希望！这一切在今宵的迷醉中，踉跄中都是毒烈的火箭，射中了已死的心灵。

——《魔鬼的舞蹈》

他认为“这样色彩浓烈，动即迸射的情感，渗透于伟大，沉着，独立的思想中”，而这就是“诗歌的渊泉”，“诗歌的独自性亦即从此产生”。[①]

于赓虞坚守的这种美，实际上是摇曳多姿而流动的，它并非情绪的速写、拷贝，而是以诗人的主观情绪为中心，让情绪凝定成心灵的雕塑，使情绪的表达能够真挚亲切、跌宕起伏。“情绪”原本是一个心理学概念，在心理学的认识范畴里，“情绪”被界定为体验、反应、冲动、行为，它是生命有机体的一种复合状态。诗中的“情绪”，既是诗人心理能量的释放，又是诗人的生命体验和内在精神的裸露，是诗人心灵的独白。因此，于赓虞诗中的“虚无”、“绝望”，就是他生命活动的独舞，这与象征主义“纯诗”所要寻找的那一扇“灵界的门”，实际上是一个东西。

二　让诗的“形”与“质”构造出“天然图画的美境”

然而，灵魂的声与色需要赋形才能显现。在这一点上，于赓虞对新诗形式规则的思考，又与闻一多的新格律理论有着某种精神联系。他担心过多的形式考虑如果并不能契合每一首具体的诗的情感内容，那将会给诗带来形式的羁绊。为此，于庚虞认为：所谓节律与形式，不过是使诗的内在的力量格外的加重加深，使诗更有一种风韵美的姿态而已，它决不就是诗的生命之全体。中国古典诗歌将情感纳之于一定的格律与形式，实际上都是一种装饰，并非为渲染情感而使之更有美之风韵，这是

---

① 于赓虞：《诗歌与思想》，《于赓虞诗文辑存》，河南大学出版社 2004 年版，第 538—539 页。

喧宾夺主的怪象。诗应有节律与形式，但不应有一定之节律与形式。每一诗人应依其个人之情调之轻重高低，定其独特之节律；依其情调之长短快慢，定其独创之形式。因为，由情绪构成节律，节律得形则成诗，此自然之现象，亦必然的途径。诗人之节律与形式不应永久的划一，即同一诗人因了情调之不同，亦不能应用相同的节律与形式，在新的追求中，在新的创作中，我们才有新的风韵的诗篇。他以佩特（Waltar Pater）所说"我们不可制造形式，不可构成习惯，我们生活上大部分的失败，都是习惯的原故"，反观中国文化的历史，指出：古来中国诗人不能有更伟大的成就，更深邃的发展，即在其不能打破诗体上已成的形式与规律[①]。对于赓虞而言，形式虽然常常只是一种媒介，但在更多时候，诗的形式，却必须与每一首诗的不同情感、情绪形态相一致。

因此，于赓虞与新月诗人着意追求诗的外在形式规则，又存在某种程度的分歧。他说："使用诗的这些形式，最大的危险是容易失去自然之美，而自然正是诗的美点之一……一多所谓'带着镣铐跳舞'才是天才的本领，倘把它解为作诗不易，作者应有严肃的态度，就很对，否则，要知道那制作镣铐的沈约自已，也未尝写出出色的好诗。"[②] 出于这样的考虑，他把诗分做"形"与"质"两个部分。"形"即诗中的音节和词句的构造，"质"就是诗人的感想和情绪。"诗之所以为诗，一方在'质'的，是优美浓厚的情绪，高尚的思想。一方在'形'的，是将诗要图画音乐化。使诗中的词句，能适合天然的优美音节韵调；使诗中的构造，能表现出天然图画的美境。"在他看来，"只有热腾腾的情绪，自然美妙的音节，是诗的惟一领域"[③]。

关于"质"，新诗经过20世纪20年代诗人们的实验，已经懂得怎样在诗中安放它，但对"形"的理解，至今都是一个有待解决的课题。对此，于赓虞认为："诗不能无韵，但应是活韵而非死韵。在'自由诗'的名号之下，我国新诗人将诗韵遗失了，即如有韵，也不过只注意于韵脚，十分单

---

① 于赓虞：《诗的艺术》，《于赓虞诗文辑存》，河南大学出版社2004年版，第587—588页。

② 于赓虞：《世纪的脸·序语》，《于赓虞诗文辑存》，河南大学出版社2004年版，第301—311页。

③ 于赓虞：《诗的自然论》，《于赓虞诗文辑存》，河南大学出版社2004年版，第512页。

调。诗的音韵不止韵脚和谐，应是和谐的全体，字与字，行与行，节与节，通体应很融洽，应是一致。”倘若能如此建设诗之新音韵，诗的情思将永远能够与新的声韵化为一体。① 于庚虞此言，实际上涉及了诗与音乐的关系。

在于赓虞的诗歌音乐观中，“乐即近乎诗的音韵”，又不完全是，因为诗中的节律并非韵节本身，而是诗人情思的波纹。他认同象征主义对音乐的看重，却质疑他们企图“只借字音使人心灵与作者相交感”的极端，并怀疑“这种诗的功能是否能达到”。但从乔治·摩尔（G. Moore）对诗的定义：声韵的艺术，以及郑樵的“诗为声也，不为文也”，他得出结论：作为借文字传达情思的艺术，“诗的文字一半在其含义，一半在其音韵。文字的音韵与心的音韵之交感与结合，即诗的风韵所由成”。他坚持：“只音韵亦负不起诗之名号”，“诗不止是声韵的艺术，情思与想象及形式有相同的重要。因为只有声韵——无论如何美的声韵——只能感觉一时之愉快，而不能保有相当时间的印象”。② 于赓虞的这个理解，与象征主义“纯诗”的音乐观相比，显然更开阔，更切近诗的本质，它没有象征主义那么极端：想抛开传统的诗的音、义关系，重造诗的新质。在于赓虞这里，诗的这种“形”与“质”的完美融合，才是构造天然的诗境的基础。所以他说，如果诗人的感想、情绪和诗中的音节、词句的构造相协调了，即便是“为人生”的文学，新诗也不会与之隔膜，因为诗就是“用自然优美的文词，表写人生意境”的文学。③

然而，就诗需要借助音乐天然的生命特性，以完成“诗”本真的心灵状态而言，于赓虞又与象征主义诗人的理解如出一辙。他也看到，诗人所用工具文字，不比雕刻家之石或木，画家之色，它的意义及神采，文字并不能完全表现，它还需借助婉转魅人的声韵来加浓诗之魔力，来表白文字之含蕴。他说，“宇宙即一篇和谐的节律，四时之运转，花卉的生死，飞鸟之往返，无不表示自然美妙之结构。诗即人类构成的节律的艺术，亦正自然与人类神妙的契合。我国古来的诗论者多将诗与歌联结一起，如刘勰的‘诗为乐心，声为乐体……乐辞曰声，诗声曰歌’（《乐

---

① 于赓虞：《诗的艺术》，《于赓虞诗文辑存》，河南大学出版社 2004 年版，第 595—596 页。

② 同上。

③ 于赓虞：《诗的自然论》，《于赓虞诗文辑存》，河南大学出版社 2004 年版，第 512 页。

府》篇)，及郑樵的‘作诗未有不歌者也，诗者乐章也’(《正声序论》)。这种议论不胜枚举。其意无非说诗应有和谐之音节，但因此却演成了字的堆砌，只讲韵格的工稳，而失其原有之情思，此即钟嵘所说‘文多拘忌，伤其真美’之意。诗固可歌，但不尽可歌，因为诗人与制歌匠有着很大的分别。那最幽秘最隐晦的诗，非在静谧的深宵或极幽寂的屋宇去默会，则不能把捉其神情”。因此，“诗之韵与歌之韵应有微妙的分别。所谓诗中的音韵，即文字徘徊往复之节律：文字徘徊往复之节律，即诗人情思之流的波浪；这波浪乃一种不能分析，难于捉摸的神魂。诗人利用这种徘徊往复之节律，将其不能在歌中明显表示的幽情，隐示于含有幽深的情调；这种徘徊往复的和谐的音韵，即诗之乐”①。

这意味着，于赓虞的诗歌韵律说融入了语言是语义的物质载体的观念。实际上，语言是诗唯一的建筑材料，诗中的音韵源自语言语音部分构成的信息，它是创造诗体形式标志的感性物质，它既可以是概念的表意符号，也可以是音乐的艺术符号。这就是说，诗歌语言被二元化处理，是诗歌艺术与语言关系的一个正常思维。语音系统与音乐乐曲有类似之处，对语音系统各种关系的组织，可以使诗歌语言具有表现语音音乐性的艺术符号性质，从而使诗歌语言将观念性表达与音乐性表达融为一体，共同完成语言的诗意构成。② 于赓虞关于诗歌语言的音韵问题虽然说得比较概括，但他所涉及的语言本身的语音乐音问题，对拓展新诗理论建设的音乐空间有重要价值。20 世纪 30 年代“现代”诗人的“纯诗”探索，关于诗歌内在节律的思考，应该是于庚虞思考的继续。

今天，在人们对 20 年代中国新诗追寻诗的美感情绪与相应形式的考察中，于赓虞近一个世纪前灵魂奔放的脚步声开始有了回响。这里我想要申明的是，于赓虞无论曾经为怎样的因素遮蔽，他因美与生命本性的召唤，纵情于“纯诗”的先锋诗人品格，从来都不曾缺席。

(原文载于《钦州学院学报》2009 年第 5 期)

---

① 于赓虞：《诗的艺术》，《于赓虞诗文辑存》，河南大学出版社 2004 年版，第 595—596 页。

② 王左书：《语音乐音化形式界说》，《华南师范大学学报》1997 年第 5 期。

“理水”者的文化自觉

——金庸小说与20世纪中国文化

刘铁群

金庸是集传统文化气质和现代思想素质于一身的天才小说家，他的武侠小说创作始终贯穿着他对民族文化命运的深刻思考。在某种程度上可以说，金庸是以武侠小说这种独特的形式参与了20世纪中国文化的梳理与建构，并努力探寻民族文化发展的健康路途。

20世纪中国文化发展的主要特征显示在两个层面上：一是传统与现代化的冲突；二是东西方文化的碰撞。中国文学研究界流传着英国历史学家汤因比的话：“当两种文明发生碰撞交融之时，知识分子便作为一种变压器而出现了。他们承担着双重任务：一方面，是学习先进的文化并把其精华传播到全社会中去；另一方面，是慎重地用全新的眼光，‘重构’固有的文明，使之获得新生而延续下去。”① 20世纪中国知识分子作为文化的自觉创造者和敏感承受者便承担着这双重的使命，不仅要“盗火”，还要“理水”。而始终在文化的冲突与碰撞的夹缝中艰难前行的20世纪中国文学也在某种程度上生动地折射出了中国知识分子“盗火”与

---

① 转引自黄子平《艰难的选择·小引》，上海文艺出版社1986年版，第1页。黄子平先生在文中未标明汤因比此语的出处，待查。金庸先生对汤因比的历史也很感兴趣，他在《中国文明不断消长》一文中有“我对历史倒是有点兴趣。……这几年我常在英国牛津大学，对英国文学、英国历史和中国历史很有兴趣。大家都知道，英国对二十世纪影响最大的一位历史学家名叫汤因比，他写了一部很长很长的《历史研究》。他在这部书中分析了很多世界上的文明，说明世界上的很多文明都在历史过程中衰退或消亡了。直到现在仍真正兴旺发达的文明只有两个，一个是西方的欧美文明，一个是东方的中国文明”。（和弦主编：《名人演讲在北大》，大众文艺出版社2003年版，第264页）

“理水”的艰辛历程。金庸就以其具有深厚文化底蕴的武侠小说在这一艰辛的历程中留下了他的足迹。

在新旧时代交接的20世纪之初，新文化与旧文化，新文学与旧文学几乎是水火不相容的。在这种对立的情势中，“五四”新文学家就以“盗火”者的身份出现了。他们一方面以“重新估定一切价值”的批判眼光对传统文化进行猛烈的攻击，对传统文学观念与手法进行激烈的挑战，争取新文学的生存权。另一方面，以恢宏的气度、充沛的热情广泛引进、吸收西方现代文化思想和文学新形式，迎赶世界新潮流。在他们的努力下，新文学终于占据了文坛的主导地位，并建立起了自己的文学史叙述体系。

我们不能否认“盗火”者的历史功绩，但我们更不能否认“盗火”的目的是为了“理水”，学习和引入先进的文明是为了重构本民族的文化并使之获得新生。因此，在“五四”这一特定的历史时期所形成的新旧文化的对峙和新旧文学的冲突并不是绝对的、无法化解的，随着文化与文学的健康发展和知识分子的文化自觉，两者必将相互渗透、相互补充。金庸的创作就是在这种渗透和补充之中取得了成功，可以说金庸的武侠小说既没有离开“五四”新文学现代精神的渗透，也没有离开传统文化的营养脐带。这主要表现在以下两个方面：

第一，金庸从“五四”新文学中汲取了现代精神，为武侠小说这一传统文学的形式和内涵都注入了新的血液。在金庸的创作中，传统武侠小说中的一些趋于僵化、不适应现代文学发展的形式因素得到了创造性的改造。从语言上看，金庸小说以“五四”新文学的白话文形式为主，偶尔间以通俗典雅的文言词句，形成了既不失时代韵味又深具民族特色和气派的语言风格；从结构上看，传统的章回小说都是八十回到一百二十回，难免拖沓冗长，金庸小说对之进行灵活变通，一般都是四十回到五十回。另外，在回目上，传统的章回小说一般都用两句对称的句式构成回目，金庸小说则不然，其小说回目或用七言对称句（如《书剑恩仇录》）或用四字句或词（如《射雕英雄传》），或用单言散句（如《飞狐外传》、《天龙八部》），打破了传统章回小说完整、单一的回目形式。金庸对武侠小说形式的改造显然渗透着“五四”新文学自由、开放的品格和气度。而与形式的改造相比，金庸对武侠小说内涵的革新则更具有现代精神的闪光。金庸从“五四”新文学中汲取营养，对武侠小说中落后的传统文化观念进行了批判与更新。首先，金庸小说从根本上否定了传统武侠小说“快意恩仇”、任性杀戮的观念。《射雕英雄传》中郭靖对因报父仇而牵连无辜百姓进行了痛苦的反省；《雪山飞狐》中苗人凤反对冤冤相报，血债积重；《天龙八部》中乔峰明确指出：“咱们学武之人，第一不可滥杀无辜。”金庸这些有关复仇的笔墨与“五四”新文学家提倡的人道、理性等现代观念是相当一致的。其次，金庸小说挣脱了传统的狭隘的民族观念。传统武侠小说基本上都表现出了“尊夏贬夷”的汉族中心主义思想，金庸则在小说中以开放的态度、平等的观念处理各民族间的关系。在《天龙八部》中，他通过智光大师的佛学偈语表明了他对民族关系的看法：“万物一般，众生平等。圣贤畜生，一视同仁。汉人契丹，亦幻亦真。恩怨荣辱，俱在灰尘。”与传统武侠小说对夷族的排斥不同，金庸多次塑造了少数民族的正面人物，如《书剑恩仇录》中的回族女杰霍青桐，《碧血剑》中英明有为的皇太极，《天龙八部》中感天动地的契丹英雄乔峰，还有《鹿鼎记》中体恤民情、治国有方的大清皇帝康熙。金庸这种民族观念与“五四”新文学强调的自由、平等的现代精神是一脉相承的。再次，金庸小说中渗透着对个性解放和人格独立的追求。金庸塑造了许多至情至性、我行我素的人物，如《射雕英雄传》中潇洒超逸的黄药师，《神雕侠侣》中蔑视礼教习俗的杨过，《笑傲江湖》中狂放不羁的令狐冲，这些人物身上再现的正是“五四”新文学对个性解放和人格独立的追求。另外，金庸的武侠小说具有对现实的独立批判精神，典型的是《笑傲江湖》、《鹿鼎记》等作品对“文革”中丑恶现象的披露与讽刺。这种对现实的独立批判精神显然继承了“五四”新文学家以“重估一切价值”的勇气对现实进行理性审视的可贵品格。

可见，正是“五四”新文学的现代精神激活了传统文化，使金庸的武侠小说从思想到艺术都获得了新的生机。因此，我们可以说，没有世纪之初新文学地位的确立，就没有金庸武侠小说创作的成功。

第二，金庸武侠小说创作的成功离不开民族传统文化的滋养。世纪之初新文学地位的确立显然得益于对传统文化的批判、扬弃和对西方文明的学习借鉴。而“五四”新文学家要在艰难的条件下迅速冲决旧思想的束缚，势必采取激进的姿态和决绝的态度，在这种情况下，他们对传统的反叛难免会有偏激之处。因此，在新文学立稳脚跟之后，有必要认真思考文化转型与选择的复杂性，思考传统文化中值得继承与发扬的合理因素，思考外来形式的民族化。然而，这些问题在“五四”以来文学的发展中却没有得到足够的重视，“五四”新文学强调对传统的反叛，20 世纪 50 年代的文学提倡对苏联的借鉴和模仿，“文革”十年造成了民族文化的虚无和断裂，而 80 年代的文学又热衷于对西方的学习。这一切都表明，在 20 世纪中国文学的发展过程中，传统文化在某种程度上被遗忘与轻视。正是在这种文学发展的情势中，金庸以独有的敏锐嗅出了民族文化的危机，并坚持在民族文化的背景下从事写作，在武侠小说这种传统文学形式中小心翼翼地守护着民族文化的血脉，显示了一个现代知识分子在文化重构过程中的趋向稳健的文化抉择。金庸的武侠小说折射出了中国传统文化在传承中被轻视与遗忘的遭遇，典型的是《鹿鼎记》。《鹿鼎记》中有这样一个细节，朝野上下四方人士都在不惜一切代价争夺佛学典籍《四十二章经》，然而人们的兴趣并不在博大精深的传统佛学，他们争夺的实质是垂涎于藏在经书中的财宝龙脉图。或许，金庸对这种买椟还珠的愚蠢行为的暗讽正反映出了他对国人轻视传统文化的痛惜。另外，《鹿鼎记》还不无讽刺地将韦小宝与康熙皇帝对待汉民族传统文化的态度进行了对比。身为汉人的韦小宝近乎文盲状态，“用错成语乃家常便饭，丝毫不以为意”，“尧舜禹汤”被他说成“鸟生鱼汤”；“驷马难追”总说错为“什么马难追”、“那个马难追”，甚至迎合苏菲亚公主说成“三头马车难追”；更为严重的是“扬州三日，嘉定三屠”的惨痛史实与教训竟被韦小宝胡言乱语为“嘉定三赌”，还暗自认为嘉定人的赌术必是了得，韦小宝显然患上了传统文化的“失忆症”。然则与韦小宝相反，满族出身的康熙皇帝却熟知中国传统文化，喜爱汉族文化典籍，常纠正韦小宝说错的成语。这种异族人珍爱汉族传统文化而汉族人遗忘自身传统文化的对比正昭示了金庸对民族文化危机的深切焦虑。基于这种焦虑，金庸在创作中自觉地紧握了传统文化的生命脉搏，并以无限的深情回望民族文化之根。金庸的武侠小说具有丰富的文化内涵和深刻的文化意义。从某种程度上可以说，他的武侠小说就是一种特殊形式的传统文化的百科全书，其中诗词歌赋、琴棋书画、典章人物、历史掌故、医卜星相、渔樵耕读、人文地理、山川史语等无所不包。当然，金庸对传统文化并不是机械地抄录，他更注重的是在小说中融合其精神与气韵。在《侠客行》中，金庸塑造了具有传奇色彩的石破天，他始终没有搞清楚自己到底是谁（石破天的名字是别人强加于他的），也不知道自己到底要什么。他虽然始终都在问“我是谁”，却从未因此背上心理包袱。尽管从他行走江湖后就不断被人暗算，却从未气馁，只是一往无前地战斗。最后歪打正着，因为不识字，没有“所知障”而破译并学会了“侠客行武学”。儒家积极进取的入世态度与禅文化的无牵无挂、来去自如的人生哲学是石破天的精神支柱。在讲究“我思故我在”的西方人看来，虎虎有生气的石破天是不可思议的。金庸却通过石破天的精神气质昭示了这样一个问题：在竞争激烈、价值失范、精神失重、人格物化的现代社会中，我们东方文化自有其优越性和生存的余地。与“五四”新文学家相比，金庸对待传统文化的态度是温和而宽容的。金庸在《鹿鼎记》中塑造了江湖奇人韦小宝，他曾特别提出，《鹿鼎记》的创作初衷与鲁迅的《阿Q正传》是一样的。他写韦小宝，其实是想写“中国人”①。但是，真正进入创作，却笔不由己，由于两位知识分子不同的文化态度和文化选择，韦小宝与阿Q明显地分道扬镳了。鲁迅的《阿Q正传》主要是揭露民族文化的陋习，批判民族的劣根性，他对阿Q的态度是“哀其不幸，怒其不争”；而金庸在揭露韦小宝的不少坏习气的同时也表现了他的机智、风趣、开朗、活泼、洒脱，尤其突出了他适应环境和讲义气的性格特征。金庸对韦小宝有着难以掩盖的喜爱之情，他认为“韦小宝身上有许多中国人普遍的优点和缺点”②，多数中国人特别是海外中国人正如韦小宝一样坚忍、善良，还有一点点猾狡，蛮讲义气，很能生存。金庸曾明确表示自己对韦小宝的喜爱：“事实上，我写《鹿鼎记》写了五分之一，便已把韦小宝这小家伙当作了好朋友，多所纵容，颇加袒护。”③ 可见，鲁迅愤慨的是中国人的丑陋，而金庸在揭露中国人的陋习的同时，也挖掘了中国人传统人格的魅力。鲁迅作为世纪之初的

---

① 桂冠工作室主创：《侠之大者——金庸评传》，中国社会出版社1994年版，第227页。

② 同上书，第243页。

③ 同上。

伟大警觉者和先行者，在现代文化启蒙上功不可没；而金庸作为一个传统文化的守护者，在新文化、新文学确立了历史地位之后也表现出了深刻的文化自觉。金庸的武侠小说创作紧密地连接着中国传统文化的母根，金庸的成功有着地道的中国背景。现在不少当代作家所缺乏的正是金庸这种对传统文化的精微把握，他们作品中的情感、思想、形式多从西方小说中移植而来。20 世纪 80 年代中期，不少作家意识到了中国文学浮萍无根的状态，开始回眸传统文化，掀起了“寻根文学”的热潮。主张“寻根”的作家们呼吁让中国文学走出一味模仿借鉴西方文学的尴尬境地，让中国文学有自己独立的文化精神。正如韩少功提出的：“中国还是中国，尤其在文学艺术方面，在民族的深厚精神和文化物质方面，我们有民族的自我，我们的责任是释放现代观念的热能，来重塑和镀亮这种自我。”① 可见，寻根文学的精神追求与金庸武侠小说的文化选择有着深刻的一致性，当人们把目光集中在 80 年代中期，集中在韩少功、阿城、郑义、李杭育等作家身上评价“寻根文学”的时候也许都没有意识到，早在五六十年代，金庸的武侠小说中已经透露出了强烈的寻根意识，可以说金庸是当代“寻根文学”当之无愧的先锋。

在各种文化冲突和交流的时代，作为变压器存在的知识分子都在为如何保存民族文化和跟上时代潮流而煞费苦心。如果说在世纪之初的知识分子身上我们看到的是“盗火”者的胆识和勇气，那么在金庸的身上我们看到的则是一种“理水”者的文化自觉。金庸的武侠小说既渗透了“五四”新文学的现代精神，又深系着民族传统文化之根。而金庸以充沛的现代意识为主导对中国传统文化进行苦心孤诣的梳理与阐扬，无疑正暗合了 20 世纪中国知识分子重塑民族文化本体的百年祈盼。可见，金庸实际上是在继续走着“盗火”者们没有走完的路，而金庸的武侠小说从某种程度上来说也是“五四”以来新文学的必要和有益的补充。

（原文载于《广西师范大学学报》2000 年第 3 期）

---

① 韩少功：《文学的根》，《作家》1985 年第 4 期。

沉思者的歌
——论冯艺的散文

刘铁群

在广西的散文创作领域，冯艺是成就突出又颇具个性的一位。冯艺的散文内容丰富，有对故乡的追忆和感想，有对国内外自然风光、名胜古迹的描述，有对个人生活经历的书写，也有对亲人、朋友、作家的回忆。不管是哪一种内容，我们都可以看到冯艺的散文中有一个沉思者的身影。在某种程度上可以说，冯艺既是一个写作者，也是一个沉思者，他是以沉思的状态写散文的，他的散文是沉思者的歌。冯艺的散文有对已逝岁月的沉思，有对生命、对人性、对生态的沉思，也有对历史文化的沉思。沉思是冯艺散文的灵魂，也是冯艺散文的魅力所在。

一　对已逝岁月的沉思

冯艺在《逝水流痕》的《后记》中曾说："对于一个人来说，一本书就是他的一段历史。""过去了的生活，就像撕月份牌似的，几十年的光景一下就没了，生活确如逝水，过去了便不再回来，但它却在我的记忆中永远流动，流入我岁月的深处。"已逝的岁月的确如流水般一去不再复返，但它也不会真正地逍遁无形。因为它流动在作者的记忆深处，也流动在作者饱含深情的散文中。冯艺的散文不仅记录了飞流如逝水般的生活留下的或深或浅的痕迹，也记录了他对所经历过的生活的感悟和思考，其中既有伤痛，也有甜蜜。

《一个夏天的故事》讲述作为文人的父亲在"文革"期间遭受的精神伤痛。在那个残酷的夏天，遭受打击的父亲被迫烧掉了自己曾发表过的文章。多年之后“我”自己也开始提笔写作，走上文人的道路，才感同身受地“意识到那个夏天对于父亲的打击，才明白父亲自焚已文所忍受的精神创痛和折磨，真的就只有他自己知道了”。父亲所遭受的打击和践踏实际上是对自我存在的消灭，任何一个操笔墨为生的文人都会感知到，那一个简单的焚稿的动作隐藏着多么巨大的疼痛，那种切身的疼痛无异于烧灼自己的心。作者对父亲在荒诞岁月里遭受残酷打击的回忆正是对那个年代知识分子们普遍境遇的思考。《走西口》、《打工少年》、《给女儿讲故事》等散文都讲述童年时期的辛酸经历。《走西口》写作者不到13岁时与姐姐背井离乡、西出阳关，到新疆逃难的历程。1968年春天，全国的局势陷入混乱。为了寻求安全，父母让“我”和二姐到新疆投靠堂哥。一路都经历着苦难和惊吓的煎熬：

> 这是我第一次离开父母，第一次西行。
>
> 临别时，全家相对黯然……一路上很拥挤，没有卧铺，就这样整天整夜地坐着。到郑州时，脚都肿了。列车过了嘉峪关，车上的人少了一些。白天，我们就观看窗外的景致，看着兰新线两侧倔强的钻天杨，看着戈壁的线条、戈壁的层次……
>
> 那种艰辛，那种惊惧，那时我未满13岁。母亲说过，她不想让我们吃苦，她要把孩子们能吃的、该吃的苦，自己全部吃下去。但是无奈。
>
> 戈壁是出奇地辽阔和宁静，我们好像已离家好久了，很想家，眼泪滚滚烫烫地滑落。我和二姐谁也不敢对望。

坐了六天的火车和三天的汽车终于到了新疆的阿勒泰边城。然而，“在混乱尚未来临的西北，我们柔弱的小手，还是无力抚平日益递增的痛苦，我们日复一日强烈地渴望着家人的温暖，无论前路是灾是难，我们也要与父母姐妹在一起，我们终于这样想了，也终于下定决心永远了结这次惨伤的走西口”。这段童年的经历是作者个人的伤痛，同时也是那个时代的伤痛，作者思考着自己的过去，也是思考着那个荒唐而又残酷的年代给人们带来的伤害。他忧伤地感叹：“世界就是这样由生活的无常无奈而支离破碎而圆润组合的。一个家庭正常的有血有肉的生活被不正常的时代分离带走了一半。”《打工少年》写自己12岁时打工的艰难、辛酸。多年后回忆这段经历，作者并没有感到愤怒或哀怨，而是在平静、豁达中把对岁月和人生的思考推向了新的境界，他在篇末写道：“人们在热衷于回想过去的时候往往是温柔的，一切都会过去，一切都要成为历史，痛苦的、辉煌的都将平淡了，消减了。”《给女儿讲故事》写的也是作者少年时期的一段心酸经历，“我”曾因穿姐姐已经不合穿的绣花鞋而受到同学们的讥笑，这使“我”幼小的心灵受到伤害。为了不被别人嘲笑，“我”在寒冷的冬天里光着脚走路；为了不让妈妈伤心，“我”回家进门前又把绣花鞋穿上。作者从这段辛酸的经历中得到启示，悟出了朴素的生活的哲理：“这些离我们，离孩子并不遥远的纪实，使我们更早地懂得了我们日后该怎样生活，使孩子们懂得虽同在一片蓝天下，生活先苦后甜的发展变化更容易接受，更应该珍惜。”这是作者对生活智慧而又理性的思考。

《老蓝的母亲》讲述陪作家蓝怀昌回家乡看望八十二岁的老母亲的经历。文章多次写到了老蓝母亲的微笑，刚见面时“母亲微微地笑着，很平静，憨憨的”。进房后，她“只是对我笑着，又对老蓝笑着，看得出，对老蓝的笑是一种慈祥的母爱，恨不得把老蓝变回襁褓中的那个小蓝，紧紧地拥着，为他唱歌，我的蓝宝宝……”吃饭时，母亲“还是柔柔地笑着”。乡亲们给老蓝敬酒时，母亲“用微笑鼓舞老蓝，用抚爱支撑老蓝，这位笑不够的母亲”。老蓝睡了，母亲为他摇扇驱蚊，“看着睡相可掬的儿子那般不改的顽童样，母亲一夜未眠，她看不够自己曾经含辛茹苦养育的孩子”。临行前，“老蓝的眼眶已闪着泪花，而母亲亦然淡淡地笑着”。在结尾作者又动情地写道：母亲的笑“很平静、很善良、也很动人，久久地留在我的记忆里……”文章写得很朴素、随意，作者似乎也在追求一种随意，但在这看似随意的描写之中渗透了作者浓浓的真情，写出了深深的母爱。品味着老蓝母亲慈爱、动人的微笑，作者想起了瑶山和波努河，宽厚、深沉的母爱就像象征着神圣与宽容的瑶山与波努河，穿越沧桑的岁月，永远让人感动：“这就是老蓝的母亲，作为一个民族的象征，一种古老文化的载体，瑶山与波努河象征着神圣与宽容，母亲就是这座山，这条河。”深沉的母爱加上深沉的思索，使这篇朴素的散文让人感动，发人深省。

冯艺曾在散文《我们老土吗?》中描述了出生于20世纪50年代的人的命运遭际：“历史给50年代的人出了一道几乎谜一样难解的命题。在解答这个命题的过程中，有血的殷红、汗的辛酸、泪的苦涩，有艰难中的求索与逆境中的崛起，也有放弃求索的沉沦。这就使这代人超越两个时代，历尽人间的苦辣酸甜。”这一描述显然蕴含了他本人深切的人生体验。出生于20世纪50年代的冯艺在人生的道路上经历过漂泊和苦难，也饱尝了世态炎凉。他对已逝岁月的书写中免不了有忧伤和痛楚。但冯艺的散文并不让人感到悲观，因为他没有仅仅停留在对痛楚的再现和对忧伤的咏叹，而是以理性、明净、乐观的心态回顾过去、思考生活、体悟哲理。这种思考使他的散文在忧伤中流淌出诗意，在痛苦中蕴藏着力量，在沉郁中透射出昂扬。

二　对生命、人性的沉思

冯艺在很多散文中诉说了对生命的感悟，写下了对人性的反思。《生活依然迷人》写看完日本影片《友情》之后产生的对生命的思考：“有时候，美好的一切常常软弱无力，稍纵即逝，正因为这样，才珍贵。曾有人在你痛苦的时候来关怀你，曾有人痛苦着你的痛苦，尽管你还有痛苦，还有哀伤，但生活已不再虚无。我们与世界无法割舍的就是这凄凉的美好，这应使我们更爱人间，更爱我们的生命。”作者不否认生命中会有痛苦和不幸，但他强调生命还是非常值得我们眷恋，因为总有一些美好的感情使我们与这个世界无法割舍，凄凉而又美好往往是生命的常态。《又见曲比》写“我”与自己的老同学———一对患难夫妻在纽约相见的场面。想着他们曾经历过的种种磨难与辛酸，看着他们经过艰辛的奋斗而过上的生活，“我”充满了对生命的感动：“母亲节之夜，成了我与这对真人在太平洋彼岸团聚的日子，我开了三年不喝啤酒之戒，开怀畅饮。爱与生活便成了一口醇酒，燃烧着我们，而他俩则时时透露出一种深切的怀念。”

《桂东看山》写年轻的导游俊明——“善良纯朴的大山之子”不辞辛

劳、费尽心力带一行人游览姑婆山，他那憨厚的笑意让作者看到了人与自然，人与生命之间所蕴藏的一种深刻的让人感动的东西。但一些游客却不尊重这位纯朴的导游，还拿他开玩笑。这种行为让作者极为反感："就是这一群人，刚才还惊叹着赞美这里未被文明开化的纯自然状态，原来只因为承担这种生活的不是我们，我们只是匆匆过客而已，我们感到自己优越，文明开化，见过世面，知道的很多，但有时候是什么也不知道，特别常常不知道自己的鄙陋。"显然，作者在对同行游客们的行为作出审视的同时也对生命和人性的问题展开了追问和思考：生命，怎样才高贵？人性，怎样才健康？作者在《包装的"狂"》中强调，高贵的生命、健康的人性是在平淡、朴实、坚韧与自审中找到实在而强大的自我，他写道："有一种实实在在的人，却是平淡、朴实、坚韧如泥一般的，总是在现实中找到强大的自我，而又始终诊断自我是渺小的，并且因为这种渺小而更坚实不浮夸，于是，他愈发显得实在而强大，有斑斓的吸引力。"《呆望广岛》是对日本国民的人性的反思。作者在散文中写了参观日本广岛"和平纪念广场"的感受："任何一个有良知的人走进广场的那个日子，都应该是凄伤的日子。广场的草绿油油，碎石子白得耀眼，早盖尽了五十多年前在这里的血肉与灰尘相混的恐怖色彩。慰灵塔旁有人在擦着眼泪。"广岛和平纪念资料馆里"净是日本人如何被残杀的留痕，却从看不见一丝一毫追究引起这场悲剧原因的资料。年轻的日本母亲带着孩子，站在那些可怕的东西面前，细细地解释当年地惨状，但无人会提及日本侵略的野心，正是此次惨剧的真正元凶。有谁会说自己国家是罪有应得？有谁会描述在广袤的中国土地上，日本军队对中国人民所施的残暴？……一个南京大屠杀就死了整整 30 万！而广岛纪念馆是一座记恨的石碑，却没刻上一个悔改的文字！"面对"和平纪念广场"的景物和游客，作者的感情是复杂的。作者对广岛经历过的灾难感到凄伤，但他也对日本人的狭隘与不知反省感到愤怒。

三　对生态的沉思

冯艺是一个具有强烈人文情怀的作家，他的不少散文渗透了他对人与自然关系的思考和对人类生存环境的忧虑。

在《永远的长白山》中，作者认为天池的美之所以能动人心魄，那是因为它的美是纯粹的、自然的，至今仍像个混沌初开的世界，还没有受到人为的雕琢和破坏。但是，天池之美也引起了作者对生态问题的思考和对人类生存环境日益恶化的担忧。《得州回梦》描写了在如茵的草地上走着一对温存的老人，面对这温馨、感人的一幕，作者看到了生命天然与自然环境合一的美好，他感叹："这是生命天然与自然环境合一的充满活力的一种无拘无束，自信、自爱和欢乐的洋溢，我以为，这便是美好。""得克萨斯州"给作者留下了美好的印象，也激发了他对和谐、美好、清明的环境的向往。因此他写道："回梦得州，它的一切就像一片树叶那样随意、轻然地飘落。但我心中却涌现着一种切实地把握，那就是共同创建美好的、清明的环境，自己生活，也让别人生活，这是生命的一种原则，一种充满人性的原则。"《还有一个海陵岛》描写了广东阳江的一个岛屿——海陵岛的优美景色，尤其突出了海陵岛因为规划科学、有度而显示出的纯粹与天然："人常道'谁不说俺家乡好'，我却说海陵比北海胜一筹，那是因为海陵岛纯粹的天然景色感动了我。海陵岛也在开发，但它的规划是科学的、有度的，它的建筑物有限地掩没在依山的树林中，高低有致，没有像北海银滩的砍伐和恨不得把所有的楼宇推向海中。"在北海与海陵岛的对比中，作者思考的是经济发展与环境保护的问题。他的思考显然包含了对当前生态环境问题的深深忧虑。目前很多城市都不惜破坏生态环境换取经济的发展，我们必然会为此付出巨大而沉痛的代价。作者对海陵岛发展模式的赞美和对北海建设状况的反思体现了他对人与自然和谐相处的健康的生活形态的向往。《雪兰莪河畔的美丽》写在距离马来西亚首都吉隆坡七十多公里的瓜拉雪兰莪河畔的见闻。雪兰莪河畔的美丽风景令人神往，雪兰莪河畔的萤火虫村更是一个童话世界，拥有绝世的美丽。在浓黑的夜色中，无数的萤火虫神奇地出现在树上，那"一片片一团团一簇簇闪闪烁烁的灯光，仿佛圣诞树上的灯火"，站在雪兰莪大街上的作者感觉自己成了风景的一部分，"置身于满街美丽的圣诞树下，欢度平安夜"。这是一个可以放飞心灵、享受宁静的神奇的地方，但作者并没有仅仅陶醉于这种美丽和宁静，而是写出了自己的思考：

马来西亚地处热带，植物生长茂密，到处可以看到浓密的树林，空气极为清新，加上人们自觉保护生存环境的意识，使地球的这个角落容纳了那么小的一只只昆虫，保护和维持了萤火虫村这一处绝无仅有的大自然奇观，给热爱生命的人们留下了一道挥之不去的心爱的风景。

文明与灵性就会持续美丽和安宁。

美丽与安宁永远会给文明人以享受。

在国外，我时常感动于许多美丽、许多真实，便心存一种充满疑惑的潜在情感，经常追问着自己和自己的民族，其实，我们对别的民族、别的美丽是那么无知，而这种无知通常是不关心或自以为是。更痛心的是我们总把几千年以前的文明和美丽挂在嘴边，而不去关注那些沙漠化的原野，那些无止境的砍伐，还有那些无穷无尽的挖掘与滥杀。

美丽而神奇的景色寄托的是作者的忧患和忧虑。作者是在思考，也是在拷问。他拷问自己，拷问读者，拷问整个民族。是谁无知地葬送了我们民族的“美丽”？是我们自己，是我们对原野沙漠化地漠视，是我们无穷无尽的砍伐、挖掘和滥杀。这篇散文与其说是写美，还不如说是写对美的呼唤，对和谐、宁静的生存环境的向往，对文明与灵性、健康的生活方式的渴望。

四 对历史文化的沉思

冯艺写了不少历史文化题材散文，主要收在散文集《桂海沧茫——广西人文地理笔记》和《红土黑衣——一个人的壮乡行走》中。在这些散文中，我们可以看到冯艺一路寻找、一路思索，展开了他行走于壮乡的“人文之旅”①。他寻找着湘桂走廊上依稀的脚印，寻找着接通湘江与漓江的古运河，寻找着水意苍梧的百年码头，寻找着天国故园的历史悲歌，寻找着在广西文化建设中留下印迹的柳宗元、苏东坡、黄庭坚、王

① 黄伟林：《论壮族作家冯艺的文学创作》，《民族文学研究》2006年第3期。

守仁、马援，寻找着爱国将领冯子材、刘永福、苏元春，寻找着曾建立抗倭丰功的瓦氏夫人，寻找着曾掌管一方黎民的土司衙门，寻找着西林教案中为宗教献身的马赖神父……他在广西的历史文化中寻根溯源、沉思默想，“一只脚站在往事如烟的历史尘埃上，捡拾一片片被遗忘的文明碎片；另一只脚又牢牢立足于现实，通过与历史人物的对话和对在野文明的寻找，揭示其内在的意义及对现实的影响，为不断发展变化着的现实生活提供一种丰富的精神滋补和文化的价值参照”[①]。冯艺的不少散文写了文化被漠视和遗忘的悲哀。在《受难的桂林，抗战文化的堡垒》中，作者指出，桂林不仅风景秀丽，山水甲天下，水利工程曾名噪一时，教育方面也有过突出成绩。灵渠曾为中原进入岭南提供了水路交通，促进了岭南文化与中原文化的交流。桂林在清代曾是全国最重要的人才大省。抗战期间，桂林成为中国抗战的大后方，大批文化名人聚集在这里，为桂林的历史增添了浓墨重彩的一笔。但这本应被铭记的一切似乎已被人们淡忘了。作者遗憾地写道：“踏着文化桂林的足音，便会感到自己表达的窘迫，我以不敢奢望的念想接近着它，无限羡慕那些文化名人的背影。但是我敢说今天到过桂林旅游的人，又有多少人有文化情怀去追寻过去的桂林。人们都说看桂林的山水，却又鲜于涉及桂林的文化。我多么想从人文的角度对桂林做一次饱蘸情感的全景扫描，撩拨我们埋藏心底的那份集体记忆，挽留住对抗战文化的一份怀恋。”人们到桂林只知道游山玩水而漠视桂林文化的现实让作者感到遗憾和担忧，他满怀忧患地呼吁：“今日的桂林，何时再次创造‘文化堡垒’的辉煌，真正成为永远的‘文化城’。”作者对漠视文化的担忧并没有仅仅停留在桂林，他的目光还转向贺州、梧州。在《潇贺古道，拾捡桂东文明的碎片》中，作者指出广西贺州也曾是一个有着浓厚文化氛围的城市，黄姚古镇是拥有几百年历史的古镇，潇贺古道曾是通往中原的重要古道之一。但这些曾经绚烂、辉煌的文化今天已经很少有人提及。“我们为什么没有感觉到古镇在消逝，为什么没有想到过早点到正在消逝的古镇去看看，为什么没有意识

① 陈建辉：《让诗性穿透历史的苍茫——读冯艺的人文地理笔记》，《当代文坛》2008年第5期。

到古镇的消逝正在使我们丧失有关先人的记忆。”作者把沉痛的追问指向了自己，也指向了每一位读者。作者不仅担心文化被漠视，还担心发展旅游会对古镇造成破坏，因为目前的旅游不是为了保护文化古迹而是为了经济的利益：“我担心古镇真的会成为旅游胜地，在古代，没有才气和诗情，是不配去旅游的。那个时候，旅游几乎就是一种文化行为和精神现象，而且，那时的旅游也不像现在这样，一则成群结队，二则高喉咙大嗓子，三则整个行程由一个以利润最大化为目标的人牢牢控制着。”作者的担心决不是杞人忧天，他所描述的现代人旅游的场景随时都在上演，那么等待黄姚古镇的命运将是什么？在《水意苍梧，百年码头大江东去》中，作者写了梧州也有类似的遭遇。梧州曾是历史上重要的码头，可如今梧州的文化似乎已淡出人们的视野，很少被人谈起，连作者的文友也已经下海从商。作者一边品味文化被漠视的悲凉，一边呼吁：“如果有了全体人的关注，历史文化一定要在城市消亡的话，那么通过大规模的保护计划，保护着我们祖先在这里留下的文化，我们就有可能延缓消亡的时间表。”

冯艺常常以知识分子的人文情怀寻找历史中的人性精神，对历史作出新的思考、新的解读。他在《远逝的威严，走进打开的衙门》中反省了自己考察历史的视角：“在过去，我总是认为，对于一个写作者，历史总有某种方式，向我转过脸来，让我看见，让我触摸，让我对过去的时代，过去的生活建立一种真实的感觉。”但他清醒地发现，历史并不会轻易地转过脸来，要看到历史的真相，只有艰难地寻觅：“布满尘埃的书房，断碑上隐隐约约的文字都是被读者遗弃的章节，我想一定是有什么东西残留在雕花木窗上，闲雅的文人居士里，或明镜高悬下昧心的吼声里，一定是有些什么东西迷醉在深深的衙署里。”浩渺的时间和空间常常会模糊历史的真相，要触摸真实的历史，那是何其艰难。但尽管艰难，作者还是努力地寻觅，他渴望通过自己的寻觅和思考拂去历史的烟雾和尘埃，还原历史的真相。面对莫氏土司衙门，他作出了尽量客观的评价：“莫氏土司世袭了二十三代，其中有庸官，有贪官，也有一些好官，决不能用今天的眼光去看他们。”在《天国故园，挥不去的历史背影》中，作者对洪秀全、曾国藩两位历史人物也作出了客观的分析。在我们的教科书中，这两个人物一个被视为农民起义领袖，另一个被视为清王朝的奴仆。作者超越了以阶级来划分人物角色的史学观念的限制，指出洪秀全本是一个农民，屡试不第，便放弃了儒家正统教义，于是有了金田起义。作者提出一个耐人寻味的假设，假若他考中举人，他是否还对清廷咬牙切齿呢？天国军队虽曾有破竹之势，可他们依然存在贪污腐化、封建等级，甚至还有比历朝历代更残酷的“焚书坑儒”。他们所到之处往往是一片乌烟瘴气。而曾国藩虽然代表了没落的清王朝的利益，可是他明显具有高过洪秀全的能力和魅力。在关键时刻，他表现出的沉着冷静与睿智自信使他战胜了对手。作者对这两个人物的分析渗透了他对历史的反思，也在一定程度上还原了历史人物生动鲜活的面容。《西林教案，西方传教士的悲剧》是对一百年前的“西林教案”这一历史事件进行新的解读。“西林教案”一直被人们放在侵略与被侵略的框架中进行分析，冯艺突破了这一框架的限制和束缚，把叙述的关注点放在传教士马赖身上，客观地描述了这个西方传教士献身于宗教事业，为了自己的信仰不惧艰辛、执着前行、永不言弃的精神。

冯艺勤于笔耕，也勤于思索。他在人生的旅途中一路跋涉，一路沉思，他的散文是他对自己人生经历的体验与思索的结晶。浓郁的沉思色彩使冯艺的散文具有思想的魅力、精神的力量和文化的气息。

（原文载于《梧州学院学报》2011 年第 6 期）

萧开愚诗歌语言的层次问题

冯　强

一　“机器”诗人萧开愚：诗歌语言的民主和层次

海德格尔曾经将元语言学等同于形而上学，继而等同于人造卫星，指责它转变一切语言，造成一个匀质、无根的世界。① “元语言”可以成为我们将要论述的“诗歌语言的层次”的一个参照。在著名的《一次抵制》中，萧开愚有“公式挥泪”这样惊险的句子，“公式”自然属于“元语言”的范畴，“挥泪”则表明诗人对元语言的溢出。另外萧开愚有一个有趣的说法：“鱼是它自己的潜艇和沉船，/鸟是它自己的飞机和空难。”② 我们可以模仿一下——诗人是他自己的机器和毁坏。从语言及语言的生成角度，我们可以将萧开愚称为“机器—诗人”，“机器”指他在语言和形式方面对精确的执着，“诗人”则带出了感觉和感情，可以“挥泪”，指代超出机器的那部分能力和眼光。元语言或者机器语言要求的透明和可操作性，它“抹去了能指和所指之间的距离，抹去了寻求表达的思想和表达之间的距离。符号和意义之间不再有任何鸿沟……思想、语言和表达的事物之间的可以觉察到的语义空间闭合了”③。“机器—诗人”不允许语义空间的闭合，他所要求的是空间的开放性、生成性。诗人要

① 海德格尔：《语言的本质》，《在通向语言的途中》，孙周兴译，商务印书馆2004年版，第147页。

② 萧开愚：《契约（一）（3）》，《此时此地》，河南大学出版社2008年版，第323页。

③ 迈克尔·海姆：《从界面到网络空间：虚拟实在的形而上学》，金吾伦、刘钢译，上海科技教育出版社2000年版，第89页。

把个人的感觉和感情转换为具有认识性和吸引力的公共议题，须受两个方面的约束，即“诗人造成（封闭的）形式的技巧，和开启形式的栅栏、释放语义的光线的那种（从激情连接到激情的）开放性”[①]。在谈话录《当代诗歌需要一场思想运动》中，萧开愚将这个话题继续深化，将价值观区分为“实用价值观”和“善意价值观”，既然是价值观，就不单单只体现在诗歌中，也不仅仅体现在生活中，诗歌与生活的互文在萧开愚始终是作为一个非常严肃的问题来探讨的。或者当词语要求我们去经受它，忍耐它，倾听它的轰鸣时，如海德格尔所言，词语就可以是关系本身。[②] 这一关系不是单纯的词语间关系，但是我们这里只从诗歌角度讨论这个问题。

我们再次引用萧开愚的《布莱希特故居留言》：

你的坟墓就在你家楼下
这就是你对死亡的解释：近而隔离

这是2007年萧开愚出版自选集《此时此地》的修改版，将1999年原作中的“但是”改为“而”。将“但是”改为“而”，实际上是牺牲了修辞效果——“而”远远没有“但是”有力——它尊重的是认知上的真。原作从“近”转移到“隔离”，“隔离”实际上对全诗起到了统摄作用，“近”作为诗歌所要传达的另一个重要向度被抹煞了。这让人想起萧开愚在《标准》创刊号中所说的：“在当代中国，最理想的诗人，应当具有自由主义气质，然而接受民主观念的约束；宁愿牺牲诗歌的强度、力度和感染力，也要从思想和意志中排除那种耀眼的纳粹色彩。”[③] 我们另举《契约（一）（9）》为例：

我取桥墩

① 萧开愚：《个人激情和社会的反应》，《此时此地》，河南大学出版社2008年版，第397页。

② 海德格尔：《语言的本质》，《在通向语言的途中》，孙周兴译，商务印书馆1997年版，第179页。

③ 萧开愚：《理由和展望：从上海看中国诗歌》，民刊《标准》1996年创刊号。

和水面
镌刻着的
“但是”。
你含苞的“但是”，
最好，
两小时绽放一次。

这里的“但是”活了起来，很像一个人的生命，不再缠绕于死的忧郁。类似的例子见于萧开愚对《雨中作》的修改，“生命的死亡围绕着我们”改为“生命和死亡，/围绕着我们”，前者朗朗上口，但是死亡已经提前吞咽了生命，整首诗被一种中国人的宿命意识笼罩起来，表面的从容隐藏着巨大的不安；后者则移步换景，生命和死亡相近，中间只有一个“和”字，但生命不是死亡，生命有生命的渴望。

但是萧开愚在早期的诗歌中确实曾经大量写到死亡。以《雨中作》和《水》等作品为例，死亡在那里占据了触目的位置。对比以下两句话我们可以获得一个直观：黛玉的葬花词“在春天到来的时候看见的是大片大片盛开的死亡”，“我们的哲学常常是和诗融合在一起的，一个三流的中国诗人也比一个一流的西方诗人强，更懂得什么是人生，按照西方的标准，他们实际上都是诗哲”。[①] 而西方的诗人和诗歌教中国诗人如何从新的角度、用新的方法去表达自己：“没有西方诗，中国诗人就不会把诗写成现在这个样子。我喜欢杜甫、陶渊明的诗胜过喜欢任何西方诗人，但杜甫、陶渊明较少影响到我的写作。相反（包括不入流的）每一个西方诗人都深深介入了中国诗人的写作。”[②] 并不是说死亡在萧开愚的诗歌中消失了，死亡只是稀释了，稀释、布景为生活中“我”的各种界限，因为界限本身就是日常当中的死亡或分裂。限度、边界代表了某种死亡，承认边界意味着承认某一部分内在自我的死亡。当普适性的边界（规则）缺失，也就是普遍的压抑的消失，普遍的死亡的消失。死亡被解压了。每个个体成为死亡的具体担

---

① 张清华：《隐秘的狂欢》，山东友谊出版社2006年版，第15页。

② 肖开愚、余弦：《个人写作但是在个人与世界之间——肖开愚访谈录》，《北京文学》1998年第8期。

当者。他必须重新分配自己的死亡：在不同场合对不同规则的承认要求这个个体同时承认某个部分、某个层次的自我的死亡。诗歌成为稀释死亡的一个方法。[①] 犹如萧开愚在评论臧棣时引用瑞恰慈的话："正如玩牌的花样由来已久，谁也不会指望有新式扑克，出牌才是关键。"[②] 死亡的结局是可以预料的，既然如此，我们何妨将死亡暂时悬置——只允许它作为背景来呈现——而把更多的精力用于学习如何去生活，出好生活的牌。

在北大的讲座《要好玩，但还不够》中[③]，萧开愚明确提出诗歌的层次问题，并将缺乏层次感看作诗歌现代性匮乏的一个体现。他引用古代的戏剧独白诗《箜篌引》来说明诗歌的层次感，"文学作品应该跟我们现在的生活息息相关的某些背景有关，不要说美学的背景，社会的、政治的背景，伦理的、道德的背景，只要跟我们的精神、某种我们所追求的东西相关联，应该跟这些东西形成一种对应的，对照的，甚至是对称的关系"。"以后写诗，是想和这个如此具体的世界建立现实的联系。是想在生活中发现生活，在经验中发现经验，在梦幻中发现梦幻……语言中发现语言。"[④] "在生活中发现生活，在经验中发现经验，在梦幻中发现梦幻……语言中发现语言"，这句话说得再清楚不过了，生活、经验、梦幻和语言都像洋葱头，如果有一个中心，中心是空的，但是一个空的中心照样可以支撑起一株美妙的果实。最大的乐趣在于，洋葱皮被一层又一层地剥开。萧开愚曾谈到哈代诗歌中分明的层次感，"或许哈代的启示有待于在90年代的新诗歌中更为细心的辨认，他的诗既是叙事诗，又是抒情诗，既有表面的情节，又有深处的愿望，既有感官上的肯定（无可奈何），又有理智上的否定（哦，勇敢的犹疑，勇敢的哀伤，勇敢的判断）"[⑤]。这时就同一首诗

---

① 冯强：《为诗一辩——从理想国的诗歌到诗歌的理想国》，《扬子江评论》2010年第6期。

② 萧开愚：《"犹如操场从半空落下，犹如上午……"——臧棣和他的诗》，《诗探索》1998年第1期。

③ 萧开愚：《要好玩，但还不够》，http：//www. tecn. cn/data/detail. php？id＝2313。

④ 肖开愚、余弦：《个人写作但是在个人与世界之间——肖开愚访谈录》，《北京文学》1998年第8期。

⑤ 萧开愚：《"犹如操场从半空落下，犹如上午……"——臧棣和他的诗》，《诗探索》1998年第1期。

来说，关乎人生，则“读诗与写诗是一回事”[1]，“现实和梦无区别”[2]。两者都是“‘我在’由虚而实，彼一世界现形到此一世界”[3]。要求于我们的，只不过是不断地从梦中醒来，从层次中醒来，每醒来一次，我们就读懂真理一次，贴近真理一次，真理总是创伤性的，创伤性的真理指引我们做更好的梦，写更好的诗。诗人是清醒的造梦者：

> 确定的枝叶合成完整的动摇，
> 我被荒凉着，决心归于无用。
> 相反，单独的石头深奥莫测，
> 聚在一起就方向着含义贫穷。[4]

一旦进入诗歌，诗歌总是会以某种方式反过来限制诗人，“诗歌的文字组织方式能够排除作者的刚愎自用”[5]。

萧开愚也有谈禅论道的诗（比如《星期天诳言，赠道元迷》、《契约》），但是这种谈论一般摒除了深奥莫测的单独开头，改顿悟为亨利·米肖式的仰赖词语慢慢说出的渐悟。“我是一个分析性的作者，我的目的是清晰，说我弄得晦涩，要么表示我工作失败，要么表示读者惯于囫囵看外观。”[6] 联系海子在《金字塔》中对维特根斯坦的一个改写——“如果这块巨石/此时纹丝不动/被牢牢锲入/那首先就移动/别的石头/放在它的周围”——萧开愚是在增添词语的石头，他尝试让词语在关系中生成意义，哪怕贫乏，也要抵制神秘的词语纳粹。萧开愚欢迎“某种民主的语言秩序”[7]。这首先要求对语言尤其是汉语可能性的挖掘：“无论从

---

① 萧开愚：《安特卫普大学讲演稿》，《此时此地》，河南大学出版社2008年版，第394页。

② 萧开愚：《〈被克服的意外〉选章》，《此时此地》，河南大学出版社2008年版，第442页。

③ 萧开愚：《安特卫普大学讲演稿》，《此时此地》，河南大学出版社2008年版，第394页。

④ 萧开愚：《急就的命题稿》，《此时此地》，河南大学出版社2008年版，第421页。

⑤ 萧开愚：《回避》，《此时此地》，河南大学出版社2008年版，第383页。

⑥ 钱文亮、萧开愚：《现在位于来龙与去脉的连接处》，http://www.douban.com/group/topic/12922943/。

⑦ 萧开愚：《个人的激情和社会的反应》，《此时此地》，河南大学出版社2008年版，第397页。

成分复杂的生活，从诗歌帮助人和世界建立亲密的联系，还是从现代汉语年轻的好胃口，从民间语文对汉语视野的贡献来考虑，诗人都有理由优先富裕他的语言，提高其语言应对复杂局面的潜力。不单是论证或扩大语汇，清楚附着在文字上的意义的污垢，剔除时也不妨利用那些污垢，还得采取别的办法，在挖掘汉语内部空间的同时实现扩容。"[①] 这个过程中有一点是非常重要的，即诗人写作时的慎独态度："我对我、对我的语言负责。"[②] 这种负责体现在语言上，就是语言"朝向过硬的信用，不朝向清澈的意境"[③]。"我追求精确。……追求认识与语言的精确统一。"[④]

二　从《破烂的田野》看诗歌本体和诗歌层次的互渗

如若在萧开愚那里真的存在一个诗歌本体，这个本体决然不同于纯粹的语言游戏，诗歌语言必须经过诗歌律法的拣选，才能进入我们所要讨论的诗歌理想国，即使像唐代韩偓那样的色情诗人也不例外："诗歌的法律尺度远比社会的法律尺度缩小和严厉……语言高于现实。依红偎绿、秦楼楚馆的生活实践，要升级为写作实践，涉及诗歌的修宪。修宪何其难也，得要孔夫子、王夫之等人审核、定夺。"[⑤] 犹如萧开愚对杜甫的评价："他深知现实就是现实的虚无的观点，他的正统观念和失败经验，被奇迹地用于思考广阔的、深远的事物，社会现实不是被精心地剔出视野，而是和其他复杂的体验一并，成为达到深奥的语言世界的端倪。"[⑥] 我们以萧开愚 2007 年的组诗《破烂的田野》为例，以其中复杂的词语转化对

① 萧开愚：《关于"汉语性"的一点感想》，《此时此地》，河南大学出版社 2008 年版，第 432 页。

② 萧开愚：《纷纭当中的慎独——一种总体文学批评原则的可能性》，《郑州大学学报》2007 年第 3 期。

③ 萧开愚：《回避》，《此时此地》，河南大学出版社 2008 年版，第 383 页。另参见王歌、萧开愚、余旸、冷霜、姜涛等谈话录《当代诗歌需要一场思想运动》，http：//www. douban. com/group/topic/6111489/。

④ 萧开愚：《急就的命题稿》，《此时此地》，河南大学出版社 2008 年版，第 421 页。

⑤ 萧开愚：《迟到的色情》，《此时此地》，河南大学出版社 2008 年版，第 453 页。

⑥ 萧开愚：《个人的激情和社会的反应》，《此时此地》，河南大学出版社 2008 年版，第 398 页。

诗歌语言的层次做一个简要的说明。

《破烂的田野》中的三首诗都是情感的喷发，但是感情的喷发并没有丝毫减弱其中的分析色彩，他呈现给我们一个理智的愤怒诗人形象（他将韩偓解释为理智的儒家色情诗人）。用萧开愚自己的话来说就是“感情喷发难得，喷发中包含分析更难”①。

《破烂的田野》中诗人的书写行为几次直接出场，使整组诗歌具备了“元诗”的品质：

他们上非法的农民工子弟学校帮助一些正直的人找到
震撼的话题得意地开会，像我煞有介事地写文章，出馊主意。（《孩子们》）

我忍受着她们。我配不上再写下去。
我为什么要把风湿写成药酒，把痛骨写成甘蔗，把呻唤编成棉被。
药酒、甘蔗和棉被已经过时，没人要了。（《双性的农妇》）

诗人这样看待“他们”与自身的关系：“他们是我们的语言负担不起的一种人。”（《谁解救了谁?》）“我们”只能把风湿写成药酒，把痛骨写成甘蔗，把呻唤编成棉被。诗歌修辞提供的美好生活的可能性最后被证实为只是美好生活的幻象（是谓“破烂的田野”）。贯穿全篇的“我（们）”与“他（她）们”的对照提醒我们现实当中苦难的大量存在。我们可以比较一下萧开愚 1997 年的《北站》：

我感到我是一群人。
在老北站的天桥上，我身体里
有人开始争吵和议论，七嘴八舌。

① 钱文亮、萧开愚：《现在位于来龙与去脉的连接处》，http：//www.douban.com/group/topic/12922943/。

我抽着烟，打量着火车站的废墟，
我想叫喊，嗓子里火辣辣的。

在这里，“我”与他们，甚至与自然景观有一种整体上的黏连感。“我”不仅是我，“我”还是“一群人”；“我身体”不仅是我的身体，它还是老北站，是老北站的天桥，在那里，“有人开始争吵和议论”。这样一种诗歌修辞为我们营造出一种突如其来的神秘。他人即我，人皆众生，微弱的修辞蕴藏着诗人的道德，美和善也就不能截然分开：

悲悯的心灵，他们把全人类的
伤口集合到自己身上（《原则》）

诗人痛恨没有道德感觉的语言：

当我们像啤酒，溢出
古老语言的泡沫，就是
没有屈辱感，也没有荣耀（《向杜甫致敬》）

《北站》中那种休戚与共的整体感在十年之后的《破烂的田野》中仍有回响，但是已经变换了语调：

……他们成千上万只是一个
同一身心是同一个白痴……

此时的“我”已经从“一群人”或者“老北站”悄悄地撤离、分解出来，我不再是“一群人”中的一员，“我身体”也不再是“老北站”，“我”成为一个被抛落在局外的旁观者，已经不能跟眼前的人、眼前的景物融为一体，“我”已经感受不到道德上的快乐，“我忍受着自己”，修辞中的道德感限制了修辞中的某种超越性功能。“如果承认慢车中的现实是中国的主要现实，我承认我的生活、思维和语言，已经脱离中国的主要现实。比较起来，我在太过纯洁的虚无中收集和整理自我的碎片。我的脱离同样是心理上的不能脱离，脱离不了。以此自责，许多批评家推崇的拍摄底层现实的诗歌，我还是佩服不起来。缺少内向辨认的政治和道德的外向征服，不能自动具备修辞的说服力。"[①] "修辞" 在这里扮演了前文提到的海子引文中 "巨石" 的角色，而现实、政治和道德则是 "别的石头"，它们被分布在巨石周围，借以撬动巨石。犹如柏拉图的苏格拉底在同拉克斯和尼西亚斯等人讨论什么是 "勇敢" 时[②]，最终陷入勇敢是全部美德的一部分和勇敢就是全部的美德的悖论，"勇敢" 是巨石，但是公正、节制、虔敬等其他美德作为 "别的石头" 始终深入进对勇敢的讨论，最终勇敢在这样的节节参照之下开始变形，具备了复杂的质地、纹理和层次，这种变形首先发生在词语的层面上，如果它具有足够的说服力，就会慢慢渗入生活，改造生活。萧开愚的《破烂的田野》可以被毫不犹豫地归为 "拍摄底层现实的诗歌"，只不过他从十年前群众性的北站开出了隆隆的孤独自我，他似乎在诗歌的空白处写道：诗歌改变不了他们的现实处境，赶紧丢下诗歌，去好好争取自己的权利，以自己的行动。从这个角度来理解，则萧开愚所说的 "我很少单独考虑诗歌方面的事情，但其他方面的考虑最终还是渗透到了我写的诗歌里面"[③] 也就变得可以理解了。诗在诗之外——"诗，仅在突破诗的防线时。"[④]

可贵的是，感情的喷发和喷发中所包含的分析使萧开愚的诗歌技艺达到一种倾斜中的平衡效果：一边是大量重复的情绪上的喷薄而出（我忍受着……；他们……），另一边则以最少的文字分析他（她）们的一生，这样的文字暗中削弱了前者不可阻遏的情绪势能，使其蒙受了缓慢而深沉的悲悯色彩：

我忍受着她们的沉静和暴力，她们收拾院子，打扮一番，

---

① 萧开愚：《相对更好的现实》，《此时此地》，河南大学出版社 2008 年版，第 424 页。

② 柏拉图：《拉克斯（或勇敢）》，《柏拉图〈对话〉七篇》，戴子钦译，辽宁教育出版社 1998 年版，第 7—18 页。

③ 萧开愚：《回避》，《此时此地》，河南大学出版社 2008 年版，第 383 页。

④ 萧开愚：《〈安特卫普大学讲演稿〉附：遵嘱写给弗莱芒语笔会会刊》，《此时此地》，河南大学出版社 2008 年版，第 396 页。

烧香、报复和自杀，都在寂寞行刑之后。(《双性的农妇》)

他们趴在母亲和姐姐的背上在过街天桥的上面和下面，

他们不仅仅是卖毛片的道具而是毛片的一部分。

他们与苍蝇和死苍蝇，老鼠和死老鼠一起长大。(《孩子们》)

但问题是萧开愚并不满足于这样的修辞平衡（对一个诗人来说，达到这样的平衡已经是了不起的了)，他更进一步，对修辞本身提出质疑：

他们是我们的语言负担不起的一种人。

他们没有喝光的他们自己的血，我们的语言负担不起。

他们挖的煤比他们具体得多，值钱得多。

他们的残肢断臂堆砌的高墙决不刻录他们的厄运。(《谁解救了谁?》)

煤炭可以为某些人带来银行的账单，血可以为另一些人带来进一步生活的最后一点本钱，而语言只能换来诗人的欲说还休。现实后果总是比诗歌修辞具体得多，也沉重得多。

我禁不住想起萧开愚曾经企望的谨记苍穹下面一切事物的光明与黑暗的伟大愿望：

在心里焚烧它们

直到变为金言和秽语。(《献给阮籍的二十二枚宝石》)

现在，他的内心已经不能焚烧这样的煤炭和鲜血，它们是中国的硬核，不容消化，让无数优秀的中国文人因此患上慢性胃病：

……负疚成全生活的水准，

所谓道德不就是修辞的整洁吗，我们碰巧会安排几个字。(《谁解救了谁?》)

道德是修辞的整洁。修辞是词语的整洁。修辞和道德因整洁而成为罪过。“谁可以热爱诗歌而免除罪过?”在此，萧开愚向我们揭示了修辞和道德在他那里达成的一致以及这种一致带来的人格上的无力和无奈——只有一个人的人格才能联结起他的道德和修辞，文如其人，人如其文，人与文的互证至今是儒家诗人的典范。

但是现在，能够对修辞作出限定的道德自身也被推上了审判席。因为道德终归是局部的、有限的：

道德辞典如同一个玩笑
闪回历史的黑暗中（《传奇诗》）

历史可能让道德闪回为一个粗野的玩笑。别墅与监狱可能有着类似的精神结构（《长篇小说》）。如果建成修辞或道德的别墅而不及时地从中退出，审慎地在更高层次上以更为开阔的社会或政治视野进行新的综合，那么修辞和道德就可能沦为自我欺骗，别墅就可能沦为自设的牢狱。这看起来仿佛是语言游戏，其实是诗歌语言的层次问题。我们接着往下看，看看现实的参照如何使诗歌语言分层：

我忍受着自己。
我忍受着坛坛罐罐的自己在月经不调的农田里。
我忍受着从农田向群山茁壮的农妇的毛发。
我忍受着她们的雄起，她们的不得已。
我忍受着她们的漫漫长夜和独自起床。（《双性的农妇》）

他们的父亲反抗命运在不同的工地卖命也许保住了手脚。
他们的母亲反抗命运在不同的洗浴中心卖淫存了不少钱。
他们的父亲和母亲不反结婚但为了孩子应该反反生育啊！（《孩子们》）

在郑州火车站失踪的老少人等，我知道他们的姓名，

> 不必看公安和解救小组的报告，我准确知道他们的下落，
> 我掌握他们的地址和去处，他们成千上万只是一个，
> 同一身心是同一个白痴，上同一伙临时就业的骗子的当。（《谁解救了谁?》）

大量本可以留在田野辛勤劳作的农村青壮年向城市的转移不仅为我们生产了抽象的高额 GDP 和繁华的都市景象，也为我们生产了更加让人心酸的新农村场景——它为城市输送了被称为商品的粮食和劳动力，城市则回报它以纸币和垃圾——在这个已经破烂的田野上，我们看到女人不像女人，孩子不像孩子，人不像人。我们看到和谐社会的冗余人，废弃的人口（wasted human）。而且我们很难相信类似的黑煤窑已经从中国的田野上消失……

悲哀的是我们需要诗歌中个人道德的光芒来照亮这令人心悸的黑夜。但是诗人最后说：

> 去他的蛋，为我们的有感觉而羞耻，纯属无耻的羞耻。（《谁解救了谁?》）

一个诗人质疑了他的语言。一个中国诗人质疑了他的道德感觉。我想象不出这对萧开愚意味着什么。他忍受着自己的修辞向自己的道德撤退，忍受着自己的修辞和道德面对着现实时的双重失败。他忍受着一些本不该由他来忍受的东西。这些东西本应通过政治来解决。萧开愚修辞、道德上的焦虑承担的是政治的重压，是政治让他的修辞和道德失效了。他不得不以语言来反对语言，以道德来反对道德，最后这些语言和道德都指向了政治。如果修辞是华美的外套，道德是贴身保暖的紧身衣，现实中的苦难——相对于平淡和美的幸福生活——就是身体的残疾或者暗疾。外套可以丢掉，紧身衣也可以不要，唯独赤裸的身体及其残缺不能被进一步剥落和解构。我们总不至于让人民褪至骨髓吧。连亚当和夏娃也还有两件叶片裁剪的衣服。

《破烂的田野》在萧开愚的诗歌写作中是“一次性的”，因为他在诗

中对语言、对语言中携带的真（真实）、善（道德）、美（修辞）的逼问已经无以复加，在真实面前，道德和修辞被严厉地质疑。这对任何一个诗人来说都是釜底抽薪的痛楚。但是从反面说，道德和修辞中隐含的共同的美好生活的可能性却为现实提供了一个参照，或者层次，这样的一个层次为我们改进现实留出了行动的余地。海德格尔说："边界并不是某物停止的地方，相反，正如希腊人所认识到的那样，边界是某物赖以开始其本质的那个东西。"[①] 我们可以以"层次"代替"边界"，它是上文中我们所说的对死亡的稀释——只要人们彼此要共同生活在一个现实当中，道德和修辞就不会死亡，化为教条——它是生成性的，在绝路和困境中有所生成，并揭示出诗人为人为文的度数。

（原文载于《江汉大学学报》2011 年第 3 期）

① 海德格尔：《筑·居·思》，《演讲与论文集》，孙周兴译，生活·读书·新知三联书店 2005 年版，第 162 页。

从《纪念》到《喜剧》：蒋浩诗歌的理、事、情

冯　强

古人说，三十而立，可以理解为三十岁之前的写作其实是对人格的训练，是人的基本品格之“立”。至少我一直都这样认为，三十岁以前的写作除了训练“技艺”外，更重要的是形成一种对写作作为我们命运中命运的真诚和虔敬感，也就是把诗之舟纳入到我们命运的洪流中。

——蒋浩

根据蒋浩自己的一些说法，我将他的诗歌写作粗略地分为30岁之前的心性期或人格训练期、30岁之后的风景期或技艺训练期和《喜剧》以来的世相人心期或者人格—技艺训练期。“理—事—情”则是明代叶燮所理解的诗歌（万物）之道的三个层次：理是一般意义上的理，它发生在一个很高的层面，不包含任何个别规定，“允许出现不调和之处，甚至允许个别内部随不同情况而出现的明显矛盾的表现”。纯粹的理化为事和情的个别性，比如“这是一棵松树”是最一般意义上的理，而一棵松树可能发生很多情况，这些具体的情况是事和情，所有的这些情况（事—情）都通过“这是一棵松树”而发生。（“譬之一草一木，其能发生者，理也；其既发生，则事也；既发生之后，天矫滋植，情状万千，咸有自得之趣，则情也。”）另外，叶燮对诗歌“正变”的讨论也颇有启发性：“且夫《风》《雅》之有正有变，其正变系乎时，谓政治风俗之由得而失，由隆而污，此以时言诗，时有变而诗因之，时变而失正，诗变而仍不失其正，故有盛无衰，诗之源也。”“如果说诗歌之‘正’表达的是时代状况，那么当时代发生变化，诗歌也要随之变化以保持其‘正’……无论就其本

质还是就其本原，诗歌在变化中也始终是合乎规范的。”① 蒋浩诗歌极富变化，一阶段的诗歌与现阶段的诗歌完全不像出自同一人之手，然而于他，这种变化确实是“合乎规范的”，而且对整个当代诗歌史来说，蒋浩的转变具有标本意义，在我看来，这种探索真正预示了中国当代诗歌的某种可能。需要提前指出的是，我所划分的蒋浩诗歌的三个阶段与叶燮理论的三个层面没有严格的对照性，可以视为同时进行的两条考察线索。

心性期的蒋浩留给我们的多是《罪中之书》、《纪念》和《说》这样的长诗，沉痛的独白，字里行间有死者灰烬般的注视，而诗人则作为幸存者而见证着：

> 他随手翻开《阵地》，在其中的某一行诗上醒来又睡去
> 像一件被剥夺了肉体的衬衣，又被风刮上五楼的晾衣绳
>
> “艺术绝非卖弄和炫耀，它让你的生活得以保存地
> 经历审判，逼迫你从修辞的后花园退入过于宽阔的广场。”
>
> “是的，接下来的工作不是赞颂，而是如何把死者
> 安排到我们中，让他们成为新生活的反对者？”
> “但他们获得了灵魂，可以蔑视岁月的圈套，在
> 人群中找到那些执迷不悟的人，直到他被另一个
> 死者代替。”你仍然躲在别人的城里过冬，一个字
> 一个字地宽恕着生活……　　　　（《纪念》）

《纪念》写于1996年，是蒋浩时隔数年之后对历史作出的回应。犹如陈家坪在《长诗与广场》开篇以恢宏气势讲出的：“20年的历史证明，一代人献出青春和生命，一代人必将用精神和激情去作出回应；一代人在广场上群体倒下，一代人哪怕是散落城市和乡村，天空的歌声仍

---

① 以上所引均见于宇文所安《中国文论》（上海社会科学院出版社2003年版）第十一章对叶燮《原诗》的讨论。

会将他们的热血与记忆，重新汇聚起来。”

词语制造者，舌头却被词语划伤
他革命的身体承受轰鸣
我们将聆听什么？

谁说出，谁就一无所有，对词语的拷问
是绳索、是皮鞭、是火焰。等着
一部书的暴动迟早就要发生

空虚的嘴唇，保存了多少词语
说出来，就是对自己的惩罚和放逐
需要捂住多少双耳朵？
……
当一个人变得可以衰老，他频繁地
使用着漱口水，以保持语词的清洁
然后，他将小声地说话　　　　（《说》）

同样是对词语的追究，这些血腥的拷问、这些刑罚给革命者带来的创伤决然不同于诗人在孤灯下的沉思默想。这些惩罚使诗人捂住耳朵，并在沉默中清洗词语，“然后，他将小声地说话”。《说》写于 1997 年。那个时候的蒋浩，正直、忧伤、灰暗，并携带着大的恐惧。那个时候，蒋浩诗歌里的风景更加受制于他的情绪，或者说读者从中读到更多的是诗人自己的主观性。就是说，情绪是实在的，而风景反而显得虚幻，听任情绪的调遣：

人必需有两次死去，至少要两个人才能完成一个人的命运
一小段黑暗在烛光周围飞翔，你细长的睫毛碰断了她们的翅膀
（《纪念》）

"理"在叶燮的理解里与天地自然的变化密切相关，我不试图将这样一种观点强加在蒋浩的诗歌上。实际上，传统不是一块铁板，传统的传人有必要对传统进行更新。中国治乱循环的历史让多少无辜生命成为受害者，让刻骨的恐惧成为日常生活的常态。艾未未说："关于先锋的问题，我觉得所有的先锋性或者是当代性，它都是能够对当下的文化和政治进行重新定义的，如果没有重新定义，没有和当代重要的议题发生关系，那就谈不上先锋性，也谈不上当代不当代。这就是说，艺术家、知识分子在社会上生效的前提，就是首先要对当下中国进行判断：什么才是今天我们所面临的首要问题？这个问题不能含糊，如果这个问题你判断不清楚，你也别做艺术家、知识分子，该干嘛干嘛去。今天中国的议题就是中国正在走向民主化和自由，这是一个不可回避的命题，如果在这些问题上，态度不清楚的话，是不具备当代性的，不是一个当代的文化或者是艺术的工作者，即使他是活在当代的一个人，我是这样看待这个问题的。"① 反观蒋浩，生者、死者、命运、恐惧、希望，与个体生命相关的这一切是他此一阶段诗歌的关键词。这里涉及一个诗人对传统的更新：个体生命的权利、免于恐惧的权利这样一些普世价值成为蒋浩的"理"，而切切实实发生过的事情又怎么能被掩盖住呢？没有妥协的余地，这也是他写下《纪念》这些长诗的理由。

但即使是野蛮时期的政治也不能阻止一个诗人对词语、对形式感的热爱：

> 尖顶，拱门，涡旋柱饰，大理石长廊
> 木地板，落地玻窗，旋转楼梯……
> "你为什么如此热爱这一切？"　　（《一座城市的虚构之旅》）

尖顶、拱门、涡旋柱饰、大理石长廊、木地板、落地玻窗、旋转楼梯，这些事物隐约成为蒋浩诗歌下一个阶段的关键意象。一个诗人如何

---

① 金先生的日记：《我还是不合作——一篇访谈》，http://www.douban.com/note/58502331/。

有大的波澜转变，总是从他的起点处涌来的。再看《罪中之书》中的一小节：

> “而移动阴影的只是阴影。”运草的人，多么像草
> 涌向我，比大地更高。那惊疑奔跑的村庄
> 三盏灯抬起路，两朵花封住门，一个人抱紧墙
> “是谁，与大地共用一个肉身？”风摧毁着风，人指引粮食
> 如果有人已经代替我，是否还应该继续？

阴影—阴影，草—草，三盏灯—路，两朵花—门……这些词语的组合犹如钢琴的黑白两键，在虚实之间亦真亦幻，稍稍流露出巴洛克风格。诗人对形式和装饰的偏爱就在他这些长诗的局部流淌出来。

> 一段时期，很有轮廓的大精神救了我脆弱的方向感。但那不是诗。我从没有主动过要寻找诗意，因为以前的阅读教育我，要向自然请教，须在自然中。
>
> 我知道我得从冷静地训练自己的观察开始。我想要相信：观察是艺术的根本。我去了海南。从视觉上，我认真地想象过一座岛屿在海中的状态，泡在水中向下延伸的根之力也抓紧我，辽阔海底只是一个有限的背景。为了寻找这个有别于当时的诗坛遗风和遗少们创造或占有的一手二手的背景，我有意识地扳转了我的阅读，被寻找的背景也是前景了。我把传统的典籍和这海水放在一起观察，方法上显然又不拘泥于现成。①
>
> 我到三十岁时才更迫切地发现自己写作的“粗糙”，才认识到以前说的“技艺”创新的含义，至少那也是一种美好的人格，技艺也是人格的部分，“技艺是对真诚的考验”。其实不仅是真诚，简直就

---

① 蒋浩：《自白书：今天，我为什么写诗?》，《诗歌月刊》2011 年第 2 期。

是善和美的综合。如果没有技艺的保障，真和善在时过境迁的书写中就变成了伪真善。我宁愿相信完善的技艺能保障漂亮的谎言突然有一天接近了真理。①

蒋浩诗歌的心性期并未刻意讲求词语的质地，虽然彼时的他已然在语言上用力很深。当他意识到自己需要一次转折时，对自然进行细致的观察并以此保证技艺的真诚成为他有意要做的自我训练。他在三十岁之前完成了他的"大精神"，这一精神保证他的方向感。但是这一精神又造成了他诗歌中的某种不均衡。万境止于心，但这还不够。因为作为"理"的生命是普遍的也是抽象的，没有下降到具体，没有化为事和情的个别性。那个事件仍然在被谈论，但逐渐退入背景。技艺期的蒋浩开始站到事物自身这一边，从人到物，从人的权利扩展到物的权利，这可以视为其释道思想的一个延伸，也可以视为民主理论在历史中的一次演化："尽量'客观'地写我之所见，每个句子都至少要有一个或多个可视之物，一方面，我这样的想法还是受训于古诗，山水无言自成诗；另外，我有意识地去除诗歌中的判断和辩论，方法之一就是尽量让'物'出场。"来看看这首作于2000年的《小悲哀（为病中女友作）》：

玻璃瓶流亡到身体里
她卧在夜晚的山峦，天亮时
更清晰，更瘦，吐出了万木

观察需要把远景拉近，对准大时代的焦点也需要往小的事物上转移，往局部转移。这几句诗里山峦、万木仍然受制于诗人的情绪和感受，但是语气和笔调已经比《纪念》和《说》从容了许多，对景色的书写也愈加细致。更明显的转折发生在2001年的《静之湖踏雪》：

① 蒋浩为友人潘乙宁诗集《无所事事的男人》所作序言，南方出版社2004年版，第1页。

拉长的车辙，一小笔
灰白，抽打路面
并把方块的上苑与椭圆的
静之湖断断续续连上

车辙、路面、上苑、静之湖，每行都有一个可见之物，而诗人的技艺就在于运用新的词语组合将这些可见之物“断断续续连上”。这些可见之物是诗人情绪的钉子，将其固执。这些固执很像古诗对韵律平仄的规定。自由体诗歌的好处之一在于可以摆脱这些规定，但是摆脱也会成为放纵，让诗人失去把牢缰绳的尺度。

路还在加宽，似乎到处都可以
一走，甚或一游
两旁有几棵枯藤老树
伪装出潦草，潦倒
还不足以挡道

从一个词跳到另一个词是蒋浩所拿手的，汉语自身的微妙更加帮助了他的跳跃。从“一走”到“一游”，从“两旁”到“几棵”，从“潦草”到“潦倒”再到“挡道”，闲手拈来，诗人彼时的欢快不言而明。这些词语上因为字形和谐音引发的增殖在换行之外增加了蒋浩诗歌的呼吸器官，就像鱼儿在沉闷的时候才会跑到水面换气，氧气充足的时候，他们在水底也可以无碍地完成它们的一呼一吸。而《驳自由或一首作用于观察的诗》似乎在告诉我们自由诗的不自由，因为对事物的观察自然会对诗人的自由构成限制，而诗歌的法度总是从限度中得来的。诗中写了窗外一排洋槐的三种情况：事实的洋槐、映入客厅镜子的洋槐以及客厅墙壁上“我”涂抹上去的洋槐，这像一个三重奏，也让人想起柏拉图。“此窗”、“彼窗”和“银色画框”相互投射和映照，而诗人在其中总是收缩自如。“爱丽丝穿过镜子，把幻象之中的内外两个世界联系起来……她穿越了消失点，进入整体场。这个整体场把视觉和听觉、文明和原始这样的两个世界联系起来。”①

> 树欲静而风不止也，树就是诗句和整首诗。而每件“物”都是一个窗口，我们可以通过传统的散点透视或现代的，不断地别开生面。在这样的运思中，现实就挣脱了自然的时空限制，激发出每个句子中“物”的有机能量，句子和词之间慢慢地自由起来，相互召唤和牵引，期望获取一种“写作”状态中难以自制的最大的意外，这很像棋中的无理手。②

这样看来，蒋浩对物的重视恰恰在于他想为自由诗寻找到真正属于自己的一套呼吸器官。他说整首诗是一棵树，又说诗中提到的每个物都是一个窗口，隐含了诗是一座建筑的想法。综合起来，蒋浩想要的诗歌是一种可以像一棵树那样响应自然的人工建筑，这一建筑会随着风起舞而不倒塌。如果联想到他以音乐的形式对诗歌的实验，我们也许可以将这一建筑视为乐器。“在我们初习写作时，常有恨不得一口就触及并咬出事物的秘密。这的确是一个迷人的理想。但问题就出在我们那‘一口’咬的位置、轻重、方法、时间、大小等极为具体而繁琐的细节上。所以，不断地抛弃意识形态、既有文学观念等的束缚，而把关注事物的终极转移到事物的起始甚至过程上来，也许反而能起到意在言外、‘隔物传功’、柳暗花明的效果。”③“终极”是事实，是结果，蒋浩希望诗人可以从结果后撤出来，寻找作为事实的物在诗歌中所能激发出来的词语甚至句子，这一从物到词的跃迁，是不是蒋浩所说的那“一口”，或者麦克卢汉所说的“消失点”呢?

如果说心性期的蒋浩更多地在追求人格上的善，技艺期的蒋浩显然更加重视认知上的真。对美的寻求贯穿着这两个阶段，只不过侧重各有不同。以《海的形状》为例:

---

① 埃里克·麦克卢汉、弗兰克·秦格龙编:《麦克卢汉精粹》，何道宽译，南京大学出版社2000年版，第547页。

② 木朵、蒋浩:《我想要相信》，孙文波主编《当代诗》第2辑，文化艺术出版社2011年版。

③ 蒋浩为友人潘乙宁诗集《无所事事的男人》所作序言，南方出版社2004年版，第2页。

你每次问我海的形状时，
我都应该拎回两袋海水。
这是海的形状，像一对眼睛；
或者是眼睛看到的海的形状。

两袋海水是大海的两个细节，两个局部，或者说在蒋浩这里是大海的两个面具，而真就发生在两个面具之间。“像一对眼睛”颠倒了看与被看的关系，观察者被审视，这是蒋浩对物的民主和道德。“眼睛看到的海的形状”，因为有大海的眼睛、观察者你我的眼睛，因此这里眼睛已经一变为三，从物到词，开始变迁了。

你去摸它，像是去擦拭
两滴滚烫的眼泪。
这也是海的形状。它的透明
涌自同一个更深的心灵。

大海在这几节里从眼睛下沉为眼睛流出的“两滴滚烫的眼泪”，“它的透明/涌自同一个更深的心灵”，透明的眼泪有一个不透明的源，这是大海自身。

即使把两袋水加一起，不影响
它的宽广。它们仍然很新鲜，
仿佛就会游出两尾非鱼。

把两袋海水加在一起不会影响到大海自身的宽广，而我们却得到一个与之前不同的形状。“非鱼”是蒋浩的自创，蒋浩生活的海南最常见的一种鱼叫罗非鱼，另外我想也有可能出自庄子惠子的濠梁辩论，但那个辩论里“非鱼”是一个判断句，蒋浩这里将它名词化，并保留了它原来语境中惠子对庄子的诘疑：你不是那条鱼，你如何了解那条鱼？这个问题从根本上规定了认知的残缺本性，即不可能完全了解一个他者，但这一不可能又反过来成为我们去了解这个他者的一个前提。完全的了解意味着完全的透明，意味着玻璃监狱那样的控制。诗歌正是发生在这些残缺当中，认知的缝隙当中，它尊重那个“更深的心灵”。这尾“非鱼”经常会游到蒋浩的诗中作怪，“刚读到的非鱼，又变了是我”。（《三江行》）“砧板上还有一条细虹纹身的热带非鱼，/凌乱内脏像偷吃了难消化的乌云。”（《归来》）在《诗》中，蒋浩直接引用了这两个字，并且将其与孟子所说的“以若所为，求若所欲，犹缘木而求鱼也”和老子说的“鱼不可脱于渊”等中国古代典籍甚至地方志中有关鱼的一些说法并置在一起。“鱼刺”、“鱼鳞”这些与鱼相关的词语也开始鱼贯出现，“鱼刺”，颠倒过来就成为“词语”，而“鱼鳞”的形状和色泽也足够诗人在上面大做文章，汉语的这种微妙之处促使蒋浩写了不少讨论诗歌自身问题的元诗。从这个时期起，“鱼”在蒋浩这里显示了与上一个时期不同的作用：从物向着词语的跃迁。这一跃犹如庄子在逍遥游中告诉我们的，一条鱼如何在厚积风水的环境里演变为一只磅礴巨鸟。“刚才那排飞鱼显然是飞或鱼或鸟的理由。/我们像风在海上转了一圈。风停下来时，鸟和鱼身上都长出了花瓣。”（《周年》）

你用它浇细沙似的面粉，
锻炼的面包，也是海的形状。
还未用利帆切开时，
已像一艘远去的轮船。

利用面粉和细沙在形状上的相似将对海的形状的探讨从液态引入固态，紧接着利用刀和帆的相近，将制成的面包规划为一艘船，“海的形状”在“海的形状”上起航，这里又涉及蒋浩对局部和整体关系的处理。

桌上剩下的这对塑料袋，
也是海的形状。在变扁，
像潮水慢慢退下了沙滩。

蒋浩在这里用一对倒出水之后的塑料袋来操演潮水慢慢退出沙滩，沙滩作为海的底座同样是“海的形状”。

真正的潮水退下沙滩时，
献上的盐，也是海的形状。
你不信？我应该拎回一袋水，
一袋沙。这也是海的形状。
你肯定，否定；又不肯定，
不否定？你自己反复实验吧。
这也是你的形状。但你说，
“我只是我的形象。”

“我只是我的形象。”在诗中，这一形象是不断被发送出去的。眼睛、眼泪、面包、船、沙滩、盐……最后你会发现大海的形状只存在于这样一些关系当中。它并不单独存在。而这些关系，显然已经不能仅仅局限在认知上，而更加是一种生活状态，是切切实实的发生。这首诗里，诗人的追问方式是西方的，他在其中塑造的人物极力要得到一个“大海的形状”，但诗人的回答方式又是极为中国式的：“我只是我的形象。”

在中国的传统诗歌里，只有局部和整体的关系，不存在西方思想的二元对立特征，二元对立区分主体和客体、抽象和具象，根据德里达的批判，其中总有一元起代表作用，代表另一元的所谓本质。米沃什说：“在古代中国和日本，主体和客体不是对立的分类，而是被理解为同一体。这可能是他们对环绕我们的世界，花朵，树木，风景，能够极度恭敬地描述的根源，因为我们能看到的事物在某种程度上就是我们的一部分，但务必成为它们并保持它们的‘本质’，用一个禅宗的词语来说。在这种诗歌里，宏观世界被每个具体的细节反映出来，就像一滴露珠中的太阳。”[①] 或如于连所说的：“有关的联系使我们通过简单渐进的扩展，从有限、局部的面貌过渡到有关全面的范围：因而不存在像具体（可见）

---

① 切斯拉夫·米沃什：《反对不能理解的诗歌》，程一身译，《上海文化》2011年第5期。

与抽象（可知）之间那种转化，一种代表性的关系也不因此建立起来。”① 米沃什认为：“西方诗歌最近在主观性这条路上陷得太深了，以至于不再承认物体的本性。甚至似乎倡议所有的存在都是感觉，客观世界根本不存在。”这样欧美诗歌陷入越来越难以理解的智力自恋当中。更加让他感兴趣的一些“尊重客体，而不是主体”的诗歌。但是米沃什又自觉抵制着东方思想中的逃世倾向：“我认为人类命运的悲剧不允许对宇宙辉煌自足的结构进行如此平静的认可，并淡漠于苦难。正是由于这个原因，对我来说赞成佛教徒的解决办法是困难的。唉，我们的基本体验是二元性的：心灵和肉体，自由与必需，罪恶与善良，当然还有世俗与上帝。同样，我们都反对痛苦和死亡。在我选择的诗歌里，我寻找的并非对恐惧的逃避，而是恐惧与崇敬可以同时存在于我们心中的证据。”②

中国文学受释道两家影响极大，释道不撄人心，避世甚至逃世，在平静中完成自身的解脱。中国人不信上帝，不相信有一个本体，中国人的信仰是天地自然，而人不外在于自然，正是自然的一部分。个体生命的死亡是“万事空”。死亡往往使中国人对自然的信仰转变为对虚无的信仰。中国的山水诗，呼朋引伴时自然温热，但一个人面对时往往是冷的，甚至冰冷。中国人往往从结局出发，看到的是“浪淘尽千古风流人物”，比较东坡前后赤壁赋，可以看出无论多么优秀的中国文人下意识里也容易滑入虚无。这种虚无往往又成为中国文人创作的最大动力，“古今多少事，都付笑谈中”，一笑而过：

> 我终于知道生活是大于艺术的，她靠验证言语的真实性来体现自身虚幻的不及物。我以前葆有的雄心，现在看来也只是虚无的一个小侧面，连角都不构成。
>
> 我的诗似乎有了个物理性的背景，可即兴和自恋的山水画并不能带来真正的体积感和反思的重力，特别是我一直向往的

---

① 弗朗索瓦·于连：《迂回与进入》，杜小真译，生活·读书·新知三联书店1998年版，第3页。

② 切斯拉夫·米沃什：《反对不能理解的诗歌》，程一身译，《上海文化》2011年第5期。

> 诗：作为教育、训诫、承载“斯文”的法度谨严的容器，她和我所处的时代的摩擦产生的热能，辐射到我分分秒秒的大迷惑大清醒中。[①]

以上第一段引文说明蒋浩仍然是一个虚无者，他甚至认为言语的真实性要高于生活；第二段不能否证前者，毋宁说蒋浩的虚无是萧开愚所说的“积极的虚无”。正如自庞德以来的欧美诗人已经开始将目光转向东方，以期实现自身的突破，而他们最想学习的，窃以为是对虚无的看法，是实与虚的关系。西方思想有很突出的本体倾向，极端到可以一头撞死，没有给虚无留下多大的空间，因此他们才转向东方对虚无的独特理解，以此来为他们的诗歌中的“去人性化”和极端主观性降温，蒋浩则倚傍他的虚无，从欧美诗人那里求取新的技艺，他的面具理论、平行结构，他对诗歌戏剧性、叙事性的尝试，他有意从西方音乐、绘画中寻求诗艺上的启发，构成他“法度谨严的容器”，这些尝试可以简单地概括为由精确到达的虚无。“我把传统的典籍和这海水放在一起观察，方法上显然又不拘泥于现成。”不是从虚无到虚无，即便是虚无，也是精确的虚无，就像《大海的形状》所达到的那种虚无。蒋浩广泛涉猎东西方思想和传统，如果用一句话来概括他这些年来的努力，我以为可以认为他试图通过对西方的领会来接通并再造中国的传统。这种领会既是技艺上的，也是价值上的，关于后一点，我将在下文结合诗歌史具体展开。

在《现代诗歌的结构》一书中，弗里德里希写道：“现代诗歌如果涉及事实——物的或者人的事实——那么它也不是描述性的，对事实并不具备一种熟悉地观看和感觉的热情。他会让事实成为不熟悉的，让其陌生化，使其发生变形。诗歌不愿再用人们通常所称的事实来度量自身，即使它会在自身容纳一点事实的残余作为它迈向自由的起跳之处。”[②] 按

① 蒋浩：《唯物：蒋浩诗选》，（台北）秀威资讯科技出版社 2013 年版，第 241—242 页。

② 胡戈·弗里德里希：《现代诗歌的结构：19 世纪中期至 20 世纪中期的抒情诗》，李双志译，译林出版社 2010 年版，第 2 页。李双志将 Wirklichkeit 和 Realität 统一译为“现实”，笔者认为后者指向整体性而前者指向具体性，故改译为“事实”。

照他的看法，现代诗歌自施莱格尔以来就有将美与真、善分离的倾向，它对感受力的独尊使它鄙视庸常的事实。中国当代诗人臧棣和张枣分别有重要论文《后朦胧诗：作为一种写作的诗歌》和《朝向语言风景的危险旅行——当代中国诗歌的元诗结构和写者姿态》谈到相关的问题。“作为一种写作的诗歌”或者“元诗”一般来讲指能够自我指涉的诗歌，它脱略事实而在语言的能指上滑动。但是蒋浩2006年的《新诗》可以纠正这种惯常的看法：

A 铁扶手、手温、去年雪、梯、水闸、横檐斜冰、麻雀、大地、飞机、街巷、浮起的积木、印厂门前、白色面包车、排排白杨、扫雪

B 印刷机、纸张墨迹、装订、印厂、裁刀、轻型纸、新诗集、友人自选

C 采摘横檐斜冰的麻雀、来装订大地消瘦的裤头、飞机沿粉笔线、额头街巷蠕动着、两鬓草坪像一对肉翅

D 扫雪的毛笔、用旧的橡皮、满地白话、新诗为什么是新的？

我尝试将这首小诗的意象分为四组，这是因为蒋浩经常会给出两个或者更多语境，这些语境穿插并行，有的首尾贯通（如A），有的局限于某个局部（如C和D），而词语在各语境间穿插时引发的种种语言上的惊喜和意外也偶尔出现，像罗兰·巴特在谈论摄影时提出的“刺点”，点燃整首诗表面的平静。其中A、B两组是事实，或者说是2006年2月18日乌鲁木齐一家印刷厂附近，诗人叮嘱工人制作诗集时应该注意的问题之后，一个人在印刷厂空旷的周边转转。诗集在印刷厂渐渐成形，而诗人同时也在考虑新诗的问题。这些彼时彼地的事物保证了诗歌的现场感，这样一个现场兴发出诗人的一些想法。D组意象从地上的积雪想到新诗的白话，还有可以反复修改的橡皮，更绝的是“扫雪的毛笔”，从隐藏的铅笔一下子跳回古人所用的毛笔，但毛笔又不是用来写，而是用来扫雪，以恢复出被雪覆盖的某些道路。C组则是词语的欢乐，利用汉语的特点省略或者模糊主语，是水闸采摘麻雀来装订大地的裤头吗？是大地如印刷机吐出的纸张而麻雀在穿针引线地装订纸张吗？是大地的草坪像两鬓而

两鬓像麻雀的肉翅吗？想飞起来吗？能飞起来吗？飞机的铁翼呢？

我要提醒读者的是这首诗对事物和词语的双重尊重。A、B 两组是对诗人所经历场所和事物的实写，C、D 两组则是诗人对什么是新诗的一些看法，是虚写，这是笼统地说。实际上虚实关系是相应的。比如“去年雪烂下去年前的/又一梯”，它的描述的大致景象似乎就在眼前，即阶梯上的落雪，但这句诗有多种断法，可以理解为去年，雪烂下，去年前的/又一梯，也可以理解为去年雪，烂下，去年前的/又一梯……。一个“烂”字，一个“又”字，让整句描写虚化，让读者看到的实景恍惚起来。我们来听听诗人自己的解释：

> 尽量“客观”地写我之所见，每个句子都至少要有一个或多个可视之物，一方面，我这样的想法还是受训于古诗，山水无言自成诗；另外，我有意识地去除诗歌中的判断和辩论，方法之一就是尽量让“物”出场，在一个可辨析的视域内，不纠缠他们之间的偶然/必然，极力体现一种合理空间的存在感，显得民主而道德，既相互独立，又暗通款曲，使句子尽量变得安详静态而富于动态的弹性和启发。

首先，诗人站在物自身这一边，让物出场，并且给出一个“可辨析的视域”，上面哪句诗就是这样一个视域，我们知道新雪落在旧雪上，但仅此而已，诗人立刻给出一个模糊的动词“烂”，这样一个“烂”犹如摄影中的失焦，使静止的画面产生模糊感，下面的“又”字让读者纳闷“又”之前发生了什么。这样，现实就挣脱了自然的时空限制，激发出每个句子中“物”的有机能量，句子和词之间慢慢地自由起来，相互召唤和牵引，期望获取一种“写作”状态中难以自制的最大的意外，这很像棋中的无理手。我渴望着一种纯自由的语词组合，一种句子绵绵的自动而生，随物赋形、“能近取譬”，这样的结果大都是一种倾向于民主的对话模式，而不是辩证的。①

① 木朵、蒋浩：《我想要相信》，孙文波主编《当代诗》第 2 辑，文化艺术出版社 2011 年版，第 221 页。

先是物的出场，然后是词的出场。或者说，物和词同时出场，但是有些词只标识或指向了物的存在，而另一些词语则在物提供的场域里发生多个层次的变异，也可以说，有些词是实的，有些词是虚的，并且，随着词语的逐步增加，实和虚之间又可以相互转化，比如“梯”是实的，而“又一梯”则是虚的，犹如一盘棋的开始是容易的，随着走棋的增加，选择的可能也会越来越少，但意外和惊喜却只能在看似绝地的地方发生。这里蒋浩为我们引入了一个关于新诗的重要观点：民主。这里的民主不是少数服从多数这样一个结果，而是少数和多数坐到同一张桌子前对某事的争执。在这首诗里，蒋浩将天、地、河流、街道上的事物请出，这些事物犹如一枚枚钉子或者一捋捋根须组织起一个个场域，而他渐次遣出的各色词语又与这些事物发生新的关系，将其变异或者将其挪入新的语境，以期新的收获。它不是和声，而是不断的对位。在蒋浩这里，词与物之间是民主的，相互牵引的，词与词之间也是民主的，甚至是自由的，渴望着新的词语组合可以“随物赋形”。马拉美以来的现代诗歌传统逐渐将作为事实的“物”排挤出诗歌，而所谓的社会主义现实主义诗歌又将诗歌堕落为意识形态的纯粹工具。那么蒋浩所说的新诗要怎样重新理解词与物的关系呢？我认为，蒋浩诗歌显然有别于弗雷德里希所描述的马拉美传统，而是属于以惠特曼为代表的民主诗歌一派。[①] 现代诗歌的两个写作方向，一种以马拉美为代表（波德莱尔开创了它，但显然波德莱尔由于没有将其极端化而葆有更多可能性），另一种以惠特曼为代表，前者在诗歌中驱赶自然而迎向神圣，后者在诗歌中迎回自然，并且试图让自然和机器和平共处。[②] 这两大诗歌传统对待事实、语言和自我的态度

---

① 在于尔根·施塔克尔贝格为《现代诗歌结构》所做的后记里同样提到这一点：“‘民主化’趋势，某种向日常世界、向散文性事件的靠近，一种与散文接近的语言让这些诗歌与弗里德里希所描写的那些‘贵族化’抒情诗有了原则上的区分。”关于民主与诗歌的关系，英语世界已经有一些著述做专门的讨论：R. P. Warren，*Democracy and Poetry*，1975；Francis B. Gummere，*Democracy and Poetry*，2004；Robert Pinsky，*Democracy*，*Culture and the Voice of Poetry*，2005；Angus Fletcher，*A New Theory for American Poetry*：*Democracy*，*the Environment*，*and the Future of Imagination*，2006。

② 可参考利奥·马克斯《花园里的机器：美国的技术与田园理想》，马海良、雷月梅译，北京大学出版社 2011 年版。

是截然不同的。前者更多的是一种自我对谈，它呈现的是语言的空转状态——语言面对（绝对）本体的失败和诗人面对语言的失败——“这种现代性的迷乱就在于，它被挣脱现实的欲求折磨至神经发病，但却无力去信仰一种内容确定而含有意义的超验世界或者创造这一世界。这就将现代性的诗人引入了一种无从化解的张力动态中，引入了一种因现代性本身而成的神秘性。”[①] 它讨厌民主的拉平运动，不参与事实而对事实加以变形。对事实（他者）和经验的抵制使其语言以不断分解的方式运作，没有终结，如果没有诗行的限制，它的语言会不断分解下去。相比之下，惠特曼传统更加看重事实，这些事实包括从身体、自然到机器的他们生存的周边。相对应地，它的语言也不切断和事实（作者、读者和世界）的关联，它呈现一种粗粝的语言民主状态。这一传统也会有马拉美式的虚无感，但它倾向于在诗歌之外找到一个确定的他者来停靠这种虚无，使虚无也处在一种交流的势能当中，希拉·沃罗斯基在论述惠特曼时提到他必须面对的孤立和怀疑主义的危机，而惠特曼“并没有试图解决或消除哲学意义上对表象的极端怀疑。相反，它转向了‘相爱者’和‘亲爱的朋友’来‘巧妙地回答’它怀疑论的疑虑。惠特曼在他的怀疑论中，最终诉诸的不是抽象的认识论，而是社会团体。当‘非言词与理智所能抓得住的感觉，包围着我们、渗透着我们的时候’，惠特曼通过与他分享这个世界和语言的人们来回应：他的爱人和朋友们，他的社团和他的读者。他对失望的回应，可以说就是约定。从某种程度说这等于承认局限性”[②]。双方都看到了个体（及个体的周边：生活事实本身）的局限性，但作出了不同的反应：惠特曼承认个体的残缺和不足，他将此残缺和不足带入诗歌，并邀请读者进入，约定读者。马拉美的传统则“禁止自己对现实有任何干预。它回绝读者，不许自身具有人性……事实被它体验为不足之物，超验被视为虚

---

① 胡戈·弗里德里希：《现代诗歌的结构：19世纪中期至20世纪中期的抒情诗》，李双志译，译林出版社2010年版，第35页。

② 萨克文·伯科维奇主编：《剑桥美国文学史》（第四卷），李增主译，中央编译出版社2009年版，第458页。

无，与两者的关系被视为无法化解的不和谐音”[1]。

深层次看，这是两种不同的生死观引发的两种不同的虚无。马拉美传统更加是一种理念性的虚无，一种“抽象的认识论”，它背后是因有死性的恐惧而指向的永恒，永恒可以忽略个体生命的有限性；而惠特曼传统实际上更接近于中国式的“唯物”的虚无，即从个体生命来说、从结局来看，最终的虚无不可避免，但是从局部来看，物又是生生不息的，此谓之易。阿伦特曾将思想简单而有效地划分为形而上学思想和政治思想，前者的中心范畴是有死性，后者的中心范畴是诞生性。[2] 我曾借此分别两种诗歌模型，一种是形而上诗歌，另一种是政治诗歌。用阿伦特的说法，政治上讲死亡意味着“不再活在人们中间”，因此关于永恒的体验实际上是一种死亡。政治思想中最重要的要素是行动，它是一种对不朽的体验，与之相对，永恒（死亡）体验是一种静观，无法与任何行动相应。蒋浩既有诗歌也有行动来佐证我的这一看法，即他是一个阿伦特意义上的政治诗人。萧开愚曾说：“我认为神秘写诗的诗人是现代诗人，不是当代诗人。我认为陌生感是继续写诗的前提。我认为现代诗必须转入当代诗，进入当代世界的视野。”[3] 又说：“现代艺术过渡到当代艺术，最主要的一个变化就是，当代艺术里面包含了一种批评的立场。当代艺术强调艺术家是社会的一个成员，他承担或者说应该承担改善他作为一个成员参与着的世界里的相互关系。他需要设想改善这个社会关系的方法。我们和世界的关系一直需要改善。”[4] 如果说神秘性是马拉美一派形而上诗人所必然追逐的，陌生感则是政治诗人写作的前提。

经过这番讨论，我们重新回到蒋浩的《新诗》，因为显然他自己作出了很多调整，尤其是他运用了中国传统对词与物关系的一些看法，而实

---

① 胡戈·弗里德里希：《现代诗歌的结构：19世纪中期至20世纪中期的抒情诗》，李双志译，译林出版社2010年版，第126页。这段话可以与艾未未的一句话作充分的对比：“事实上我们是事实的一部分，如果不能认识到这一点，我们就是不负责任的。我们是被制造出来的事实。我们就是事实，但这部分事实意味着，我们必须制造出不同的事实。”参见 Ai Weiwei spricht: Interviews mit Hans Ulrich Obrist 导言部分。

② 汉娜·阿伦特：《人的条件》，王寅丽译，上海人民出版社2009年版，第2页。

③ 萧开愚：《此时此地》，河南大学出版社2007年版，第417页。

④ 王歌、萧开愚、余旸、冷霜、姜涛等谈话录：《当代诗歌需要一场思想运动》，http://www.douban.com/group/topic/6111489/。

际上，他也以西方的民主思想更新了这一传统：

轻型纸消化我们脸上
排排白杨的影子。
这扫雪的毛笔，
用旧的橡皮，和满地白话

“排排白杨的影子”可以是实写，也可以是虚写，诗人面对空白纸张时对纸张原料的回溯是对自然以及人工自然的执着，诗人以毛笔清扫满地白话则是对中国诗歌传统的执着：

我通过多种方式来扩大自己的词汇量，其实就是扩大认知。有时，我运用词语本身来挖掘词与词之间的各种联系，甚至是完成各种起承转合。而且，对词语的想象，能够把最新的外来语、俚语、音译语、网络语等都可以在使用中处理成词物对应的古代汉语，能最大限度地发挥它意外的奇妙：新词古意。①

在《个体化》中文版序言中，德国社会学家乌尔里希·贝克这样写道：

无论在欧洲还是中国，个体化与国家原则上都有紧密联系。但是，这种联系可能会呈现出完全不同的形态，甚至出现完全相反的走向。如果说个体化在中国也变得越来越重要，那么这种个体化既不是发生在一个受制度保障的框架内，也不是基于公民权利、政治权利和社会基本权利，而欧洲人在第一现代性下已经通过政治斗争赢得了这些权利。换言之，这些目标依然是奋力争取的对象，其结局是开放的。引人注目的是，与欧洲相比，中国的个体化路径是以一种独特的逆序方式展开的。在中国，新自由主义对经济、劳动力

① 木朵、蒋浩：《我想要相信》，孙文波主编《当代诗》第2辑，文化艺术出版社2011年版。

市场、日常文化和消费的解除管制，先于且不涉及个体化与宪法的牵连，这是和欧洲不同的。其结果就是，政治权利和社会基本权利的获得，必须依托新自由主义的、必须政治化的和以市场为基础的个体化。这种倒置的后果就是，权威国家取消了社会保障和对集体的义务，正试图设置严密的个体控制网络，给内在于个体化进程中的政治参与设置界限。

个体权利被当作特殊待遇给予承认，而不是作为公民神圣不可侵犯的权利。个体化是政府需要的，不过政府同时也在努力约束个体化，使其与官方弘扬的国家价值和家庭价值相维系。①

贝克所强调"欧洲人在第一现代性下已经通过政治斗争赢得了这些权利"，这些权利指的是蒋浩在人格期写作时所立起来的"理"，生命权、生命的平等权、免于恐惧权……在完成第一现代性的欧洲，在他们的第二现代性时代，"打开（open up）和创造语言是第一要务，语言能够摆脱第一现代性下的国家限制和必然进步论，能通过文化的对话，提出并讨论第二全球现代性诸问题。民主的进一步发展，离不开全世界各种民主语言的彼此开放"。与第一现代性注重匀质、平等的公民权不同，"风格问题是第二现代性的关键问题。要创造新的行动力场，就必须打破处于支配地位的范畴的桎梏，开创词语的新意义，从而使语言在新的处境下发挥启发性作用。民主语言的改革是民主改革的前提"②。

对当今的欧洲人来说，"无论从哪个角度看，语言问题都是未来的首要问题"。德国诗人贝恩的主题"风格高于真理"（Style is superior to truth）③ 照理说应该在第一现代性的前提下才可以成立。而实情是，蒋浩曾经努力争取的第一现代性尚未实现。而诗人总是可以领先于他的时代，如同贝恩在第一现代性遭到破坏的纳粹时期可以写出第二现代性的诗歌，

① 乌尔里希·贝克、伊丽莎白·贝克·格恩斯海姆：《个体化》，李荣山、范浙澴、张惠强译，北京大学出版社2011年版，第230页。

② 同上。

③ Truth可译为真理，亦可译为真相或事实，但这两种译法都隐含了民主条件下的可共享性和可参与性。

蒋浩也完全可以。而且他技艺期主要的成果就是他自己风格的形成，他30岁之后的诗歌几乎是别人无法模仿的。

“风格化就意味着：让事实变异（deformieren）。风格化包含着非人性化。”[①]“抒情诗可能向来就要消除‘所是’和‘所显’之间的区别，向来就让自己的材料臣服于诗歌精神的权力。然而，所谓现代就是指，从创新性幻想和独立语言中诞生的世界是现实世界的敌人。”[②]对比《一九八四》里的两句话：“权力乃是对人的权力，是对身体，尤其是对思想的权力，对物质——你们所说的外部现实——的权力并不重要。我们对物质的控制现在已经做到了绝对的程度。”[③]“权力就在于把人类思想撕得粉碎，然后按你所选择的新款式，把它重新组合起来。”弗里德里希意义上的风格化的现代诗歌对事实进行变异，它背后是一种思想上的自由，而权力则可以对思想进行变异，倘若一种权力不受约束——而有什么比民主更加是一种个体之间、共同体之间的彼此约束呢——它甚至会褫夺一个人思想和基本感受上的自由。

看看《一九八四》会明白这点。2010年3月的科隆文学艺术节上，艾未未和赫塔·米勒有一场对话。期间米勒朗诵了她的散文《陌生的目光》，告诉我们在一个强权时代，自行车不是自行车本身、漂染剂不是漂染剂本身、冰箱不是冰箱本身，因为“事物与其影子密不可分。事实本身并非全部，事实引发的一切都得算在其中……更迭之中，所有无关紧要的小事都留存着至关重要的影子，因为威胁始终存在”[④]。强权的影子跟着这些事物，于是一场车祸隐含在自行车的背后，漂染剂意味着对头皮的灼伤，而朋友在冰箱上留的字条又不翼而飞。强权制造恐惧。强权社会对事实的处理强度甚至会超出诗人的感受力，它自身就带有浓烈的魔幻色彩，“在象征主义遭遇‘反题’时期，象征主义的通灵术变成了意

---

① 奥尔特加·加塞特语，转引自胡戈·弗里德里希《现代诗歌的结构：19世纪中期至20世纪中期的抒情诗》，译林出版社2010年版，第156页。

② 胡戈·弗里德里希：《现代诗歌的结构：19世纪中期至20世纪中期的抒情诗》，李双志译，译林出版社2010年版，第190页。

③ 乔治·奥威尔：《一九八四》，上海译文出版社2006年版，第249页。

④ 艾未未在科隆与诺贝尔奖得主赫塔·米勒女士的谈话，评平修译，http：//bbs. zjw. cn/forum. php？ mod = viewthreodtid = 105540。

识形态的权力魔术，权力者成为唯一合法的大巫师”[①]。强权社会作为“公开建立的秘密社会”，只容许经过篡改的“真相”，它确保我们的质疑不过是个假象。明白了这一点，我们会理解技艺期的蒋浩对“物”自身的尊重、对发生的尊重所具有的重大意义。

《纪念》时期的蒋浩祭起“理”和“事”的大旗：对生命的尊重、对所发生事件真相的要求；技艺期的蒋浩则从时代渐渐退回到“我”、退回到自然山水和古代的典籍之间，“理”已然隐退为他的背景，而“情”逐渐转为前景，这也是蒋浩开始探索自身风格的时候。与弗里德里希意义上的风格不同，“情”以“事”为前提，它从来不会将“事”视为敌人：即发生之后，天矫滋植，情状万千，咸有自得之趣，则情也。

> 从《喜剧》开始，我呕吐了风景，更多的兴趣转向了世相人心。[②]
>
> 但我的身体开始厌倦风景了。我没有能力要它们顺从我的想象来展开风情，我读过的书也不够把我牵引到所谓的事物的深处。我开始对人重新有了兴趣。[③]

技艺期的蒋浩更多的是对物的静观和冥想，物被他请出，并给予严格的观察。如同搞立体主义、印象派或者抽象绘画的画家之前会有一个透视学、几何学的训练时期，这一阶段蒋浩主要培养了他的专业精神，而且他对语言的敏感和独特领会也是在这一阶段形成的。这个阶段的蒋浩所着迷的是风景、山水和古代的典籍。但2004年的行体诗《乌场行》、2006年的《九月五日去伊犁车上作》已经是他有意识地借着向古代歌行体的致敬而进行的当代尝试，开始“走马观花”了，这种尝试从2002年的《七月十九日赴五指山途中作》已经有了点儿苗头，但不明显。这些诗歌在他敏感而微妙的语言节奏里透露着他的快乐和悲哀。主调是快乐的、充满情趣的，可以想见诗人与这些景色面对面或者擦肩错过时

---

① 耿占春：《失去象征的世界：诗歌、经验与修辞》，北京大学出版社2007年版，第105页。

② 木朵、蒋浩：《我想要相信》，孙文波主编《当代诗》第2辑，文化艺术出版社2011年版，第221页。

③ 蒋浩：《唯物：蒋浩诗选》，（台北）秀威资讯科技出版社2013年版，第242页。

的欣喜感。也许《喜剧》可以视为将外置的风景延伸到人心的风景。这组诗我反复读过几遍，但很惭愧，我能读懂的可能不超过全诗的十分之一。这和当初我读萧开愚的组诗《契约》时的状况类似。接下来我就只能站在我这十分之一的立场上说话，妄说更加免不了。

> 这首诗的开篇就是一辆公共汽车了。公共汽车在当代诗中很少出现，除了它带来的移步换景的妙处外，很像古代的走马观花，是很好的用于观察的交通工具，而且，不仅可以外观车窗外庞大的世界，而且可以内观到具体的每个乘客的表情体态。那段时间，我把不得不坐车的难受变成了观看的享乐。联系到后面写到的新疆、海南、西藏等地，“车”就成了穿梭于整组长诗的关键词了。公共汽车可能是现代社会最有意思的发明，实在是值得挖掘的典型。[①]

诗人现在不是处在一个静观的位置上，而是坐在公共汽车上。也就是说，引进了一个不大不小的速度，这个速度可以使诗人像古人那样走马观花地察看这个世界。这一速度的引入让之前很多处于静止状态的物活跃了起来，牵一发而动全身，局部逐渐被这流动的视野编织为一个整体。此时的局部真的像弗里德里希所说的那样发生了变异，比如：

> 这里，喷泉喷水，
> 树荫提炼屁股里的岫云。
> 夕阳煎熬青山的
> 婚外恋，藕花低处，
> 举报人与自然的污腻。
> 两岛间有一副手铐的
> 插座。我拖欠静电，
> 付厌烦以公款，

---

① 木朵、蒋浩：《我想要相信》，孙文波主编《当代诗》第2辑，文化艺术出版社2011年版。

涟漪带来大气小费的大喜。（《第二部，之贰》）

“喷泉”、“树荫”、“夕阳”、“青山”、“藕花”、“涟漪”这些词仍然是写物，但这些的确不是严格的摹写，这些物被随后跟过来的“提炼屁股”、“煎熬”、“婚外恋”、“举报人”、“污腻”、“手铐”、“公款”、“大气小费”所扰乱，它们确实如蒋浩自道，指向了“世相人心”。从外部的风景到时代的风情，蒋浩身上儒家的一面将他的诗歌创作牵引到另一个方向。他无法忘形于山水之间，作为诗人，他是赋形者，需要一个“法度谨严的容器”。如果从心性期到技艺期是蒋浩上山学艺的阶段，多少带有修辞上的苦行色彩，那么世相人心期的蒋浩就是学成下山，带着山上习来的敏锐视觉重新感知他所生活的时代。

现实才是真实。我写《喜剧》，快走到以前的反面。我挖掘我的本地的抽象的反讽和无奈。我把诗写得像街道纵横交错地长。[1]

时代是荒诞的、超现实的，这更加刺激了诗人超凡的想象力。诗人所说的“抽象”，我想可能是借助汉语词汇所牵发出来的意外，是对事实的变形，但仍然保留着事实本身：

四通桥堵满八卦车，
橱窗车窗，两个峭壁，
脸擦脸地奉承过。　（《第一部，之壹》）

两个人就地支起胸罩，
把软鸡蛋煮硬。
紧蹲在卡车里的民工们，
像满车的煤气罐，
从楼背后经过；

① 蒋浩：《自白书：今天，我为什么写诗？》（后记），《缘木求鱼》，海南出版社2010年版。

我炉子上的火苗，
吮吸着，
车胎留下的胎气。 （《第二部，之壹》）

来自江南的小姨子，
删短信驱寒，手机
像取出的肋骨。 （《第二部，之叁》）

你是你所能观察到的。就像我们可以从他人为我们拍摄的照片里看到他人的眼睛，从蒋浩这些经过抽象化的观察里，我们看到他的无奈、对他人感知的感知，在2009年的《戊子秋末与文波登首象山去京赴琼》中，他写道“自我不再是我和我的纠缠，/更可能是他和他的关系”，不仅如此，在《喜剧》里，他从自已的技艺期更迈出一步，不仅重视对这些关系的导引，他会直接对这些关系作出价值判断，虽然这些判断以嬉笑怒骂的方式道出：

急刹车，满街面膜，
遮住公有制裆里的寡脸。 （《第一部，之贰》）

给注水的南瓜贴保鲜证——
保证不是西瓜傻瓜。 （《第二部，之捌》）

电视里捕鲸，
最好的波浪，装点雕像头；
最好的海，
灌装给炒房团。（《第五部，之叁》）

蓝唇膏修补防民之口，
办公室被建在私处。
隔空招商引来双氧水。 （《第六部，之贰》）

治好酒池肉林之花。
狮子狗嗅地上的人性。 (《第六部,之叁》)
或者是现实太原生态,
稍稍走样,就偏离
仁义礼智信的T型台。 (《第六部,之捌》)

这些诗歌是寡廉鲜耻时代的注脚。语言看似狂欢,实则严谨,不仅展示种种败象,而且有一个明确的批判指向。蒋浩的诗歌可以纠正施莱格尔以来将美与真、善分离的倾向。有趣的是,也许蒋浩还在《喜剧》里回应了他的友人萧开愚和臧棣:

蛋白质女孩,目击道成,
见佛杀佛。
诗是逃。
可耻也是可耻的。
发明一个风箱:诗忌论道。 (《第五部,之肆》)

我的理解里,《喜剧》是论道的,世道在人心。蒋浩的诗心始终浸在他的人心里。无论他发明的诗歌面具何其多,也不脱他三十岁之前为自己立下的“理”。他说:

“文如其人”是至境,文如其人也可理解为“文如其反对的人”或“变化的人”。①

又说:

我依赖于垂直的生活,近景和远景,只是一种上和下的关系。诗,像一次次地理大迁徙,走来走去,衣袂之风胀满的也不过是屋

① 蒋浩为友人潘乙宁诗集《无所事事的男人》(南方出版社 2004 年版)所作序言。

子的角落。但我喜欢跳房子的游戏，云深不知处地鱼跃。撕开的云像一根根舒展的撑杆，写作无异于缘木求鱼。①

蒋浩称呼他的新浪博客为“唯物”。其实我看他也是极端“唯心”的。一片片云彩运来雨，滋润着他的鱼跃。而从“理”撑出去，越过“事”，则“天娇滋植，情状万千，咸有自得之趣”。这是不是诗人的垂直生活呢？

最后，引用蒋浩朋友何房子与蒋浩久别重逢后写的一段话作结：

是日，深夜。读《喜剧》，读到：

夜漏，漏下沙，沙。
折叠寻找负数的水平线，……尺度是潦倒者。

大惊。用被掩面，深呼吸三次。起床，枯坐。突然之间，痛感自己越来越沦为这个时代和社会的同谋，痛感自己无力，痛感无痛。我只想问一声，今夜，你还睡得好吗？兄弟。②

（原文载于《长沙理工大学学报》2012年第5期）

---

① 蒋浩：《自白书：今天，我为什么写诗？》（后记），《缘木求鱼》，海南出版社2010年版。
② 何房子新浪博客“小于一”，http：//blog. sina. com. cn/s/blog_ 4cef72c90100bgkr. html。

通正变，兼美刺：孙文波诗歌中的现实与虚无

冯　强

读孙文波的诗，我切实体会到当代诗在处理语言、现实和传统及其复杂关系时所取得的成绩。单说传统，不同文明范式之内其形态也是复数的，比如中国诗歌中的儒道传统，西方诗歌中的古典主义和浪漫主义传统，而孙文波的诗歌可以游刃其间，验证了他“认识出诗人”——以理解力为诗歌宿命——的看法。他说“更为重要的不是对西方诗人的具体学习，而是整个20世纪西方文化思潮带来的认识论意义上的理解世界的方式”[①]，而这不意味着他鄙薄情感，谈到早年《散步》一诗时孙文波说，“今天对于我而言，每一次提笔都是观念与形式，认识与情感的纠缠。写作，实际上成为解决我个人的诗歌见识与情感方式的过程”[②]。

最终，在他那里，见识和情性相互用长助薄，而无论是认识还是情感，都包含着一个“价值判断”的过程：“在这一过程中选择、甄别、取用、回避、抛弃构成了我们称之为‘写作’的全部内涵。”即诗歌的技艺不是单纯的语言操作，不是语言的“奇技淫巧”，而是“在洞察到事物的真正内涵时，寻找言说的最佳途径的技艺。很显然，这一最佳途径理所当然地包含了美、道德、正义的呈现”[③]。联系孙文波去年刚刚出版的《新山水诗》以及即将完成的1600行长诗《长途汽车上的笔记——感怀、

---

① 张伟栋对孙文波的访谈：《还有多少真相需要说明——回答张伟栋》，http：//site. douban. com/106604/widget/notes/195233/note/96913662/。

② 孙文波：《诗歌语言的新与旧，是问题，也不是问题》，http：//site. douban. com/106604/widget/articles/121331/article/10026451/。

③ 木朵对孙文波的访谈：《诗歌之事无大小》，http：//site. douban. com/106604/widget/notes/195233/note/100090578/。

咏物、山水诗之杂合体》中豁然的价值立场和以文为诗的铺排特征，不妨借用孔颖达对“赋”的界定来开始我们的讨论：“铺陈今之善恶，其言通正变，兼美刺也。”

需要加以说明的是，孙文波充分认识到20世纪语言学转向给诗歌写作带来的巨大影响，这一转向的后果，是语言不再被简单视为思维的工具，语言和世界不可分割，从诠释学角度看，理解的对象和理解活动都是语言性的。不那么极端的说法会认为语言具有自足性，更极端的说法则会认为不是人在说语言，而是语言在说人，将语言的重要性推到一个高潮。这一观点像一面筛子重新过滤了诗人们的诗歌观点，而透过孙文波的诗歌，我们可以清楚地看到当代诗人是如何经受这一冲击，并如何调整自身的写作思路的。试举《辛卯年三月断章反客观诗》：

不客观，语言成为主观的利器，
就是认识的开始。如果我要脱离，
把春雷写入诗中，向下压，
在窗前炸开，耀眼的光芒，热烈的火焰，
惊心动魄。是隐喻？可以说是隐喻，
是陈述另一种事实。在此刻，另一个事实
是乌云在空中快速向南移动，天暗下来。
只是写这些有什么用？现实世界，
视力触及的范围，可以记录的事物很多，
譬如楼下的垃圾桶，停放的汽车，
墙上整齐的铁栅栏，一个打着雨伞
匆匆走路的年轻人。就是把视线退回室内，
可以描述的东西也很多，桌上的
电脑、书、茶杯、烟灰缸，卫生纸。
但它们能否解释这个世界，我从来没有把握。
世界，永远不是我们眼睛看到的那样；
世界是制度，是一个又一个组织，

以及它们带来的，人与人的关系。
因此也是斗争。民族、国家、战争、衙门，
还有报纸、网络、电视，每个人活着，
都由它们支配。一只看不见的手
搅动着大脑的思维。就像现在，我说不客观
是因为一切不客观。战争是客观的？
一个人被推上审判台是客观的？
还有男人与女人交往，是客观的？
一切都与欲望有关。每件事后面都有
另外的事牵扯。那么，我能怎样解决？
就算我一心想要客观，但是我知道，即使我
把地球上所有的物质，都铺排在这首诗里，
仍然不客观。所以啊，不客观，
使我写下的一切全在变形：雷 = 惊悚；
乌云 = 压抑；桌上物品 = 混乱琐碎。

这首诗具有赋的铺排特征，但不是一般意义上的赋，因为它也反赋。最末两句点明了古希腊诗歌传统借以依赖的“隐喻”，自然现象比如“雷”和“乌云”变形为“惊悚”和“压抑”，本体吞并喻体，其实也是主观吞并客观，从这一点，确无客观性可言。同时因为“世界是制度，是一个又一个组织，/以及它们带来的，人与人的关系”。再往前推溯，则“一切都与欲望有关”。

如果我们从中性意义上理解“欲望”，不过是中国古人强调的动机。宇文所安强调中国文学传统理论的一个核心假定是“动机和具体的起因是意义的一个不可分割的组成部分”，因此，“要理解《诗》就必须拥有一种特殊的本领：不能仅仅知道好像说了什么，还得知道说者真正要说什么……中国文学思想正是围绕着这个‘知’（knowledge）的问题发展起来的，它是一种关于‘知人’或‘知世’的‘知’（knowing）。这个‘知’的问题取决于多种层面的隐藏，它引发了一种特殊的解释学——意在揭示人的言行的种种复杂前提的解释学。中国的文学思想就建基于这种解释学"[①]。孙文波的诗歌，能关注符号的运作、诗人主体对语言客体的意志控制，比如这首诗开头的几句，也能注意到世界的背后不过是因为各种欲望发动的各种关系，能从动机上来进行思考[②]。布尔迪厄曾称赞奥斯汀提出的"以言行事"（do things with words），但反对在语言本身中找到语言效力的原则和机制，而是认为语言的权威来自外部的制度授权。[③] 另外，孙文波认为世界"也是斗争"，这个观念同样可以在布尔迪厄那里得到很好的解释："社会世界是争夺词语的斗争的所在地……改变词语……早已是改变事情的一个方法。政治从本质上说是一个事关词语的问题，这也是为什么科学地了解现实的斗争，几乎总是不得不从反对词语的斗争开始。"[④] 孙文波的诗歌中有大量与各类意识形态的斗争，这种斗争通常以观念的方式进行：

语言的山水不同于自然的山水，
在一段陡坡上你种植了世界观；
花花草草，非常哲学地开放
——在山顶放眼远望，大地的苍茫，
正应对心灵的苍茫，怎么看怎么像
神秘剧场。只是我们还需要观看谁的表演
——每一次登山都是一部戏剧。创造角色，
正是观念在斗争。胜者抑或输家，

① 宇文所安：《中国文论：英译与评论》，王柏华、陶庆梅译，上海社会科学院出版社2003年版，第18页。

② "诗歌界相当多的人对言论的态度是只看一个人说话，而不是看他站在什么背景下，为了什么目的说话。这样造成的后果就成了这样：只要就某一问题某人说了话，就认为他有担当，了不起。结果根本没有意识到他的说话与事实的关系，更不要说其中隐含的，从个人出发的动机。人们总是为表面现象所惑。"孙文波《微博言论（八）》，http：//site. douban. com/106604/widget/articles/119065/article/15521164/。

③ 皮埃乐·布迪厄、华康德：《实践与反思：反思社会学导引》，李猛、李康译，邓正来校，中央编译出版社1998年版，第195页。布尔迪厄又译为布迪厄。

④ 皮埃乐·布尔迪厄：《文化资本与社会炼金术：布尔迪厄访谈录》，包亚明译，上海人民出版社1997年版，第136—137页。

都面临同样结局——玩一玩花招也是好的。(《登首象山诗札之一》)

因为哪，你忽而是一匹马，忽而又变成了一只
飞在时间的纸片中的蝴蝶，甚至有时你就是
闪电本身，给我造成巨大困惑。让我不停地
思想，什么时候我才再也看不见你。我已不想
再看到你。你啊，背叛者，把生命搞成别人
的想象。我的确一万次想象你，我希望
这是最后一次了。我希望你从闪电的
裂缝跑到宇宙的深处，彻彻底底消失。(《元诗》)

美国俄罗斯文学学者爱泼斯坦20世纪80年代提到概念主义时说："语言为了生产'剩余价值'而开发我们的语言器官，用转瞬即逝的意义，伪真谛，意识形态垃圾充塞这个世界。概念主义是一个河道系统，将所有这些文化垃圾和废料排放进污水池文本，在污水池里垃圾能够被从非垃圾中过滤出来。"[①] 徒观斧凿痕，不瞩治水航。孙文波的诗歌同样是语言的一种自我表达和批评，但它没有切断同现实—真实的关系，没有取消文本世界和现实世界的区别，比如《元诗》就是针对80年代以来出现的大量已经与现实脱离关系的"元诗"观念的一个非常精细的解构，这首诗也成为当代诗歌清淤系统的一个管道。

在布尔迪厄看来，如何定义"元（meta）"很重要，"元"可以针对他者，即凌驾于他人之上，也可以针对自身，布尔迪厄取后者[②]，他掌握观点的方式，"就是把观点跟他们在行动者结构中所占有的位置联系起来"[③]，这一点我想孙文波也会认同，90年代他就认为诗歌写作需要"强调语言在具体的时间空间中'生成'的可能性，它的位置感以及它的属

---

① 米哈伊尔·爱泼斯坦：《俄罗斯诗歌新潮流：概念主义，元现实主义，在场主义》，赵四译，唐晓渡、西川主编《当代国际诗坛》(5)，作家出版社2011年版，第62页。

② 皮埃乐·布迪厄、华康德：《实践与反思：反思社会学导引》，李猛、李康译，邓正来校，中央编译出版社1998年版，第251页。

③ 布尔迪厄：《社会空间与象征空间》，苏国勋、刘小枫主编《社会理论的政治分化》，上海三联书店2006年版，第292页。

于‘这里’的‘正确的诗意’”[①]。他和帕斯一样强调“相对性”[②]，认为诗歌写作最重要的一条原则是“反对普遍性的存在”而强调“话语差异”：“人都是活动在相对的‘话语场’中，话语的通约性，以及话语的前置成分，无不限制着人，使之不可能独立地置身在‘空白’的话语前景中说话”[③]，进入21世纪，《在相对性中写作》中孙文波仍然警惕那种只对自身有效的“元诗”[④]。布尔迪厄曾认为普鲁斯特是一位令人敬佩的社会学家，他在布尔迪厄的社会学著作《区隔》之前就已经写出了《区隔》所要表达的意思。[⑤] 孙文波当然也当得起这个社会学家的称号，他不仅把自己的观念拿出来，也把自己在哪个位置上持有这个观念暴露出来，既展示自己的能量，也绝不回避自己的弱点。布尔迪厄坚信“所有的科学都是关于被隐藏的事物的科学”[⑥]，这一点恰与前面宇文所安强调的对“多种层面的隐藏”的洞察有关，因为被隐藏的无非解释背后解释者自身的位置，就像孙文波在《反客观诗》中提醒我们的，解释不能排除解释者的主观性，这种主观性是和解释者的各种利益和无意识牵连在一起的。从这个意义上讲，孙文波的写作仍然可以被划入“元诗”，只不过这一元诗指向自身，是自反的，犹如布尔迪厄说，“社会学的社会学是社会学认识论的一个根本性向度”[⑦]，我们也可以说，关于诗歌的诗歌是诗歌认识论的根本向度。以上的内容用一句话来表述，就是语言学转向之后，孙

① 孙文波、张曙光、西渡：《写作：意识与方法》，孙文波、臧棣、肖开愚编《语言：形式的命名（中国诗歌评论）》，人民文学出版社1999年版，第364页。

② “我现在和过去都是为了捍卫我相对的真理。”《我的思想就是一些意见——帕斯与墨西哥资深记者的对话》，赵振江译，《南方周末》2008年1月31日。

③ 孙文波、张曙光、西渡：《写作：意识与方法》，孙文波、臧棣、肖开愚编《语言：形式的命名（中国诗歌评论）》，人民文学出版社1999年版，第376页。

④ 孙文波：《在相对性中写作》，北京大学出版社2010年版，第22页。

⑤ 《文化资本与社会炼金术：布尔迪厄访谈录》，包亚明译，上海人民出版社1997年版，第48页。“普鲁斯特并不想揭示这个结构复杂的现实的本来面目，而只是向我们展示他看待这个现实的观点，同时告诉我们相对于他所描述的东西，他把自己放在了什么位置上。根据斯比兹的说法，普鲁斯特的插入语，正是元话语在话语中作为在场显露自身的地方。”见皮埃乐·布迪厄《文化资本与社会炼金术：布尔迪厄访谈录》，包亚明译，上海人民出版社1997年版，第133页。

⑥ 皮埃乐·布迪厄、华康德：《实践与反思：反思社会学导引》，李猛、李康译，邓正来校，中央编译出版社1998年版，第327—328页。

⑦ 皮埃乐·布迪厄、华康德：《实践与反思：反思社会学导引》，李猛等译，中央编译出版社1998年版，第100页。

文波看到语言所包含的自欺和欺人的建构本性，所以他会在诗歌中同时暴露出自己或者对象的位置，以表明语言和现实之间的巨大裂缝，这也是布尔迪厄所说的具有反思性的“元”语言。

有了上面的认识论前提，我们可以解释为什么孙文波的诗歌里缺少隐喻，当然不是没有——“哪怕电话像一只猎犬，/灵敏地找到我，喂、喂、喂……愤怒的声音”（《长途汽车上的笔记之二》）就是漂亮的一例——而是说隐喻在他的诗中明显少于其他诗人。隐喻建立在相似性原则之上，相似原则其实是形而上学的“符合”观念，因此隐喻的困境更多是传统形而上学的困境[①]，比如海德格尔将将元语言视为“把一切语言普遍地转变为单一地运转的全球性信息工具这样一种技术化过程的形而上学”[②]，而在布尔迪厄，此针对他人而非自己的“元”恰恰是应该反对的，当然孙文波本人也明确反对“把自己写作的正确性凌驾在别人的写作之上”[③]，他抵制诗歌中的形而上学，认为想象力必须经合理性与真实性联系在一起[④]，这也可以视为对前面元诗的另一种警惕。他的方法是以文入诗，以理入诗，且大铺大排，“专以气盛”。《新山水诗》单篇虽是向华滋华斯致敬的作品，整本《新山水诗》的开篇却是《夜读韩愈》，在2008年9月的一则笔记中，孙文波讨论了韩愈的说理诗，“说理在写诗中最具危险性。一定要小心应对”[⑤]，可见在诗中说理是他深思熟虑的一个结果。

“理”总是和“道”联系在一起。孙文波说，“人类对于世界本质的认识——对生命意义的认识，对基本道德的要求，对命运在生命过程中的价值作用的理解，这些作为常量是我们需要以‘不变’的认知将其纳入自己的作品中的。因为它们是文学最初诞生时人类创造出这一表达样式的最基本动因。并且，只有在深刻地纳入后，才能真正地保证我们在精神的意义上给予作品以理解人与世界关系的力量。当然，由于时代的

---

① 范劲：《德语文学符码和现代中国作家的自我问题》，华东师范大学出版社2008年版，第7页。

② 海德格尔：《在通向语言的途中》，孙周兴译，商务印书馆2004年版，第147页。

③ 孙文波：《在相对性中写作》，北京大学出版社2010年版，第22页。

④ 答《南方都市报》记者陆勇平先生问，http：//site. douban. com/106604/widget/notes/195233/note/169321895/。

⑤ 《孙文波的日记》，http：//www. douban. com/note/17589090/。

变化等因素的实际存在，以及在这一变化的过程中对问题的不断发现，诗歌在‘变’这样的事情上，的确存在着必须‘变’才能适应时代进程的情况，对新生发出的问题寻找解决方案也成为不得不做的事情”[①]。这是孙文波相对性地看待问题的典型方式，“对生命意义的认识，对基本道德的要求”是典型的儒家之道，不离现实，是孔子意义上弘毅道远的“士”之承担；“对命运在生命过程中的价值作用的理解”则是意识到虚无，乃道家之道，这一点我们接下来会加以说明。而“通正变”就是要处理“变”与“不变”的关系：“不变”保证了诗人对人类命运的探究上具有历史连续性，“变”则是在方法和形式上出新，这决定了诗人的独特性。比如《长途汽车上的笔记之四》的第六节：

我因此向上仰望直到诗经，大量的释义
无不是谈论治国者之德。这是不是穿凿附会？
可怜的人民，直到今天仍然在盼望
出现圣贤君主。万岁的阿谀声曾经像雷霆翻滚。

它们使我的凭吊就像出演庄严戏剧；
“这里是一只断臂”、“那里是一个头颅”？
萋萋青草让人产生躺下的愿望。
真是上佳的风水！环顾四周，青山犹如覆盆。

但我不想面对着云雾笼罩的山峰抒情。
不想歌颂“……炮声隆”。俯瞰，道路如丝，
让我想到时间是细线；被它串起来的，
不过是“一将功成万骨枯”。其余的，都是尘埃。

“一将功成万骨枯”无疑是历史的连续性，而“山水一再被政治过度

---

① 孙文波：《我们的现实，我们的生活——答青年诗人吕布布》，http：//blog. sina. com. cn/s/blog_ 48a821f901018lhp. html。

阐释——但是,/无论层嶂叠峦,还是肥沃的谷地,都不是政治”则是诗人新鲜的见解,他把山水和政治对置,阐明一种不能把自然万物包笼进来的政治的残酷性,而他自己则要通过“变异的语言”建立一个不仅处理好人与人之间的关系、也处理好人与自然关系的——不是征服,而是尊重——诗歌理想国:

……只是一切都在加速。语言的归宿,
犹如香烟盒上的警告。我必须更加小心谨慎,
让它指向要描写的事物;日常的行为,
面对气候异常,人们需要从内心作出的反思。

我不想像他那样再神话它们。
譬如面对一座城市、一条街道,暴雨来临,
这不是浪漫。情绪完全与下水系统有关,
尤其行驶的汽车在立交桥下的低洼处被淹熄火。

表面上仅仅是自然现象。隐含的难道不是
法律问题?法律,不应该是制度的玫瑰。
它应该是荆棘吗?也许应该是教育,
告诉我们,天空和大地实际上有自己秘密的尊严。

肯定不是征服。不是……,而是尊重。
我的努力与炼金术士改变物质的结构一样。
通过变异的语言,能够在里面
看到我和山峦、河流、花草、野兽一起和平。(《长途汽车上的笔记——咏史、感怀、山水诗之杂合体》)

谈到米沃什时,孙文波认为当代中国诗人都成了国家的政治、文化领域里的边缘人物,“我们几乎没有真正地参与到这个国家的现代化进程中去,更没有发挥出哪怕一点能够影响这个国家的政治、文化生活进程

的作用。想起来，这不能不是悲哀的"①。这节诗是如此动情，但它同样为我们提供了可以参到这个国家现代化的见识，而这样的见识在一个雾霾蔽日的国家里尤其可贵。至于"美刺"，更比比皆是：

——我知道的是我的确驾驭不了这样的语言
我没有能力把一只只断臂安放在恰当的位置
也没有能力让破碎的头颅呈现
阅读的美（《我不写地震诗》）

回过头……，重新审视，我反复看到杏坛
看到文公山和阳明山。在两河夹着的山顶，
心性的宽阔，无处不在。我欣赏把战士
和书生集于一生的人。说到风景，他们永远是。（《长途汽车上的笔记——感怀、咏物、山水诗之杂合体》）

哑石认为《六十年代的自行车》之后"虚无"成为孙文波诗歌的母题，后者颔首认同②。对儒家传统的执著使孙文波坚持寻找一个更高价值判断的位置，但是和历代的文人士大夫所遭遇的没有多少不同：

并非沉默，只是痛，咬牙切齿的现实，
不建设乌托邦。圣贤的理想只是理想，悬浮于想象。
两千年太久，我看到的全是改正不了的歧义（《灵隐笔记》）

坐着公交车，摇晃中看到新塑圣像，③

① 韦白对孙文波的访谈：《我知道自己在做什么》，http：//site. douban. com/106604/widget/notes/195233/note/96818677/。

② 哑石对孙文波的访谈：《写作：谁又没有秘密，不晓得掸花子》，http：//site. douban. com/106604/widget/notes/195233/note/95323070/。

③ 2011 年 1 月 11 日，在中国国家博物馆北门广场内竖立起一尊身高 7.9 米、基座 1.6 米，由 17 吨青铜铸造成的孔子雕像，是成为继毛泽东、孙中山之后第三位进驻这一区域的历史人物。雕像西邻天安门广场，与人民大会堂遥相呼应，北望天安门城楼，与高悬的毛泽东画像相互可视。100 天后，2011 年 4 月 20 日，雕像被移走。——引者注

他宽袍大袖，在守望着什么
(崩坏的礼乐，还是道德的哀伤?)
就像开始新一轮灵魂的流浪，
我突然感到，走在人群中的孤独，
大脑就像被清洗的广场，
一个人，没有融入自己的国家。
一个人，只能把自己当作国家。(《辛卯年春自南方入京而作》)

“就人与世界的关系而言，有文化记载的几千年来，如何看待虚无是最让人费力思考的问题。这里面其实特别真实地包含了某种由失败感带来的人生见识。”① 这一人生见识对他来说是可以不断后撤的，永远可以再后撤一步，以务虚的旁观姿态对待历史和现实中的各种问题：

就是文字亦受到羞辱。纵使没文法，多歧义，
仍然说明了一个事实，在这里，恶曾经战胜善。
带来无比哀痛的歌曲。让扩张者的后人，
重新回到出发的旧地，变成了回到故乡的异乡人。

似乎阐释了这样的道理，可以书写的，
都不值得书写——暴力、屠杀，生命的突然丧失。
如果留下来的都是教训，还有什么美好
可以谈论？如果山河依旧，人事，的确没有意义。(《长途汽车上的笔记之六——咏史、感怀、山水诗之杂合体》)

“恶曾经战胜善。”孙文波对诗歌认知力的重视超出常人，读他的诗歌有如听倾朋友肺腑——谁肯艰难际，豁然露心肝——他“知性上的真诚”有时显得残酷，在绝对的虚无面前，个人的结果只能是失败，孙文

① 西石访谈孙文波：《写作：谁又没有秘密，不晓得掉花子》，http：//blog. sina. com. cn/s/blong。

波甚至认为正是失败赋予了写作一种意义："没有意义才是人生的真谛"，虚无成为他看待事物的出发点：

关键是登山如小饮。是打望。看一切朦胧。
关键是能提气：心中生豪迈，觉得山非山，
城非城。什么都是烟云，什么都是空了吹。（《生活研究，不要主题的诗》）

当我终于在山顶眺望平原烟雾笼罩的北京城。
我会又一次懂得虚无的意义——
哦，虚无！它是一种笼罩，也是一种牵引。
它总是告诉我世界的真相：看不见的是不存在。（《登首象山诗札之五》）

看到苍茫——我希望与苍茫融为一体
——在心中，我早已经营了一个世界。
它白云苍狗朝三暮四，不经济不政治。
让我看什么都像看戏——看什么
都等于不看——看什么都是过程（《静夜吟，空洞无物的诗》）

从现实后退到虚无，则虚无成为"正"，现实中的善恶不过是"变"，此时，能担当起"美"的只有山河自然，"如果山河依旧，人事，的确没有意义"：

他对我讲家族的分裂；田、墓园、宅基地
的争夺，使亲情彻底消失，没出五服的亲戚们，
如今已"鸡犬之声相闻，老死不相往来"。
而供奉祖先的祠堂，已近坍塌，却没人出面修葺。（《长途汽车上的笔记之七——感怀、咏物、山水诗之杂合体》）

我们是在变幻莫测的世界上生活。
我们不知道明天会发生什么；譬如多年的
朋友，一件小事就能翻脸。酒桌上的聚会，
到头成为让人难堪的记忆——这些……

我都经历过了。我知道，最终我会
成为汉语的孤魂野鬼。我知道，当我走出家门，
并没有另一个家门向我敞开。我知道，
我只能与时间打交道。而时间正在如涛流逝。（《长途汽车上的笔记之二——感怀、咏物、山水诗之杂合体》）

这当然不是我彻底虚无了，而是我读到的
频繁的族群迁徙故事，无不与战乱有关，
都是最后把异乡变成故乡。没有变化的只有山水
——我看到的，与那些逃亡者看到的是同一条江。（《长途汽车上的笔记之四——感怀、咏物、山水诗之杂合体》）

可悲的是，山河也变了。山河破：

我们像行尸走肉，早已把大好河山
搞成语言的敌人。赞美，为了虚伪。（《咏古诗：忆江南》）

所以我沉默——我的思想里，人是大地的破坏者，
创造无数罪孽。人应对大地表达自己的歉意。（《在南方之四》）

不过是告诉自己，蹂躏河山这样的事
我们做得太多了。现在的趋势是还会继续蹂躏下去。
也许用不了多久，当河山一破再破，这样的
事情会出现在眼前——最终，人成为大地的敌人。
（《长途汽车上的笔记之七——咏史、感怀、山水诗之杂合体》）

“甚至不原谅自己的虚无感”，“我忍不住想做批判者，不原谅任何人”（《长途汽车上的笔记之六——感怀、咏物、山水诗之杂合体》），因为任何人都是对自然的亏欠和原罪。人事的无常让诗人信奉“与山水为友”的人间哲学（《长途汽车上的笔记之四》）：

所以，我只有深深的叹息；大好河山，
我痛惜它的美。水墨画的海湾，一望无垠的
森林，它们都是我记忆中的处女地。
掠夺者的后裔，庆幸自己远离了祖国的中心。（《长途汽车上的笔记之六——感怀、咏物、山水诗之杂合体》）

我有自己的原则：不做别人手中的玩偶。
正是这样，一个时期以来，我拒绝向人，
哪怕是朋友透露自己的行踪，只是说，在山里。
我实际是呆在河边，从流水寻找“自我的确定”。（《长途汽车上的笔记之一——感怀、咏物、山水诗之杂合体》）

“我要说的是：山水里有政治。山水里/有宗教。”（《在南方之六》）。

在这一中国人的宗教里：

时间，是丈量一切的法度。从它那里
能看到过程的意味——因此做起减法，先是
生活中减去职业，后是减去政府，现在正努力
减去友人。……（《旅游诗，自以为是的诗》）

从虚无的角度看，看见的和没有看见的都只是一个趋向消失的过程，时间删减了它。纳博科夫的洛丽塔说，死亡可怕因为你是一个人去。孙文波则是在生前就开始做减法，“减去职业”，做一个没有职业的人、“减去政府”，在只为自己营造的世界里不经济也不政治，古今之事都付笑

谈，“减去友人”，连旅行也是独自一人。在死亡之前就要尝试着适应孤独，这是多么残酷的真相。然而对必有一死的人来说，这样的空旷自然是一种慰藉。但诗人关注的不单单是自身的命运，他同样关注他人，关注我们赖以生存的小小星球之消失：

——为他们我做过什么呢？我写诗，
谈论过政治，但政治仍然不正直；我写诗
谈论过公平，但公平仍然不公平；我写诗
谈论过幸福，但幸福仍然不幸福。
我的谈论是纸上谈兵——后来我
不谈论它们了。后来，我只谈论时间
谈论事物的消失——是啊消失，不仅是人的消失，
是一切都会消失——有一天，我的祖国也会消失，
我居住的星球，也会消失——有一天，
是哪一天？我猜测了，肯定是不太远的一天。
那一天，能源没有了，地球上停满机器；
那一天，粮食不再生长，饥馑席卷大地；
那一天，世界上只有鬼魂。没有泪水。（《清明谈，故意幼稚的诗》）

将知性真诚一推到底就会得到上面的结果。孙文波是虚无主义者，但他又和萧开愚、蒋浩一样，是积极的虚无主义者，虚无在他们那里承担着很重要的功能，不能仅仅作为悲观厌世。瑞士汉学家毕来德将经验理解为“我们一切有意识的活动的基础”[①]，他为经验保留了“虚空”这一广阔的腹地：“当我们有意识的活动陷入死路，当它被禁闭在一个错误观念系统，或是一些不切实际的计划当中时，知道如何返归混沌与虚空，是一件事关生命的事。我们的救赎，这时便取决于我们退步的能力，看我们能不能去‘游于物之初’，找回‘唯道集虚’的那个‘虚’。”[②] 这样

① 毕来德：《庄子四讲》，宋刚译，中华书局2009年版，第11页。

② 同上书，第129页。

看来，虚无对他来说就是一次休息，一次调整，等待着再次上路：

……可是我心中已经有一个空虚；
九龙柱的阳台，暗绿窗帘，在雾岚笼罩的
寒气中呈现成海市蜃楼。是我永远的
镜像世界。我知道我已经一步跨进去。
在里面，我是永远反对自己的自己。（《辛卯年十月断章金浮图》）

《新山水诗——向华滋华斯致敬》开篇借助“千里之外虚构的谈话”——可能是对华滋华斯的阅读——“在我的心里筑起一座临水的瞭望台”，登高望远，心胸放荡。“是青山绿水，但不仅是青山绿水”让人想起宋代禅师青原行思提出的参禅三境界，而在我看来，这三境界在诗中也有线索可查，从开初“把所有的注意力朝向物质的细节”，经过“反对时间”、“反对现实”和“反对具体”的中介：

我甚至想在人迹不到的山峰上，坐下来
回望层嶂迭峦，在自然的空寂中，静静
地思考消失的意义——啊，消失！这是
我对滚滚尘世的最后一击——放弃自己
如是我说，要是给我一个面对你的开阔
峰顶，要是在那里能够眺望落日。每个
傍晚，我愿意静静地坐在那里，看晚霞
染红天空，一直到月亮从山中慢慢升起
星辰一颗颗跳出来，我仿佛能听见它们
的絮语。这是多么宁静的一幅画卷。我
可以做到什么都不去想，只是坐着，把
自己看作已融入自然的人。我甚至希望
所有的人忘记我，所有人对于我的谈论
不过是谈论一段传奇，虚构，多于事实
他们当然不知我想要什么——我的语言

正在抵达的是生命的绝对。……

孙文波希望读者在他的诗中看到的，不仅是“人的真实”，更是关于“时间的真实”。“在我们这样一个没有宗教的文化中，所谓的诗歌中的信仰，更多地不是体现在对善与恶的认识之上的，它更多是体现在人对时间的认识之上。”孙文波在中国古代诗歌传统中看到的是一种带有“自然主义”色彩的“非宗教性”的生死观，并把对“时间的真实”的处理视为中国诗歌写作中“非宗教性”的弥补[①]。巴塔耶说：“一部极其深刻的作品，其意义就在于作者要消失的愿望。”[②] 这种消失在东西方传统中并不一样。深受老子影响的法国哲人薇依曾说，“让我消失吧，以便我所目睹的这些事物变得更加美好，因为它们将不再是我所见的那些事物……当我不在时，看看这原原本本的风景……”[③] 从这一点看，孙文波对自身写作的判断尤其准确，在他那里，虚无取代了薇依的上帝，向着虚无的消失则承担起薇依向着上帝消失的类似功能。但因为死是尚未到来的虚无，虚无感反而鞭策诗人构筑起一个值得改造的现实：

不过要了解他们，门票犹如打劫。在人挤人
的山道和山顶湖泊，风景改变着人与自然的关系，
热爱等于破坏。我看着说明文字心生悲悯，
消失啊消失。我忍不住想做批判者，不原谅任何人。

甚至不原谅自己的虚无感。把诅咒用在
对遗忘的处理中；太多的人忘记了自然没有原罪，
哪怕这里夏天暴热，冬天，石头被冻裂。
当我们转向其中，仍然应该满怀探究之心去理解（《长途汽车上的笔记之六——咏史、感怀、山水诗之杂合体》）

① 木朵对孙文波的访谈：《为了“时间的真实”，尽管不可能……》，http：//site. douban. com/106604/widget/articles/121331/article/10032271/。

② 乔治·巴塔耶：《文学与恶》，董澄波译，北京燕山出版社 2006 版版，第 82—83 页。

③ 薇依：《重负与神恩》，顾嘉琛、杜小真译，中国人民大学出版社 2003 年版，第 43 页。

……我说它们多么安静，像
我曾经走进的贤哲故居，他的后人们在
屋前空地晒太阳，满脸皱纹的老者，让
我看到了仁慈，从而教育我，重新理解
天地的秘密；它们中有政治，也有经济
而更进一步，它们让我想，这，不仅是
关于自我的认识。此刻我把其中的隐密
寓言性说出——实际上，已经改造了我
因为我知道，这不过是返回——语言的
美学的、伦理的、道德的，青砖灰瓦的
世界，绿水翠树的世界。在这里我眼前
浮动一个乌托邦；清明的、简单的社会
智慧、存在。我在宁静中，看到生命的
上升与下降，意义非常确定……（《新山水诗》）

山水对诗人的意义不仅是认知上的，它具有切实的改造能力，使诗人从空旷的山峰返回世俗世界之后用一双和善宽容的眼睛重新审度这一世界——“在这里我眼前浮动一个乌托邦”——诗人首先强调的是“语言”，其次是由语言承载的美学、伦理和道德，再次是“青砖灰瓦”的物质文明，最后才是“绿水翠树”的自然风光，将开头的从自然到因各种不同的观念牵引的不同人生选择这一顺序颠倒过来，完成了一次回环。

张清华说：“中国人的非凡之处，其形而上学的高迈之处，在于他们是深邃的生命本体论主义者，他们以历史的追问起，以人生的认识终，出儒入道，此乃真历史主义者也，否则那追寻和叩问，那上下的求索有何意义?”① 从这个意义上看，孙文波诗歌中节谨的感伤“并不见得就是只懂得颓伤，如果是导向对生命的深在和洞悉的认识的话，感伤当然也包含了真正的彻悟和坚强”②。穆勒曾经赞赏柯勒律治有能力“更加深刻

① 张清华：《海德堡笔记》，山东画报出版社2004年版，第64页。
② 同上书，第98页。

地看清人类情感和智慧的复杂性”[①]，这一点，我想孙文波也做到了，而且做得异常出色。如果用一句先贤的话来描述这些诗歌，我想应该是孟子的“我知言，我善养吾浩然之气”，“知言”自然指孙文波对语言、现实和传统之间关系的深刻认识，“浩然之气”则不局限在儒家任重道远的担当，也是诗人面对虚无、不畏惧自我消失的勇气，它还是孙诗中不凡的气势，雄辩而能推心置腹，一路奔涌，回旋满地，让人浩叹。最后以诗人《登首象山诗札之三（为柳宗宣、阿西来访而作）》来结束我们这次诗歌的旅行：

都像漂浮物，犹如在未知中远航，却又不知
它们的存在就是大地的见证——见证我们向远方
眺望——氤氲的雾气笼罩下，所有的建筑
都像漂浮物，犹如在未知中远航，却又不知
会驶向何处——我和你当然也是……这样

（原文载于《飞地》第3辑，海天出版社2013年版）

① 莱昂内尔·特里林：《知性乃道德职责》，严志军、张沫译，译林出版社2011年版，第20页。

莓台上的月光

——论鲁迅的警觉

李雪梅

鲁迅无论是在批判中国传统文化、批判国民性，还是论启蒙主义、谈论建设中国的新文化，都流露出深刻的警觉性特点——既能深入问题，又能时刻站在问题之外看问题。和厚重的历史尘埃相比，这种警觉犹如投射在“莓台上面的月光”，虽然“只看见点点的碎影”[①]。但就是这“点点的碎影”，其犀利和深刻在中国思想文化史上却是极其罕见的；也正是这“点点的碎影”，警醒我们：“从来如此便对么”？因此，探讨鲁迅的警觉特点，对我们更多视角地理解鲁迅，是有益的。本篇论文将从三个方面来论析鲁迅的警觉。

一　一套对立的概念区分

经过几代人前仆后继的探索，以西方的科学、民主、自由为参照，内外交困的古中国越发满目疮痍，于是，满目看到的皆非所应是。理论上，到鲁迅这里，关照中国的视点便形成了一套对立的概念，比如，专制、封建—民主、自由；迷信、愚昧—科学、启蒙；惰性、奴性—独立、自主；静—动；人—奴隶、非人；正视—瞒和骗；等等。从制度、制度下的文化、生产文化的人，用这样一种尺度来衡量，寻根式地追问，虽然会失于简单化，但问题也随着概念的对照而暴露无遗。随着对照，警觉才“有法可依”，才不会沦为所谓的“多疑”、“敏感”或者“刻薄”，反而

① 鲁迅：《忽然想到之三》，《鲁迅杂感选集》，上海青光书局1933年版，第71页。

成为鲁迅活跃的思想的一个重要源泉。这样，中西方文明在鲁迅这里才相互激发，交汇成彼此清晰可鉴的镜子，人类的进步与否才具体为可以触摸的生活琐碎。

鲁迅的警觉首先表现在对专制主义制度以及等级社会中社会生活秩序的反抗，而任何的反抗和挣脱都有一个势欲达到的目标。由于概念的区分，鲁迅眼光所到之处自然而然哗啦裂成两半，裂缝所蕴含的历史内容，便可以拿来细细剖析：

几千年的中国，几千年的专制，专制主义制度在中国之成熟和绚烂，已经塑造了蔚为壮观的民族文化性格——“帝”与“民”的“血肉相连”。中国的“民”需要他们的“帝”，需要他们的天子来驱使、奴役他们；中国的“帝”最爱的“民”也是“臣服”在他们脚下的顺民，被他们教化了的“民”。有了这样的“帝”和“民”，“专制者”与“奴才”便天然地纠缠在一起，二者既对立又统一，既是社会生活秩序中两个对立的等级（任何一个等级内都可以依此再划分）；同时，二者又成了专制主义制度下的一个人的可以相互转化的两面性：“临下骄者事上必谄”，每一个人都是“中间物”，都不是绝对的专制者或奴才，虽然“天有十日，人有十等”，但只要是在“十等”之内，就可以一边骄一边谄，何时骄何时谄乃依时而变。在《摩罗诗力说》中，鲁迅写道：

> ……中国之治，理想在不撄，……有人撄人，或有人得撄者，为帝大禁，其意在保位，使子孙王千万世，无有底止，故性解之出，必全力死之；有人撄我，或有能撄人者，为民大禁，其意在安生，宁蜷伏堕落而恶进取，故性解之出，亦必全力死之。……

“不撄”是“帝”与“民”的温床，是“专制者”与“奴才”的必要条件。只要“不撄”便是太平盛世，天子可以履行“天上”的职责，君有君纲，臣有臣纪，百姓服役纳粮磕头颂圣，一切秩序井然，没有人会怀疑这有什么不合理。中国的永远“中立”的百姓，只求有一个一定的主子拿他们去做百姓，去替他们做决定。鲁迅在这里带有“恨其不幸，怒其不争”的意味。“帝”和“民”各怀“鬼”胎，这是专制主义制度孕育出来的民族，血管里流淌着的是被专制主义制度规训了的血。鲁迅本身也未尝不流着同样的血，但他有了参照物——中国之外的文明，他看到了“古已有之”的问题的根本，他不会被一出一出上演的政治把戏、制度规则之类迷惑，他时刻警觉着：

> 但我当一包现银塞在怀中，沉甸甸地觉得安心，喜欢的时候，却突然起了另一思想，就是：我们极容易变成奴隶，而且变了之后，还万分喜欢。（《灯下漫笔》）

像这样的文字，我们在阅读鲁迅的过程中时时可以碰见，我们时时都会心头一紧：此处要小心！

“遗言太沉痛，莫做空头文学家”，蔡元培先生的挽联可谓是对现实中的鲁迅先生极其适切的评价：作为“左联”盟主而游离于左联核心之外，“表明有浓烈独立意识的鲁迅，是警惕团体和党派之间的主奴意识的”[①]。而当时的左联内部，也的确存在主奴这样的关系。鲁迅寄希望于《左联》，又清醒地警觉着：“左翼”作家是很容易成为“右翼”的。（《对于左翼作家联盟的意见》）既然成立了，就不要落空，这对一个依然要在同一个现实里生活的鲁迅来说是极为艰难的。秩序之内反秩序，泱泱大国，只能是莓台上点点碎影似的月光。

从理论到实践，从社会到个人，对立概念的区分不仅是鲁迅进入中国传统文化的方法，而且这个方法为其打开了一扇令人惊异、方便的窗。区分了概念，便清晰了界限，确立了鲁迅的世界观、人生观和价值观，在此基础上，鲁迅一生得以坚决地追求理想中的世界和人性。虽然他也清醒地看到这种追求的虚妄，但其言和行在这一点上是统一的。而鲁迅之所以是鲁迅，正是因为这样一种区分的眼光始终使他处于高度的警觉状态，警觉成了他的一种文化品格，塑造了鲁迅之后的对文化进行全面诊断、批判、启蒙和建设新文化的革命家、思想家形象。

---

① 瞿秋白等：《红色光环下的鲁迅》，见孙郁所作编选后记，河北教育出版社 2001 年版，第 287 页。

二　杀毒卫士：诊断、批判、启蒙和建设

如果说对立概念的区分赋予警觉以合法性和理性，那么，如何贯彻和实践这个合法性和理性呢？无论是从现在的结果往回溯，还是循着文化发生的轨迹一路检视，警觉在这里都扮演着一个忠诚的杀毒卫士的角色，使鲁迅对中国传统文化的诊断、批判、启蒙和建设新文化始终在概念对照这样一个思路上进行。而这个杀毒卫士，是浸染在中国文化之中经过了很多古书的洗礼，同时对轰击我们的大炮能够拆解、组装，并懂得如果条件允许，将会“以子之矛攻子之盾”，是“知己知彼”的目标坚定的战士：“首在审己，亦必知人，比较既周，爰生自觉。”（《摩罗诗力说》）如此，鲁迅以小说、散文、杂感等形式，唤醒、启蒙和疗救古国的文化、精神才有了理论和经验上全面、坚实的基础。

在《青年必读书》中，鲁迅说：“我看中国书时，总觉得就沉静下去，与实人生离开；读外国书（但除了印度）时，往往就与人生接触，想做点事。”这里，鲁迅以个人的感性体验的方式诊并断出中西方文化本质上的不同。为什么会有这样的不同？专制主义制度下的中国士大夫们把“穷则独善其身，达则兼济天下”（《孟子·尽心上》）奉为人生信条，无论是失意，还是得意，他们都能进退自如，都能从不同的思想资源中找到依托——进时儒家，退则道家。一方面，得意时他们担当着社会进步的责任；另一方面，失意时他们也不忘逃回自己的阶级地位所应有的自我修养中去。既能动（但没有一往无前的热力迸发），又能静（退缩回来“修身”），这是一种无论何时都具有安全感的文化，也造成了中国文化的保守、中庸，从而从根本上决定了“中国的文化，都是侍奉老子的文化”（《老调子已经唱完》）。虽然不无偏颇，但鲁迅历来以为若不作出激烈的批判姿态，是不足以引起“疗救”的注意的，因为中国人惯于妥协，任何新的主张到了中国人这里都是要打折扣的。与此相对应的是：“无论如何，我总觉得洋鬼子比中国人文明”，他们“敢于指摘自己国度的错误的，中国人就很少”（《两地书·二九》）。鲁迅认为我们“倒去屈尊学学枪击我们的洋鬼子，这才可望有新的希望的萌芽”［《忽然想到》（八）］。

也正因为如此，鲁迅高度的警觉性便体现为“独立的人的思想和意识、敢于面对和正视一切以及对人生积极勇猛的追求和建设”。等级森严的社会中的中国人从来就没有争取到真正意义上独立的“人”，更遑论思想和意识了。而专制主义制度下的中国文人，对于人生社会则从来没有正视的勇气，他们闭上眼睛，“瞒和骗”自己，然后作出“瞒和骗”的文艺。当然，他们也并不是真的什么都看不到，而是一到危机一发之际，他总即刻连说“并无其事”。他们先即不敢，后便不能，再后，就自然不视，不见了（《论睁了眼看》）。屈原、嵇康等少数敢于说真话、正视现实的人，便成了历史上特出的人物。启蒙的任务很大程度上就是唤醒“帝”膝前的顺民，唤醒国人对“人”的完整认识和追求。这比换一种什么制度要来得紧要，因为制度的实现程度与国人的觉悟程度成正比。于是我们看到孤独的鲁迅肩住黑暗的闸门，发出铁屋子里的呐喊：“世上如果还有真要活下去的人们，就先该敢说，敢做，敢笑，敢哭，敢怒，敢骂，敢打……”［《忽然想到（五）》］。之所以是铁屋子的呐喊，因为屋子里的人不认为他们不敢说，不敢做，不敢笑，不敢哭，不敢怒，不敢骂，不敢打……在他们看来，只有应该和不应该，只有循规蹈矩和大逆不道。杀毒卫士也不免无能为力，杀不尽的毒，翻不过身的债。启蒙和建设的希望因而显得遥遥无期。鲁迅的伟大也在此再一次凸显了出来。他与现实妥协，从启蒙群众到意识到从群众中去汲取力量①，从重视国民精神的根本转变到落实到生活中的物质具体，从启国民的蒙到寄希望于先改变智识阶级，鲁迅希望一点一点去实现，一点一点去建设。因此鲁迅崇尚力、行动，在老子和孔子之间，他很自然地肯定了后者，认为孔子是“知其不可为而为之”的事无大小均不放松的实行者，老子是“无为而无不为”的一事不做，徒做大言的空谈家。他建议不妨做一头令老猎人也不免退避的野猪；认为“不生育，不流产而等待一个英伟的宁馨儿，那自然是很可喜的，但可虑的是终于什么也没有”［《这个与那个》（四）］。所以，鲁迅告诫青年：生存、温饱和发展，有谁胆敢阻碍这三者的，不管是“古已有之”，还是什么圣人先哲的教诲，一概反抗、扑灭。（《北京

① 钱理群：《心灵的探寻》，河北教育出版社2005年版，第256页。

通信》)

然而，鲁迅也一再否认自己被称为青年的导师，他清醒地知道自己身上也有古中国的“陋病”，他自己也在“吃人”，所以，一代思想大家，只能时刻警觉着民族的过去、现在和将来，从这一点来看，我们就不难理解他的对某个人的攻击实际的靶心却是某一类，是民族性格的一个侧影。而他的攻击，也只是杀毒卫士条件反射地在杀毒而已。

三 高度的警觉与无物之阵

鲁迅的警觉有了具体可行的方法作为基础，对他思想的稳定发展有着重要的作用，但这也造成了作家自身不可解脱的思想困境。

王晓明先生从心理学的角度认为鲁迅的身世、遭遇造成鲁迅“从阴暗面去掌握世事的特殊习惯”、“对病态人心的注重几乎成为一种最基本的认识习惯了”①、“一直保持着对于黑暗的特别的敏感”②，可以说这是鲁迅形成这样独特视角的契机之一，而更重要的事实是这种“病态”恰恰是鲁迅对身处其中的文化的高度警觉：“我的习性不大好，每不肯相信表面上的事情……”③ 表面上的习俗实在是强大顽劣得很，历史和民众乃至文化的惯性自动地浸透和运转非一人一时可以扭转。人是需要规范、秩序和方向的动物，他们需要对这个社会进行命名和归类，这是道德规范，那是行为准则、地理知识，诸如此类。一个人在社会中的成长首先是“学做人”——学会和适应社会诸如此类的准则和规范，而最好学会善于在这些规范和准则之间“游走”。教会如何做人，文化的传承至少在一定程度上就完成了。因此所谓的革新，他的脚也依然踩在陈迹斑斑、腐朽硬化的历史城墙上，迈开的脚步背后，拖着的是从历史一端抽出来的新丝。有了历史，新丝才有方向，才能确立自己的价值。然而这样一种抽丝确立的过程是一种令人分裂的过程。首先，社会（依然是这个可

---

① 王晓明：《现代中国最苦痛的灵魂——论鲁迅的内心世界》，汪晖、钱理群等：《鲁迅研究的历史批判——论鲁迅（二）》，河北教育出版社 2000 年版，第 293 页。

② 同上书，第 306 页。

③ 鲁迅、景宋：《鲁迅景宋通信集——〈两地书〉的原信》，湖南人民出版社 1984 年版，第 29 页。

恶的社会）衡量和定位这些先驱者们（包括他们自己对自己的衡量和定位）的标准，很大程度上是旧有的标准；其次，先驱思想者的理想要在旧有运行体制内实现，难免被误解，被歪曲，被覆盖，被历史的潮水淹没，甚至被别有用心之徒利用（历史也常常这么嘲弄人），更有时，新丝抽出来的血迹已模糊了新丝的面目。所以，尽管鲁迅如孙郁所说的："他不仅警惕着现象界对人的扭曲，也警惕着自我不被旧有的思想异化。"①然而，文化一旦形成，便如空气，无处不在，更何况生活是时刻都在进行的，如何不沉没在生活之中？人是生活和社会塑造出来的，国民对国民性的思考是在一日三餐和吃喝拉撒的间隙进行的，而如何三餐和如何吃拉则很大程度上决定了思考的进行。环绕在鲁迅周围的是国民的麻木、奴性、惰性、投机取巧、明哲保身、中庸、怯懦、巧滑、没有自主性……处处是"战士"的战斗对象，但拳头打出去却是软绵绵的没有任何回声，鲁迅终于陷入"无物之阵"。警觉是因为存有希望，高度的警觉和这个无物之阵在鲁迅这里构成了一种紧张的对峙，一种无法消除的绝望和希望的交织。鲁迅式的"不肯相信"、"从来如此便对么？"的警觉使鲁迅负担着历史的责任感和使命感，或者反过来，是历史的责任感和使命感使鲁迅一生处于高度的警觉状态，无论如何，对鲁迅本人而言，这种状态都是切切实实地存在着的，其警觉的对象和内容也是切切实实地存在着的。切实的存在在本质上是被动的、被规定了的，是有局限的。而与他对峙着的呢？如一张巨大的网，无所不在，如虚空一样地存在、蔓延，如虚空一样广大地包裹着所有的实在。所以鲁迅会感叹："惟黑暗与虚无乃实有！"鲁迅对实在与虚无的辩证认识的警觉使他陷入的困境也是如此的深切、必然，而且不可救赎。

这是一个"觉悟者"的希望和悲哀。是一个人对社会、对他人、对自我所能有的最大的希望和最深的绝望，是一个思想里糅合了儒道传统和西方现代文明的矛盾混合体。鲁迅既想坚持实有的、韧的战斗，但同时又看到了战斗背后的虚无，这使他每前进一步都步履维艰，需要披荆

---

① 瞿秋白等：《红色光环下的鲁迅》，见孙郁所作编选后记，河北教育出版社 2001 年版，第 288 页。

斩棘，拨开重重历史的迷障。在这一点上，鲁迅前进的脚步，是作为中西方文明搏杀着融合的一份宝贵的心灵档案，因为即使一切都可以是虚无的，这迈出去的脚步却是真实的；因为月光是惨淡的，然而在茫茫的历史黑夜中，哪怕是点点的碎影，也可以成为黑暗中人类的希望。

［原文载于《华北水利水电学报》（社会科学版）2009 年第 1 期］

中国现当代
文学史研究

文化自觉的多元审美呈现

——论新世纪广西多民族文学

黄伟林

20世纪90年代中期以后，中国文坛出现了一个引人注目的文学团队，即“文学桂军”。文学桂军长期以来不受重视，它的突然上升的势头，以及广西所处的中国边缘位置，很快被概括为“边缘的崛起”①。两度荣获鲁迅文学奖、许多作家涉足影视编剧以及小说家创意的“山水实景演出”的成功，文学桂军这种崛起的突兀性使人们想起举世闻名的桂林喀斯特地貌，平地拔起，没有铺垫，不假依托，犹如“南天一柱”，矗立在中国的南部边疆，光彩夺目。

这个在中国边缘地带崛起的文学桂军，是一个多民族构成的文学团队。根据中华人民共和国民族识别的结果，广西共有12个世居民族，分别是汉、壮、瑶、苗、侗、回、京、彝、水、仫佬、毛南、仡佬。在这12个世居民族中，壮族、瑶族、仫佬族、毛南族、京族五个民族的主要聚居地是广西。京族还是中国唯一濒海而居的民族。活跃于21世纪中国文坛的文学桂军，包括汉族、壮族、瑶族、仫佬族、毛南族、京族、侗族、回族等多民族的作家代表。代表人物主要有汉族的梅帅元、林白、黄继树、聂震宁、东西、张燕玲、张仁胜、李冯、陈谦、杨映川、黄咏梅、杨克、刘春、朱山坡、蒋锦璐、谢凌洁，壮族的冯艺、黄佩华、凡

---

① 最早以“边缘的崛起”形容文学桂军的是黄伟林的文章《边缘的崛起》，发表于《民族文学》1999年第6期，2006年6月15日北京大学教授张颐武在《文艺报》也发表了《边缘的崛起》一文，谈的是广西作家对中国电影文化的贡献。此外，《南方文坛》主编张燕玲也发表过《边缘的崛起》同名文章。

一平、严风华、石才夫、覃瑞强、黄伟林、蒙飞、梁越、李约热、黄土路，瑶族的蓝怀昌、光盘、纪尘、班源泽，仫佬族的潘琦、常剑钧、鬼子、潘红日、包晓泉、何述强，京族的何思源、苏凯，毛南族的谭自安、莫景春，侗族的吴虹飞，回族的海力洪，等等。

活跃于21世纪的广西多民族作家，生活在一个文化相对开放的时代。如果说广西多民族前辈作家主要接受的是单一的社会主义现实主义文学教育，其文学创作在很大程度上可以归属于单一的社会主义现实主义文学，那么，活跃于当下的广西少数民族作家接受的文学教育则趋于多元。关于这一点，汉族作家东西在一篇谈及他的壮族作家朋友的文章中就专门指出："他们读过《诗经》、《三国演义》和《红楼梦》，读过鲁迅、卡夫卡、托尔斯泰和巴尔扎克，看过美国好莱坞的电影，吃过麦当劳。"① 开放的文化视野使广西多民族作家的文学创作不再像他们的前辈那样局限于"主流意识形态+山歌"的单一模式，体现出强烈的创新意识，其文学作品的审美形态丰富多彩，现实主义、现代主义和后现代主义三种文学形态在广西多民族作家的创作中都有精彩的表现。

壮族小说家黄佩华基本遵循了现实主义的创作原则，他的小说大多以他的故乡——桂西北红水河流域为背景，如长篇小说《生生长流》写的是红水河流域一个农氏家族的家族史。全书共8章，塑造了8个人物形象，也可以当作8个独立的中篇小说阅读。其中一个人物农兴发还与台湾有关。农兴发的故事贯穿了三个女人和三种身份。第一个女人是初恋情人阿莲，可惜还未结婚农兴发就被抓了壮丁，成了一名国民党士兵；淮海战役中，农兴发成了解放军的俘虏后加入了解放军，后来随军入朝参战，负伤后得到一家朝鲜母女的救助，并与朝鲜姑娘有了一段情缘；在归队途中农兴发被美军俘虏，最后到了台湾，与老乡韦志隆的遗孀丹妮同居了数年。《生生长流》在长达将近百年的历史框架中展示了农氏家庭八个重要人物的人生命运，其中，百年中国发生的重要事件如国共内战、朝鲜战争、三年困难、"文革"、"上山下乡"、改革开放都得到了直接的描述。黄佩华将个人命运与时代风云熔为一炉，他关注的是这些从

---

① 东西：《壮族我的第一个文化样本》，《中国国家地理》2011年第8期。

红水河的自然世界进入了现代社会的壮族族群在现代社会的命运沉浮，表现出鲜明的现实主义创作追求。

仫佬族小说家鬼子的作品更趋于现代主义文学形态。他的中篇小说《被雨淋湿的河》获中国作家协会第二届鲁迅文学奖，还被收入台湾人间出版社出版的《大陆五十年名作家名作大系》。2002 年，鬼子在《人民文学》上发表了一个中篇小说《瓦城上空的麦田》。小说写一个山里的农民李四在六十岁生日那天盼望他那三个在瓦城工作的孩子回家庆贺他的生日，但他的孩子都没有来。李四很愤怒，带上身份证自己上了瓦城，希望用这样的特殊行为引起孩子的想法从而记起父亲的生日。但他的三个儿子都没有意识到父亲的反常，也没有想起父亲的生日。李四甚至制造了自己车祸死亡的假象，打算让儿子醒悟。结果儿子们信以为真，以为父亲真的死了，安葬了“父亲”。最后，李四试图让儿子们相信他还活着，但儿子们不再相信，认为这是一个骗局。李四终于无法证明自己的身份，最后选择了车祸死亡。

这个故事很离奇，儿子不相信近在眼前的父亲，却要求父亲以身份证证明自己的身份。但是，结合如今发生在中国社会各种千奇百怪的现象，却令人感觉到这个作品有一种深刻的真实。小说从社会问题入手，很像现实主义文学的思维方式，但它的出口却是现代主义的。“小说表面上讲述了像李四这样的城市边缘人、乡村局外人的故事，提供了乡村主人热切向往进入城市的欲望事实，提供了乡村社会与城市社会各自逻辑的冲突事实，提供了城市边缘人艰难的生存事实，所有这些事实都是现实存在的。然而，鬼子的写作虽然包容了这种种社会矛盾，显示了所有这些矛盾的存在，但他没有止步，《瓦城上空的麦田》将思想从这种现实主义思维超拔出来，从社会现实的提问提升为心灵问题的追问，将身份的现实主义问题转化为身份的现代主义问题，从而使这部作品产生了传统现实主义小说所不具有的思想深度和叙述精度。”①

壮族小说家凡一平的小说包含了较明显的后现代主义文学元素。其小说的后现代性主要体现为他的小说人物的角色多元性。换言之，凡一

① 黄伟林：《对身份的现代主义追问》，《民族文学研究》2005 年第 3 期。

平小说中的人物往往能够扮演多种角色。“《浑身是戏》中的男主人公宋扬本是一位小说家，却意外地被一个电影摄制组请去扮演一个影片中的杀手，从无演员经验的宋扬竟然有出色的表现……《跪下》的主人公宋扬，似乎更是一个表演天才，头一次参加圣诞节聚会就以一个警察的身份出色地扮演了归国天才画家的角色。……《变性人手记》中的夏妆做了变性手术后，把一个男性角色表演得天衣无缝。《顺口溜》的主人公彰文联，似乎也能在教授、处长、副市长、情人、朋友多种角色变换中游刃有余。《卧底》中的主人公黄山永以一个司机身份突然接受卧底的任务，同样无师自通出色地完成了任务。《理发师》的理发师陆平既是逃亡者，又是情人，还是无功受禄的将军和改造自新的战犯。……当下中国很少有一个小说家像凡一平小说中人物的角色那样变化多端，反差强烈。”① 后现代的一个重要表征是人丧失了自我本质，人的共同性遭遇了解构。凡一平小说人物的角色多元性正是人的本质丧失后的结果。他的中篇小说《扑克》对此有相当明显的隐喻。小说主人公王新云从小被拐卖，长大后遇到了生父，但他的现实处境已经使他不愿意回到他本来的人生轨道。凡一平写这个故事，目的已经不是传统的伦理教谕，而是隐喻丧失了本质的现代人所具有的多种可能以及无根的游走状态。

无论是现实主义、现代主义还是后现代主义，广西多民族作家都面临着与自己的民族文化传统脱节的现实。这实际上也是中国当代多民族作家相同的境遇。黄佩华有一个中篇小说《涉过红水》，小说写了巴桑、合社、鲁维、板央四个对自己的身世讳莫如深的人物。从黄佩华的一篇题为《我的桂西北》的散文中得知，这四个奇怪的名字既是小说的主人公，同时也是红水河流域一个个鲜为人知、随着红水河水利工程的兴修最终消失的村庄。如此看来，作者是在表示对一种即将消逝的生存形态的追记，这些人物终于淹没于洪水之中，暗示了现代化进程对传统生活方式的灭顶性冲击。

这样的思辨隐藏了广西少数民族新生代作家的文化自觉。文化自觉是

---

①　黄伟林：《“身份焦虑”与“浑身是戏”——壮族小说家凡一平小说论》，《民族文学研究》2007 年第 1 期。

费孝通先生提出的一个概念，“指生活在一定文化中的人对其文化有‘自知之明’，明白它的来历，形成过程，所具的特色和它发展的趋向，……文化自觉是一个艰巨的过程，只有在认识自己的文化、理解所接触到的多种文化的基础上，才有条件有这个正在形成中的多元文化的世界里确立自己的位置，然后经过自主的适应，和其他文化一起，取长补短，共同建立一个有共同认可的基本秩序和一套各种文化都能和平共处、各抒所长、联手发展的共处守则”①。

文化自觉首先表现在广西多民族作家开始努力去全面认识广西的多民族构成和民族特点。2010年，广西民族出版社出版了全套12本《广西世居民族文化丛书》。这套书的作者绝大部分都是广西多民族作家。如严风华写壮族的《壮行天下》、何述强写仫佬族的《凤兮仫佬》、冯艺写瑶族的《瑶风鸣翠》、包晓泉写京族的《京色海岸》、蒙飞写侗族的《侗情如歌》等。这套书每个民族一本，以这个民族的历史文化为主核心内容。“过去人们常常认为广西少数民族特色不鲜明，读了这套丛书，将彻底改变这种误解。仅以音乐这个项目而论，我们可以发现，广西不仅有壮族的山歌和天琴，而且有京族的唱哈和独弦，不仅有苗族的唱鼓和芦笙，而且有瑶族的史诗和长鼓。”“广西文化的多样性是与广西复杂的地理位置、地质地貌联系在一起的。过去，人们通常认为广西就是一个山区，但是，真正进入广西，会发现广西也有大量的平原，更重要的，还有大片的海域，不仅沿边，而且沿海。无论是山地文化还是海洋文化发育得都很充分。”②

文化自觉也表现在广西多民族作家对自身民族重要历史人物的实事求是的认识和评价。比如，陆荣廷是老桂系首脑，是晚清民初广西的政治军事领袖。过去，人们包括广西人本身对陆荣廷的认识都是肤浅的、概念化的，只是将他作为反动军阀的代表人物。2011年，壮族青年作家梁越在线装书局出版了《陆荣廷评传》，改写了原来沉淀在人们心目中陆荣廷的形象，还原了陆荣廷的真实面貌。著名壮族学者梁庭望专门为之

① 费孝通：《反思·对话·文化自觉》，《文化的生与死》，上海人民出版社2009年版。

② 黄伟林：《广西多民族文化形象的整体呈现》，《中国民族报》2011年6月3日第11版，第185—186页。

写序，指出“陆荣廷是壮族的一位时代英雄，在中国20世纪初期大动荡的年代，对中国历史的转折起过重大的作用，有大功于国，没有他在危急关头出马，清朝之后中国很可能又产生一个坐稳江山的新封建王朝”。进一步，梁庭望认为：“梁越的新著贵在勇敢，贵在实事求是，其中的不少篇章具有颠覆的力量。”①

文化意识还表现在广西多民族作家已经意识到自身与其民族文化根脉的脱节，为了重续传统，他们发起了文学“重返故乡”的行动。

“重返故乡”指的是《广西文学》杂志设立的一个文学栏目。2006年底，任职《广西文学》编辑的壮族小说家李约热对小说来稿中大量远离现实的虚构作品表示强烈不满，并得到《广西日报》编辑部同人的共鸣。于是，“一个以故乡故土故里故人的真实故事写作为由的灵魂产生了”②，《广西文学》从2007年第7期开始，连续四年多设立了“重返故乡”的栏目，“约请广西作家以散文的形式，写他自己的一段故事，一段与之生命旅程最重要的灵魂密码和线索，特别是真实地写出目前状态下作家们精神血缘中自己的乡村”③。迄今为止，数十位广西多民族作家为这个栏目贡献了他们的作品。其中包括了凡一平的《上岭》、鬼子的《把碎片还给故乡》、黄佩华的《生在平用》、蒙飞的《漂移的家》、石才夫的《在深夜聆听故乡的声音》、黄土路的《父亲传》、潘红日的《家乡的路牵着我的神经》、何述强的《故乡是每个人心中隐秘的神经》、严风华的《出生地》、包晓泉的《牵扯》、光盘的《故乡，一个意义多重的符号》、覃瑞强的《回望古河是故乡》、常剑钧的《家在天河》、李约热的《面对故乡，低下头颅》等广西多民族作家的作品。用作家、编辑冯艳冰女士的话说，将近五年时间，“广西的作家们像在进行一场接力跑，举着这根炽热的燃烧着的火炬，一个接一个地向读者们讲述着真实的自我，一个接一个地燃烧着记忆中的秘密，一个接一个地点亮了一盏盏长在心灵深处的烛火”。2011年6月，广西人民出版社出版了70万字的《重返

① 梁庭望：《陆荣廷评传·序》，梁越《陆荣廷评传》，线装书局2011年版，第1页。

② 冯艳冰：《以故乡的名义》，覃瑞强主编《重返故乡》，广西人民出版社2011年版，第1页。

③ 同上。

故乡》一书。这个栏目现在还在持续，冯艳冰女士称其为“广西作家的精神资源”①。

“重返故乡”不仅是一段广西多民族作家的内心经历，而且也是广西多民族作家的一次次身体体验。

2008年1月9日至10日，广西文学杂志社与广西作协组织作家赴都安瑶族自治县举行“重返故乡”文学活动，鬼子、凡一平、黄佩华、蒙飞、覃瑞强、潘红日、冯艳冰、韦露、李约热及都安籍作家潘莹宇、谭云鹏等参加了此次活动。都安是广西著名瑶族作家蓝怀昌、壮族凡一平、李约热等人的故乡，这次“重返故乡”活动，作家们去的是壮族青年作家周龙的故乡大兴乡弄奸屯——一个被大山环抱的地方，作家们认为此次采风活动让他们重返了一次“生命的故乡”和“情感的故乡”，从而思考“精神的故乡”。

2011年10月14日至16日，由《广西文学》再次组织东西、凡一平、黄佩华、覃瑞强、黄伟林、冯艳冰、李约热、蒙飞、黄土路、何述强、蒋菁渠、韦露、谢冬、朱妮等文艺家一行三十多人到百色西林县开展“重返故乡”活动。西林县地处广西最西端的滇、黔、桂的结合部，是黄佩华、岑隆业、许雪萍等壮族作家的故乡。这次“重返故乡”活动到了黄佩华的老家西林县八达镇平用屯，作家们亲临黄佩华小说中不断书写的驮娘江，既欣赏了故乡的美景，又体验了故乡的民风民俗，对黄佩华小说有了更深入的理解。西林之行，作家们还参观了晚清重要历史人物壮族岑氏一门三总督的故居和中国近代史上影响很大的“西林教案”发生地。

像这样的“重返故乡”活动，广西文学杂志社和广西作协已经组织了五次，分别重返了都安、大化、浦北、西林等广西作家的故乡。“重返故乡”活动，使广西多民族作家重新发现了故乡自然与人文的美。广西多民族作家正是以这种“重返故乡”的方式，重续他们与自身民族的文化血脉，联结他们与自身民族的精神传统，建构他们地理的故乡、历史

① 冯艳冰：《以故乡的名义》，覃瑞强主编《重返故乡》，广西人民出版社2011年版，第2页。

的故乡和文化的故乡，最终，创造他们文学的故乡。

文化自觉不仅促使广西多民族作家“重返故乡”重续文化本根，而且催生了广西多民族作家的开放意识和“越界”冲动。许多广西多民族作家意识到，不仅要对自身的文化传统有深入的认识，也应该对其他民族、对这个时代的多元文化有深入的认识。因为，只有建立了对自我和他者的双向认识，认识才是完整的。只有完整的认识，只有“越界”产生的文化交流和文化交融，才能形成不同民族和多元文化和谐相处、共生共荣的局面，抵达费孝通所说的“各美其美，美人之美，美美与共，天下大同”的境界。

21世纪以来，广西多民族作家最令人瞩目的现象是他们的跨界创作。跨界创作最显赫的成果是山水实景演出《印象·刘三姐》。山水实景演出的创始人梅帅元是20世纪80年代开始文学创作的广西著名小说家、剧作家，曾提出过对广西多民族作家影响极大的“百越境界”文学观。他创意的将山水实景和舞台演出融为一体的“山水实景演出”，被认为是人类演出史上的革命，成为中国文化产业的一个标杆。目前，梅帅元团队已经在中国九个城市制作了实景演出作品，吸引了全世界大量旅游者的眼球，成为中国旅游演艺领域的奇观。

广西多民族作家另一个令人瞩目的跨界创作是他们的影视编剧。21世纪以来，中国大陆地区一批著名影片如张艺谋导演的《英雄》、《十面埋伏》来自广西汉族作家李冯的编剧，陈逸飞导演的《理发师》、陆川导演的《寻枪》来自广西壮族作家凡一平的编剧，蒋钦民导演的《天上的恋人》来自广西汉族作家东西的编剧，东西的后家庭伦理电视剧三部曲《耳光响亮》、《我们的父亲》和《没有语言的生活》也产生了较大的影响。北京大学张颐武教授撰文指出：“根据广西作家的剧本拍摄的电影都显示了广西电影文化的生命力。充满活力的广西电影正是当代中国电影发展中的一个重要组成部分。”“广西的想象力为当下的电影文化贡献了重要的资源。”①

广西多民族作家中还有一位热衷跨界创作的女作家，即侗族青年女

① 张颐武：《边缘的崛起》，《文艺报》2006年6月15日第2版。

作家吴虹飞。吴虹飞写小说、诗歌、随笔，她的访谈更是别具一格，被认为是“为人物报道提供了一种行之有效的范式”。不过，吴虹飞真正的越界创作是音乐，她组建了摇滚乐队《幸福大街》，并担任乐队主唱，被认为是“国内最具个人风格的摇滚歌手之一”。广西有“歌海”之誉，民间传说有歌仙刘三姐的故事，歌墟是广西重要的文化景观。壮族、侗族、苗族、京族、仫佬族无不能歌善舞，侗族大歌更是世界闻名。作为一个侗族女作家，吴虹飞一边带着“幸福大街”乐队到各个城市进行西方化的巡回演唱，一边进行着民族化的侗族音乐收集工作。

跨界有时候不仅指的是一种写作行为，对于广西多民族作家而言，有时候它还原的是它的本义：越过自己民族的疆界，到其他民族的领地去体验和认知。汉族作家梅帅元的实景演出推广到了呼伦贝尔大草原，作为一个汉族作家，他尽可能体验蒙古族的文化传统和内心世界。瑶族女作家纪尘，独自一人行走西藏、新疆、印度、尼泊尔、蒙古，以乔丽盼为笔名的《行疆记》记录了她行走新疆的旅程。瑶族是一个行走的民族，过去，瑶族的行走往往是为了生存，纪尘的行走边疆和国外，增进了对其他民族、其他地区、其他国家的文化体验、文化认知。壮族作家梁越大学毕业后离开广西去了新疆，长达十年的时间，“曾经亲自走过比如六月天也会下大雪的巴里坤天山口门子达坂；在阿尔泰山分水岭处的中蒙边界上一去就是五趟，历时四年；漂流过从未有人漂流过的布尔根河，体会当年张骞乘木槎渡野河或眩雷河（伊犁河）时的感受”。“我还曾经走过青海荒原的大非川，唐大将薛仁贵的五万大军曾在此全军覆没；额纳济旗的居延海，此处曾是汉匈战争攻防最前线；宁夏沙坡头的黄河岸边，此处是游牧民族攻略中原的必经渡口；负重20公斤徒步罗布泊70公里，去寻访楼兰古城，因为楼兰国度神秘迷人；帕米尔高原塔什库尔干的大同谷地，我当时进入的时候根本没有路，要骑马和牦牛走一个星期，要趟过三条河流，翻过三个艰险的冰达坂；在伊犁三年的日子里，我还走过昭苏、特克斯一直到查布察尔的天山古道……”[①] 十年的西域行走，梁越写出了以张骞出使西域为题材的长篇小说《西去的使节》。

① 梁越：《西去的使节·后记》，外文出版社2005年版，第327页。

开放视野成就了多元审美形态，文化自觉催生了跨界创作冲动。广西多民族作家既“重返故乡”，又走向世界，以文化自觉的心态正视中国当下复杂的社会现实以及复杂现实所导致的人性变异和人文价值的分崩离析，并力图对这一切提出自己的思考。其文学创作不仅呈现了中国当下社会的成长，展示了壮、瑶、仫佬、京、毛南、侗、回各民族的现实境遇和文化生态，也揭示了中国当下社会一些隐蔽的危机。他们的文学探索不仅使广西这片曾经被人遗忘的百越大地变得知名而引人关注，而且为中华民族文化的创新和发展提供了典型样本和案例。

（原文载于《中国现代文学研究丛刊》2012 年第 7 期）

“桂林文化城”戏剧运动与中国现代戏剧传统

李 江

“桂林文化城”戏剧运动的繁荣跟政治、军事、地理因素有关。但它作为文化历史事件以及作为艺术历史事件，也具有特殊的文化历史方面的原因。从这方面来考虑，有必要注意桂林文化城与中国现代戏剧传统方面的历史因果。完全可以把桂林文化城戏剧运动理解为中国现代戏剧传统在战争场景中的一种延续、一种发展、一次激扬。因为在“桂林文化城”戏剧运动的发展过程中，内隐着的是一脉相承的中国现代戏剧的思想传统和艺术传统。

抗战以前，中国现代戏剧已经形成了面对文化危机时坚持自身变革的传统。近代中国，内忧外患，长期的封建政治和农耕经济条件，封闭的文化环境，使中华文化在19世纪末咄咄逼人的西方文化面前呈现出弱势文化的特点。如果不变革，中华文化则难以图存。中国话剧是在这样的背景下应运而生的。它不是一种心血来潮的随机性、偶然性选择的结果，而是那一代文化先驱有心、有效的选择。其实从那时起，西方话剧一直就只是一种中国人学习的参照，而不是标准，更不是唯一的标准。至于在学习和选择过程中，源于对中国政治现实和文化现实的不同理解，对中国戏剧发展和建设过程中主要任务、目标的不同理解，西方戏剧对中国戏剧的影响在不同历史阶段中是有所不同的。中国现代戏剧是在强势的西方文化冲击中国传统文化紧要关头发展起来的，因而在中国现代戏剧选择、参照西方戏剧时，曾经鲜明地表现出一种很矛盾的文化态度——既学习又抵拒。学习的是西方戏剧中的现代文化精神和科学理性原则，抵拒的是西方文化的侵略姿态，反抗的是那种以船坚炮利、军事开路的强权主义。西方文化中的强权主义理性由来已久，如《圣经》里体现的己之所欲、亦施于人的价值观就是一个明显的例证。“五四”那一代中国知识分子从心理上接受不了西方列强的这种文化霸权主义，甚至具有抵触和排斥情绪。与此同时又对本国社会现状痛心疾首，并因此加强了对本土文化传统的反省，力图通过学习西方、反省自我来找到文化发展的基础和路径。

中国现代戏剧起步于对本土戏剧传统和文化传统的反省。这种取向在后来的戏剧发展中内在地变成了中国现代戏剧文化传统的一个重要组成部分。这一次反省，具有值得重视的历史转折意义，无论是从反省者还是从反省对象上看，都具有值得注意的历史特点，从反省者来看，那一代戏剧文化先驱大多具备现代视野，掌握了现代科学文化知识。他们对传统戏剧可以具备居高临下的视点以及鞭辟入里的洞察力；从反省对象来看，中国传统戏剧与时代不合拍的因素在新时代人们的观察中愈来愈清晰。傅斯年对旧戏的看法最具代表性，他在《戏剧改良各面观》中对中国传统戏剧的“物质的唯我主义”大张挞伐，他发现西方戏剧具有精神之寄托，借此看到中国戏曲离不开物质上的情欲，提出：“中国戏剧的观念，是和现代生活根本矛盾的，可以受中国戏剧感化的中国社会，也是和现代生活根本矛盾的。”[①] 在“五四”戏剧论争中，《新青年》派和张厚载、马二先生、芳尘等旧剧界人士的激烈论争，促进了对中国传统戏曲的反省，推动了话剧的建设。新剧出身而又熟谙旧剧的欧阳予倩曾明确地说：“一剧本之作用，必能代表一种社会，或发挥一种思想，以解决人生之难问题，转移谬误之思潮。……中国旧剧，非不可存，惟恶习惯太多，非汰洗净尽不可。”[②] 欧阳予倩和宋春舫等戏剧家在对中西两种不同的戏剧美学体系的比较中，认同并选择了能适应新时代要求和社会现实需要的新剧，体现出来的是一种积极、开放的文化心态。这种心态表明新兴的中国话剧是在中西文化的宏阔文化视野中形成的，它是一种能够涵容多种文化成分的艺术形式。与话剧一同成长的中国话剧人也

---

① 傅斯年：《戏剧改良各面观》，《新青年》1918年第5卷第3号。

② 欧阳予倩：《予之戏剧改良观》，《新青年》1918年第5卷第4号。

不再是传统意义上的文人、士大夫，而是具有新思想、新观念的现代知识分子，虽然生逢由传统向现代转型的社会环境中，但他们显然已具备批判社会的思想勇气，已经掌握了新的求真、向善、爱美的精神武器和思想武器，具备了人道主义的思想、爱国主义的情怀、民主主义的政治诉求以及为社会的理性与公正去努力的行动能力；这些是传统社会的文人士大夫不具备的，同时又是能体现20世纪中国文化发展方向的，在一定程度上可以说是具有人类共通价值的。从思想内容上看，中国现代戏剧的思想传统，在表面上明显地表现为一种强烈的现实政治关怀，强烈地要求推动社会变革的政治情怀，而实际上，在中国现代文化发展的视野中，中国现代戏剧的思想传统虽然直接地体现为爱国主义、人道主义、民主主义等思想内容，但我们不能不看到，中国现代戏剧的这些思想内容，更多的还是以戏剧艺术的方式传递出来的，它不是社会历史的简单再现，更不是政治文件，而是一种艺术创造形式或文化创造形式。中国现代戏剧作为现代文化启蒙运动的一个重要组成部分，虽然是反帝反封建、追求独立自强的民族民主政治运动的推动或引发下发展起来的，但它更多地属于一种文化行为。经过晚清以来较长时间的社会变化，中国社会里那些文化人中的先驱者已经转变成了具有现代意义的知识分子。对知识分子来说，他们不再仅仅是读过书，接受过一般的书面知识的书生，而是知识的生产者、思想的创造者，他们中的一部分人有可能退化成传统的文化人，但至少有一点是可以肯定的，这一代人中已有人具备了成长为现代知识分子的素养，他们中有一部分选择了戏剧艺术创作。从思想方式上看，经过他们的努力，在20世纪40年代以前，中国现代戏剧形成了两种不同的话语传统，一种是以个性精神和感时忧国精神为核心的话语传统。这种话语传统形成并发展于“五四”时期，张扬自由、民主、人道的个性精神，跟以世俗文化为基础形成的感时忧国精神有机地结合在一起，成为这种话语传统的核心和趋向。另一种是适应政治文化形势的变化，急切地回应现实政治的召唤，具有明确的政治目的和阶级奋斗目标的话语传统，这种话语传统形成于30年代。对抗战时期的戏剧运动而言，这种传统在时间上并不遥远，又没有来得及经过细致的清理，并具有文化惯性，因而直接影响了抗日时期戏剧运动的开展和戏剧创作的面貌。政治话语传统是这些以戏剧艺术为业的知识分子的政治功利意识和政治心理的体现。相对于以个性精神和感时忧国精神为内核的话语传统而言，政治话语传统由于过分追求政治层面上的对话，因而难以上升到“人在精神领域里的对话”①，而后者正好是现代戏剧艺术最基本的要求。

中国现代戏剧的艺术传统则跟它的思想传统密切相关。基于对中国传统旧戏远离现实生活的表演方式的深入反思，基于对变革中国社会积弊和文化积弊的认识，中国现代戏剧在20世纪40年代以前的发展中，形成过一种强劲的现实主义艺术传统。“五四”那一代知识分子，对西方现实主义戏剧的接受兴趣，不可能不受当时中国那种积弱不振的现实的影响。在那时的时代背景和意识背景下，他们看中的是现实主义戏剧在暴露社会黑暗方面的力量，他们看中的是批判现实的成效。相对于浪漫主义戏剧和新浪漫主义戏剧，现实主义戏剧在这方面具有特殊的优势。这应该是那一代知识分子为什么选择现实主义戏剧而拒斥其他戏剧思潮的社会现实原因和文化心理原因。这就是说，在接受西方现实主义戏剧，确立、形成中国现代戏剧的现实主义传统阶段，人们看中的是现实主义戏剧直面现实、科学地认识现实的艺术精神和文化精神，而并不是亦步亦趋地照搬西方现实主义戏剧的写实方法。欧阳予倩曾经指出：“欧洲的戏剧有许多的流派，从古典主义以至表现主义，各有各的一种精神。我们对于这许多流派，应当持怎样一种态度？却是一个问题。据我的意见，以为现在应当从写实主义做起。写实主义戏剧的对社会是直接的，在革命的中国用不着藏头露尾虚与委蛇地说话，应该痛痛快快地处理一下社会的各种问题。写实主义简单的解释，就是镜中看影般地如实描写。”②中国早期的现代戏剧在舞台设计、人物形象塑造和对话编排上都比较推崇写实。在通过戏剧艺术传达科学认识方法与结论方面，比传统戏曲更富有时代气息，也更富有表现力。有必要说明的是，由于中国现代戏剧产生的时代是内忧外患的时代，那时的中国又缺乏科学主义的文化积累，

---

① 董健：《20世纪中国戏剧：脸谱的消解与重构》，《戏剧艺术》1999年第4期。

② 欧阳予倩：《戏剧改革之理论与实际》，《戏剧》1929年第1卷第1期。

理性、客观以及实证方法尚没有演变成社会中大多数人的思考习惯和认识习惯，大多数中国戏剧家又心怀爱国激情，传统士人治国平天下的政治抱负作为一种文化遗传，不可避免地流淌在新时代知识分子的精神血脉里。因此，西方现实主义戏剧移植到中国，会发生特殊的文化变易，中国现代戏剧家在创作活动中难以做到自始至终地保持客观的立场和态度，也难以有效地把批判目的通过事件自然地表现出来。

文化人是文化的载体，戏剧家把中国现代传统带到"桂林文化城"，经过这一具有群体动力的"文化场"的孵化，也随之产生了中国现代戏剧的新传统。抗战时期，桂林因战争因素、特殊的地理位置和政治环境，成为反法西斯的文化重镇。大批戏剧家来到桂林，推动了抗战时期桂林文化城戏剧运动的兴盛。当时，北平、上海先后沦陷，文化中心西移，中国文学艺术的主要力量也随之西迁。集结于桂林的戏剧家在创造出远远超过孤岛时期上海的戏剧成就，凭借的不仅仅是桂林的地缘、政治优势，还包括各种各样的文化因素以及由此产生的文化的力量。除了那些背景性的文化因素，如桂林的地域文化、由战争而形成的现实文化氛围之外，中国现代戏剧传统发挥了非常重要的作用。我们注意到，当年的旅桂戏剧家和桂籍戏剧家中，很多都曾经是中国现代的著名戏剧家，或者是在现代戏剧传统哺育下成长起来的戏剧家。田汉、欧阳予倩、丁西林、洪深、熊佛西是中国现代戏剧形成时期就已经蜚声中外的戏剧家，夏衍、焦菊隐、宋之的、瞿白音、杜宣、许之乔、李文钊、周钢鸣、凤子等也都跟20世纪40年代以前的中国现代戏剧传统有着非常密切的关系。他们来到桂林，把中国现代戏剧的思想传统和艺术传统带到了桂林，有效地促成了中国现代戏剧传统与"桂林文化城"的良性互动，既催生了中国现代戏剧的新传统，又提升了"桂林文化城"在战时文化建设中的地位，扩大了"桂林文化城"的政治影响和文化影响。"桂林文化城"戏剧运动不仅在当时卓有成效地激励、推动了蓬蓬勃勃的抗日救亡运动，而且丰富了中国现代戏剧的文化构成，为中国现代戏剧增添了崭新的文化成分，进一步扩大了中国现代戏剧的社会影响，以及更值得珍视的文化影响。

抗战时期"桂林文化城"戏剧运动的核心和主力是话剧艺术家。从政治上看，中华全国戏剧界抗敌协会桂林分会这一统一战线组织发挥了至关重要的作用。值得注意的是，中华全国戏剧界抗敌协会中，话剧艺术家是主体。在“桂林文化城”戏剧运动中，话剧创作和演出是戏剧活动的主体。从这种意义上看，中国现代戏剧传统在抗战时期“桂林文化城”戏剧运动中发挥过主导性的作用。这一事实对于我们理解中国现代戏剧传统在“桂林文化城”戏剧运动中的核心作用，以及理解抗战时期“桂林文化城”戏剧运动在20世纪中国现代戏剧发展中的历史地位，富有启发性。据此，不难发现，在中国现代戏剧传统和抗战时期“桂林文化城”的相互关系中，存在着一种相互促进并相得益彰的历史文化关系。由于有了“桂林文化城”，戏剧家才得以把中国现代戏剧传统带到桂林，并促成中国话剧跟源远流长而又内蕴丰富的传统戏曲，桂剧和少数民族歌舞传统的融合。从这一意义上看，“桂林文化城”对中国话剧而言，显然是一个至关重要的历史机遇。由于桂林在地缘、政治上的特殊性，这里的戏剧传统不仅有民间的，还有宫廷的。彩调可以说是民间的，少数民族歌舞传统可以说是民间的，但桂剧形成过程中由于跟靖江王府之间的密切关系，则很难把它看成纯粹的民间文化传统，可以把它看作地方戏，而很难把它看成民间戏。更进一步，在“桂林文化城”提供给中国现代戏剧的历史机遇中，话剧也因此实现过跟全国各地其他剧种的文化交汇。在“西南剧展”中，除广西本地的戏剧团队之外，还有来自粤、湘、鄂、赣、滇的戏剧团队，这些戏剧团队无论是话剧队，还是其他剧种的演剧队，都不可能不受到他们当地的戏剧文化传统的影响。这样看来，中国现代戏剧在桂林，完成了在20世纪30年代想完成而又没有来得及完成的工作，跟更大范围的、内涵丰富、历史更悠久的中国本土戏剧传统的交流、融会。在这样的交汇中，中国现代戏剧孕育出了一些什么样的新质呢？这一点在中国现代戏剧的历史发展中，是耐人寻味的。

如果说抗战前的中国话剧曾经试图着眼现实，在变革现实方面有所作为，但由于主观原因和客观条件所限，而未能演变成大规模的行动的话，那么抗战时中国话剧在桂林文化城，则已经变成具有强劲的行动能力的戏剧了。夏衍指出：“有了二十几年历史的中国话剧运动，在这短时期中起了一个使人刮目的突变，中国年青的话剧，已经在本质上不同于以前所谓话剧了，在从数变到质变的过程中，戏剧以抗战为契机，划了一个时代的阶段。”① 这时的戏剧，已经不再仅仅是抗战戏剧或抗战时期的戏剧，而是戏剧抗战。服务对象，服务范围，服务方式已经发生了剧变。在唤起民众起来抗战过程中，话剧的审美方式和趣味不可避免地大众化，在服务战争的过程中，话剧的体制和机制不可避免地军事化，话剧人的认识方式和思考方式也都不可避免地军人化。中国话剧的文工团传统应该肇始于抗战时期，从体制、机制到戏剧观念和表导演作风，严格来说，都跟民族危难时刻的文化抉择有关。战前的中国话剧已有用先进的思想观念启民之蒙的传统，在抗战中，话剧则变成政治宣传的艺术，话剧人的角色转换，即从知识者到文化战士的转换，对此后中国话剧的发展以及产生的正面和负面影响，同样是不可轻慢的。抗战时期的“桂林文化城”，并不是我们今天所说的文化商品的集散地、文化商品批发市场，而是抗战时期中国文化国防军、文化义勇军集结的要塞，一个具有军事意义的文化重镇。田汉曾经把当年从事戏剧工作的文化战士称为“神州戏剧兵”，并盛赞其“浩歌声里请长缨”“堪与吾民共死生”的爱国精神和战斗风格。不难明白，抗战时期爱国知识分子在“桂林文化城”期间从事的工作在当时是具有文化抗战的军事意义的。他们的组织方式是军事化或半军事化的，最典型的就是戏剧团队，有的团队直属各集团军政治部。如演剧一队、演剧九队等就直属于国民政府军事委员会政治部。抗日战争和世界反法西斯战争的特殊形势，使战时中国爱国文化人确立起自觉的文化作战意识。由于抗日时期中国国力有限，仅仅凭借政府的力量和军队的力量，不足以迅速取得抗日战争的胜利，因此，在敌强我弱的战争态势下，必须充分调动包括政治、经济、技术和文化在内的一切因素，动员社会各阶层的一切力量，来展开全面的对日作战，才有可能取得抗日战争的最后胜利。抗战时期，国土分裂，政权并立，市场崩溃，加强中华全国各地区、各民族人民对国家民族的政治认同和文化认同，具有比和平时期重要得多的现实意义。没有最基本的政治认同和文化认同，就难以实现政治上的同仇敌忾，就难以获得抗战急需的

① 夏衍：《戏剧抗战三年间》，《戏剧春秋》1940 年创刊号。

经济支持和技术支持，离开了万众一心的民众后援，怎样去维护抗日军队的众志成城？值得注意的是，侵华日军一方面在军事上不断实施“闪击”，另一方面也展开政治经济文化进攻，并组织“笔部队”，甚至利用汉奸破坏中国内部团结，扰乱金融，传播汉奸理论、顺民思想。抗日战争从初期的战略防御进入战略相持阶段之后，形势表明，政治愈来愈重于军事，宣传愈来愈重于作战，中国的抗日战争需要一支组织严密、纪律严明、训练有素、指挥有力的文化兵团，而戏剧兵正好具备了这样的条件，他们在艰苦的战斗中形成了强大的战斗力以及坚不可摧的战斗意志，这一支“和谐、青春、壮大而坚固的戏剧兵团”① 应时之需，在“桂林文化城”这一座战时文化掩体里，组织起一次次可歌可泣的文化作战，那是由铁血和意志赢得胜利的文化保卫战。美国戏剧评论家爱金生在评价“西南剧展”时，就曾经热情洋溢地说：“如此宏大规模的剧展会，有史以来，自古罗马时代曾经举行外，尚属仅见。中国处在极度艰困条件下，而戏剧工作者以百折不挠的努力，为保卫文化，拥护民主而战，给予法西斯侵略者以打击，对当前国际反法西斯战争，实具有重大贡献。”② 在军事角度看，“西南剧展”的策划、组织、实施和效果具有应急作战特点，是一场符合应急作战要求的大规模文化战役。战役任务明确，即增强抗日力量的必胜信心，以中华强大的文化力量，对敌形成威慑，以震慑、动摇敌之军心。战役实施过程中，计划周密，人员集结迅速，各参演团队协同性强，配合默契，并有效地扩展了战果。取得胜利后，有计划地迅速完成了各团队的撤离。这是一场体现了军事斗争原则和方法的文化战役。当抗日战争的硝烟逐渐散尽，今天的人们再来凭吊这场文化战役，不难发现当年的指挥员和参战人员都具备一种多么引人注目的作战素养。这些素养显然得益于中国现代戏剧传统的滋养。中国现代戏剧在思想观念、艺术观念、机制和体制等方面的积累，培养出了这一支敬业、奉献、专心、诚信而又富于智慧的文化新军。这些素养深厚，英雄善战的文化战士在“桂林文化城”的创造活动也孵化出了中国戏剧新的

---

① 田汉等：《西南第一届戏剧展览会闭幕宣言》，《新文学史料》1987 年第 1 期。

② 欧阳敬如：《烽火中的盛会——回忆“西南剧展”》，《西南剧展》（下），漓江出版社 1984 年版，第 431 页。

文化精神。在抗战时期"桂林文化城"这一能涵养文化的特殊环境中，在那时复杂的政治格局中，这些戏剧战士为了信念、理想、良知，忠实地生活，勇敢地战斗。从表面上看，他们不得不选择一种政治性极强的生存方式。但从他们的意识和行动来看，他们的生存方式仍然是一种文化性的生存方式。人们试图同时完成从政治到文化，从现实到永远的多种使命。通过现代戏剧，他们帮助更多的中国人完成从地域、乡土意识到民族意识的转化，帮助人们逐步实现对现代民族国家的认同。通过现代戏剧，他们更新了当地人民对戏剧的审美习惯。前者彰显出的是民族危难时期的文化战士的职志，而后者则是艺术家的职能，以戏剧的方式来改善人们的知识结构，并通过改善人们的知识结构来改变人们的生活通路。戏剧家多种身份、多种角色集于一身，在政治任务和文化使命之间实现着一种密切的联结，在一定程度上也是对戏剧急速政治化趋势的一种缓冲，并因此避免了一些类似于同一时期在其他地域出现的戏剧彻底政治化带来的负效应。有必要注意的是，"桂林文化城"戏剧运动和戏剧创作在表达强烈的政治诉求的同时，也传达过独特的文化诉求，既有政治层面的对话，又有着眼于精神的追求。因此，中国现代戏剧传统在桂林的承传虽然具有战争条件下的特殊性，但与此同时也是能够体现20世纪中国戏剧发展的某些历史共通性的。

（原文载于《南方文坛》2006年第6期）

论“西南剧展”的成就和意义

李　江

“西南第一届戏剧展览会”于1944年2月15日在桂林举办。这是中国现代戏剧史上的重大事件，也是抗日时期文化抗战中的重大事件。由于人所共知的原因，迄今为止对“西南剧展”的研究，很大程度上还停留在历史表象描述阶段，很多结论和判断体现的还是相对简单的政治意识。余秋雨先生在上海市建设戏剧谷时，从现实的角度提出了他对抗日时期戏剧传统的看法。在他看来，那些传统很薄弱，不宜评价过高，最重要的任务是现实中的戏剧建设。① 我的看法有所不同，实际上，对这些形成于兵荒马乱、艰难困苦中的传统并不是评价过高，而是评价得简单。要突破这种现状，有必要立足今天的文化发展要求，在历史和现实的相互关联中来研究这些传统。细致地认识“西南剧展”在现代戏剧运动方面的成就，既意在更全面、更科学地认识以此为代表的戏剧传统，客观评价现代戏剧的“中国经验”，也包含着另外一种目的，即通过对历史的体知，明确中国现代戏剧的文化习惯和未来戏剧的发展方向。

一　举办“西南剧展”的几个主要原因

现有研究成果中注意到了“西南剧展”的政治原因和文化原因，但没有充分关注到这些因素在发展过程中的逐步凝聚。不能细致观察各方面和各阶段的变化，就难以求得准确而全面的认识。“西南剧展”之所以

---

① 刘晓明主编：《都市戏剧产业：国际对标和中国案例·序》，上海文化出版社2010年版，第5页。

会产生类似中等规模的“会战”的效果，没有众多因素的推动，没有千头万绪的准备，那是难以实现的。实际上，在桂林集结中华全国从事文化抗战的戏剧力量来总结经验、互相学习、有效组织、加强团结，这一倡议和行动，并不是一时一地的局部或地区性工作的需要，也不是个别组织者、参与者心血来潮的灵感。作为牵动千头万绪的重大历史事件，促成其事的原因很多，其中最主要的历史因由集中在两个方面：一是抗战的政治军事形势的变化。自1937年全面抗战爆发以后到太平洋战争爆发，中国的抗日战争与世界反法西斯战争已经紧密相连。顽强的中国抗日军民前仆后继英勇抵抗，已有效遏制了侵华日军的进攻态势，抗日战争进入了相持阶段。军事形势的变化也就意味着抗战时期中国的社会动员和文化宣传任务必须作出相应的调整。正当这种目标的调整或任务的转型急需选择时机和准备条件的时候，中国抗日阵营内部的不和谐声音刺耳地鸣响，蒋介石集团和国民党桂系为了他们各自的利益置中华民族的整体利益于不顾，悍然向曾经并肩战斗的友军挥动了屠刀，同室操戈的惨剧，使团结抗战的大好局面迅速逆转。国民政府军事委员会政治部第三厅在蒋介石政权的政治限制和军事约束中已经不能正常地履行职能。各地抗日演剧队的工作和生活都遭遇到空前未有的困难。二是抗战戏剧运动经历了战火的洗礼，在完成从抗日战争初期的战略防御到抗日战争中期相持阶段的社会动员和文化宣传任务之后，也需要利用一个合适的机会，让戏剧家们回顾战斗中的经验和教训，认真地分析国情、军情、敌情、我情，明确今后的任务。这种认识在1944年以前就已经萌发过。抗战初期，新戏剧和新文化经过抗日演剧队和抗敌宣传队的传播，在烽火中的祖国大地生长。有必要注意的是，当时中国的抗日军民跟戏剧家一样，共处于激情燃烧的日子，他们并没有来得及注意到那些职业团体、救亡组织、军队的政治工作队的剧团虽然都勇敢地活跃在前线和后方，振奋人民的精神，加强人们必胜的信心，但是这些剧团不仅缺乏宣传的经验，而且缺乏宣传的技术和成熟的方法。潜隐着的问题经过宣传的实践和艺术创作的实践后已经逐渐显现出来。

张客在《对目前演剧运动建议几点》一文中发现了抗战初期戏剧运动中的问题，并有针对性地提出建议：“（一）召开全国性的戏剧工作者代表大会，会中，把这两年多的戏剧工作经验做一个系统的交换并检讨，产生出今后新兴演剧运动的具体方案。”“（二）创立全国性的有如‘记者学会’那么样的‘戏剧之家’（这名字是我杜撰的）。就是说，戏剧工作者走到哪儿都该有个‘家’，这样，非仅能够加强戏剧工作者之团结，且间接可能增高戏剧工作者之政治地位与生活保障。”“（三）出版戏剧刊物。真能象点样子的戏剧刊物是眼前很急着需要的。至少，在华南要有一个戏剧刊物，给一般青年戏剧工作者作为交换工作经验与联络感情的一块园地。”“（四）有计划的写作。根据目前客观环境急于需要的写作，尤其是关于‘戏剧发展史’这类参考书的写作与翻译。”“（五）加强批判，非仅演出，对于剧本尤其要苛刻，特别是对于那几位声望顶响的留在后方的作家，因为他们的作品影响颇大，倘使竟让他们在作品里制造‘噱头’，那对于目前演剧运动是不会有什么好处的。”“（六）建议三厅于最短期间把十个演剧队的干部有机的抽调出来集中训练，更高地侧重技术与理论的训练。”①

张客对抗战戏剧运动中逐渐表现出来的几个问题的认识，如全国各地戏剧家之间如何加强联系、怎样改善工作条件及提高政治地位和生活保障、如何有效加强对戏剧艺术实践经验的总结及戏剧家对戏剧历史知识和理论知识的学习、改善戏剧批评及如何通过批评机制导善、如何通过三厅的体制来轮训戏剧干部等，都表现出了远见卓识。这种着眼未来工作的前瞻性，体现了可贵的战略眼光。不过，戏剧运动要从理论主张落实到艺术实践中去，更主要取决于时机和条件，更何况是在战争时期，要调动相关的资源，离开了强有力的政权依托，几乎只能是一种难以兑现的文件。

抗日时期社会动员和文化宣传工作从战略层面上看是从属于军事抗战的，支配国统区政权的是国民党蒋介石集团以及国民党各地方实力派。对现实中存在的问题的认定要比解决起来相对更容易一些。田汉曾指出：“我们在第一期抗战中所遭受的失败，常常是政治与军事不配合，民众动员不够，形成所谓畸形的‘军事抗战’。民众的政治动员不够，又直接影

① 张客：《对目前演剧运动建议几点》，《救亡日报》1940年3月26日。

响士气和兵源。实际上，没有政治动员不好的军队能打得好仗。因此第一次南岳会议曾针对此种血腥的经验而有‘政治重于军事’、‘民众重于士兵’、‘宣传重于作战’等贤明的决定。但决定是一事，实践又是一事。”① 把抗战戏剧运动中遇到的困难，戏剧工作中出现的问题，真正推向切实的解决的阶段，得到逐步的解决，必须要按照相应的程序，采取实际的行动，当然不能被动地等，而要主动去争取。华嘉提出：“由于与后方失去密切的联系，（战地工作的戏剧团队——引者注）好象没有援助没有补给的孤军去作战，许多困难不能克服，许多问题不能解决，因而感到力量单薄，甚至失去工作的自信，也是常有的事。在学习方面，也是如此。当然，我们可以从工作中学习，从士兵生活与广大民众的生活去学习；但前后方的沟通，各团队的相互沟通，促使起一种积极的对流的作用，相互补足，也是很必要的。”“过去我们的团结精神多表现在感情上的。因此，大家见了面，或者在通信时，都显得很客气。这在互相帮助，共同发展这一点团结的意义上，是很不够的。我们的团结精神应该建立在直率的批判和勇敢的接受这态度上。只有这样，团结才可以产生力量，而这力量才足以摧毁一切。”② 这些呼吁都是针对戏剧运动的组织方式和交流机制的建设而来，其重要性和必要性，透过这些热诚的话语，应该是很容易感受得到，也是不难体会得出的。欧阳予倩甚至急切到了以这样的方式来表达：“抗战到了最后一个最紧张艰苦的阶段，戏剧运动应如何使步骤齐一？应该有些什么样的表现？这是要赶快有个决定的。过了这个阶段就是胜利后的阶段了。”③ 戏剧家们几乎是不约而同地呼吁大家共同努力，克服当前的困难，群策群力推进抗战戏剧运动。这应该是当时酝酿这次大型的戏剧展览会最原初的动机。在这些最初的共识的基础上产生出举办一个大规模会演的倡议。

现实中的有利因素在逐步积聚，甚至逐渐超出当初的预期。欧阳予倩主持的广西省立艺术馆新厦落成，他准备邀请一些剧团在新剧场演出，以此纪念在日军轰炸的废墟上艰难的重建，也预祝抗战戏剧运动在新的

---

① 田汉：《关于抗战戏剧改进的报告：军委政治部的范围》，《戏剧春秋》1942年第6期。

② 华嘉：《要更进一步的团结》，《戏剧春秋》1940年创刊号。

③ 欧阳予倩：《对现阶段戏剧运动的几点意见》，《广西日报》1941年12月20日。

基础上的更大的发展。1943 年冬天，新中国剧社回到桂林，剧宣四队队长魏曼青和其他几位四队的戏剧家也到了桂林，剧宣九队副队长刁光覃也到了。大家相聚一商讨，办法和措施很快就形成了。瞿白音拟戏剧展览会的“通启”和“简则”。然后大家以私人名义信询其他戏剧团队的意见。不断反馈回来的信息是大家都决定参加，那些没有收到征求意见的信件的剧团还托人到桂林广西省立艺术馆来询问，表达了他们希望与会的诉求。经商议，由广西省立艺术馆作为主办机构，会同在桂林的剧团，开始着手“西南第一届戏剧展览会”的筹备工作。确定“西南剧展”开幕日期为 1944 年 2 月 15 日（戏剧节）。经过广西省政府核准备案，然后将“通启”及“简则”分缄湘、粤、桂、黔、滇西南五省及闽、赣、鄂等省区的戏剧团队。欧阳予倩以广西省立艺术馆馆长的名义，于 1943 年 11 月在致各戏剧团队的邀请函中，简要而庄重地阐述了举办“西南剧展”的目的。他写道：“敬爱的同志：抗战以来，中国的戏剧工作者承继着数十年来优良的革命传统，热烈地响应了神圣的号召，用我们的武器——戏剧艺术，积极而毫无保留地参加了全民族的英勇战争。在前线，在敌后，在边省，在后方，忍受了一切艰难困苦，不顾一切危险，对抗建大业，贡献了所有的力量。……我们应该说，我们的成就，和客观的要求相比，还有着不近的距离。尤其是战斗进入严重阶段，胜利行将接近的目前，战斗一定会更艰辛，更残酷，而我们更必须磨砺我们的刀枪，增长我们的力量，来催生这胜利的婴儿。我们应该承认，在这些战斗的日子里，我们彼此间还没有充分的联系，缺乏相互的观摩和借镜的机会，缺乏分享彼此得失忧乐的愉快。这在我们的工作上，是一个不容忽视的损失。为了迎接更艰辛的战斗，更繁重的任务，我们必须弥补这些损失。桂林的戏剧工作者有鉴于此，拟就广西省立艺术馆新址落成之机会，于民国三十三年二月十五日戏剧节，在桂林举行戏剧展览会及戏剧工作者大会，推本馆主办。诚挚地向敬爱的同志们邀请，请同志们热烈参加。”①1943 年 11 月 28 日欧阳予倩又以个人名义向有关省府发出公函，申明举办剧展的宗旨，并邀请担任区域联络工作。不久，又以剧展筹委会的名

---

① 欧阳予倩：《关于西南第一届戏剧展览会》，《当代文艺》1944 年创刊号。

义向有关方面人士函告征集资料展览文献、招待机构、宣传工作、剧目、舞台工作等相关事宜。为促进各戏剧团队跟剧展筹委会之间的联络，筹委会在成都、重庆、昆明、赣县、衡阳、福建、广东等地聘定代理人，并组建了招待机构，大会招待部由蒋柯夫担任部主任，专司招待联络，招待部下设联谊、交通、注册、膳宿四组。在得到李济深、李任仁等支持后，筹委会正式聘任广西省政府主席黄旭初为“西南第一届戏剧展览会”会长，同时聘请李济深、李宗仁、白崇禧、张发奎、陈诚、顾祝同、张治中等为名誉会长，然后以会长黄旭初的名义邀请夏衍、洪深、阳翰笙、于伶、宋之的、陈白尘、马彦祥等35人担任“大会指导”。剧展筹委会下设秘书处、总务部、招待部、宣传部、演出部、资料部，这些工作机构的主要成员由广西省立艺术馆、新中国剧社、四维平剧社的演职人员出任，这些在抗战戏剧运动中成长起来的艺术人才表现出了过人的政务能力和事务能力，组织、协调、参谋、指挥、执行等各方面的高效率，给当年那些与会人士留下了难忘的记忆。在争取军政当局的支持以及向社会的有效募捐方面，在跟新闻界的积极互动方面，筹委会做了大量的工作，为力量的集聚和有效的资源的集聚，最终形成能量的扩散和绽放，奠定了坚实的基础。

二　“西南剧展”的主要任务及成就

“西南剧展”的主要任务是戏剧展演和戏剧工作者大会。戏剧展演从1944年2月16日夜场开始，首场戏剧展演是在广西省立艺术馆礼堂演出的《木兰从军》。剧展的演出场地除广西省立艺术馆礼堂之外，还有国民戏院、桂林社会服务处礼堂、广西剧场、桂林戏院、桂林公共体育场等处，各参演团队按“西南剧展”筹委会倡议、由瞿白音主持的各戏剧团队代表联席会议讨论决定的节目安排，依次献演各自的特色剧目，或其他舞台演出。话剧、戏曲等剧目共79个，演出179场，到5月19日“西南剧展”闭幕，舞台演出一直持续了94天。这些演出活动是抗战戏剧运动中既有艺术成果的展示，也是中华爱国戏剧家群体形象的集中显现。其中，广西省立艺术馆话剧实验剧团演出的《旧家》（欧阳予倩编剧）、剧宣四队演出的《家》　（曹禺编剧）、新中国剧社演出的《大雷雨》

（［俄］奥斯特洛夫斯基编剧、于伶译）、剧宣九队演出的《胜利进行曲》（吕复编剧）、剧宣七队演出的《法西斯细菌》（夏衍编剧）、中国艺联剧团演出的《茶花女》（［法］小仲马编剧）、中山大学剧团演出的《皮革马林》（［英］吉尔伯特编剧）、军政部第三被服厂复兴剧团演出的《塞上风云》（阳翰笙编剧）、新中国剧社演出的《戏剧春秋》（夏衍、于伶、宋之的编剧）等舞台作品几乎都搬演了著名剧作家的名作，已经在长期的舞台实践中接受过检验，积累过丰富的舞台艺术经验，堪称一台台精湛的舞台艺术盛宴。从这方面看，演剧展览在当时最直接的效益也许主要还是在于各戏剧团队之间的观摩与切磋，以此为契机，精研戏剧艺术，磨炼戏剧技术。桂剧学校演出的《人面桃花》、启明仙乐桂剧科班演出的《秦王吊孝》、《失子成疯》，柳州四维平剧社演出的《聂政之死》、《五灵官》、《扫台童》、《桑园寄子》、《梁红玉》，四维儿童班的《江汉渔歌》，中华全国文艺界抗敌协会桂林分会傀儡戏研究组演出的提线木偶戏《国王与诗人》、指头木偶戏《小红帽》、《三只小花狗》，李天影魔术团演出的中国戏法、滑稽平剧《大补缸》，四维平剧社演出的徽剧《雪拥蓝关》、昆曲《封相》，剧宣七队、剧宣四队、新中国剧社剧展舞台组联合演出的《黄昏沙坪》、《伤兵医院》、《一盒火柴》、《幕后风光》、《七年了》等活报剧大会串，桂岭师范学校边疆歌舞团演出的侗族游牧曲、板瑶腰鼓舞、苗岭民谣、苗岭婚俗进行曲等舞台艺术作品，种类繁多，既有体现抗日时期旧剧改革成就的剧作，也有经过改编的民间艺术，各具特点的演技、各有特色的舞台展示方法、各不相同的化装与效果，让来自各地的戏剧艺术家在相互学习中大有收获。对戏剧家来说，如此繁盛的演出展览，都是大家在长期的学习和工作中难得一见的。从这方面看，演出展览确实是参加这次盛会的戏剧家最值得珍视的宝贵体验。英国戏剧学者赖贻恩神父的观感可以从一个不同于中国戏剧家的视角说明演出展览的特色和影响。他说："这次大会应当是中国新戏剧发展史的分界石，它越是为合作、实验与探讨的精神所渗透而将偏狭的比赛或是竞争摒除在外，则这分界石将越见重要。在此战时举行这个大会，并非不合时宜，因为戏剧对于维护民气有着重要的功用，戏剧生命的激扬，必将产生鼓舞民气的效果。这，我相信，当那些指引并感召着今日中国剧坛的人，由这次大会表现出（其表现是必然的）他们对于中国的前途，心里埋藏着如何深的关怀的时候，是会更加彰明显著的。”① 赖贻恩对西方戏剧的独到理解让他在看待中国戏剧时自然会有一种中西文化比较的特殊视角，他对“西南剧展”中“合作、实验与探讨的精神”的看重，对这种精神中展示的艺术理想的判断以及“西南剧展”是一个新旧戏剧时期的分水岭的认识，即使在今天也是可以给我们以许多新的启发的。

围绕演出展览，桂林文协还组织过一个演出批评团。田汉、韩北屏、孟超、秦似、周钢鸣、华嘉、骆宾基、洪遒、秦牧、陈迩冬等负责对演出提出具体的评论意见，这就是那个著名的“十人团”，他们对每一次演出都进行集体讨论，形成意见，写成评论文章，并见诸桂林各报。这种方式不仅有效实现了与报纸传媒的成功联动，而且，那些及时发表出来的剧评对戏剧家和观众也是一种难得的提示或启发，其他戏剧家或观众通过观看演出、阅读评论，在相互对比中，可以明确认识，提高分析和鉴赏水平。如果说“十人团”的意见主要是引领观众的，那么“西南剧展”演出检讨会则主要是组织各参演团体总结经验教训的，瞿白音、洪遒、赵越、王小涵、张客、赵明、陈卓猷、李昌庆、汪巩等九人组成的剧展演出检讨会，其主要任务就是针对各演出团队在每次演出中的工作方式、工作作风、艺术倾向展开讨论，并把初步意见交给各戏剧团队的同志进行广泛评议，在总结经验和教训的过程中不断提高全体参演人员的艺术工作水平，这是一种以问题为中心，通过讨论形成共识既提高他人也提高自己的好方式。认真的总结和深刻、科学的反省是最有效的自我教育方式。

戏剧资料展览更是一座戏剧知识的博物馆，让全体与会者大开眼界。这次资料展览共展出各团体文献资料 375 件，照片 205 幅，统计图表 56 种，舞台模型 62 具，平剧脸谱 163 幅，剧本原稿 25 件，舞台设计图 64 张，平剧桂戏珍本 79 种。② 其中，照片可以反映从春柳社到文明戏到职业剧团“戏剧协社”到“南国社”到抗日战争时的武汉时期的话剧历史

① 赖贻恩神父：《一个外国人对于西南戏剧展览会的观感》，洪楚贤译，《广西日报》1944 年 2 月 27 日。

② 《西南剧展会今晚隆重闭幕》，《力报》1944 年 5 月 19 日。

过程，欧阳予倩、田汉、熊佛西、弘一大师、马彦祥、夏衍、贺孟斧、应云卫、史东山等戏剧家的工作照和生活照，都弥足珍贵。剧作家的手札、文献、剧本原稿等的展览，可以让参观者体察从构思到完稿的剧本写作过程以及出版和演出的情况。那150余张戏票同样也是无价之宝，可以满足戏票收藏专家们的兴趣。三座莎士比亚时代的英国戏剧舞台模型，可以为人们想象伊丽莎白时代的英国戏剧提供一种形象的依据。苏联驻华大使馆从莫斯科专程空运来的苏联戏剧照片，不仅体现了苏联戏剧家的情谊，而且更可以让人们在一饱眼福之际明白在抗战时期国际文化交往的重要性和艰难程度。在这次资料展览中，各演剧队史略、文献、统计图表、舞台设计、舞台照片、生活记录、创作剧本、舞台模型、宣传品等，也都无声地诉说着这些英雄的戏剧团队怎样在战火中成长、战斗，经历了怎样的辗转流离。剧宣四队的战地演剧制作化妆品的简易方法、舞台铁线牵引法、水平压力灯和既能在战地演出当沙发又能在转移时装东西的“沙发箱”，也让人们了解到这些战地宣传队怎样在戎马倥偬的环境中为保证演出效果时的急中生智。剧宣九队的“汽灯照明法”被当时人们称为舞台照明的一大革命。由于战地大多没有电灯，为了让汽灯能变换颜色，剧宣九队队员冯旭用活动木架拴绳子来拉活动木架，可以成功地控制灯光，解决了战地演出的一大难题。广东省立艺术专科学校在戏剧资料展览中陈列了该校师生的论文、笔记、创作、宣传品、舞台设计图片、统计表、照片、化装模型、舞台模型以及《剧场艺术的新趋势》、《戏剧史》、《戏剧概论》、《戏剧工作者调查》、《戏剧辞典》等著作，包括推动舞台、构成主义、三向度式、立体式等流派的八具舞台模型，以及梅耶荷德、卢那卡尔斯基、斯坦尼斯拉夫斯基等戏剧流派的剧场插图和50幅世界著名戏剧家肖像，被参观者视为戏剧资料展览中“最出色最宝贵的资料”①。这些资料在戏剧教育中还会发挥出更大的作用。

旧剧资料展览，共有戏装及舞台照片300余幅。据史料记载，其中有昆曲《刘海戏蟾》，熊式一翻译为英文的《王宝钏》一剧的舞台照，西安武家坡上窑中的王宝钏、薛平贵泥塑像，北平京戏名角四大名旦等的彩

---

① 《力报》记者：《参观戏剧资料展览》，《力报》1944年3月17日。

色像，中华戏剧学校北平分校的学生合影，田汉领导的国民政府军事委员会政治部第三厅的平剧湘剧宣传实验剧团的舞台演出照片，附有详细说明书的各色脸谱，百余册手抄秘传的剧本如麒麟童秘本《霸王九战刘邦》、昆曲绝本《麟凤缘》、冯家珍藏的《梨园宝库》和光绪十九年版的《武戏提纲》等也都陈列出来供参观者翻看。正是这些直观的形象的资料，扩展着当时人们对戏剧艺术的认识。如果说这些戏剧艺术资料对人们戏剧知识的丰富还更多地属于理性的形式或客观的方式，那些来自各地抗战戏剧运动的资料激励起来的反响则更多地表现为坚定抗战必胜的信念，以百倍的热忱和勇气去开创中国戏剧的新前途。中华全国剧协总会代表孟君谋带来了百余份重庆戏剧界的海报说明书，华山剧社代表李昌庆带来了五十余份昆明的戏剧运动资料，还有新中国剧社的全部资料，包括“收入票款支出统计表”等，那些原始数据记录的是抗战戏剧家怎样含辛茹苦，怎样用热血和生命去坚守中华民族的“心防”，让参观者无不为之动容。在新中国剧社的资料展览中，明确地记录着，1943 年 5 月在湘潭演出，遭遇楼层垮塌，八位剧人身负重伤。详细标示剧社的收支情况：院租及捐税占总支出的 60%，生活及伙食费只占 9.6%。1942 年场院租金占全部支出的 24.3%，1943 年占 27.6%，1944 年占 28.5%，逐年递增。1942 年捐税占总支出 7.5%，1943 年占 17.5%，1944 年占 30.6%，逐年递增。而生活费及伙食费始终保持在 10%。[①] 由此不难明白抗日时期在没有固定剧场、捐税和物价不断攀升时，职业剧团艰难的生存条件以及他们埋头硬干、克服困难的战斗精神。西南戏剧工作者大会从 1944 年 3 月 1 日上午九时开幕到 1944 年 3 月 16 日结束，历时半个月。按会议日程，先由欧阳予倩作《中国戏剧运动之演变》，田汉作《当前的客观形势和戏剧工作者的新任务》，熊佛西作《戏剧大众化问题》的专题报告。然后是各战地演出剧团的工作报告。张客的演讲题为《演剧队作风》，对在战地演出的戏剧团队的共同特点作出了切实的归纳，如集体讨论的方式，严谨的生活方式与亲切诚恳的生活态度对艺术创造的促进，在演出实践中去不断发现戏剧的精神，美术、音乐等各戏剧环节的经常

---

① 《力报》记者：《参观戏剧资料展览》，《力报》1944 年 3 月 17 日。

接触与配合等，都对戏剧家创造特点和艺术个性的培养大有裨益。来自各戏剧团队的代表也分别就各地戏剧运动的情况和各团队的工作做了汇报发言，认真总结各自的经验，分析存在的问题，对未来的任务作出前瞻与规划。中华全国剧协代表孟君谋向大会报告了重庆戏剧运动的情况，具体列述了重庆话剧演出票价、捐税、院租、演出费用等数据，指出重庆戏剧界要注意克服物资浪费的问题。广东剧协理事长赵如琳简明扼要地向大会报告了广东省戏剧运动的进展，并向与会代表分发了“广东剧运和广东剧协”的书面材料。教育部戏剧巡回演出队队长曾也鲁报告了他们在江西的工作情况以及江西当地剧团配合政治要求所做的形式多样的演出情况。昆明华山剧社代表李昌庆报告了云南省戏剧运动的发展情况，他提到云南昆明已经成为一个商业城市，戏剧演出营业收入还可以保证，但由于戏剧人才缺乏，演出艺术水平不高，所以戏剧运动的发展并不充分。剧宣四队队长魏曼青报告了从“八·一三”淞沪战役以后，该队跨越十省的宣传和演出经历。剧宣九队队长吕复在报告中谈到，由于久居战地，缺乏学习提高的机会，缺少戏剧书籍，加上生活艰苦，物价飞涨，剧宣九队三十余人，已有七人患肺病，普遍患胃病和贫血，这是需要着重解决的问题。剧宣七队队长吴荻舟介绍了他们从完成宣传任务到尝试新歌剧《军民进行曲》和《农村曲》创作的情况。四维平剧社社长冯玉昆汇报了他们从事旧剧改革，破除种种陋习，进行新型演出的经历。除此之外，还有新中国剧社理事长瞿白音、第四战区政治大队郑衡、“文协”桂林分会傀儡戏研究组温涛、中国艺联剧团陈有后、祁阳被服三厂剧教队杨紫江等都分别向大会汇报了各自的工作情况。这些工作报告，既回顾了各戏剧团队的艰难历程和辉煌成就，还增进了相互了解，也明确了要面对的新任务和要解决的新问题。西南戏剧工作者大会提案的形成，大致是以与会代表对工作的总结和认识为基础的。田汉在 1944 年 3 月 11 日下午申述提案工作的意义时，曾强调说，西南剧工大会议决各案，会对此后的戏剧运动，“产生决定性影响”①。

经大会提案审查委员会审查，戏剧工作者大会讨论修正通过，西南

① 《剧工大会开始提案》，《大公报》1944 年 3 月 12 日。

戏剧工作者大会共收到提案53件，分别列属戏剧运动、改善生活条件和工作条件、加强戏剧基础设施建设、提高剧人服务道德和建立西南剧人公约，以及做好旧剧剧本的整理和保存等。其中如健全机构的提案有建立西南剧运中心提案、各戏剧团队应联合在桂林设立通讯机构提案、请政府确立戏剧行政机构提案、确立戏剧教育制度提案、请设立戏剧图书馆提案等。改善剧人待遇的提案，其数量不少：请褒扬抗战殉国殉职剧人并予以抚恤提案、拟请筹募戏剧人员贫病相助金死亡抚恤金提案、请设立剧人病院提案、请提高剧人待遇提案、请确立戏剧工作者缓役及征用办法提案、恳请政府以优待新闻界先例予民众自组之职业剧团义价领购公米以减轻职业剧团之生活负担而利工作请公决提案等。加强戏剧基础设施建设的提案有积极在各地建立标准话剧剧场提案、扩大剧场戏台改造建筑运动提案、呈请中央转饬各地当局予各剧团演出场所之方便以利剧运请公决提案、建设儿童剧院提案、改革旧剧剧场组织以利运动提案、建设傀儡戏实验剧场提案等。另外，还有请求政府免除话剧捐税以利剧运案、请求政府豁免话剧娱乐捐案、上演剧本应权益平均案、请政府切实保障剧本上演税案等。从这些提案中，今天的人们已不难明白，抗日时期的中国戏剧家一方面为民族解放奋不顾身勇敢战斗；另一方面却缺乏必要的政治支持和经济保障。作为文化战士，连基本的技术装备都常常出现严重困难。在这种情况下，他们还在精研艺术，磨炼戏剧技术。即使是在提交和讨论提案之际，他们也积极地主持和参与戏剧路线座谈会、新歌剧座谈会、旧剧改革座谈会等，抓住每一个机会努力学习，提高艺术技能。在1944年5月19日的“西南剧展”闭幕式中全体一致通过的“戏剧工作者公约：“一、认清任务；二砥砺气节；三面向民众；四、面向整体；五、精研学术；六、磨炼技术；七、效率第一；八、健康第一；九、尊重集体；十、接受批评。”[①] 这与其说是基于过去的工作总结和针对未来的需要而提出来的原则或信条，还不如说是对抗日时期中国爱国戏剧家群体形象的写照。有了这样一支队伍，才创造出了在中华民族面临“亡国灭种”的艰难时世那轰轰烈烈的戏剧抗战的奇观。在

① 《西南剧展昨隆重闭幕》，《大公报》1944年5月20日。

不具备条件时发挥聪明才智创造条件也要坚持战斗这一方面，戏剧战士的团队意识、组织方式、创造精神可堪日月！在那场敌强我弱的卫国战争中，他们几乎把能够用于抗战的力量和因素都用于抗日救亡和抗日战争了，包括他们自己。因此，中华爱国戏剧战士在桂林的集合，是检讨，是观摩，是联欢，同时也是集训，是调整，是重回战场前的誓师。诗人尹百在《慰戏剧战士》咏赞："大地纵横子弟兵，八方风雨集簪缨。由来点滴分清浊，未可聚骸判死生。碧血前人留短碣，热潮此日动春城。诸君努力多余勇，眼底长庚已响明。"① 如果说在武汉的集结之后，中华戏剧战士以自己的爱国激情和智慧唤起人民共同抗战，济时救国，与爱国军民一道度过了抗日战争中艰难的战略防御和战略相持阶段，那么桂林的会师，在向政府、向社会、向世界发出建设文化争取抗战最后胜利的呼吁后，他们又将为了光明和未来去工作和战斗。

三　"西南剧展"的影响及意义

对"西南剧展"意义的认识，邵荃麟的意见直到今天还能给我们以启发。他说："最重要的意义恐怕还是从这次盛大的展览中间，去认识和评价这几年来戏剧运动发展的成果，去接受戏剧运动中的经验和教训，和从这里去重新肯定今后戏剧运动的方针和方向，以及研究戏剧艺术上的各种问题。"② 这就是说，他强调的"西南剧展"那种继往开来的性质和特点，具有认识方法上的启示性。"西南剧展"的影响和意义是多方面的。

第一，对戏剧力量的检阅，取得了明显的社会效果。"西南剧展"是中华爱国戏剧家群体形象的大显现，产生的影响不仅是政治性的，还纠正了很多对戏剧家不很公正或不符合现代要求的传统观念。抗战时期，文化与政治、文化与军事关系密切，戏剧运动或艺术宣传工作本身就是当时中国具有战略意义的工作任务之一，虽然它从属于对敌的军事斗争，但它又是单纯的军事斗争难以替代的一部分。抗日民族统一战线建立之后，主管政治宣传和文化抗战的"第三厅"曾是国民政府军事委员会政

---

① 尹百：《慰戏剧战士》，《中山日报》1944 年 4 月 21 日。

② 邵荃麟：《一点希望和一点意见》，《力报》1944 年 2 月 15 日。

治部的一个工作机构，可以表明，在中华全国一致抗日的时候，社会动员和文化艺术宣传工作跟抗日战争之间的密切相关性。问题在于，蒋介石集团和国民党桂系发动的“皖南事变”，曾严重破坏了团结抗日的大好局面。那时一方面侵华日军加紧攻势，另一方面国内政治低气压，社会各界包括文化界在内心态沉郁。“西南剧展”对戏剧队伍的检阅，有助于振奋全社会的精神。通过宣传团结抗战的主调，进一步扩大抗日民族统一战线的影响。历时三个月的声势，全国各地报刊的跟踪报道，美国、英国、苏联的戏剧家和驻华机构的介入，如此巨大的影响，应该说已足以让人们认清时局，明确中国的现实主题。至少可以教育顽固势力：战争不仅仅是敌我之间的军事较量，决定战争胜负的因素是综合性的，社会的支持和军心的维系同样至关重要。如果不顾大局、识大体，勇于内讧、怯于抗战，就会成为中华民族的千古罪人。从各方面的情况来看，“西南剧展”获得全社会各方面的大力支持，这跟全社会的广泛认可有关。能够争取到社会的广泛认可，这次文化行动的政治影响和社会效益也就顺理成章、符合情理了。

第二，卓有成效地总结了抗战戏剧运动中各方面的经验和教训。在回顾和讨论中，凝聚了共识，形成了继续前进的认识基础。“西南剧展”组织的专题发言和提案讨论，成功地总结了抗战戏剧运动的经验和教训，并在相互交流中变成了大家的共识。除欧阳予倩、田汉、熊佛西、张客之外，孟君谋的《重庆剧运》、赵如琳的《广东剧运》、曾也鲁的《江西剧运》、李昌庆的《云南剧运》，以及魏曼青、史亮、麦大非、吕复、郑衡、吴荻舟、冯玉昆、陈有后、周云程、温涛、黄若海、徐浩波、卓文彬、瞿白音对各自戏剧团队的专题发言，都既实事求是地总结了成绩，也没有回避在战地演剧中的问题。这些报告和发言对于汇总抗战戏剧运动的具体情况提供了许多来自戏剧运动第一线的事实和数据。剧工大会的五十三项提案，围绕戏剧路线、演出中的困难、戏剧研究中现存的问题、戏剧家的生活条件和工作条件、戏剧家的基本道德规范和职业规范、戏剧运动的组织与领导等方面提出问题以及可以采取的方法与措施，有一些可操作性很强的提案，基本上可以很快得以落实，有一些提案提出了分解问题的思路与方法，都很有启发性。由于湘桂战役迫近，剧工大会的很多有益建议没有及时得到落实，这确乎是一件憾事。但这些留在历史文献中的警策之声，却可以不断地回荡在中国新戏剧发展的过程中。如孟超在《谈旧剧改革运动》中提出："仅仅从戏剧本身上是不容易冲破它（指旧传统——引者注）的力量，这就不仅是内容和形式的问题，而是要把整个运动安放在反封建的全力上，才能使其得到一个正当的发展，健康的孵育的。"[①] 在急迫的抗战现实要求的情况下，在大多数人都把目光停留在让旧剧直接服务抗战需要的现实条件下，能够有这样的具有宏观性的认识视野，不能不说是发人深省的。沿着这样的思路向前进，设想当抗战胜利、和平来临时，或者时代现实需求发生变化，当没有强劲的现实需求时，旧戏该怎样在蜕变中继续生存？从这一角度可以发现，当年那些认识问题的思路和方法就不仅仅是策略性的，而是具有前瞻性和启发性的。焦菊隐在《扩展戏剧抗战的领域》一文中从抗战戏剧的战斗经验和商业化的教训中建议确立戏剧的岗位意识，不要缩小戏剧活动的领域，要突出戏剧的战斗性，才能以战斗的精神来加强戏剧的现实适应能力。当然，以今天的眼光来看，当年这些观点和结论在所难免地打上了那个战火纷飞的时代烙印，但他们思考问题的角度和方法，还是能够启发今天的戏剧发展的。当时代的现实主题剧变，怎样立足现实条件来认识戏剧的功能转换，来解决戏剧生存方式和发展方式的变化，这既是一个时代性的难题，又是一个具有普遍性意义的问题，而且不仅仅是一个纯粹的理论问题，必须认真寻找其现实的着力点和实践的发展点。"西南剧展"时期的理论探讨，有很多命题和结论由于不久后战争形势的严峻而没有能变成戏剧运动的实践，但可以发现，当时的戏剧家对理论研究的重视程度以及很多戏剧家置身的理论高度，是今天的人们不应该忽略的。

第三，戏剧队伍的组织和培育。人才是事业的关键，对人才的培养是最重要最艰巨的工作。"西南剧展"的组织者在内容安排上，把大量时间用在戏剧演出、专题演讲和戏剧资料展览方面，其主要目的也许还是在于让戏剧工作者在长时间的战地演出之后能有机会通过这些活动悉心

---

① 孟超：《谈旧剧改革运动》，《力报》1944年2月15日。

观摩、学习，不断丰富自己的戏剧知识素养，增强专业工作能力，以应对更加严峻的形势下的戏剧任务。也许正是希望各戏剧团队在交流中进一步认识戏剧艺术在抗战环境中的重要性，在生活和工作中坚定从业信念，更加严谨自律，以更高的水准服务于即将面对的工作，田汉认为，建戏如建军。既是建军，那就要"治力"和"治气"，不治气怎么能"本心固，新气胜"，怎么能够众志成城！所以，在题为《戏剧运动中的几个问题》的总结报告中，田汉语重心长地归纳了三个要点，一是学习的问题，二是工作态度问题，三是表演方法问题。他建议，无论是工作任务，还是缺乏指导或书籍，都不应该成为学习不够的理由。在战争环境中，一定要树立剧人的新道德。持久的抗战，可能容易滋生疲惫，但不能忽略向生活学演技，从生活中去为戏剧招魂。① 无论是田汉、欧阳予倩、熊佛西，还是瞿白音、赵如琳、严恭、张客、黄若海、汪巩等戏剧家，在讲演和作品中都在致力于培养一支从思想到艺术上都经得住考验的戏剧队伍。瞿白音在主创《西南剧展会歌》时，曾写下过这样的词句："我们——宣传奔走，呼号，演唱；为被侵略者呐喊，为战士们颂扬。忍着饥，耐着寒，倍历创伤；流过汗，流过血，还有死亡！为的是：团结！奋起！为的是：自由！解放！八年的时光！八年的时光！是的，我们看见了胜利的光芒，崭新的气象！可是，我们没有忘记：敌骑依然遍野，家园依旧沦丧！我们还歇不得肩，换不得防。"② 以这样的思想和情感滋养起来的戏剧家，经受住了抗日战争的严酷考验，在战火中完成了戏剧艺术的修养，以抗日演剧的方式，为中华民族的独立和解放，艰苦卓绝地进行着文化抗战和文化建设的宏伟事业，也为中国的新戏剧贡献过他们的智慧和力量。

"西南剧展"是一次对文化资源的有效组织和利用，也是一次中华爱国文化力量的凝聚和辐射，它建构的不仅仅是一种抗日时期特殊的生活方式，同时还包括具有强大延伸力量的文化经验和审美经验。这些方面的因素确实是历史的，但从文化的实践层面来看，又何尝不是具有现实

---

① 田汉：《戏剧运动中的几个问题》，《新华日报》1944 年 5 月 29 日。

② 瞿白音：《西南剧展会歌》，《当代文艺》1944 年第 5、6 期合刊。

性的。因此，高估现实需求，低估历史传统和文化习惯，会因为忽略文化问题的复杂性，忽略文化问题与中华民族核心价值的相关性，忽略文化问题与个人尊严的相关性，而显出某种不应该有的褊狭。

（原文载于《西南民族大学学报》2013 年第 2 期）

抗战时期桂林戏剧社团的演进及其贡献

李　江

还原戏剧社团的组织形式和戏剧刊物的存在方式，有助于进一步观察抗战时期桂林文化城戏剧运动的展开方式和作用方式，在走向历史的过程中，更全面地认识中国现代戏剧的历史传统，更科学地把握中国现代戏剧的文化习惯，更有效地调整戏剧发展的现实状态，更准确地预测未来戏剧的行进方向。

一　桂林文化城时期的戏剧社团

桂林文化城时期的戏剧运动极一时之盛，既是广大爱国戏剧家艰苦奋斗的结果，也是戏剧艺术力量现代组织化的客观成就。戏剧演出的集体性、综合性和专业性决定着戏剧家的舞台艺术劳动必须通过有效组织，才能把剧作的描绘转化为舞台形象。离开了高度组织化的艺术团体，就难以完成对艺术家创造性劳动的有效率的整合，也不会有轰轰烈烈的戏剧运动。桂林文化城时期戏剧在社会动员力和艺术影响能力方面取得的巨大成就，跟戏剧的机制或体制方面的特色密切相关。戏剧家要靠剧团来组织，剧团和剧团之间要密切配合、有效协调，才可能保持旺盛的艺术创造力，才可能具有坚强的战斗力。

1937—1944 年，曾经在桂林参加过各种演出活动的剧团为数众多，有据可查的剧团就近 30 个，如广西省立艺术馆话剧实验剧团、桂剧实验剧团、新中国剧社、国防艺术社、上海救亡演剧二队，等等。除了如国民政府教育部戏剧巡回教育队、云南昆明华山剧社那样的剧团仅是在“西南剧展”期间来桂林观摩，没有参加或独立承担演出任务之外，其他剧团都曾经向桂林的观众献演过。其中，阵容较庞大、艺术创作实力较雄厚、演出较频繁、产生过较大社会影响、极大地推动过桂林文化城戏剧运动的剧团，有国防艺术社、新中国剧社和广西省立艺术馆的话剧实验剧团和桂剧实验剧团。

（一）国防艺术社

国防艺术社组建于1937年秋，其基础是第四集团军总政训处的电影队、巡回讲演团和国防剧社。第四集团军番号裁撤后，这支艺术团队隶属于第五路军总政治部。后来又隶属于广西绥靖公署政治部。这是一个按军事编制来进行人员配备的艺术机构，其中集结了戏剧、音乐、美术、电影等方面的艺术人才。无论是社长、副社长、指导员，还是艺术创作人员，一律颁授从准尉到上校的军衔，另有警卫班负责日常安保工作。

在艺术体制上，国防艺术社分编辑部、戏剧部、电影部、美术部、音乐部、总务部，由指导员担任各部主任，各部工作人员均有细致分工。编辑部负责《战时艺术》半月刊的编辑、出版工作，由国防艺术社社长负责召集编务会议。美术部负责舞台设计、舞台画景幕。电影部在戏剧演出时负责照明、灯光。总务部负责服装、道具以及设施保管。相较而言，戏剧部人数最多，虽然人事流动快，但也常常保持30余人。从总体上看，国防艺术社的编制规模并不大，所以有大型演出活动时，需要礼聘一些名导演和名演员。导演方面曾经采用名誉职的方式聘请过欧阳予倩、洪深、马彦祥、石凌鹤、焦菊隐等，演员方面连当时的著名演员唐若青和孙毓棠都曾以名誉职的方式应聘参加国防艺术社的舞台演出活动。电影明星和话剧明星唐若青义务参加过《夜光杯》的演出，西南联合大学教授孙毓棠在《前夜》一剧中扮演男主角家庭教师林建中，都获得了当时人们的一致好评。

国防艺术社在抗战时期的救亡宣传和社会动员，组织大型公演和巡回演出，开展艺术批评以及支持、配合各艺术团队在桂活动等方面，发挥过积极的作用。田汉在接受《战时艺术》半月刊记者采访时评价指出，国防艺术社在广西可说是个剧运的有力推动者。[①]

---

① 顾乐真：《国防艺术社简史》，《广西戏剧史论稿》，中国戏剧出版社2001年版，第291页。

抗战初期，为了帮助桂林人民学习对付日本空军轰炸的必要防空知识，激发人民奋起抗战的爱国热情，国防艺术社曾组织桂林的机关、学校和市民开展了一次大规模的火炬大游行，并以记录电影短片的方式拍摄了这一活动。在街头宣传方面，国防艺术社开展过一次大型的戏剧、歌咏、电影、绘画的街头大联展，历时半个多月。这种方式不同于当时全国其他地区那种街头剧和街头歌咏会，而是增加了绘画和电影的街头展出与街头放映，其效果和影响既是空前的，也是独特的。1940年，国防艺术社把搜集整理过的山歌搬上戏剧舞台，推出了一种具有地域文化特色的“山歌戏”，并把这种布景和音乐兼备，又能载歌载舞的艺术形式用于抗日救亡宣传，增强了救亡宣传对广西本地群众的影响力。

在戏剧演出方面，国防艺术社的戏路很宽，从宣传剧到艺术剧，都有所涉及。他们推出过欧阳予倩导演的《前夜》、《青纱帐里》、《曙光》；上演过马彦祥导演的《古城的怒吼》，以及石凌鹤导演的《在遥远的地方》，焦菊隐导演的《雷雨》、《日出》、《上海屋檐下》、《明末遗恨》，洪深导演的《夜光杯》。国防艺术社的剧团自己还导演过《飞将军》、《重上前线》、《歼灭》、《重逢》、《秋阳》、《放下你的鞭子》等剧，其舞台演出达到很高的水平，产生过较好的影响。演员和剧作的舞台表现之间出现相得益彰的互动关系，戏衬演员，演员以演技和艺术积累托戏。这表明剧团在内部的行政管理和艺术管理已经形成良性机制，剧团的整体艺术能力也已趋于成熟。因为无论是哪个环节出现不和谐之处，都不会出现密切配合、相得益彰的艺术局面。

由于国防艺术社成立时间较早，在人员、设备和艺术训练方面的积累相对比较充分，主其事者如程思远、李文钊等胸襟开阔、处事开明，所以国防艺术社在工作作风上表现得非常善于合作，他们常常积极主动地配合其他团队共同完成各种演出任务。欧阳予倩到广西从事桂剧改革，第一出戏就是《梁红玉》，那时来自广西戏剧改进会的阻力很大，是国防艺术社及时的援助，使欧阳予倩渡过了最初的难关。国防艺术社聘请欧阳予倩导演话剧《前夜》，桂剧艺人得以临场观摩学习，也增进他们对欧阳予倩的了解。国防艺术社还把桂剧《梁红玉》的剧本铅印出来，交给桂剧艺人们传阅体会，然后让他们主动邀请欧阳予倩去排练。《梁红玉》

一剧的排练和演出，都是国防艺术社美术部主任阳太阳带领全体舞台工作人员全程参与。

中华全国文艺界抗敌协会桂林分会还没成立之前，桂林文艺界只有一个文艺界联谊会来组织协调抗战初期的抗日救亡宣传活动。那时，文艺晚会和诗歌朗诵会是主要的社会动员形式，朗诵诗运动最重要的环节是朗诵，诗要经过朗诵的检验才能知晓其被人们喜欢的程度，不能朗朗上口一定难以在当时广为流传。国防艺术社在这些文艺晚会的组织和准备工作中，在诗歌朗诵活动中常常承担着主要任务。1939 年 1 月 10 日，为给《救亡日报》在桂林复刊筹募基金，要大规模地演出夏衍编剧的《一年间》，从导演、演员到舞台监督调度，几乎全部由国防艺术社成员担任，国防艺术社为募捐活动的成功演出，贡献了自己的力量。各救亡演剧队来桂林时，由于在撤退过程中演出设施损失严重，只能向国防艺术社借用，国防艺术社总是鼎力相助。在灯光、布景、道具、服装、演职人员方面，各救亡演剧团队都得到过来自国防艺术社的及时帮助。金山、王莹率领的救亡演剧队，以及从衡阳远道而来的铁血剧团等在桂林演出期间，不仅受到国防艺术社的欢迎，还留下过携手合作的剧坛佳话。

在理论研究和戏剧批评方面，国防艺术社创刊的《战时艺术》半月刊，为总结戏剧运动经验教训，发表过很多讨论旧戏改革、导演和表演经验总结的论文，对于戏剧家交流经验、积累心得，发挥过重要作用。李文钊的《〈梁红玉〉上演与旧戏改良》、《〈夜光杯〉与〈古城的怒吼〉公演评选三篇》，行健的《田汉谈战时戏剧》，超明的《我们怎样集体导演〈飞将军〉》，彭世祯的《关于旧戏改良的一点意见》，以及《戏剧在我们的队伍里》、《从旧剧谈到新歌剧的建立》等论文，都体现了作者和编者与众不同的眼光。

1942 年 10 月 2 日，在广西教育厅和广西绥靖公署等的责难声中，经程思远斡旋无效，国防艺术社正式解散。

（二）广西省立艺术馆的话剧实验剧团和桂剧实验剧团

广西立艺术馆成立于 1940 年 3 月，发起人是著名戏剧家欧阳予倩。刚成立时，规模不大，人员也不多。为了把广西省桂林艺术馆办成更能发挥作用的艺术基地，欧阳予倩又邀请了冼群、黄婉苏、陈光、李凯、黄若海、杜宣、严恭、汪巩、许秉铎、石联星、林静、吴晓邦、盛婕等来桂林共襄盛举。艺术馆成立之初，没有自己的剧场，只能向戏院或电影院去租用场地，舞台是旧式的，票房收入还要跟戏院老板“三七”或“四六”分账，经济上被盘剥，服装、布景、道具的添置也受到影响。1944 年 2 月 15 日，经欧阳予倩多方努力，在中国建筑工程公司经理张复初的帮助下，以贷款的方式在桂林桂西路尾原文庙旧址建成新馆。广西省立艺术馆隶属于广西省教育厅，在体制上是一个社会教育艺术机构。设省府委任的馆长 1 人，研究员 10 人，副研究员 20 人，演员 30 人，舞台工作人员及事务工作人员 20 人。每月经费约 12 万元。艺术馆下设戏剧、音乐、美术、研究四个职能部，一个总务组，还有一个话剧实验剧团和由 24 人组成的合唱队。艺术馆的主要工作是艺术研究和训练、普及和提高，还负责轮训全省各机构、社团的艺术骨干，组建艺术教育和宣传队伍。作为一个综合性的艺术教育机构，广西省立艺术馆不仅承担着训练和艺术研究任务，而且还组织、完成了大量的戏剧演出工作。戏剧演出方面由馆长欧阳予倩直接负责，吴剑声协助馆长处理具体的事务。导演方面由欧阳予倩、吴剑声、党明、黄若海等负责，主要演员黄若海、叶仲寅、吕吉等都曾经承担过许多重要演出任务。

广西省立艺术馆从 1940 年下半年开始进行自主的戏剧演出。话剧实验剧团先后演出过欧阳予倩编剧、导演的《忠王李秀成》，阳翰笙编剧、欧阳予倩导演的《天国春秋》，夏衍编剧、欧阳予倩导演的《心防》和《愁城记》，曹禺编剧、黄若海导演的《日出》，欧阳予倩编剧兼导演的《旧家》，老舍编剧、吴剑声导演的《面子问题》，陈白尘编剧、吴剑声导演的《结婚进行曲》，欧阳予倩编剧兼导演的独幕剧《越打越肥》等。除了在桂林当地的演出之外，广西省立艺术馆还组织过巡回演出队。1943 年夏天，欧阳予倩带领艺术馆巡回演出队，代表广西去湖南衡阳慰问第九战区抗日将士。在那里，巡回演出队献演过《国家至上》、《心防》、《忠王李秀成》等剧作。每个剧目上演三次，其中两场为抗日将士劳军演出，一场公开售票接纳衡阳当地市民。到伤兵医院的慰问演出，反响也很热烈。那时，湖南衡阳是抗敌前线，日军海军航空兵的轰炸机群经常从每晚九点到次日凌晨三点对当地进行分批轮番轰炸。艺术馆巡回演剧队是在空袭警报声和航空炸弹的爆炸声中完成战地演出任务的。

广西省立艺术馆的桂剧实验剧团是欧阳予倩进行桂剧改革的重要基地。从1940年3月16日成立以后，也曾经演出过很多宣传抗日救亡的桂剧作品，如欧阳予倩编剧、整理的桂剧《梁红玉》、《桃花扇》、《木兰从军》、《人面桃花》、《打金枝》、《烤火》、《拾玉镯》、《离乱婚姻》、《胜利年》等。新桂剧创作在桂剧实验剧团的抗战宣传演出中，在激发观众观剧兴趣、刷新观众的观剧体验的同时，也增强了抗日救亡宣传的现实效果。在桂剧创作和演出中，一大批桂剧新锐如尹羲、李慧中、谢玉君、方昭媛、王盈秋、秦志精等不断脱颖而出，成长为作出过重大贡献的戏剧艺术家。

1944年2—5月，广西省立艺术馆的话剧实验剧团和桂剧实验剧团还在“西南剧展”中为各地的艺术团队献演过他们的参展剧目。桂剧实验剧团在“剧展”的第二天，即1944年2月16日晚演出了欧阳予倩编剧、导演的桂剧《木兰从军》。话剧实验剧团在“剧展”的第三天，即1944年2月17日演出了欧阳予倩编剧、导演的《旧家》。他们的精彩演出，为“西南剧展”的戏剧会演，开启了一个隆重的序幕。广西省立艺术馆的抗日救亡戏剧活动，一直坚持到1944年秋天桂林保卫战前夕的大疏散时，前后历时四年有余，在桂林文化城戏剧运动的历史过程中作出过令人瞩目的贡献。

（三）新中国剧社

新中国剧社成立的时间相对晚一些。1941年10月，根据中共中央南方局的指示，为了长期埋伏、积蓄力量、等待时机，杜宣奉命组建一个党在西南地区的文化战略据点：新中国剧社。剧社成员大多来自广西省立艺术馆和从前线撤退到桂林的各演剧队，包括原抗敌演剧第四队、第五队、第七队、第八队、第九队的一些队员。新中国剧社刚成立时，人数只有20来人，极盛时大致40人左右，分成五六个小组，每组六至七人。由于“皖南事变”后形势严峻，在广西省立艺术馆供职的原抗敌演剧队成员受到前所未有的压力，已经不能正常开展工作。原国防艺术社负责人李文钊因被免去在国防艺术馆的原有职务，下决心要组建一个剧团从事抗战宣传。李文钊向杜宣等求助，希望得到支持。于是，杜宣、许秉铎、严恭、石联星、张友良、徐光珍、岳勋烈、姚平、蓝馥心、孙捷等离开广西省立艺术馆。后来，因李文钊个人之力已无法承担新中国剧社的全部开销，在田汉、洪深支持下，新中国剧社转制为一个能自主的有效率的民间职业剧团。在周恩来同志的直接领导下，新中国剧社利用一切条件，团结一切可以团结的力量，争取民主、团结抗战，辗转桂、湘、黔、昆、沪，历时七年间，跋涉数万里，克服困难，坚持战斗，为抗日民族解放战争贡献了全体社员的智慧和力量。

新中国剧社能在战火中高举旗帜勇敢冲锋，其中必然具有许多值得认真总结的经验。中共中央南方局的关怀领导不仅是政治上的和思想上的，也体现在经济上的及时扶持。一个远离抗日民主根据地的艺术团体，没有根据地政权的依托，又不能在剧社里健全党的支部来建立相应的组织，在遭遇各种各样的艰难险阻时，新中国剧社只能依靠全体社员的理想、信念，群策群力，战胜困难。田汉、洪深的支持，剧社负责人杜宣、瞿白音的精心组织和辛勤经营，同样是新中国剧社能够坚持战斗的重要因素。夏衍曾经回忆道："剧社内部采取生活民主、经济公开，一整套民主管理的方法，剧社社员都是剧社的主人。这样一来，剧社无论在政治上遭受任何压力，经济上出现任何困难，都能紧紧团结在一起，同舟共济，一次又一次度过难关。"[①] 新中国剧社在组织结构上的优势，形成了强大的凝聚力，也充分地体现出这一艺术团体在管理体制和艺术体制上的灵活性和机动性。

作为一个职业剧团，新中国剧社没有采用当时颇为盛行的雇佣制。剧团的内部关系属于同人性质，这样也就避免了非常规的人事变动。无论是剧团负责人，还是创作人员和演职人员，大家都是平等的同志、战友，是革命的理想和共同的事业把大家召唤到一起。战地宣传工作经历培养了剧社成员不怕牺牲、勇敢战斗的精神，在战火中辗转的生活也训练了组织化的团队作风，还有军人化过程中形成的重计划、讲效率的工作习惯以及过人的危机处理能力。

---

① 夏衍：《驼铃声声　新中国戏剧社战斗历程》卷首语，《驼铃声声》，漓江出版社 1991 年版，第 2 页。

从组织结构上看，新中国剧社由全体社员推选一个理事会负责日常事务。理事会由经济委员会（分总务、会计、保管三个部门）、艺术委员会（分剧务部和舞台部）、生活委员会（分福利部和学习部）和秘书室（分文书部和交际部）组成。监事会负责监督最高领导机构。全体社员分成六七个小组，每周举行一次例会，交流读书心得，听取时事报告，共同讨论工作中和生活中出现的问题。在剧社内部建立起了一种民主的工作制度，充分体现了全体社员共同分担艺术创作压力和经营风险的特色。每半年召开一次全体社员大会，总结工作，检讨生活，提出建议，改选机构。

在经济管理方面，实行账目公开，切实保证收支透明，既增强全体成员的责任感，又不至于让大家产生猜疑。新中国剧社全体成员生活待遇平等，每人每月一万五千元，全部成员每月薪金总计七十万元，据说还不及一个平剧（京剧）演员的月收入。剧社财务预算准确，绝不超支。在剧社里，个人的生活困难如就医、结婚、孩子上学，都由剧社帮助解决。福利部在演出之夜还经销一些水果、香烟、饮料等，所创收入一律用来补贴剧社成员的鞋、袜、肥皂、毛巾等日用百货开销。辛苦繁忙的演出之后，还可以由剧社从演出预算中列支夜餐费。条件虽然艰苦，生活也非常俭约，但剧社成员都能时时感受到来自剧社这个集体的关怀和温暖。这种精诚团结、齐心协力的剧社内部关系建设，是当时其他职业剧团难以相提并论的。这应该也是新中国剧社能够保持创造力和战斗力的重要因素之一。没有科学而又富有人性力量的管理，就不会有团队的凝聚力。

新中国剧社在艰苦卓绝的战争岁月里创造过许多具有特色的剧社文化，这也是中国戏剧在现在文化建设中流传下来的宝贵财富。

由于没有固定的经济保障，没有票房收入时就必须靠借贷度日，于是他们重然诺、讲信用，凡借人钱必须准时而爽快地偿还，别人相信他们，愿意借给他们。新中国剧社乐于助人，别人也乐于帮助他们。此其一。

在新中国剧社里，演员跟其他剧团的演员之间，舞台工作人员跟其他剧团的舞台工作人员之间，编剧跟其他剧团的编剧之间，导演跟其他剧团的导演之间，都保持着非常密切的联系。这样，他们的对外联络工作就不仅仅是交际部这一个职能部门的工作了，而是可以通过众多分门别类的"触须"来广泛地对外交涉。这一路径受阻，那条路则有可能畅通了。既让剧社在遭遇困难时不至于山穷水尽，也增强了剧社成员对团体的责任感。此其二。

新中国剧社的艺术家们热爱学习，他们明白自己的优势，也了解自己的不足。在前线和后方的大量演出中，他们积累了丰富的舞台经验，但与此同时又必须加强艺术理论和表演理论知识的学习。新中国剧社在桂林建有一个戏剧图书馆，剧社成员总是抓紧能利用的时间读书。在昆明还常常聘请西南联合大学的教授们来办讲座，通过各地专家的讲述，了解和掌握戏剧艺术的必要理论知识。这种学习的风气，使剧社成为一个学习型团队。学习型团队才有可能变成具有创造力和战斗力的团队。此其三。

新中国剧社的每一个成员都有相对独立的履行岗位职责的锻炼机会，每个人都有相对独立的决策机会，他们在工作中学习，善于向有经验的人学习，在工作和学习中把自己培养成高素质的艺术家。田汉对此做过高度评价："因他们自己管理自己的事，也就造出了许多专门技术人才和政务事务人才。这充分表现在西南剧展那个阶段。他们不管是在秘书处方面、舞台工作方面、音乐方面、美术方面、宣传方面、交通方面都那么活跃能干。后来在湘桂大撤退阶段，也是如此，没有那么多的能干人，他们吃的苦头将更多，损失将更大。"① 什么样的环境，激发什么样的能力；什么样的团队精神和团队文化，培养什么样的人才。新中国剧社是从战争环境中成长起来的团队，他们不缺乏发展战略、政略、策略和谋略，但可贵的是，在他们那里没有太多僵化了的官僚主义规则，这也是他们为什么一直充满活力，可以高举旗帜在战火中冲锋的重要因素之一。此其四。

在桂林的两年多时间里，新中国剧社以频繁的创作和演出，有力地推动了抗战时期的社会动员和救亡宣传。其中有多幕剧、独幕剧、活报剧近三十个。其中有陈白尘编剧、田汉导演的四幕剧《大地回春》；杜宣

---

① 田汉：《新中国剧社的苦斗与西南剧运》，《评论报》1946 年第 2 号。

编剧、韦布导演的两幕剧《英雄的插曲》；安东·契柯夫编剧、许秉铎导演的独幕剧《蠢货》；江上青编剧、严恭导演的独幕剧《风波亭》；田汉编剧、瞿白音导演的五幕剧《秋声赋》；田汉、洪深、夏衍编剧，洪深导演的四幕剧《再会吧，香港!》；石炎、严恭编剧，严恭导演的独幕剧《军用列车》；安东·契柯夫编剧、许秉铎导演的独幕剧《求婚》；果戈理编剧、瞿白音导演的五幕剧《钦差大臣》；沈浮编剧、华念慈导演的四幕剧《重庆二十四小时》；洪深编剧、王逸导演的四幕剧《黄白丹青》；于伶编剧、严恭导演的四幕剧《百花香》；列夫·托尔斯泰原著、夏衍改编、许秉铎导演的五幕剧《复活》；魏如晦编剧、瞿白音导演的四幕剧《海国英雄》；夏衍等编剧、瞿白音导演的四幕剧《戏剧春秋》；还有活报剧《饮食节约》、《凭票入场》、《希特勒摇篮曲》、《画饼充饥》、《怒吼吧，桂林》、《同盟军进行曲》等。

新中国剧社的歌咏活动以及音乐朗诵活动、音乐舞蹈剧等演出形式，对于激发人们的爱国情绪，让人们领会艺术的作用，同样也有积极意义。在桂林期间，为郭沫若祝寿而举行的晚会上，以朗诵和混声合唱的方式演唱了田汉作词、姚牧作曲的《南山之什》；在安顺演出了由瞿白音、樊赓稣、周钢鸣作词，王天栋、舒模作曲的大型音乐诗朗诵《岁寒曲》，以及由冼星海作曲的大型音乐舞蹈剧《新年大合唱》。由樊赓稣作词、费克作曲的《茶馆小调》和《五块钱》通过新中国剧社的演出，在20世纪40年代的西南大后方得到了广泛传播，深得各地群众的喜爱。

二　桂林文化城时期的重要戏剧刊物

1938—1944年，桂林文化城曾出现过大量的文艺期刊，大多数文艺期刊都曾经刊发过戏剧理论探索的论文和普及性的剧评。

（一）《戏剧春秋》杂志的办刊特色与作用

该刊于1940年11月1日创刊，主编田汉，负责编务工作的是欧阳予倩、洪深、杜宣和许之乔。《戏剧春秋》是月刊，16开本，由南方出版社经售。1942年底终刊，共出版过十期。主编田汉在《〈戏剧春秋〉发刊词》一文中对刊物的办刊宗旨和编辑方针作过详细的说明。田汉充分肯定了抗战以来戏剧文化战士的贡献：“三年以来，我戏剧文化战士也曾站在自己的岗位尽过相当的任务。在战前我们是鼓吹神圣抗战的号兵，战争一开始，我们这些文化队伍从大都市走到民间，走到火线，在提高军民抗敌情绪上起过很大的作用。在武汉我们有过戏剧阵容的再编成，那特征是由单纯的话剧而广泛动员到一切戏剧；由草率的组织进入到相当周到的训练。一年以来也曾收过不小的功效。但时至今日，客观需要更为迫切，而我戏剧阵线缺点暴露依然很多。”①

田汉注意到抗战戏剧运动需要从以下几个方面来着力推动：第一，加强戏剧理论知识的介绍和研究。在面对新环境、新现象时，戏剧运动需要新的指导和新的理论。第二，新的剧作出现，才能缓解剧本荒。要有新的剧本，来传达新的观察，来表述新的结论，没有新的对生活体验的总结，没有专业的技巧来创作，那就很难满足新形势的需要。通过必要的指导和训练，可以促进好剧本的创作。第三，加强戏剧工作者之间的联系，促进各自的战斗经验的交流，有助于戏剧文化建设，也有助于抗战时期戏剧职能的充分发挥。正是基于总结经验，加强对抗战时期戏剧运动的指导，《戏剧春秋》杂志的主要任务有四：一是整理介绍符合抗战需要的戏剧理论，寻找建立新戏剧的新途径；二是及时地评价和介绍新剧作；三是发表能坚持抗战精神的新剧本；四是刊载战地戏剧工作报告和戏剧工作者的各种通信，以研究问题，密切戏剧工作者之间的团结。

《戏剧春秋》杂志在1940年6月和11月分别刊载了重庆、桂林两地三次戏剧的民族形式座谈会记录，这些记录是田汉先向有关人士通信告知论题，再逐一搜集大家的书面意见，然后汇编刊布的。其中重庆诸家的笔谈最能体现戏剧的民族形式座谈会的要旨和主要观点。1942年7月14日在桂林召开的“历史剧问题座谈会”的记录稿，包括柳亚子、茅盾、欧阳予倩、胡风、宋云彬、于伶、安娥、蔡楚生、周钢鸣、田汉等与会人员的发言，全文发表在《戏剧春秋》第二卷第四期上。这些记录稿既表达了各位戏剧家的有所不同的历史剧主张，也保留了许多珍贵的戏剧历史材料。除了这两次大型的理论研讨成果发表在《戏剧春秋》杂志之外，该刊还发表过夏衍的《戏剧抗战三年间》、田汉的《关于抗战戏剧改

① 田汉：《〈戏剧春秋〉发刊词》，《戏剧春秋》1940年创刊号。

进的报告》、郭沫若的《戏剧运动的展开》、熊佛西的《建立戏剧批评》等重要论文，张早的《抗战中的儿童戏剧》、吴晓邦的《舞台人体运动训练》、华嘉的《创造新的表演艺术》、文森的《闲话明星作风》、杜宣的《演员与观众》、洪深的《导演的任务》、蔡碧青的《将军毡用到舞台装置上》、耿夫的《华北沦陷区的敌伪戏剧》、田汉的《抗敌演剧队的编成及其工作》等也都是针对抗战戏剧运动实际有感而发、言之有物的论文，跟编者的创刊初衷完全吻合。章泯翻译的《论闹剧与趣剧》、《论戏剧艺术》，舒非翻译的《论傀儡戏》等在扩展戏剧家的理论视野，在丰富抗战时期人们的戏剧学识方面，也具有某种不可忽视的作用。至少可以让后来的读者明白，即使战火阻断了中西戏剧之间的直接交流，抗战时期的大后方戏剧家也并没有闭目塞听。

（二）《新中国戏剧》杂志的工作重心与特色

这是一个不定期的刊物，创刊于 1940 年 6 月，由左军主编，前线出版社发行，生活书店、新知书店经售，16 开本。该刊的代发刊词《加强我们的反攻力量》和左军的《新阶段的新课题》可以视为该刊立足剧运实际、研讨具体问题的办刊宗旨的切实说明。“（一）奠定新中国演剧体系的基础；（二）担起全国剧运底报道中心之重任；（三）容纳所有新旧有名无名作家来稿均以谨严态度择优发表。”

该刊关注抗战剧运的实际问题，发表过夏衍的《给一个战地戏剧工作者的信》、赓宏的《现阶段戏剧运动底五重意义》、黄韦的《华北游击区的戏剧运动》、海燕的《桂林剧坛总检阅》等论文，不仅介绍抗战戏剧运动的动态，也讨论戏剧运动中的问题，如编剧、导演，边学习、边工作的方法等。

《新中国戏剧》对戏剧的基本理论和专业知识也保持着应有的兴趣。文赓宏的《戏剧工作的本质》，黄若海的《新演员艺术理论体系之建树问题》，焦菊隐的《论新歌剧》，黄若海的《演员艺术是怎样的一种艺术》，陈治策的《幕：从用幕谈到废幕》，欧阳予倩的《改革旧戏的步骤》，吴晓邦的《舞蹈艺术讲话》、《论做功、演技及其他》，孟超的《戏剧的真实、强调与歪曲》等论文表现出来的理论旨趣及思辨特色，可以充分表明编者有意识地要把该刊办成一个培养戏剧专门人才的学术园地。这一点，跟抗战时期许多文艺期刊的普及式导向明显不同。

（三）《战时艺术》的重要贡献

这是一份综合性的艺术杂志，半月刊，16开本。1938年3月1日创刊于桂林，由国防艺术社主办，主编司徒华（即熊绍琮），后来主编有变动。编辑部主要人员有熊绍琮、陈迩冬、程延渊、朱苹秋、刁剑萍、陈开端、袁雁沙等。华光印务社印刷，生活书店经售。跟桂林同时期其他文艺期刊不同的是，该刊侧重于艺术批评，主要内容如戏剧理论、戏剧创作及评论、舞台化妆及表演知识、音乐理论及作品、美术理论及作品。其中，行健的《田汉谈战时戏剧》，彭世祯的《关于旧戏改良的一点意见》，白宁的《论戏曲》，李文钊的《〈梁红玉〉上演与旧戏改良》、《〈夜光杯〉与〈古城的怒吼〉公演评选三篇》，洪勤的《〈曙光〉、〈青纱帐里〉公演集评》，超明的《我们怎样集体导演飞将军》，欧阳予倩的《〈青纱帐里〉改编后记》，刘鹤云的《从旧剧谈到新剧的建立》等论文以及欧阳予倩的三幕剧《青纱帐里》，舒群的剧本《没有祖国的儿子》等，都可以表明该刊对戏剧艺术方面的重视。

（四）《艺丛》杂志的理论旨趣

这是一份综合性的艺术刊物。1943年5月1日创刊于桂林。孟超主编，发行人鲁乃戈。桂林集美书店出版发行。主要栏目有艺术散评、作家与作品。编者在发刊献词《新的缪司礼赞》中对办刊宗旨做过如下申明：这是“刊载文学艺术创作，介绍外国艺术理论，建立艺术批评，报道艺术团体活动的杂志。希望做成艺术工作者和艺术研究者的共同刊物”。该刊发表过柳涛的《谈〈屈原〉悲剧中的仆夫》、田汉的《新歌剧问题》、熊佛西的《我对于创造歌剧的一点意见》、徐迟的《歌剧之为音乐》、安娥的《发芽中的中国歌剧》、孟超的《新歌剧发展的路向》、吴荻舟的《新歌剧运动之理论与实践》、张羽的《剧本中的几个问题》、肖痕的《略叙广西艺术馆》等论文，也发表过汪巩、白音的杂剧《希特勒摇篮曲》等剧作。虽然只出过两期，但对戏剧理论内容如此重视，几乎形同于一份专业性的戏剧理论刊物了。《艺丛》于1943年7月停刊。

（五）《新文学》杂志对戏剧艺术的关注

这是一份以刊登作品为主的文学月刊。社长铁坚，编辑兼发行人萧铁。该刊创刊于1943年7月15日。发行者新文学杂志社，文化供应社经售。该刊发表过田汉的《展开有理论的戏剧运动》，丹钦柯著、焦菊隐译的《莫斯科艺术剧院第一次国外巡回》，欧阳予倩的《能否把圈子放得更大》，寿昌的《批评战线的重要》，培良的《中国戏剧往哪里走》等戏剧论文。在《新文学·戏剧专号》上发表过易经的剧评《戏剧春秋》、迩冬的剧评《孔雀胆》、莫千的剧评《喜相逢》、孟超的剧评《杏花春雨江南》等。从仅出的四期来看，该刊对戏剧理论和戏剧作品评论的兴趣已经得到充分体现。《新文学》于1944年5月15日停刊。

除此之外，当年桂林的文艺期刊如《文学创作》、《创作月刊》、《半月文艺》、《文艺生活》、《十日文萃》、《克敌周刊》等刊物都曾刊发剧本和剧评，报纸副刊方面如《救亡日报·舞台面》、《大公报·文艺》、《扫荡报·抗战戏剧》、《广西日报·艺文谭》、《力报·影剧春秋》，以及1941年11月16日在桂林创刊的《戏剧日报》都曾刊发过大量戏剧理论文章和剧评，为抗战时期戏剧知识的传播，进一步推动抗战戏剧运动，作出过不可磨灭的贡献。

三 结论

如前所述，由于抗战时期社会动员任务的急迫，在回应现实文化要求时，桂林文化城戏剧运动中至少出现过三种有所不同的戏剧团体组织形式，有军队主办的，有政府机构主办的，还有民间职业剧团等，这几种戏剧体制或机制在抗日时期社会动员和文化宣传中都曾经卓有成效，充分表明抗战时期的戏剧艺术家正确地把握了方式、目标、任务之间的关系。

为确保任务的完成，他们恰当地处理着基础设施、产业特点等环节，没有把方式当目的，也不至于把目的当方式。那些戏剧前辈一边实践，一边学习，充分保证了他们高效而有益地从事艺术工作。在这一过程中，戏剧期刊和报纸的艺术栏目，在满足他们的阅读，维系他们的信念，培养他们的专业素养，推动他们在工作中的共识或促进其艺术创造性方面，其意义同样不可低估。无论如何，信念和价值观才是一切事业的真正基础。

（原文载于《重庆社会科学》2012年第6期）

中国新诗的浪漫之美

高　蔚

关于中国新诗的“浪漫主义”美学追求，有两点需要我们再注意。一是人们普遍认为，中国现代“浪漫主义”诗歌语言表达浅易、直白，诗性品格以单一地偏重“情感”与“想象”为特质，支撑想象的比喻又较多是近距离比喻，这使中国现代“浪漫主义”诗歌创造性“变形”事物的力度严重不足。浪漫主义诗歌在本质上要去“腐朽中赎回上帝赐予人类的神性”① 的艺术欲求，在中国“现代主义”诗歌那里才找到了相应的诗学回应。然而，这不是唯一的事实，中国现代“浪漫主义”诗歌也有经得起“新批评”细读的诗歌语言的多样性审美表现，有符合结构主义阅读阐释程式的表层结构和深层结构。它们用意象“咏叹”感情，用相互矛盾的逻辑制造富于“张力”的多重意义空间，语言并不乏由隐喻和象征带来的或明或暗的言意关系，比喻也兼具“远距”、“异质”性，因此，艺术形式并不一味单一。二是中国现代“浪漫主义”诗歌的格律探索，一向被视为一种“古典情结”，殊不知，这恰恰是中国现代“浪漫主义”诗人遵从浪漫主义诗歌美学，在传统中求新求变的艺术追寻。如果一定要指认中国现代“浪漫主义”诗歌的“古典情结”，它应该是对“赋”体“铺陈”手法的依恋。

一　源自浪漫主义诗艺的诗性品质

事实上，隐喻、象征、暗示、意象、比喻的“远距”、“异质”性，

---

① 雪莱：《诗辩》，转引自韦勒克《批评的概念》，张金言译，中国美术学院出版社 1999 年版，第 174 页。

以及由此带来的“陌生化”效果，从来都不是象征主义诗歌的专利。抛开现代中国文学中“浪漫主义”与“现代主义”的共时性，就“五四”诗学界误认“现代主义”为“新浪漫主义”也足以证明，在西方艺术思想史上，“现代主义”与“浪漫主义”有着多方面美学思想的契合。因此，所谓“中国浪漫主义诗学体系”自20世纪“二十年代后半期开始”，“向新现实主义迈进”、“向古典主义回归”、“向现代主义衍化”[①]，并不能准确标定中国新诗“浪漫主义”美学追求的走向。虽然以西诗的美学形态为来源的中国新诗，其所处的历史坐标决定了它的“浪漫主义”诗性品格并不一定来自单一的浪漫主义诗歌美学，但浪漫主义诗歌的美学旨趣与“新批评”诗学思想之间的渊源关系，则意味着中国新诗的“浪漫主义”品格首先应该来自浪漫主义诗艺本身。浪漫主义诗歌美学自身的丰富性，才是我们考察中国现代“浪漫主义”诗歌诗性品质的重要切入点。

明确了这一考察视镜后，我们会发现，中国现代“浪漫主义”诗歌其实也十分讲究以象征性意象暗示事物的本质，譬如我们熟悉的《妹妹你是水》（应修人）。无论在“五四”还是之后的“新文化”语境里，这首诗的抒写内容都是个体生命“再次觉醒”[②] 的文学范本，诗人一层层剥开内心秘密所使用的暗示性拓展，却不为人所乐道，而这却是浪漫主义诗歌借助想象的“机能”，以求“陌生化”效果的经典形式：“妹妹你是水/——你是清溪里的水/无愁地镇日流/率真地常是笑/自然地引我忘了归路了。”诗人连续使用的几个比喻，都与“水”意象相关。在中国传统诗歌意象里，“水”象征性的渴望、情的缠绵、女人的柔媚，如《诗经·蒹葭》：“蒹葭苍苍，白露为霜。所谓伊人，在水一方！溯洄从之，道阻且长。溯游从之，宛在水中央。”欧阳修《踏莎行》：“离愁渐远渐无穷，迢迢不断如春水。”秦观《鹊桥仙》“柔情似水，佳期如梦，忍顾鹊桥归路，……”《妹妹你是水》正是化用了与这些内容相关的“水”意象。诗人把所要传达的青春少年对清纯少女的心理渴慕，定位在与身

---

① 罗成淡：《论现代中国文学中的浪漫思潮》，《中国现代文学研究丛刊》1989年第4期。

② 海涅语，转引自利里安·弗斯特《浪漫主义》，李今译，昆仑出版社1989年版，第4页。

体欲望相关的情感欲望里，但诗人并不直接表白这份心理期待，而是通过一连串比喻限制情感的扩张，让相思之情始终盘旋在一种梦幻般的情感想象里：“你是清溪里的水”，你清纯灵动；“你是温泉里的水”，你不但温暖，而且灼热；“你是荷塘里的水”，你雅致而超凡脱俗。一连串熟悉又陌生的比喻，令抒情对象的“美”在幻境中一步步升级，诗的情感也得以流动不羁，与全诗所唱欣喜爱情的获得十分吻合。这种对“人之常情”的恪守，恰到好处地兑现了浪漫主义诗歌要“以一种想象的光华，使平凡的事物在心灵之中呈现出不平凡的一面”① 的艺术目标。

我们也可用雪莱的《秋：一曲挽歌》做参照：“暖和的太阳渐渐冷却，凄凉的风在恸哭，/光秃的树枝在叹息，苍白的花朵奄奄待毙；/这一年，/在大地——她临终的床上，覆盖着层层死叶，/仅存一息。/来吧，一个月一个月相接，/从十一月到五月，/你们排成最悲哀的行列；/来送走已死的冰冷的年头，/护送她的灵柩，/而且像一个个阴影在她墓旁厮守。……”② 诗人开篇的季节描写，在启步的瞬间就开始了它远离自然时令“秋”的打算，接下来给出的为“季节”、“守灵”的时间：“从十一月到五月”，完全走出了“秋”的自然时节。这时，“挽歌”蠢蠢欲动，为意象“秋”暗示出“冰冷”、“枯涩”、“死亡”等象征意象，“秋”这一象征性意象带给诗意空间的“复意”，便一步一步被引入多重矛盾的逻辑悖反中。由此，全诗开始走向浪漫主义诗歌的“陌生化”审美目标。但诗人并不满足，他要让凋零的、即将死去的“季节”向死而生。于是，他安排“悼亡”。先是拉出以“月”为单位的时间，“护送”“季节”的“灵柩”；然后通过冬眠的小动物和南迁的候鸟，宣告迎接“春天”所需要的时间等待，并让这个时间长度暗示“等待”所需要的心理意志。这时，“殡葬”的“彻底埋葬”之意伺机给诗意空间塞进了全诗核心动作“悼亡”的伴生意：迎接“新绿”。至此，诗中的“张力”相互牵扯着登场，并在筑起的诗学意义的“语境”里，刷新人们关于“季节”的想象，改观人们热衷的修辞性外部现象描绘，之后，诗人所赋予的“秋”的

① 华兹华斯：《〈抒情歌谣集〉一八〇〇年版序言》，伍蠡甫主编《西方文论选》下卷，上海译文出版社1979年版，第7页。

② 雪莱：《秋：一曲挽歌》，杨熙龄译，上海译文出版社1981年版，第174页。

“本质”从幕后走上台前。对于形式主义批评而言，诗中的“张力”层次越多，“复意”就越拥挤，诗的情感空间就越开阔，生成“歧义”、“反讽”的机会就越多，而“歧义”、“反讽”、“张力”不仅不会造成诗歌意义的“断裂或混乱”，还能“与作品的整体秩序相协调”，最终迎来一个“既保证了多元又保证了统一性的”严整结构①；而对于结构主义批评来讲，这种所谓的“严整结构”是“将奇特或偏离成分纳入话语秩序”的结果，确保“多元”与“统一”的基础是“部分有助于整体”②

在中国现代“浪漫主义”诗歌中，这种用意象“咏叹”情感、带给读者超越常规的审美震撼的作品，冯雪峰的《孤独》也很典型。

> 哦，孤独，你嫉妒的烈性的女人！/你用你常穿的藏风的绿尼大衣/盖着我/，像一座森林/盖着一个独栖的豹。//但你的嘴唇滚烫，/你的胸膛灼热，/一碰着你，/我就嫉妒着世界，心如火炙。

《孤独》的抒情形式与威廉·布莱克的《病玫瑰》十分相像：“哦，你病中的玫瑰！/看不见的蠕虫/飞在狂风咆哮的雨夜，/找到了它深红色的欢乐之床，/而它隐秘的黑色的爱，/却毁了你的生命。”③（李今译）布莱克用整体暗喻传达他对病态之爱或受损之爱的生命感悟，由于意象的象征性，全诗蕴藏丰富指向却极不明确，由此建立起诗意世界开阔的想象空间。《孤独》是冯雪峰20世纪40年代写于上饶集中营的作品，诗人使用象征性意象，把自己失去自由后的孤独体验，写得比擅独居的豹子更刻骨，比好胜的烈性女子有更多不甘。

诗中意象的隐喻和象征，明显带来了燕卜荪所说的作为诗歌文本结构基本特征的“含混”。诗人给出的所有信息都彼此相连，但意义却不明

---

① 拉曼·塞尔登编：《文学批评理论——从柏拉图到现在》，刘象愚、陈永国等译，北京大学出版社2003年版，第289页。

② 乔纳森·卡勒：《结构主义诗学》，刘象愚、陈永国等译，《文学批评理论——从柏拉图到现在》，北京大学出版社2003年版，第380页。

③ 转引自利里安·弗斯特《浪漫主义》，李今译，昆仑出版社1989年版，第69页。

晰。词语仿佛被一些神秘的“力”支配着，似乎支离又并不破碎，吸附于一个明确的指向，我们用肉眼看不到它的存在，我们看到的只是三三两两的意象和一堆制造意象所使用的比喻。然而，正是这些意象和比喻，暗示出全诗的逻辑关系。其实，诗人对“孤独”体验的细腻、深邃刻写，不仅来自妒火中烧的烈性女人和独栖的豹两个意象，更来自支撑了这两个意象所使用的比喻：孤独是一个怀揣嫉妒的、烈性的女人，孤独像这女人身上穿着的藏风的绿色尼大衣，绿色尼大衣像一座森林一样覆盖着我，它覆盖我像覆盖一头天性擅长独居的豹。这些比喻，喻体与本体之间原本已是“远距”、“异质”的性质，这个性质的本质就在于撑开诗性想象空间，加之几个限定喻体的修饰语为喻体“能指”附加的能量，如嫉妒的女人和烈性的女人，如果二者分散在两个事物中，其能量也就是她们各自的属性，但当二者重合在一件事物上，又被附加了“嘴唇滚烫”、“胸膛灼热”、“心如火炙”三个限定性描画，变成嫉妒又烈性的女人时，诗人所塑“妒火中烧的烈性女人”的生物属性，便把“孤独”内部蓄积的能量与那种对普通孤独感的心理体验拨开在不同平面上。

这也制造了这首诗中或明或暗的言意关系，目的是挤压出“我周身的孤独感像被一座森林覆盖着一样沉重”这个全诗的中心意。这是诗人通过意象和比喻获得“张力”，通过“张力”产生“悖论”，并“有意运用悖论获得一种简单和准确”所达到的效果。[①] 在“新批评”理论家看来，诗歌使用“悖论”极其正常，诗人必须学会选择“诉诸矛盾和限定”，因为隐喻并非一定“能处于同一层面”，也并非一定“能整齐地并置”，隐喻所居的层面会“相互交叠、互有差别，彼此矛盾”[②]。而这些也是制造诗歌内部“话语秩序”，令其达到“部分有助于整体”的前提，是“得意而忘言”式的对日常实用性语言逻辑的超越。浪漫主义诗人虽主张“采用人们真正使用的语言”来“叙述或描写”日常生活里的“事件和情节”[③]，但他们希望通过“想象这个综合神奇的力量”，把一切凡常事物

---

① 克林斯·布鲁克斯：《精致的翁》，郭乙瑶等译，上海人民出版社2008年版，第12页。

② 同上书，第11—12页。

③ 华兹华斯：《〈抒情歌谣集〉一八〇〇年版序言》，伍蠡甫主编《西方文论选》下卷，上海译文出版社1979年版，第5页。

“塑成为一个有风姿、有意义的整体”①。这意味着浪漫主义诗人深悉滋生于“想象”之力的诗歌语言，有别于我们日常说话的“言语”。由此可见，浪漫主义诗歌并非耽于情感恣肆，“塑形”也是它的艺术目标。中国现代“浪漫主义”诗歌中这种言意关系的繁复形态，当然是一种自觉的浪漫主义诗艺行为。

通过“张力”拓展诗歌情感的表意空间，还有戏剧的方式，如冯雪峰写于“湖畔”时期的《这深山中只她一个人》。小诗写一个年轻女子发现爱人不见了，跑出去寻找。处身荒野，她四顾茫然，不知何方才是寻找之路。这时，有个“打猎的少年在雾中问她：/‘女郎，女郎，/这里可有麋鹿跑过?’//她听得是他，她便回答他：/‘有呵，有呵，猎人！/这里有一个雌的，美的，/她满身带着麝香的。’//她听得是他，她便回答他：/‘有呵，有呵，猎人！/这里有一个雌的，美的，/她带着麝香引诱你。’”诗人重复的是“迷失”与“寻找”的“五四”文学主题，但形式却像一出短小的独幕诗剧让人物自己出场“表演”，抒情主体的情感指向隐藏在有限的“戏剧动作”背后。这里，在社会转型中初获“解放”的“人”，其内心的慌乱、迷蒙与不甘，都客观地站出来相互拉扯，人物内心的矛盾与紧张构成了支撑诗歌情感空间的“力”。燕卜荪十分看重诗歌中存在的这种“力”，认为这种“力”，是“一首诗的总体的本质”，是对“含混”的增补。在他看来，“矛盾必定暗示着张力；矛盾越突出，张力越大；这股张力必然以某种并非矛盾的方式得以传达和继续”②。在这首诗里，“传达和继续”这种“力”的方式就是“戏剧化”。事实上，用戏剧的方式“展示”而非抒情主体站出来直接面对情感对象，这本身就是一种象征性暗示。使用“象征”就会带来“歧义”，“象征”是“张力”、“含混”的“媒介物”。

其实，无须借助戏剧的方式，浪漫主义诗歌的“场景”原则就能让诗人获得情感力量。如济慈的《秋颂》：“雾霭的季节，果实圆熟的时

---

① 柯勒律治：《文学传记·第十四章》，伍蠡甫主编《西方文论选》下卷，上海译文出版社1979年版，第34页。

② 威廉·燕卜荪：《含混的七种形式》，拉曼·塞尔登编《文学批评理论——从柏拉图到现在》，刘象愚、陈永国等译，北京大学出版社2003年版，第296页。

令，/你跟催熟万类的太阳是密友；/同他合谋怎样使藤蔓有幸/挂住累累果实绕茅檐攀走；/让苹果压弯农家苔绿的果树，/教每只水果都打心子里熟透；/教葫芦变大；榛子的外壳胀鼓鼓；/包着甜果仁；使迟到的花儿这时候，/开放，不断地开放，把蜜蜂牵住，/让蜜蜂以为暖和的光景更长驻；/看夏季已从粘稠的蜂巢里溢出。”① （屠岸译）一连串视觉意象仿佛把我们带入了一个果实盈盈的秋景里。然而，这也可以是诗人通过想象还原的陶醉于季节的情感形态。对于浪漫主义诗人来讲，即便这种场景不在眼前，这个情感的形态也能通过想象进入“场景”而获得，譬如中国现代“浪漫主义”诗歌的政治抒情。这类颂歌的“浪漫”情感出场，一般很难据“实”出发，即便一些很有“现实”基础的情境，诗人也往往抛开眼前之境直奔自己的情感异想，如郭小川《刻在北大荒的土地上》:“这片土地哟，头枕边山、面向国门，/风急路又远啊，连古代的旅行家都难以问津；/这片土地哟，背靠林海，脚踏湖心，/水深雪又厚啊，连驿站的千里马都不便扬尘。”诗中的抒情主体感动于“垦荒”精神的内心涌动，完全“以一种除了现实以外任何事物也无法超越的力量”被唤起②，而我们却几乎看不到真正触动情感的具体事物，仿佛一切只是为起“兴”而设，诗人按照自己为“现实”所动创造的“场景”，根本就“在别处”。如果内心炽热的颂赞之情能有一个可见的“媒介物”，这个“媒介物”的性质不要“赤裸”，而是“半透明”，诗中情感为意象的暗示性指向所约束，中国现代“浪漫主义”诗歌的政治抒情，同样可以做到像雪莱《西风颂》等作品一样，无法丢下抒写对象去宣泄自己。

二　“铺陈”手法里的“古典情结”

对于中国新诗的“浪漫主义”美学追求来讲，最受人瞩目的莫过于“新月”诗人的“浪漫”吟唱。考察“新月”诗歌的“浪漫”之美，人们一般较多在意诗情的飞扬与灵性。但事实上，“新月”诗人的新诗形式探索是最为典型的“浪漫”风格。人们普遍把“新月”诗人的“新格

---

① 《济慈诗选》，屠岸译，人民文学出版社 1997 年版，第 21 页。

② 米尔关于丁尼生《抒情诗及其他》和《诗集》的评论，转引自 M. H. 艾布拉姆斯《镜与灯》，郦稚牛等译，北京大学出版社 2004 年版，第 23 页。

律”实验看作一种“古典情结”，其实，这是他们对英国浪漫主义诗歌为寻找理想形式所做探索的方法移植。如卞之琳先生的观察：“新月”诗人是“用我们活的汉语白话”写“深得”英诗“神味、节奏感”的诗，尤其闻一多，“进一步引进他们所沿用的英诗格律”，“在不少诗创作实践里”，“发展出一种新诗格律的雏形”。① 众所周知，华滋华斯和柯勒律治所用的五音步抑扬格无韵诗、十四行诗就是英诗中的格律诗。五音步抑扬格无韵诗虽称“无韵”，但它并不是自由诗。它不押韵，却有固定节奏，以抑扬格五步音为最常见，每行用五个长短格音步即十个音节组成，每首诗的行数不拘，不押韵，我们从闻一多“新格律”理论的“音尺”“音顿”说中可见一斑。从“新月”诗人对语言结构形式的考究，我们也同样可以看到英国浪漫主义诗歌美学的“有机整体”说。例如，他们注重字音拟声效果对诗歌情感表达的意义。以徐志摩的《沙扬娜拉》为例，诗中的叠句“道一声珍重，道一声珍重”，就叠句形式而言，它作为单纯的声音意义，已经参与了诗歌情感的表达。因为在诗歌中，字音也可以成为一种有意味的暗示，以唤起人们对情感或情绪的体验，并在所创设的诗情氛围里完成对诗意蕴藏的体悟。很显然，《沙扬娜拉》的诗意在很大程度上仰赖这句叠句。如果只说一遍“道一声珍重”，不仅诗在形式上将失去平衡，叠句带来的旋律感也会减弱，诗中道别者对道别对象脉脉温情的细腻感受，双方心理期待和情感期待的清纯状态，都将受损伤，诗情会变得生硬而干涩。“新月”诗歌“浪漫”之美的重要一点就体现在对节奏与韵律“选择富于暗示性或象征性”“调质”的“音律技巧”② 探索，对语音与语义关系的诸多考虑，以及“以单音字数整齐为建行标准”③ 的实验，这是中国新诗真正踏上的以语言结构为本体的探索之路。

其实，中国现代“浪漫主义”诗歌的“古典情结”，最醒目的应该是“浪漫”诗人们对“赋”体“铺陈”手法的依恋。可以说，从郭沫若的《女神》开始，“体物”之“赋”的基本方法“铺陈”，就从未离开过中国现代“浪漫主义”诗歌。如《女神·凤凰涅槃》：“我们年青时候的新

---

① 卞之琳：《徐志摩诗集·序》，《徐志摩诗集》，四川人民出版社 1981 年版，第 6 页。

② 朱光潜：《诗论》，上海古籍出版社 1998 年版，第 191 页。

③ 卞之琳：《徐志摩诗集·序》，《徐志摩诗集》，四川人民出版社 1981 年版，第 6 页。

鲜哪儿去了？我们年青时候的甘美哪儿去了？我们年青时候的光华哪儿去了？我们年青时候的欢爱哪儿去了？”《女神·梅花树下醉歌》：“梅花呀！梅花呀！/我赞美你！/我赞美我自己！/我赞美这自我表现的全宇宙的本体！”“还有什么你？/还有什么我？/还有什么古人？/还有什么异邦的民所？”明明一句话即可表达清楚，诗人却以一个句式不断变换角度反复叙说，“敷布其义”（刘熙《释名》），《女神》中大量的诗篇都以这种方式结构。如果深入中国现代“浪漫主义”诗歌这种铺叙模式，我们会发现，所谓的“直书其事，反复叙说”，经历了一个从时代情感的铺陈到现实内容的铺陈的不同走向。在郭沫若《女神》的诸多情感冲动里，我们很难指认出衍生于现实内容的具体事物，虽然每一次翻起的情感巨浪，现实内容都无处不在，但鼓噪了情感热度的“现实”却始终隐身在“时代”情感背后。这种方式被“七月”诗人严整地接了过去。在绿原的《你是谁?》里，我们同样难以找到翻起情感巨浪的“现实”情境，所有的“场景”都由“想象”唤起：

> 你是谁，你从阴沟里伸出手来？/你是谁，你把压在你身上的棺材盖子揭开？/你是谁，你充满着希望，同时又/绝望到宁愿被暗杀掉？/你是谁，你让灵魂没有衣服/而长出钢针似的毛发/你是谁，你从饥饿的枪膛/射出怯懦的子弹/而爆发了疯狂的火光？/你是谁啊，你和我/从一个母亲的衣胞里出世？/在从卑污的生存到圣洁的死亡的攀登里，/兄弟啊，请容我献给你以霹雳的诗。

诗人选用同一句式，从不同角度整节散布的是同一个内容：民族的屈辱与抗争。

“七月”诗人强调以“主观战斗精神”去获取“美学上的力学的表现”①，诗歌创作的“浪漫主义”倾向毋庸置疑。抛开时代情感的“铺陈”，他们抒写战争环境下的激越情绪时，感情常常从“想象”的沉思中陡然升起。例如，他们要唱着“一支用痛苦的象形文字写成

① 胡风：《给战斗者·后记》，《胡风诗全编》，浙江文艺出版社1992年版，第661页。

的悲歌"，"去找豺狼的遗族"，"要斩断/这块僵硬的国土，/划出/一道疆界，/组织/一个崭新的部落，/去保卫生命"。"要追逐敌人，/要火焚栈道，/刀切绳梯，/要陷落/用骷髅做符号的阵地/即使追到遥远的冥王星/也要把它们/一网打尽!"（绿原《复仇的哲学》）然后，让自己的血，在"中国的/体温/升腾着，/脉搏/弹跃着"的"沉默的厮杀里"，"在废墟上/溶化成/泥土的/颜色"（绿原《终点，又是一个起点》）。与郭诗一样，诗人用燃烧的炽烈感情去拥抱的"现实"，一般都不是眼前景，但由于有环环相扣的暗喻包裹，诗中战斗檄文一样的情感内容并没有完全"透明"。同时，他们抒写的民族灾难、"战斗欲求"，因为有象征性意象的参与，词语中并存的多种含义同时出现，诗性表达在所构成的意义交会的语义场中，产生了丰富的复合之意、言外之意。这原本已经完成了浪漫主义诗歌追求的语言的模糊性、不确定性，诗意蕴藏饱满等目标。

然而，对于"七月"诗人来讲，这却是个严重的缺陷，因为对这样一群具有"主观现实主义"特质的"浪漫主义"诗人而言，"想象"的目的并不是"自足"，虽然他们不是从实际"存在"的事物出发走向现实，但他们相信，"通过想象"可以"改造世界"①。因此，要"突入"生活，要用生命的热情去参加"战斗"，诗人和诗都不能与现实相距太远。为了使激情能据"实"出场，他们选择了用"铺陈"弥补这个不足。"我们起来了，/在血的广场上，/在血的沙漠上，/在血的水流上……"，"我们/必须/战斗了，/昨天是忿怒的，/是狂呼的/，是挣扎的/四万万五千万呵"（田间《给战斗者》）。诗人极力铺张民族灾难的范围、程度，仿佛在不断重复的对这个主题的叙说中，真实的"情境"也就回到了眼前。"七月"诗人比其他任何浪漫主义诗人都更需要这种"场景描绘的力量"，因为这种力量能够按照人的"情感状态来创造场景"②，使他们内心的激情"拔地而起"。

在胡风写给共和国的开国献诗里，这种方式的铺叙有了些许改变：

---

① 海涅语，转引自利里安·弗斯特《浪漫主义》，李今译，昆仑出版社 1989 年版，第 83 页。

② 米尔关于丁尼生《抒情诗及其他》的评论，转引自艾布拉姆斯《镜与灯》，郦稚牛等译，北京大学出版社 2004 年版，第 23 页。

“时间开始了——/毛泽东/他站到了主席台正中间/他站在地球面上/中国地形正前面/他/屹立着像一尊塑像……//掌声和呼声静下来了//这会场/静下来了/好像是风浪停息了的海/只有微波在动荡而过/只有微风在吹拂而过/一刹那通到永远——/时间/奔腾在肃穆的呼吸里面。”（胡风《时间开始了》）这是胡风对1949年9月中国人民政治协商会三万人会议现场的叙写：“一瞬间/这会场/化成了一片沸腾的海/一片声浪的海/一片光带的海/一片声浪和光带交错着的/欢跃的生命的海。”（胡风《时间开始了》）由于胡风亲临了这个会场，诗人自身沸腾情感的出场不再依靠想象，这里的现实内容也不再隐身于时代情感背后。但这并不意味整部诗的各个篇章都恪守第一章《欢乐颂》的铺叙方式。由于全诗的歌唱对象是领袖、英烈、劳动人民、中国革命的历程，诗的情感指向确定而单一，这带给诗歌的情感空间某种程度的封闭性。然而，诗人“铺陈”现实内容所获得的情感力量却打破了这种“封闭”，使“现实”内容的情感“铺陈”将原本有可能受限的诗情拓展开，诗人心中的情愫也不再需要固定在《欢乐颂》的场景里。因为还有会议现场之外的诵唱内容，铺叙方式又回到了从“想象”进入“场景”的“七月”诗人模式，这使我们很难把诗中时代情感的现实“铺陈”与现实内容的情感“铺陈”条分缕析地分拨开，但时代情感因“铺陈”而获得了确定的“现实”基础，这避免了诗中“几乎达到可以燃烧”[1]程度的“灼热”感情滞留为时代情感的空洞宣泄。这种情感“铺陈”方式是艾青的常用方式，作为“七月”派理论家和诗人的胡风，以他纯真与挚诚的政治热情，把它带进了共和国诗歌的抒情体式。

在贺敬之、郭小川的“新辞赋体”政治抒情中，“铺陈”现实的目的似乎并不是为了蓄积情感力量，而是为“抒发”本身，这使现实内容的情感“铺陈”变成了现实情感的“铺陈”。没有了现实内容做支撑，这种“铺陈”无法给出叙写现实内容时为蓄积情感而生的“压迫感”，反而会残留一种类似浪漫主义诗歌中的“不明确的渴望”[2]，但这里的“不明

---

① 胡风：《时间开始了》，牛汉、绿原编《胡风诗全编》，浙江文艺出版社1992年版，第76页。

② 利里安·弗斯特：《浪漫主义》，李今译，昆仑出版社1989年版，第5页。

确”却不是象征、暗示带来的“歧义”、“复意”，而是一种潜藏在“热望”里的情感茫然。然而，在为共和国诞辰60周年献诗的长篇政治抒情诗《东方星座》中，“铺陈”的方式又与此完全相反：“作为白天鹅化身的/哈萨克/像恋牧场一般/像恋穹庐一般/像恋冬不拉一般/像恋‘叼羊’和‘姑娘追’一般/恋着——/骏马所在的大草原/大草原所在的大西北/大西北所在的/大中国”（汤松波《东方星座·哈萨克》）。

《东方星座》因以“浩然”的热情诵唱五十六个民族的“祥和”之气，被誉为是一部体现“中国精神”的“鸿篇巨制”①，荣获第九届共青团中央“五个一工程奖”。由于抒情主体与审美对象的视觉距离过于遥远，诗人铺写各民族生活习性、精神禀赋时，选择了公共视角。然而，诗中的“铺陈”似乎既不为蓄积情感力量，也不为情感抒发，而是为了“陈列”现实内容：“且让我/先饮一碗酥油茶/润一润嗓/再醉一回青稞酒/提提腔/把这个藏羚羊的藏/藏獒的藏/藏红花的藏/藏医的藏/藏戏的藏/藏文的藏/藏学的藏/读得一如/飞快的安多马一样/剽悍的康巴汉子一样/高高的玛尼堆一样/神圣的布达拉宫一样/湍急的三江源一样/洁白的喜马拉雅雪峰一样/圣美　激荡。”（汤松波《东方星座·藏》）审美的“远距”并没有通过“想象”转化成“异质”性的比喻，却将时代情感的现实“铺陈”直接置换成了现实内容的“铺陈”。也就是说，尽管组诗使用的是全景视角，但过于遥远的审美距离并没有让抒情者通过“铺陈”现实内容后，将情感真正融入自己的“铺陈”对象，呈现出属于诗人个人独特生命感受的哈萨克或维吾尔、壮族或苗族。全诗所“叙”其事与诗中抒唱者的个人感情都像是“现象”陈列，因此，诗人想要给出的各民族文化禀赋、精神气质十分模糊。组诗“宏大叙事”的“浪漫主义的建构气质”② 是显在的，“赋”文体特征也异常鲜明，只是它更接近朱光潜先生所说，“诗受赋的影响”，过多“在铺陈词藻上做功夫”③。

---

① 莫鹤群：《从大山里走出来的诗人》，汤松波《东方星座》，广西人民出版社2009年版，第238页。

② 左春和：《认同性意志建构的东方想象》，汤松波《东方星座》，广西人民出版社2009年版，第230页。

③ 朱光潜：《诗论》，上海古籍出版社1998年版，第75页。

应该说，“铺陈”除了带来诗情内容的丰厚和形式上的节奏感外，为蓄积情感而生的“压迫感”非常重要，因为“铺陈”手法既是对诗中语言承载的个人情感的放大，又是对所铺叙情感的一种强化，它同样能生成诗歌内部空间的情感“张力”，如上文中“你是谁”的追问，毛主席在时空中的凝滞，诗人情感以静制动的沸腾等。中国现代“浪漫主义”诗人如此割舍不下“铺陈”手法，很大程度在于，它能借助诗性想象和语言的丰富性，打破诗人陷入情感浪潮时，个人内心的情感孤立，使情感“抒发”得以实现。从这个意义上讲，“铺陈”手法与浪漫主义诗歌的“场景”原则有着异曲同工之效。

（原文载于《现代中国文化与文学》2012 年第 1 期）

“中华多民族文学史观”的史学价值及其他

——以中国现代文学史为例论析

王　瑜

自《民族文学研究》2007年第2期辟出专栏探讨“中华多民族文学史观”以来，有关此史观的探讨争鸣引起了较为广泛的关注，特别是在少数民族文学研究领域。事实上，此史观的酝酿提出有一个相当长的过程，并非一朝之功。在已举办的几届“中国多民族文学论坛”上，“中华多民族文学史观”一直是焦点话题之一。尽管学界尤其是少数民族文学研究界对此问题的研讨投入了相当的热情和精力，但有些问题仍没得到很好的关注。笔者仅在已有研究成果的基础上结合中国现代文学史谈一点个人对此史观的拙见。

“中华多民族文学史观”一词可以看作一个包含多层意义的短语。其中，“中华多民族文学”是修饰限制“史观”的，此语的中心和立足点应该是“史观”二字。史学家李守常有过关于历史观的论述，“历史观是史实的知识，是史实的解喻。所以历史观是随时变化的，是生动无已的，是含有进步性的。同一史实，一人的解释与他人的解释不同，一时代的解释与他时代的解释不同，甚至同一人也，也于同一史实的解释，昨日的见解与今日的见解不同。此无他，事实是死的，一成不变的，而解喻则是活的，与时俱化的”①。具体到文学史观，“顾名思义就是人们对文学史的体认与看法，即把文学纳入‘史’的视野对其所作的梳理和评判”②。如此，不

---

① 李守常：《史学要论》，商务印书馆1999年版，第4页。

② 朱德发：《进化文学史观与文学史研究实践》，《山东师范大学学报》2008年第6期。

论是"历史观"还是"文学史观"都是书写"史"不可缺少的重要构成部分，本质上是为历史书写服务的。"中华多民族文学史观"也不例外，它应该属于"史学"范畴，对此"史观"的审视和考察主要应放在"史学"的视域内，而不应是在民族或民族文学的范畴中。当"多民族"和"文学"对"史观"构成了修饰限制时，"多民族"和"文学"本身就不应是我们最主要的关注对象。即便"多民族"和"文学"是建构此史观的"亮点"，也只能是在"史"的基础上对其加以阐释。现有的讨论多集中在"民族"和"民族文学"的问题上，没能从"史"的角度对此论题加以考察，不能不让人有舍本逐末之叹。仅仅从"民族学"、"民族文学"的角度探讨"中华多民族文学史观"实际上是把一个"史学"问题作为社会学、文学来看待了。当然，并不是说"中华多民族文学史观"与社会学、文学没有关系，恰恰相反，它们有着非常紧密的联系，只是如果我们将探讨的着眼点主要放在了"民族学"、"民族文学"的角度，则是从整体和总体上忽略了此论题的史学意义和价值。由此，"中华多民族文学史观"史学价值的挖掘实际上是当前研讨中绕不过去的一个点。

"中华多民族文学史观"是以民族国家作为建构基石的，它摆脱了以往"循环论"、"进化论"、"现代性"等史学观片面关注历史"线性"发展的弊端，不再将着眼点放在历史如何超越与进步上，而是关注历史的整体性。当我们将史学的关注点从"新与旧"、"传统与现代"、"进步与退化"、"革命与落后"等争论中转移出来，实质上凸显的是史的包容性。如此，更多的史实便不会由于与我们编纂文学史坚持史观不同的冲突而被排斥在外，少教民族文学也会有更宽阔的书写空间。正如朱德发在谈"现代中国文学史"学科时所言，"以国家观念为视角审察现代中国文学发展史可以获得整体性的把握，它能够把现代民族国家内的各个地区、各个时段、各个角落的文学都纳入眼底，只要这种文学形态或文学作品生于中国、长于中国甚至老于中国，无不烙上现代中国的印记，都属于现代中国整体性的构成因素"[①]。实质上，整体性研究视角的出现并不是文学或文学史领域内的变革，它与历史研究领域的变化息息相关。

① 朱德发：《"现代中国文学史"学科的四个基本特征》，《河北学刊》2008 年第 6 期。

在20世纪后半叶的史学研究领域内，新的认识论和方法论层出不穷，其中以汤因比（Arnold Joseph Toynbee）《历史研究》所坚持的文化史观和杰弗里·巴勒克拉夫（Geoffrey Barraclough）提出“全球史观”尤为突出。“全球史观”的践行者斯塔夫里阿诺斯（L. S. Stavrianos）认为，“（全球史观）就如一位栖身月球的观察者从整体上对我们所在的球体进行考察时形成的观点，因而，与居住在伦敦或巴黎、北京或新德里的观察者的观点判然不同”。[①] 由此，“全球史观”强调在考察问题时从整体出发和“总体历史的眼光”。这打破了以往史学研究中过多地观察历史对象纵向发展的线性思维模式。具体到中国文学史的编写中，则表现为将主要关注点从不同时期文学的比较中解脱出来，着眼于中国文学史实本身。以已出版的《中国现代文学史》为例，我们发现它是一部充满“斗争味”和“进化味”的文学史，不管史家已有的编写是建立在何种史观的基础上，它实质上都是为了凸显新文学的价值，而且在凸显过程中遵循的潜在思路是新文学越来越走向成熟。当然，这种“成熟”是在中国共产党领导的革命战争中逐步获得的。以这种编写理念来书写中国现代文学史无形中会漠视诸多史实存在，如古语体的创作、通俗文学、少教民族文学的创作实绩等。在这些史观的指导下，即便一些文学史实有幸被书写进了中国现代文学史，如通俗文学、少教民族文学等，它们也大都是一种“陪衬”的角色。这也使许多少数民族文学研究者感叹：“那些著作大都只记述古往今来中原文坛上的作家作品，即便其中有极少文字涉及少数民族出身的作家及创作，也总是一笔带过，至多是从汉族传统的批评尺度出发来做隔靴搔痒的评述。”[②] 少数民族文学研究者抱怨、通俗文学研究者叫屈的直接原因是主流文学史编写的不认可与排斥，甚至也可以理解为汉族文学的“压制”等，但其深层次的原因则是由于已有文学史所坚持的文学史观并不具有宏阔的视野，不能包容诸多文学史实决定的。就中国文学史、中国现代文学史的编写看，它更多突出的是“一时代有一时代文学”的观念。这个观念强调的是“进化”。如此，同时代许多有

---

① L. S. 斯塔夫里阿诺斯：《全球通史：1500年以前的世界》，吴象婴、梁赤民译，上海社会科学出版社1999年版，第54页。

② 关纪新：《创建并确立中华多民族文学史观》，《民族文学研究》2007年第2期。

价值的文学现象被漠视则在可以想见的情理之中。事实上，只要我们的史学思维还是“线性”的、沿着“纵向”发展的，以此为基础编出的文学史就不可能给中国文学、中国现代文学的诸多文学形态一个真正合理的说法。从这个角度看，“中华多民族文学史观”的出现首先在包容诸多史实的气度上较为阔大。其以民族国家作为建构一国文学史的整体性研究视角是与当前史学研究的变化相吻合的。“我们今天既然已经拥有了并且大家都已然服膺于中华民族的‘国族’称号，从前曾经局囿过我们思维的那些不无偏颇的单一民族文化意识，便是有必要加以调试和修正的。无论出身于大民族的还是小民族的文化人，都应该走出固有的圈子，打造起与‘中华民族成员’这一光荣称号相匹配的宏阔文化眼光。”[①] 从《创建并确立中华多民族文学史观》的这些论述中可见，“中华多民族文学史观”实质上是在整体性的基础上强调对不同史实的同样注意，尽管其立论的出发点有为少数民族文学讨说法的意味，但对不同历史史实的平等态度，对所谓历史编写“中心论”和“附属说”的破除，对不同文学史实、文学形态间“等级”排列思想的否定，使各文学史实回到了同一“起跑线”，这无疑是符合当前史学研究的变化趋势的。当然，“中华多民族文学史观”的史学价值不仅仅体现在其“整体性”的构想上，对各个民族文学关系的强调同样是其精彩处之一。

历史研究者杰弗里·巴勒克拉夫谈及世界史时曾提出，“现代意义上的世界历史绝不只是综合已知的事实，或根据其相对重要性的次序来排列的各大洲的历史或各种文化的历史。相反，它是探索超越政治和文化界限的相互联系和相互关系”[②]。我们发现，只有在“史”的研究中更多地注意到“联系”和“关系”才可能真正认识清楚研究对象，认识研究对象的真面貌。就中国现代文学史研究而言，将不同文学史实罗列成篇并不是一件很困难的事，但这样缩写出来的文学史对我们认识过往的那段文学现象并没有太多的帮助。这一方面是因为任何一个文学史实不可能与世隔绝的生存延续；另一方面则是因为采用史实罗列的方法编写历

① 关纪新：《创建并确立中华多民族文学史观》，《民族文学研究》2007年第2期。

② 杰弗里·巴勒克拉夫：《当代史学主要趋势》，上海译文出版社1987年版，第258页。

史著作实质上是在弱化或简化对阅读者思考的引导，同时更便于编写者根据不同“需要”任意剪裁历史。以中国现代文学史对白话确立的书写为例，众多的著作只是强调胡适等新文学运动者推动的作用，但如果没有清朝政府对官话的推广，没有卢戆章、王照、劳乃宣等人的努力，没有北洋政府“国民学校（小学）渐次停用旧制国文教科书，到1922年须完全使用国语（白话）教本”的政令，仅是胡适等人的提倡，白话文真的能如此“容易”的确立吗？“我们常讲的‘白话文运动’对白话最终确立的贡献只是其确立因素之一环而不是唯一因素……诸多中国现代文学史的编写仅仅谈白话文运动，忽略了与白话文运动相关的诸多史实是缺乏全面系统和联系眼光的表现。”① 事实上，文学史编写中诸如此类的问题层出不穷，仅中国现代文学史中“学衡”派的定性、民族主义文学的评价、战国策派陈铨作品受到的批评等都需要放在诸多文学史实的联系和关系中重新加以审视。具体到民族文学研究的视角，“这种单民族文学不为其他民族文学所作用的十足个性化的推进，往往又是不大靠得住的，更是难以维持久远的。文学作为诸民族之间精神文化互相接触过程中尤其易感的部分，常常会在不同民族之间颇不经意的过程当中，便身不由己的感染了以至于接种上对方的基因”②。在此情形下，《创建并确立中华多民族文学史观》指出：“我们今后撰写的‘中国文学史’，既不应当再是中原民族文学的‘单出头’，也不应当是文学史撰写者出于‘慈悲心肠’或‘政策考量’而端出来的国内多民族文学的‘拼盘儿’、‘杂拌儿’。中华民族是多元一体的，中华民族的文学也是多元一体的。中华的文学应当是一个有机连接的网络系统，每个历史民族和现实民族，都在其中存有自己的文学坐标的子系统，它们各自在内核上分呈其质，又在外延上交相会通，从而体现为一幅缤纷万象的壮丽图景。”③

抛开其立论的民族基础不论，这段论述在史学层面上体现了对各史实间的差异、影响和它们之间的相互作用、相互融合的重视。只有把文学作为一个“网络系统”来看待，才能在整体把握其基本面貌的同时真

---

① 王瑜：《中国现代文学史（大系）模式的史学反思》，《山西大学学报》2000年第1期。

② 关纪新：《20世纪中华各民族文学关系研究》，民族出版社2006年版，第1页。

③ 关纪新：《创建并功立中华多民族文学史观》，《民族文学研究》2007年第2期。

切认识到每一文学史实的"真面貌"。这期间得到还原的不仅是少数民族文学、中原民族文学，更有形形色色的不同文学形态如白话文学、文言文学、雅文学、俗文学以及每一时代的不同文学形式如宋词、宋诗的历史地位等。"坐标"说的提出，实际上更符合我们的客观认知，将不同族裔的文学、不同形态的文学等作为一个点，再由这个点展开纵向的和横向的考察，在不同侧面认识要考察对象的同时也才有可能感知被考察对象的"立体"存在。由是，"中华多民族文学史观"在关注"纵向历史"的同时关注了"横向的历史"。尽管我们都知道线性的历史研究方法是不完善的，但有意识的注意不同史实间的联系和关系，将"史"关注的视角移到"横向"的纬度上，通过"纵"、"横"交错勾画出要书写的史实，在文学史的书写中尚不多见。从认识论的层面上看，人们认识事物有两个纬度——"时间"和"空间"。我们以往的文学史突出的是时间纬度而对空间维度有所忽略。单纯时间维度的关注能看到文学发展演变的过程，凸显的是一种动态变化，但它同时导致我们认识上的狭窄和封闭等。"横向"关注，也就是空间维度的出现改变了单一思维的局限，开拓了思维的广阔性和深刻性，在动态演进的历史进程中可以将某阶段的历史抽出来从静态的层面加以细微审视。以中国现代文学史为例，如果我们关注它的空间存在，也就是从横向度对其加以考察，新文学对旧文学的取代等演进性质的表述将不再成为我们关注的重点，取而代之的将会是各文学形态、不同民族的文学创作是如何共同参与历史创造的。从这个意义上看，"中华多民族文学史观"的提出在一定程度上开拓了我们的认识视域，有认识论和方法论上的启示意义。

从史学层面对"中华多民族文学史观"进行探讨只是此史观显在层面的一种考察，此史观的提出有其深层含义和诉求。我们注意到发起倡导此史观研讨的多为少数民族文学研究者，开展此史观讨论的期刊大多是民族学、民族文学方面的，这实际上凸显的是少数民族文学研究者试图与主流文学研究界相沟通的一种尝试。在当下的语境下，如果要以"中华多民族文学史观"为指导建构出中国文学史，不论是已有研究的积累还是外在制约条件的考察都面临着诸多困难。但如果是借此史观的研讨以期引起文学研究者（不仅是少数民族文学研究者，而且是少数民族以外的文学研究者）对民族文学的重视，则具有较强的现实意义和实用价值。鲁迅在《无声的中国》的演讲中曾提到，“中国人的性情是总喜欢调和，折中的。譬如你说，这屋子太暗，须在这里开一个窗，大家一定不允许的。但如果你主张拆掉屋顶，他们就会来调和，愿意开窗了”。笔者以为，“中华多民族文学史观”的提出建设有类似鲁迅先生所言的意味。当下，民族文学研究或者说少数民族文学研究与主流文学研究界存在着较大隔膜。造成这一状况的原因是多方面的，但主流文学研究对民族文学研究的不认可和漠视是主要的原因之一。现代意义上的民族国家意识被认可和接受的时间并不长，各个民族鲜明的文化特色和独特的文化底蕴并没有得到主流文学研究界的认同。我们在进行文学研究时不自觉地会忽视对研究对象民族视角的关注。由是，“中华多民族文学史观”的建构在关注文学史学的同时，潜在地从思想和观念的层面促使我们更全面地考察要研究的对象。正如有些少数民族文学研究者所期待的，如果我们都能真切认识到民族文学的绚丽多姿，认识到民族文化是中华文化不可缺少的重要组成部分，并且愿意身体力行地去做挖掘整理工作，则我们的文学研究在呈现出新面貌的同时必然会得到一个较大的飞跃。长期以来，作家的民族归属、作品的民族特色成为被漠视的存在，使我们的文学研究少了许多绚丽的色彩。“中华多民族文学史观”的提出是试图打破这种现状的有益尝试。少数民族文学研究者只有走出自己所单纯关注的民族视角，积极吸收和借鉴民族视角之外的研究成果，才能在关注自己研究领域的同时对当前文学研究的动向和趋势有所把握，才能在一个更大的背景下更好地认识自己的研究对象。具体到中原文学研究界或曰主流文学研究界，长期以来的研究思维已潜在地形成了一种模式。这种模式的突出表现是对民族视角的不重视。实际上，不论是汉民族还是其他民族都是中华民族的有机构成，我们的文学研究如果忽视了作家作品等研究对象的民族色彩也是不完整和不全面的。作家作品等研究对象民族视角的审视并不仅仅是民族文学研究者要做的工作，而应该是每一个文学研究者观念上的潜在认同和身体力行。由此，“中华多民族文学史观”的价值和意义不仅体现在史学层面，还表现在更新研究观念和沟通的尝试上。

（原文载于《民族文学研究》2009年第3期）

当代文学史:审美转向与启蒙的尴尬

王　瑜

20 世纪 60 年代出版的最早的几部当代文学史，如《中国当代文学史》（山东大学中文系中国当代文学史编写组编，山东人民出版社 1960 年版）、《中国当代文学史稿》（华中师范学院中文系编，科学出版社 1962 年版）等将中国当代文学史的写作直接与当时的政治运动挂钩，是文学史为政治服务的鲜明体现。这种编写方法在相当长的一段时间内成为中国当代文学史编写的主要“模式”。新时期，中国当代文学史摆脱了单一化的写作方式，以不同的视角和史观开拓了文学史书写的新局面，对文学史与政治的亲密关系一定程度上做了有力的反拨，但表象繁荣并不代表中国当代文学史书写的“独立日”已经来临。

一　学科命名与本体审视

由于中国当代文学史并不是一门真正意义上的独立学科，从其诞生之日起便是作为中国现代文学史时间或价值上的延续而存在，那么追溯其命名的由来须从中国现代文学史命名的产生入手。我们注意到中华人民共和国成立后出版的几部较早的文学史著作均是以“新文学”或“新文学史”命名的，如王瑶的《中国新文学史稿》等。事实上，除任访秋的《中国现代文学史》（河南前锋报社 1944 年版）外，1949 年前后的几年间鲜见以“中国现代文学”或“中国现代文学史”命名的文学史著出现。1955 年丁易的《中国现代文学史略》和 1957 年孙中田、何善周、思基、张芬、张泗洋的《中国现代文学史》掀开了中华人民共和国成立后“中国现代文学史”编写的面纱。正如有的学者所言，“‘现代文学’作为文学史概念，是‘大跃进’的产物。尽管描述对象一样，这些文学史被普遍命名为‘现代文学史’”①。据不完全统计，“大跃进”期间出版的以“现代文学”命名的文学史著作主要有《中国现代文学史（初稿）》（北京师范大学出版社1959年版）、《中国现代文学史》（复旦大学中文系编，上海文艺出版社1959年版）等十数种。随后，一些曾以“新文学”或“新文学史”命名的著作在再版时也以“现代文学史”做了命名上的置换，如刘绶松的《中国新文学史初稿》再版时便更名为《中国现代文学史讲义》。这种现象导致了“中国现代文学史”学科命名的最终形成，同时也直接影响了中国当代文学史的命名。

细考起来，“中国现代文学”、“中国现代文学史”对“新文学”、“新文学史”的置换不仅仅是一次语词的转换。“新文学”和“新文学史”命名的指向显然是一种文学形态和这种文学形态的历史。不管这种文学形态较之先前的形态体现出多大的超越，它的存在意义和突破性历史作用只能局限在文学领域之内探讨。而“中国现代文学”、“中国现代文学史”命名的出现最直接的作用在于把新文学运动和新文学这一文学形态的史学价值纳入国家民族历史价值的建构中，建立了新文学运动、新文学创作和现代中国革命及其现代化走向之间的同构关系。如此，“新文学”便被权力话语纳入中国新民主主义革命文化的范畴中，成为新民主主义革命史不可分割的有机组成部分。

当“中国现代文学史”的命名置换了“新文学史”被纳入政治及现代民族精神重建的话语体系中，它和权力话语之间的共赢性是显而易见的。新建构出的政治权力话语通过“新文学史”——“中国现代、当代文学史”的建构凸显了自己文学领域内革命性成果。与此同时，“新文学”得到了政治权力话语的认可，堂而皇之地走进了大学讲堂，成为文学研究者必须储备的知识资源，成为现代中国唯一“合法”的文学史书写存在。在其他文学形态极力争取历史地位时，“新文学”却直接掌握着它们能否入史的命运。“新文学史”命名的被取代带来的直接结果是“中

① 李仰智：《颠覆与重建——近年出版的“中国当代文学史”教材述评》，《中国出版》2006年第5期。

国当代文学史”命名的出现。在文学史的书写中“当代”被赋予了不同于“现代”的期待。从时间上看，“当代”突出的是新中国政权的获得；从价值取向上看，它凸显的是写作空间。因而“中国现代文学史”对“新文学史”的置换在当时的语境下实际上有为“中国当代文学史”作铺垫的意味，而它确实也起到了这样的作用。“‘现代文学’对‘新文学’的取代，是为当代文学概念提供空间，是在建立一种文学史‘时期’划分方式，为当时所要确立的文学规范体系，通过对文学史的‘重写’来提出依据。”① 在这个意义上，“中国当代文学史”作为“中国现代文学史”的一个“后续”存在在其产生根源上有着浓厚的政治意味。就学科本身看，在本源上它已经带上了难以摆脱的政治“魅影”。

何谓中国当代文学史书写的本体？虽然这是一个众说纷纭的话题，但已出版的中国当代文学史著作有着非常相近的定位。从时间上看，它主要指1949年后的文学，同时具有向下的延展性；从空间上看，它更多是指中华人民共和国国家领域内的文学（由于历史因素和政治语境的差异，空间上的指向更多被局限于大陆地区）；从政治意识形态方面理解，则主要是指社会主义文学或新中国文学。当然，也有对当代文学史书写的本体存有不同的看法，试图以新的“结构框架”和“价值判断”开拓中国当代文学史编写的新局面，但很少有成功的。董健、丁帆、王彬彬就做过些努力，他们认为“‘中国当代文学’不应仅仅局限于大陆的文学，而应包括大陆文学、台湾文学及香港与澳门文学这三个组成部分”②。将港、澳、台文学创作纳入书写范畴固然在本体层面上扩大了中国当代文学史的书写视野，但它的开拓意义是非常有限的。一方面，它并不是一种真正意义上地融入，只是将港、澳、台文学作为一部分附在书后，没能与大陆同时期的文学创作建立相比照的同构关系，缺乏最起码的联系性，有将港、澳、台文学作为“添头”的嫌疑；另一方面，这种研究方法和编写方式只是扩大了中国当代文学史编写的地域空间，并未从本体层面对同时期存在的不同创作形态的文学作品作出判断和定性。

---

① 洪子诚:《“中国当代文学”》,《南方文坛》1999年第1期。

② 董健、丁帆、王彬彬:《中国当代文学史新稿·绪论》，人民文学出版社2005年版。

事实上，已出版的中国当代文学史著作均未能突破“新文学史”的书写框架。在将两岸四地的文学纳入编写视野的同时，如何确立不同形态文学的历史地位和价值是一个亟须解决的棘手问题。我们注意到，中华人民共和国成立以来尤其是新时期，通俗文学创作极度繁荣。它们作品的发行量往往数十倍甚至数百倍于纯文学作品。而金庸等一批作家的出现更是使通俗文学蔚为大观，摆脱了“简单”的面貌。不论是文学素养的积累还是作品的结构手法和存在价值方面的审视，相当一部分通俗作家、作品堪称一流。但已有的中国当代文学史著作却很少对他们投以青睐的眼光。正是在这个意义上，我们认为中国当代文学史的书写在本体论上有些名不符实。既然我们将书写的范围定为当代中国，则当代中国这一历史概念下出现的诸多文学形态均应受到同等的对待。但由于学科形成的历史因素，现有的中国当代文学史大都还没有做过这方面系统的梳理。这种现象的出现与特殊的政治语境关系密切。由此，中国当代文学史本体层面上的残缺一定程度上是其对应的政治话语权造成的。

我们可以在历史的书写中建构出一种价值取向来，但这种取向首先应该是在尊重历史史实的前提下进行的。就中国当代文学史书写的总体情况而言，诸多文学史实被排斥在史家的视野之外，没受到应有的重视。不管“新历史主义”等诸多借用过来的新潮理论如何认定历史和阐述历史，历史始终应是一门科学或者说应是一门走向科学或无限接近科学的学科。不论是中国当代文学史的书写还是其他形态史的书写，科学性、客观性的追求都应该是第一位的。刘知几在《史通·惑经第四》中提出“盖君子以博闻多识为工，良史以实录直书为贵”。实事求是、秉笔直书的态度应是撰写史著最基本的要求。从这个意义上看，中国当代文学史书写的本体尚有较大的可供开掘的空间。

二　“审美转向”的另一面

始于20世纪70年代末80年代初的文学变革一直被众多史著看作文学摆脱“极左”政治意识形态影响，回归文学性的标志。在新的历史条件下，中国当代文学摆脱了政治的束缚，文学创作的内在规律得到了尊重，创作开始复苏并走向繁荣成为诸多文学史著大致相同的看法。其间，以审美为中心评价机制的形成更是中国当代文学史重点书写的对象。我们注意到，中华人民共和国成立后到“文革”期间，中国当代文学创作都自觉不自觉地在“政治性”上寻找自身存在的价值，一段时间内“政治”曾成为评判文学价值的唯一尺度。新时期的文学创作对这种倾向做了纠偏，其最主要的评判“武器”是用审美取代政治，文学不再是政治“附庸品”，成为独特的“审美意识形态”。用“审美”评价机制取代“政治”直接导致了文学创作面貌的大转向。由于“审美”的涵盖面较为宽泛，导致这一时期的文学创作开始多样繁荣起来。伤痕、反思、改革等文学形态实质上就是以“政治评判”来确立自己的史学价值的。与创作领域相映照的是评论领域同样展开了相类似的批判，只不过“审美”对“政治”的取代显然比创作领域内的直接“控诉”要高明得多。但总体而言，“审美”标准的提出与“阶级论”和“政治定性”的评判标准有相近之处，它们都是在二元对立的思维模式下产生的。文学的本质是不是审美姑且搁置，单是“审美”标准对“政治”标准的取代，似乎让我们看到了两派话语权较量的此起彼伏。审美标准的最终被认可，它非但不是远离政治的，而直接就是政治的产物。

伴随而来的并不是人们想象的“自由空间”，而是“新中心”、“新标准”——“审美中心论”的确立。当然，“中心”的确立是任何一个政治权力话语都需要的和必须具有的。不论是“政治”中心论还是“审美”中心论，它们的背后都有一套严密的政治话语体系。在这个意义上，当中国当代文学创作的百花园内流行起“审美论”后，初期的狂热随后被理性的反思所取代，但试图改变“审美”所占据的“本质主义”和“中心”的位置已成为不可能。正如陶东风所概括的，“由于中国文艺学的本质主义思维方式仍在顽强地延续，导致许多学者仍然认定文学具有超历史的、永恒不变的普遍/绝对本质。这种‘本质’在分析具体的审美与文学现象以前已经先验地设定，否认审美与文艺活动的特点及本质是历史地变化、因地方不同而不同的”[①]。如此，“审美”评价在当代中国文坛实际上已经流于一种机械的操作，但它更是不可缺少的“操作”。在福

① 陶东风、徐艳蕊:《当代中国的文化批评》，北京大学出版社2006年版，第244页。

柯对历史的解析上，他的着眼点并不放在历史说了什么，而是历史为什么会这样说。“为了弄清什么是文学，我不会去研究它的内在结构。我更愿意去了解某种被遗忘、被忽视的非文学话语是怎样通过一系列的运动和过程进入到文学领域中去的。这里面发生了些什么呢？什么东西被消除了？一种话语被认作是文学的时候，它受到了怎样的修改？”[①] 福柯的研究方法给了我们很大的启发。“审美”是不是中国当代文学的本质、中国当代文学有没有本质这些都不重要，重要的是它在不同时期都必须有一个能适应需要的“本质”。这是特殊的中国政治话语建构必不可少的一个部分。在此意义的审视下，当我们在文学史的编写中过多突出审美转向的意义、对其大书特书时，是否看到了它的另一面呢？

在探讨审美转向的政治化影响时，我们更容易忽视一个更大政治语境的存在。如果说中国特殊的政治文化语境是这次转向的直接根源，那么国际政治环境的变化特别是当代中国参与国际政治舞台的不同策略间接地影响着这次转向和中国当代文学的创作以及当代文学史的书写。胡乔木在《中国为什么犯二十年的左倾错误》一文就曾打开过这样的研究视角。我们注意到中华人民共和国成立时，由于中华人民共和国成立苏联和中国的友好关系，许多苏联优秀的作品、理论被译介了过来，成为我们创作和理论建构的参照。随着中苏关系的恶化，在译介作品和模仿创作受到批判的同时我们走上了一条“自闭”的路子。文学领域的直接表现就是“文革”期间的喑哑无声和公开创作、批评的直接政治化。对照这一时期中国的国际处境，我们发现它对有西方大国控制的国际政治舞台是持排斥态度的。“文革”结束后，我们参与国际政治角逐的定位有了很大改变，不再把美英等发达资本主义国家看作我们直接的敌人，而是一个值得学习同时又要警惕的对象。在这种情形下，它们的一些优秀作品走进了我们的视野，现代派、现代主义、后现代等诸多的理论形态和思潮成为我们模仿和学习的对象。从这个意义上看，“审美”中心论的出现和形成不是偶然的，它实际上与中国参与国际政治的定位有着割不断的联系。我们发现“审美论”和诸多西方理论的受追捧与这种特殊

① 福柯：《权力的眼睛——福柯访谈录》，严锋译，上海人民出版社 1997 年版，第 90—91 页。

"语境"的出现有着对应关系。勒内·韦勒克、奥斯汀·沃伦的《文学理论》等诸多西方理论方法就是在这一时期受到中国研究者青睐的。童庆炳认为"在中国，把文学看成审美意识形态，主要是20世纪80年代以来马克思主义文艺理论研究的成果"①。实际上，文学"意识形态"的属性早就被突出了，80年代凸显的更主要的是文学的审美属性。将审美作为文学的本质特征是童庆炳坚持的一贯观点。我们发现，不论童庆炳采用何种方法阐述他的这个观点，他论述的背后总少不了一个西方理论的话语资源。对于这种现象，以往我们总是从突出研究者主体性的角度将其概括为"借鉴"，但如果把这种"借鉴"扩大到国家层面上，将文学上的对外"学习"和国家对外交往的政治取向之间建立对应关系，这一现象的产生可不可以看作西方优势政治文化间接影响的结果呢？"中国当代文学自身历史的复杂构成，它的共时态的空间化排列，都与其外部空间的国际环境息息相关。它的嬗变发展和总体化的实践，无论封闭、半封闭或开放、半开放，都不能不受到国际政治文化的深刻制约和影响。"②不论是中华人民共和国成立后对革命记忆和革命经历的书写，"文革"期间文学政治化操作的出现，还是"审美"评价机制对"政治"评价机制的取代均与我们和国际政治舞台的互动有紧密的联系。不管我们选择了何种政治取向，作为我们借鉴的对象，它们的强势话语权都会对我们话语权和评价机制的形成构成大的影响。在这个意义上，"审美"转向所内含的政治意味是耐人寻味的。

中国当代文学史的编写是一门专史，它所具有的史的性质绝不是单质的"审美"评价所能概括的。不论是"政治"、"审美"还是其他的评价机制均只能是其中的一个标准，而不可能成为唯一标准。同样，一种价值取向的价值不应凌驾于其他取向之上，成为否定其他取向的"标准"。审美的方法在处理共时的研究对象时有较强的实用性，但史的书写更多地涉及不同时期、不同形态的历史对象，如果试图用"审美"建构出一种超历史的、唯一的评价标准则无疑是荒谬和不可实现的。

---

① 童庆炳:《文学理论教程》(修订二版)，高等教育出版社2004年版，第58页。

② 吴秀明:《论当代文学独特的时间顺序与空间结构——兼谈当代文学史的时空关系处理问题》,《清华大学学报》2006年第3期。

三　“启蒙”的尴尬

“启蒙”史观的凸显是新时期中国当代文学史书写的一个重要特色。我们发现20世纪80年代及以后的中国当代文学史书写中，著述者大都以“审美”对“政治”评价体系做了反拨，以“启蒙史观”对“十七年文学”和“文革文学”进行了否定。一些史著更是直接回避了这两个文学形态，如王万森主编的《新时期文学》等。在众多否定的声音中许多观点经不起理性的推敲。就“十七年文学”而言，我们发现颂歌高扬的主旋律中仍有不少作品在坚持独立思考和启蒙视野，如《无梦楼随笔》、《我们夫妇之间》、《组织部里新来的青年人》等。其实，即便是颂歌式的作品，它们情感的流露也更多地出自于内心宣泄的需要，是作家内在自我的真实写照，并不能将其视为政治对作家压迫的一种不得已而为之的行为。“文革文学”的存在形态要复杂些，公开出版发行的作品在今天看来固然是有违于启蒙理念的，但特殊历史语境中出现的“潜在写作”则另当别论。以诗歌为例，80年代“朦胧诗”的崛起引起众多史著的关注。诗中流露出的历史精神和理性思索在许多史著看来是“启蒙”思想的回归。但很多史著对其启蒙价值的阐释缺乏宏阔的视野和史的意识也是事实。就“朦胧诗”而言，它的出现与“文革”期间的“白洋淀诗群”有扯不断的联系，二者间的连续性与合乎逻辑的发展过程是抹不去的。一些文学史在突出“朦胧诗”的价值时，却漠视了它的由来及其与其他形态诗歌之间的演变关系。就此而言，这些编写者缺乏史识和直面历史的勇气。选取单质的史实为己所用、漠视不同史实间的联系及演变固然有利于在史的建构中突出一种价值取向，但这种价值取向往往缺乏足够的说服力，长远看来更难以经得起时间的检验。从这个意义上看，许多已出版的中国当代文学史的编写视角有些偏颇。在对“十七年文学”和“文革文学”价值和本体漠视的情况下，一些史著在“启蒙”的旗帜下对它们所做的批判并不能成立。其中，董健、丁帆、王彬彬的《中国当代文学史新稿》（以下简称《新稿》）是有代表性的一本，该作在“启蒙”的视角下对一些问题的定性值得商榷。仅以一例试析：“所谓‘红色经典’，是一个非常缺乏学理性的概念，其要害是抽掉文学艺术的全人类共通的价值，以‘革命’和‘政治’取代艺术，使某些只具有短暂的政治实用意义的作品再次进入经典的历史序列中。经典就是经典，如果硬要给经典着‘色’，那么，莎士比亚、托尔斯泰和鲁迅各是什么颜色呢？这种极‘左’的政治实用主义的论调是其来有自的，其渊源就是20世纪初俄国革命中狂热而偏激的‘无产阶级文化派’，其近因则是1966年产生的《林彪同志委托江青同志召开的部队文艺工作座谈会纪要》。这两股思潮都是反对文化的全人类性、反对文学的现代性、反对以‘人’为本的文学的。所谓‘红色经典’论的提出，还有一个更近的原因，就是进入90年代之后一股反对改革开放、否定思想解放的暗流。在这一暗流中，70年代末80年代初思想解放、拨乱反正的成果被否定。在这样的片面话语中，‘五四’启蒙精神、‘五四’文学的现代性追求与‘文革’之后新时期的思想解放一起被否定。”①

我们注意到《新稿》是在“启蒙”的旗帜下对中国当代文学进行梳理和反思的，但这种所谓的“启蒙”更大程度上就是一种“蒙蔽”。关于“红色经典”“以‘革命’和‘政治’取代艺术，使某些只具有短暂的政治实用意义的作品再次进入经典的历史序列中”的论断，笔者不知其是根据什么得出的。如果照搬西方的美学思想来审视“红色经典”，则其艺术上是相对薄弱的，但民族创作形式的运用（如《林海雪原》等）、“民间隐性结构”的凸显是否能用“‘革命’和‘政治’取代艺术”来概括呢？另外，“红色经典”是以对革命记忆和中国20世纪历史记忆特别是革命战争记忆的书写载入史册的，它实际凸显的是一个民族对一个特定历史时期文化积淀的怀念，恐不是单纯的“革命”和“政治”两个词所能涵盖的。在经典问题上，《新稿》认为经典应具有“文学艺术的全人类共通的价值”，用“全人类性”和“现代性”作为衡量的标准。事实上，“现代性”已经成为一个说不清楚的话语游戏，“全人类共通的价值”更是如此。以此观之，即便是鲁迅的作品又在哪些方面凸显了《新稿》所说的“文学艺术的全人类共通的价值”呢？事实上，何谓“文学艺术的全人类共通的价值”只是一个无法说清的伪命题。我们可以用这个提法

---

① 董健、丁帆、王彬彬：《中国当代文学史新稿·绪论》，人民文学出版社2005年版。

来评价一部作品，但如果将之作为一种价值评价标准并不具有可操作性。如果按照这个观点确立经典，《阿Q正传》怕要被排除在外了，因为一个愚昧、落后的农民形象人们很难找出他在哪些方面具有“全人类共通的价值”。对于经典问题的探讨与经典的选择，我们不能设定过多的既定标准，符合“标准”我们就给它打个“经典”的“戳”终身携带，不符合就直接“踢出”，甚至“剥夺”它们成为文学作品的可能。现实情况多的是认同的差异性。我们经常发现一个民族认同的“经典”在其他民族没能得到理解与认同；反之亦然。当许多民族流传上千年的文学作品唤起他们的民族记忆时，我们却很难得到同样的震撼，你能说那作品不是“经典”？把别国的评价标准搬到我国或试图直接找出或建构出一个具有世界性、普适性的“经典”和“启蒙”评价标准是行不通的。在这个意义上，这些所谓“启蒙”的观点实际上有些“理论空化”和“机械”。

除去关于“经典”问题的争执外，这种论述缺乏治史应有的包容性，在“启蒙”的旗帜下潜藏着政治“泄愤”的冲动。《新稿》在对“红色经典”提出质疑的同时找出其产生的原因——“狂热而偏激的‘无产阶级文化派’”和《林彪同志委托江青同志召开的部队文艺工作座谈会纪要》的说法缺乏起码的思考。“红色经典”的被认可与一定的社会文化语境直接相关，对其进行命名也是当今学者和评论家并不是作者本人。这些作品事隔多年后还能被提起本身就说明其存在的合理性，即便有不同的看法也绝不能灭之而后快。紧接着《新稿》为“红色经典”找的近因——“进入90年代之后一股反对改革开放、否定思想解放的暗流”则更难以说服读者，似乎有些类似于“文革”期间的“扣帽子”。“在这一暗流中，70年代末80年代初思想解放、拨乱反正的成果被否定”论述的出现则直接体现出由于过于坚持“启蒙”，反而使自己的论述脱离了“启蒙”话语的悖论。实际上，这种二元对立、非此即彼的思维方式与“文革”期间处理问题、定性作品的评判方式并无二致。仅仅因为对一些作品的不同看法和价值立场的差异，便将其推到“‘五四’启蒙精神”、“现代性”和“新时期思想解放”的对立面，试图用得到政治话语权认可的这些“语词”来直接否定这批作品的存在价值无疑是荒谬和不可理喻的。

历史的目的固然是将过去的事实予以新意义或新价值，以供现代人活动之资鉴，但“史家的第一道德，莫过于忠实”，对于所叙述的史迹纯客观的态度，不丝毫参以自己的意见是治史应具有的基本要求。关于文学修史，王瑶曾提出了一些更具体的要求：“对于文学史家来说，一切历史上发生的文学现象都具有一定的研究价值——只有价值大小的区别，而不存在有无价值的问题。因为历史不仅是成功者的历史，也是失败者的历史，不能用‘成者为王，败者为寇’的观念去研究历史。”① 具体到中国当代文学史的书写，20 世纪 70 年代末 80 年代初发生的思想解放、文学创作多样化繁荣的景象直观形态上固然更符合“启蒙”立场，但这绝不应成为我们否认其他文学存在的理由。如果因坚持“启蒙”立场而漠视否认其他文学的存在价值，这本身便是有违“启蒙”精神的，因为话语霸权的过度集中必然导致单一局面的产生，果真如此，与“文革”何异？

“中国的启蒙运动充满了过激心态及对政治权力的诉求，而缺乏宽容精神……这种矛盾实际上反映了中国知识分子在启蒙中的急躁心态，即自以为把握到一点真理就立即要把它付诸实践，容不得任何不同意见。鲁迅在这些人中算是最清醒的，他早已看出，这些人一旦真能拥有权力来实现自己的理想，则其他的人和不同的观点都得下地狱。按照康德的标准，这些人本身都是尚未启蒙的，不论他们是否掌握权力。”② 从这个意义上看，诸多当代文学史所坚持的“启蒙”立场并不是纯质的“启蒙”，而是一种已被政治渗透的复杂多面体。在我们用“启蒙”反思一个时代文学开启另一个时代文学的价值时，这些都是我们在中国当代文学史的编写中要竭力避免出现的，否则，我们的成果较之以往便难以获得真正的突破。

（原文载于《文艺争鸣》2008 年第 12 期）

---

① 王瑶：《关于开展话剧文学的研究工作——在中国话剧文学学术讨论会上的发言》，《中国现代文学研究丛刊》1986 年第 2 期。

② 邓晓芒：《20 世纪中国启蒙的缺陷》，《史学月刊》2007 年第 9 期。

谁在写史?

——由《中国现代文学研究丛刊》几篇文章看周作人《中国新文学的源流》读解的"误区"

王　瑜

《中国新文学的源流》（以下简称《源流》）是周作人1932年3—4月在辅仁大学讲演的记录稿，从出版之日起就成为学界广为关注的对象，不仅促进了晚明小品散文的"复兴"和当时阅读取向的形成，而且被认为是"循环史观"的代表著作，时至今日仍因其与众不同的面貌被视为文学史研究反复提及的"典范"之一，但《源流》果真能承担此概括和定性吗？笔者仅以《中国现代文学研究丛刊》（以下简称《丛刊》）上的几篇文章试加以论析。

一　缘起

近日翻阅《丛刊》，发现从20世纪90年代到2009年的几篇文章共同地涉及一个问题——对于《源流》的定性，也就是"循环论"的概括及其文学史意义的评价。胡有清的《论周作人的个性主义文学思想》（《丛刊》1996年第1期）在探讨了周作人个性主义和小品文的关系后提出，"周作人以个性表现的性质和程度来决定评判文学史的价值取向，形成自己的文学史观和方法论。他的著名结论是中国文学始终是'诗言志'和'文以载道'这两种'互相反对的力量'在交相起伏。周作人从这种轮转循回的文学史观出发，把五四新文学的勃兴看成是中国传统文学'载道'与'言志'内部矛盾发展的结果，是古代'言志'派文学的最后阶段——明末公安派竟陵派在新的历史条件下的复活”[①]。胡有清此处谈及的是周作人“言志”、“载道”的文学观和“轮转循回的文学史观”，虽没有直接和《源流》挂钩，但其文章开始的一语——“周作人在1932年《中国新文学的源流》中对其个性主义文艺思想作了阶段性的总结”[②]，明确地指出“轮转循回的文学史观”是从《源流》而来。

无独有偶，郝庆军的《两个“晚明”在现代中国的复活——鲁迅与周作人在文学史观上的分野和冲突》（《丛刊》2007年第6期）在谈及《源流》时亦有相近的论述。郝庆军认为在《源流》之前，“还没有第二个人以如此简洁有力的概括，斧砍刀劈般地把中国文学史梳理到如此精致的框架里”。“它建构了一个文学史循环发展的精致模型。尽管有历史循环论之嫌，可周作人的论证并不牵强，不光论据充足，推理也颇为严谨。周作人把言志派和载道派的对立纳入文学史的发展之中，纳入到一个此消彼长，不断斗争，不断发展的动态结构之中，揭示出文学发展的某些规律。”[③] 郝庆军认为《源流》为新文学“开启了另一源头——晚明”，是周作人“文学史建构中最具原创性和影响力的部分”。通读郝庆军此篇文章，发现其对《源流》史学价值的评价是较高的，不仅认为它是一部史学著作，而且是胡适没能达到高度的，抑或是前人无法企及的史学著作。[④] 如此，《源流》的史学价值便类似于金克木所言的，对于中国文学史有“独特看法”的，无外乎“周作人的《中国新文学的源流》”[⑤] 了。相类似的观点一再出现是否就意味着《源流》如有些研究者定位的那样呢？可能需要我们认真地加以梳理辨析。

除中国学者的研究外，海外学者的研究尽管地域文化语境不同，但

---

① 胡有清：《论周作人的个性主义文学思想》，《中国现代文学研究丛刊》1996年第1期。

② 同上。

③ 郝庆军：《两个“晚明”在现代中国的复活——鲁迅与周作人在文学史观上的分野和冲突》，《中国现代文学研究丛刊》2007年第6期。

④ 郝庆军认为胡适的“‘双线文学史’解决了白话文的合法性问题，却无能力解释艺术发展的内在规律问题，更无法解决古代文学中特别优秀的作品的现实合理性问题”。在郝看来，周作人的《源流》弥补了胡适的不足，因而是“第一人”。《中国现代文学研究丛刊》2007年第6期。

⑤ 金克木曾言：“自从梁启超、夏曾佑开始用新观点新形式写历史以来，对于中国文学史的总体看法有自己独特见解的不过两家。”“一是三十年代周作人的《中国新文学的源流》，一是五十年代茅盾（沈雁冰）的《夜读偶记》。”见《闲谈八股文学史》，《读书》1996年第2期。

在定性的取向上却是那么的相像。韩国韩焌荧的《文学想象与现代散文话语的建立（1925—1935）》（上）（《丛刊》2004 年第 1 期）亦是从“循环论”的角度定位《源流》的历史价值。韩焌荧认为，“他（周作人——笔者注）把传统的‘诗言志’论与‘文以载道’论，从具体历史语境中抽离出来，分别对应为表现个人感情的纯文学与表现集体思想的功利文学，同时，将整个中国文学的历史以这两种个人文学与集体文学之间不断的起伏循环来把握。《中国新文学的源流》正是从这样的文学图像出发梳理、建构现代文学的源流的具体理论成果”①。韩焌荧以“个人文学与集体文学之间的不断起伏循环”来概括《源流》，实质是将《源流》定性为历史“循环论”。不仅韩焌荧，美籍学者周质平亦有相近的观点。提及《源流》，周质平认为它“将中国文学的发展视为‘载道’和‘言志’两股潮流的互相消长”②。“言志”、“载道”、“相互消长”的概括表明周质平亦认为《源流》是“循环史观”的体现。不仅如此，周质平还进一步指出，“这个二分法是可以概括一个时代的文学精神和内涵的”③。这表明，周质平不仅认同《源流》是“循环史观”，还认为以“循环”概括新文学的发展是得体的。

仅以《丛刊》所发文章的不完全统计，关于《源流》的史学意义和“循环论”文学史观的界定似乎已成为一个定论。黄开发的《周作人的文学观与功利主义》认为，《源流》“是周作人表明自己文学观和文学史观的最有系统的一部著作”，进一步的论析中黄认为周作人在《源流》中“区分了文学上的‘言志’派和‘载道’派的对立，并以此评判新文学”。④认同《源流》已有“系统的”文学史观，“言志”与“载道”的交替变化是其具体体现，其实质认同的亦是对《源流》“循环论”的定位。2009 年丁文的《周作人与 1930 年左翼文学批评的对峙和对话》在《丛刊》第 5 期发表，在文章的第三部分丁文探讨了周作人的《论八股

---

① 韩焌荧：《文学想象与现代散文话语的建立（1925—1935）》（上），《中国现代文学研究丛刊》2004 年第 1 期。

② 周质平：《林语堂与小品文》，《中国现代文学研究丛刊》1996 年第 1 期。

③ 同上。

④ 黄开发：《周作人的文学观与功利主义》，《中国现代文学研究丛刊》2004 年第 3 期。

文》是如何参与到他与左翼文学的论争中来的。丁文认为周作人的这篇文章“指出了左翼青年所秉承的精神遗传与历史渊源”，同时提出周此处的“理论皈依则又指向其独特的历史循环论思想”。[①] 随后，丁文将《论八股文》与《源流》建立二而一的联系，分析了《源流》参与现实的动机以及“‘言志’与‘载道’此消彼长的文学史线索”[②]。由此，《源流》亦被丁界定为“循环论”。

诸多研究者将《源流》这本小册子作为史学著作看待，认为是周作人写出的新文学史著，并将之与《中国新文学大系（1917—1927）》、朱自清的《中国新文学研究纲要》以及王哲甫、钱基博等人的史著并列相提凸显其“循环论”的文学史观。这是否能经得起深层次的拷问呢？已成定论的“循环论”的概括和历史书写的定性是否符合《源流》的本来面目呢？

二　生灭

周作人藉“写史”之名，强调自己的文学观，进而批判左翼文学，这种观点已为学界认知。丁文提出“《中国新文学的源流》中表彰公安竟陵而贬低八股，实际上有着以讲史为契机，批评左翼文学的八股气是对‘五四’新文学的反拨的潜在意图。酒之于陶渊明与讲史之于周作人一样，均不乏借题发挥的成分”[③]。罗岗亦提出，“周作人的《中国新文学的源流》被众多‘言外之意’环绕着、簇拥着，成为一个不堪重负的历史文本”[④]。在郝庆军看来，周作人“言志”、“载道”的论述直接地指向了“左翼文学”。[⑤] 不少研究者已经注意到周作人《源流》言此意彼的特征。

---

① 丁文：《周作人与1930年左翼文学批评的对峙与对话》，《中国现代文学研究丛刊》2009年第5期。

② 同上。

③ 同上。

④ 罗岗：《写史偏多言外意——从周作人〈中国新文学的源流〉看中国现代“文学”观念的建构》，《中国现代文学研究丛刊》1996年第3期。

⑤ 郝庆军认为，“30年代周作人提倡言志文学，复活晚明小品，意在批判载道文学和‘统一思想’的文学，当然不排除暗指国民党政府提倡的民族主义文学，但民族主义文学显然自身不成样子，不批自灭，因而周作人所批评的30年代的载道文学实际上指称的是当时的文学主潮——左翼文学”。《中国现代文学研究丛刊》2007年第6期。

这种取向可使我们更好地认知《源流》的本来面目。

从发生的角度看，周作人本没有想到要为新文学溯源流，即便是在“硬起头皮”接受邀请讲学时，所讲的题目也“没有定好”，以至于“没有写出纲领来，只信口开河地说下去就完了”①。但在讲演结束后，邓恭三拿出了记录稿，“记录不但绝少错误，而且反把我所乱说的话整理的略有次序”。这样，在“有一家书店愿意印行这本小册子”的情形下，《源流》就问世了。值得注意的是，周作人在说明这缘由时，特别强调了邓恭三——书店“和邓先生接洽，我便赞成他们的意思，心想一不做二不休，索性印了出来也好，就劝邓先生这样办了”。周作人的话语直接表露出《源流》与他的其他作品不同，并不是周作人非常重视的文本。不然，何以在印行问题上，有“就劝邓先生这样办了”的表述呢?!

紧接着，周作人为《源流》的印行找了四点理由，但理由之后的表白又让我们看到《源流》史学价值和史学意义的可疑性。“我本不是研究中国文学史的，这只是临时随便说的闲话，意见的谬误不必说了，就是叙述上不完不备草率笼统的地方也到处皆是，当作谈天的资料对朋友们谈谈也还不妨，若是算它是学术论文那样去办，那实在是不敢当的。”②从发生的角度看，周作人一再强调的是《源流》出现的“特殊性”，也就是和他有意而为的著作的区别性。这个区别好像是在提醒读者对之要求不要太高、期望不要太大。在《源流·小引》的末了，他又特别强调这次讲演“主题”的“杜撰”特征，“我只是说无所根据”——既不是来自“西洋某人的论文”，也不是“遵照东洋某人的书本”。

但周随后又表明了建设的“根基”来，那就是说三国时候的“且说天下大势，合久必分，分久必合”，且强调“我从这上边建设起我的议论来，说没有根基也是没有根基，若说是有，那也就很有根基的了”③。在这种情形下，似乎注定《源流》要成为“循环论”文学史观的代表文本了，但结合上文发生角度的论述，又可见出这种概括的先天不足。周作

---

① 周作人：《中国新文学的源流》，胡适、周作人《论中国近世文学》，海南出版社 1994 年版，第 1 页。

② 同上书，第 2 页。

③ 同上书，第 3 页。

人在谈到文学史研究时认为“应以治历史的态度去研究”，不赞成“孤立的，隔离的研究”[①]。对照《源流》，我们发现它的出现有着太多的机缘和偶然性的“巧合”，如果这些环节中的任何一个出现问题，可能都不会有这本小册子了，那么，其能否被看作史学著作必然是一个尚存争议的话题。

如果从发生的角度将《源流》定性为“历史书写”问题多多，那么书中的论述也让我们觉得“写史”二字用在它身上有些勉强。《源流》是以“言志”与“载道”二分法概括中国文学发展的。“这两种潮流的起伏，便造成了中国的文学史。”[②] 周作人认为在晚周、魏晋六朝、五代、元、明末、民国时期文学的发展是“言志”的，而两汉、唐、两宋、明、清则又是“载道”的，并提出“中国文学始终是两种互相反对的力量起伏着，过去如此，将来也总如此”[③]。从表面看，周作人的概括简洁直白，便于讲演时为听众接受，但细想深思却有不少疑问。周作人不赞成胡适“白话文学是中国文学唯一的目的地”的提法，转而以“言志”与“载道”、“起伏”、“反复”概括之，实质上与胡适一样忽略了文学发展的复杂性。胡适为了促使新文学更好地发展，写作《白话文学史》找白话文的根，虽然努力颇多，亦是他未完成的憾事之一。[④] 如果说胡适《白话文学史》的局限性已为学界认同，那么《源流》较之则有过之而无不及。

《源流》中周作人以“言志”、“载道”概括中国文学的发展时特别凸显的是明末的公安竟陵派，强调“那一次的文学运动，和民国以来的这次文学革命运动，很有些相像的地方”，不仅主张和趋势“几乎都很相同”，而且“有很多作品也都很相似”。[⑤] 从表面上看，周以公安竟陵作为

---

① 周作人：《中国新文学的源流》，胡适、周作人《论中国近世文学》，海南出版社 1994 年版，第 10 页。

② 同上书，第 22 页。

③ 同上书，第 24 页。

④ 《白话文学史》的基础原是 1921 年教育部第三届国语讲习所演讲国语文学史的讲义，在推翻原稿的基础上胡适“重新”撰写了上编，本拟“且把上卷结束付印，留待十年后再续下去”，结果事过境迁，前缘无法再续。这种“无法续写”固然与时代和个人境遇的变化有关，但更重要的原因则是简单化的条分缕析是否真的符合写史的要求等。见《白话文学史·自序》，安徽教育出版社 2006 年版。

⑤ 周作人：《中国新文学的源流》，胡适、周作人《论中国近世文学》，海南出版社 1994 年版，第 35 页。

新文学发展的“前世”是在进行史的述说。实质上，周作人的这种诉说却隐藏着难以直言的个人目的，那就是周作人在讲演中对个人文学观和参与当前文坛论争所持观点的曲折隐晦的表露。周作人在讲演中并不是直接溯及源流的，他首先谈的是“关于文学之诸问题”。周认为文学是“不可知的学问之一种”，对之下定义很难，但他却又提出了文学的主要特征——“无目的”。“文学只有感情没有目的。若必谓为是有目的的，那么也单是以‘说出’为目的。”① 言及此，周作人还不满足地来了个强调，“文学是无用的东西。因为我们所说的文学只是以达出作者的思想感情为满足的，此外再无目的之可言”②。周作人此处的表白很容易被认为是坚持“言志”是文学的主流，进而被归入“言志”与“载道”的论争中。其实不然，周作人此处看似闲淡地说着自己的话，无关文坛论争，其实质却是在讲演中批评“革命文学”和左翼文学运动。③ 已经是反复强调了文学的“无目的”，周作人仍觉不尽意，在第一讲临近结束的时候，更直白地表明自己的态度：

> 有人以为文学还另有积极的用处……我说：欲使文学有用也可以。但那样已是变相的文学了。椅子原是作为座位用的，墨盒原是为写字用的，然而，以前的议员们岂不是曾在打架时作为武器用过么？在打架的时候椅子墨盒可以打人，然而打人却终非椅子和墨盒的真正用处。文学亦然。④

对照学界已有的论述，周作人此处论说的真正含义不难看出。为什么一再强调文学的“无目的”呢？根本性可能还是出于对文学被当作相互攻

① 周作人：《中国新文学的源流》，胡适、周作人《论中国近世文学》，海南出版社1994年版，第18页。

② 同上书，第19页。

③ 丁文在《周作人与1930年左翼文学批评的对峙与对话》一文较为详细地阐释了周对“革命文学”论争的回避，但其仍不可避免地用曲笔写意的方式表明了自己对“左翼”文学观的不满。《中国现代文学研究丛刊》2009年第5期。

④ 周作人：《中国新文学的源流》，胡适、周作人《论中国近世文学》，海南出版社1994年版，第20页。

击的武器或工具的担忧。对照当时的环境，周的这种担忧显然不是空穴来风。从1928年“革命文学”的提出到其20世纪30年代初期的发展，可谓展开的如火如荼，不仅青年一辈热情投入，新文学运动的老斗士也不免卷入其间，沉溺于无休止的骂战。联想至此，周作人在这次讲演中强调文学“无目的”的用意便不仅仅局限于“言志”二字所代表的文学观的表露了。

细读《源流》，很难把它与周作人所说的“以治历史的态度去研究”联系起来，其间充斥的是太多的“言外之意”。在全部的五讲内容中，“关于文学之诸问题”、“清代文学的反动——八股文”、“清代文学的反动——桐城派古文”占了三讲，“文学革命运动”和具有史性质的梳理“中国文学的变迁”各占一讲。从篇幅的内容不难看出，周“写史”的“个人意愿”过于浓郁了。为什么要详细谈“八股文”和“桐城派古文”呢？显然是因为他们是“载道”的，其价值是低劣的，是可以被用来影射当前的文坛现状的。[①] 以“言志”与“载道”概括中国文学的发展已是颇有“个人成见”，周作人在此划分基础上赋予二者的价值判断更难以让人接受。周作人认为“载道”没有好的作品。唐是文学的盛世之一，在周作人笔下却是“和两汉一样，社会上较统一，文学随又走上载道的路子，因而便没有多少好作品”[②]。可能考虑到这种论说太武断，忽略了唐诗的价值，周作人转而对之做了另一种颇具“黑色幽默”的述说：“诗是唐朝新起的东西，诗的体裁也在唐时加多起来，如七言诗，绝句，律诗等都是。但这只是由于当时考诗的缘故。因考诗所以作诗的加多，作品多了自然就有很多的好诗。然而这情形终于和六朝时候的创作情形是不相同的。”[③]

我们注意到“言志”与“载道”作为我国古典文学批评领域使用的两个术语，本不具有价值判断色彩。钱锺书也强调过二者之间非矛盾性——“‘诗以言志’和‘文以载道’在传统的文学批评上，似乎不是

---

① 关于这方面的内容，《中国现代文学研究丛刊》所发的一些文章已有所涉及，如丁文《周作人与1930年左翼文学批评的对峙与对话》、罗岗《写史偏多言外意——从周作人〈中国新文学的源流〉看中国现代“文学”观念的建构》等。

② 周作人：《中国新文学的源流》，胡适、周作人《论中国近世文学》，海南出版社1994年版，第26页。

③ 同上。

两个格格不入的命题。"[①] 周作人《源流》褒"言志"、抑"载道"表面上看是在传达自己的文学观，实质则是通过一褒一抑达到捍卫新文学传统的目的。"现在虽是白话，虽是走着言志的路子，以后也仍然要有变化。"[②] 现在走的是"言志"的路子，以后的变化按周作人的界定想必便是"载道"的了。这恰恰是周作人隐忧的，所以要在讲演中含蓄地表露出来。如果周作人的《源流》并不能当作一部严肃的史学著作来看待，更无所谓"循环史观"的代表和体现，那么学界对其"史学著作"、"循环史观"的概括又意味着什么呢？

三　性空

中国现代文学史的书写在1949年后被提上重要的议事日程。"运用新观点，新方法，讲述自五四时代到现在的中国新文学的发展史，着重在各阶段的文艺思想斗争和其发展状况"[③] 成为治史的主要要求。"文艺思想斗争"与"发展状况"的凸显实质上是要求编写史著的面貌与革命斗争的发展相映照。时至今日，文学研究、文学理论的研究早已摆脱了斗争思维、政治定性的直接局限，但"文学史的写作还在社会政治、时代背景、作家作品的研究框架中"[④]，是一些被认为是突破创新之作，其深层次的治史理念依旧没有摆脱"主流"、"斗争"等的制约。以文学史中的"五四"为例，它应该是一个"复数"的概念，不同人的"五四"有着不同的走向，如胡适"五四"的走向是改良思想，李大钊的则是共产主义的追求等。如此，"五四"传统就不仅仅是一个在大陆地区继承的问题，实质上在海外还有发展和延续，但在大陆文学史中的"五四"却无一例外的是毛泽东的。

提起《源流》，已有很多学者指出周作人"意在言外"和他与左翼文学论争的潜在诉求。尽管其本身并不具有严格意义上"写史"的特征，

---

① 参见钱锺书《中国新文学的源流·书评》，《新月》第4卷第4期。

② 周作人：《中国新文学的源流》，胡适、周作人《论中国近世文学》，海南出版社1994年版，第72页。

③ 见1950年5月全国高等教育会议通过的《高等学校文法两学院各系课程草案》。

④ 党圣元：《文学史理论·导读》，中国社会科学出版社2011年版，第17页。

但还是被认为是重要的史学著作和“循环论”文学史观的代表。[①] 从表面看这是一种价值上的“提升”，在深层次却有着另一种诉求。“循环论”是我们古代文化思想中重要的史学思想，对应的是传统小农社会的稳定性、重复性特征。“五四”以来，建立在这种社会形态基础上的理念和此种社会形态本身处于被批判、被否定的状态。这样，赋予不同史观价值的高低是不同的。“循环论”显然是“落后”的，是要被淘汰的。周作人的《源流》尽管作为早期的史学著作一再被提起，其实质却可以与今天的史学编撰形成映照，凸显出后来新文学史编纂的超越与突破价值。这种超越与突破价值的凸显潜在地又与文学观的批判相联系。尽管学者不会在“言志”与“载道”二者之间舍一取一，不会直接将批判的矛头指向周作人的“文学无用论”，但造成的实际结果却是直接或间接地批驳了文学创作的个人行为。如果我们将这种取向与当前学界对《源流》与左翼文学的潜在论争的相关论述结合起来看，它强化了“左翼”文学的历史地位和历史价值。

20 世纪 90 年代中期，罗岗曾化用周作人的挽联“野记偏多言外意，遗诗应有井中函”，认为“将上联中的‘野记’二字易为‘写史’，恐怕也很恰当”[②]，并以之概括周的《源流》。如果是这样，问题就出现了——写史如何能容纳那么多的“言外意”呢？关于这一点，罗岗自己也有所觉察，“历史叙述有一套潜在的规则在起作用，它不允许叙述者过多地暴露主观意图”[③]。如此，不管是或隐或显地表露自己的主观，在严格意义上都应被排斥在写史之外，但“写史”不可避免地需要主观的介入，这同时也导致“言外意”是一个不可避免的存在。在此条件下，罗岗认为，“从让新文学顺利进入历史，到回应革命文学的严峻挑战，有不少‘言外之意’是周作人意识到，并故意透过历史叙述暗示、提醒给人们的，它

---

① 王瑶提及《中国新文学的源流》时亦是将之与胡适的《五十年来中国之文学》、陈子展的《中国近代文学之变迁》等作为史学著作并列考察。

② 罗岗论述的原文如下：“周作人挽孟心史联云‘野记偏多言外意，遗诗应有井中函’。孟心史即孟森，历史学家，曾长年执教于北京大学。因此，将上联中的‘野记’二字易为‘写史’，恐怕也很恰当。”见《中国现代文学研究丛刊》1996 年第 3 期。

③ 罗岗：《写史偏多言外意——从周作人〈中国新文学的源流〉看中国现代“文学”观念的建构》，《中国现代文学研究丛刊》1996 年第 3 期。

们已由‘言外’进入‘言内’与《中国新文学的源流》的表层叙述共同构成一个‘已然道出、尚未言明’的‘历史话语’”[①]。既然已经指出《源流》有别的诉求，结合其自身存在的特点——讲演记录稿的存在形式，再联想本文从发生角度对之所做的探讨和周作人自己的表白，何以非认定其“写史”的形式不可呢？周作人强调的“若是算它是学术论文那样去办，那实是不敢当的”话语如何一再被我们忽略或“推翻”呢？

从20世纪50年代算起，系统地书写中国现代文学史的时间也有了60余年，治史指导思想也经历了“阶级论”（“新民主主义论”）、“现代性”、“民族国家”等诸多视角的转换。纵观中国现代文学史书写的历程，不变的是其与中国革命史的关联。尽管有一些史作已被界定为“观念”、“视角”俱新，其凸显的仍是革命史的叙述策略。从“文学革命”到“革命文学”再经由“左翼文学”、“延安解放区文学”走向当代文学成为述史的“主流”线索，而其他的文学思潮、文学形态则是被主流遮蔽的存在。在此条件下，提高《源流》的“史学价值”，凸显其“循环论”的文学史观，使之与当前文学史书写形成映照、衬托，是否也有“言外之意”呢？周作人是崇尚“言志”的，坚守的是“五四”“文学革命”的传统。周作人的崇“言志”与斥“载道”实质是对文学与革命过于紧密关系的反拨。多年以后，周作人文艺思想的拥趸者司马长风道出了抑“载道”扬“言志”的实质——文学“载孔孟之道固然不可，载马列之道也不可”。“无论载什么道都是把她贬成了手段，都是囚禁文学，摧残文学，坚持下去必然造成文学的畸形发展。”[②] 司马长风此处的话语似乎是《源流》论述的直白化流露。司马长风的文艺观、史学观尽管对大陆地区的现代文学研究曾产生较大的影响，但也是处于被批判的地位，从表面看与他治史的不严谨有关，深层次中文学观念的“不合”怕也是重要因素之一。在此情形下，学界对周作人《源流》价值明升实斥的背后是否也有批判其文学观，进而潜在为文学发展“另一取向”辩护的诉求呢?!

周作人反复表明自己无意写史，但《源流》却被升格为“史”；周本

---

① 罗岗：《写史偏多言外意——从周作人〈中国新文学的源流〉看中国现代“文学”观念的建构》，《中国现代文学研究丛刊》1996年第3期。

② 司马长风：《中国新文学史》（上），（香港）昭明出版社有限公司1980年版，第5页。

只想说明自己的担忧，希望新文学能按照运动初期的线路发展下去，但他潜在观点的流露却被显性化为“循环论”的史学观，进而大受质疑。如果说周作人是“写史偏多言外意”，学界这个定性概括的背后有着“更大的言外之意”。这个“更大的言外之意”与写史者的诉求有关，就是讲述新文学是如何被纳入革命史进而确立“主流”、“支流”和“逆流”，进一步考察新文学是如何成长起来的叙述需要。无意写史的被认为在“写史”，真正的写史者却成了隐性的存在，这不免让人想起了苦雨斋中“吃苦茶”。

（原文载于《中国现代文学研究丛刊》2012年第6期）

从莫言获奖反思新时期以来中国文学的经典化问题

王　瑜

一

2012 年 10 月 11 日北京时间 19 时，诺贝尔文学奖公布，中国作家莫言的长篇小说《蛙》获奖，莫言成为中国历史上首位诺贝尔文学奖获得者。评奖委员会给予莫言的颁奖词是：Mo Yan “who with hallucinatory realism merges folktales, history and the contemporary”.（将魔幻现实主义与民间故事、历史与当代社会融合在一起。）莫言的获奖引起了举国上下的关注，同时也促使我们思考新时期以来中国文学的经典化问题。

中国是文学大国，不仅历史长河中的古代文学取得了骄人的成绩，就是现代文学三十年也足以让历史铭记。到了当代，绚烂的园地却被“垃圾说”、“缺少大师”等话语概括，成为“被遮蔽”的存在。事实上，当代文学尤其是新时期以来的中国文学所取得的文学成就与中国历史的其他时期相比并不逊色。从诺贝尔奖的角度来衡量，莫言是第一位获奖的中国人（官方认可），却不是新时期以来中国文学的第一次受重视。2000 年 10 月 12 日法籍华裔作家高行健获得诺贝尔文学奖，评奖委员会给予他的授奖词是：“其作品的普遍价值，刻骨铭心的洞察力和语言的丰富机智，为中文小说和艺术戏剧开辟了新的道路。”稍微深入了解，当年高行健获得诺贝尔文学奖的作品是《灵山》。《灵山》虽是高加入法籍后获奖，却主要是在中国写作完成的。[①] 从某种程度上看，《灵山》是受新

---

① 高行健在诺贝尔获奖演说词中曾说：“十年前，我结束费时七年写成的《灵山》……”参考高行健履历，1987 年去法国，1997 年取得法国籍，2000 年获得诺贝尔文学奖。由此，可以见出《灵山》的创作在高行健去法国之前已持续了数年。

时期以来中国文学影响写出的作品。“就我的出生、使用的语言而言，中国的文化传统自然在我身上，而文化又总同语言密切相关，从而形成感知、思维和表述的某种较为稳定的特殊方式。”① 从高行健的表态中可以看出，《灵山》创作的支撑母体还是中文和中国文化，作品的内容亦指向“中国文化鲜为人知的一面”。尽管诺贝尔评奖委员会一再强调“颁奖给高行健是基于他的文学成就，而非他的政治立场”②，中国作协还是提出了异议——“中国有许多举世瞩目的优秀文学作品和文学家，诺贝尔文学奖评委会对此并不了解”，“此举不是从文学角度评选，而是有其政治标准”。③ 中国作协的表态很容易被理解为政治上的抗议，但其实质透露的是新时期以来中国文坛的繁荣，含蓄地暗示出众多优秀作家的存在以及高行健较之同时期中国作家所处的位置。

2000—2012 年诺贝尔评奖委员会两次或直接或间接地关注了新时期以来的中国文学，这显然不能单独看作一两位作家的个人突破。中国作协的“异议”也是基于众多优秀的新时期作家没有得到重视的现状。“诺贝尔文学奖授予莫言，既是对莫言文学创作成就的肯定，也是对中国新时期文学三十年来整体创作成就的一种肯定。”④ 作家叶开的评论潜在地从一个侧面道出了莫言与新时期以来中国文学的关系。我们注意到，新时期以来的不少作家均在自己构建的文学世界中取得了骄人的成绩，较之业已经典化的现代文学毫不逊色。这期间，同为莫言老乡的张炜以《古船》、《九月寓言》、《家族》以及 2011 年茅盾文学奖获奖作品《你在高原》等在文坛掀起一波又一波的“热潮”，以知识分子对民间的关注和理想精神的坚守获得评论界的瞩目。祖籍山东高翔的浙江作家余华也是新时期的优秀小说家，不论是他的《活着》、《现实一种》、《许三观卖血记》、《十八岁出门远行》，还是近作《兄弟》、《第七日》等，在创作实力和影响力方面均表现不俗，与已获得诺贝尔文学奖的作家作品相比并不逊色。中国新时期以来的优秀小说家还有贾平凹、王安

① 高行健：《文学的理由》，http：//baike. baidu. com/view/901022. htm。

② 李冠伦：《诺贝尔奖与大国风范》，《联合早报》2004 年 10 月 18 日。

③ 《人民日报》（海外版）2000 年 10 月 14 日第二版。

④ 叶开：《中国文学走向世界的意义》，《新京报》2012 年 10 月 12 日。

忆、阿来、陈忠实、张洁、张承志、迟子建、刘震云等，他们的创作构成了白话文运动以来汉语写作的一个高峰，为世界范围的读者提供着精神食粮。与这些优秀小说家创作出的优秀作品相比，当前学界对于新时期以来中国文学的价值还没有给予充分的关注，许多作品应有的地位还没有被开掘出来，经典化是其间最为突出的问题。

二

经典是近年来文学界谈论较多的话题，但新时期以来中国文学的经典化却尚未引起足够的关注。就新文学的发展历程看，中国现代文学的经典塑型已基本完成，不论是“鲁郭茅”、“巴老曹”的排序还是张爱玲、沈从文、钱锺书、周作人等作家的重新发掘都已成为文坛共识，进而他们的许多作品都已成为文学经典。同样，当代文学发展的20世纪50—70年代也已完成经典的塑造，不仅“十七年文学”从革命历史叙述的角度被确认为经典，甚至“文革”期间的“革命样板戏”等也被含蓄地纳入“红色经典”的范畴。由此，除新时期以来的中国文学外，新文学发展的不同时期大都拥有与特定时代相对应的文学经典。此种情形的出现与新文学的发展历程显然相悖。就新文学的发展历程而言，“文革”结束后的新时期是文学、艺术相对繁荣的发展阶段，不论是创作环境的改善还是创作本身的繁荣都是1949年后甚至是20世纪40年代以来少有的。新时期以来中国文学突飞猛进的发展与此时期文学经典的缺失形成了一个奇特的反讽。

“经典”二字从中国的文化语境中考察，指具有典范、法则、指引人们行为意义的著作等，儒家的“四书五经”、“十三经”，佛家的《金刚经》、《坛经》、《阿弥陀经》、《不可思议解脱经》等都是其间广为大众熟知的经典。对照这些以“经”冠名、具有典范意义的作品，好像它们有一个共同的特点是出现得比较早，已经经过了岁月的沉淀。具体到读者，对这些著作的认知也是从接受开始的。这样，潜移默化中带给人们的感觉是经典是既有的存在，个体只需接受就可以了。事实上，很多文化大师也不断强化这个理念，比如冯友兰就曾说：“我们所称谓的‘经典著作’或‘古典著作’的书都是经过时间的考验，流传下来的。”[①] 甚至有人认为，经典就是随着时间的流逝，当别的同类都已消失后还能留存下来的那个存在。如果依照这类观念考察新时期以来中国文学的发展，缺失经典就成为一件非常合理的顺乎自然的事，但是，时间真的具有如不少人臆想的威力吗？恐怕很难下这样的定论。事实上，经典的产生是通过人们的助推实现的，今天认同的经典作品在它产生的时代就已经被确认或潜在地被确认为经典了。“童子解吟长恨曲，胡儿能唱琵琶篇”，似乎广为今人熟知的白乐天在当时已完成了初步的经典化。同样，提到张爱玲，人们往往将发现的功劳归之于夏志清，其实，在张爱玲23岁写出《金锁记》时，傅雷当时就作出评价——“毫无疑问，《金锁记》是张女士截至目前的最完美之作，颇有《狂人日记》中某些故事的风味，至少也该列为我们文坛最美的收获之一。”[②] 可以想见，如果没有评论家的有意塑造，今天诸多耳熟能详的作品能否进入我们的阅读视野都是个问题。事实上，今天被确认为经典的文学作品在当时已经被评论者有意识地加以经典化的塑型了。

经典不是自发生成的，而是被建构出来的，所谓“皇帝女儿不愁嫁”“酒好不怕巷子深”等理念在经典的生成过程中是经不起检验的。在文学经典的形成过程中，至少有两种因素起着较大的影响作用：第一，意识形态和政治权力话语的影响；第二，知识精英所做的界定和评判。任何一部经典文本的形成都离不开意识形态的影响，以《诗经》为例，今天早已将它作为传诵已久的文学经典看待了，但这个经典出现的最初动因却是它所具有的“经夫妇、成孝悌、厚人伦、美教化”的作用。正是由于统治阶级看中了这些作用，才会有意识地对之加以提倡。统治阶层的有意提倡促使《诗经》成为社会道德传承的载体，出现了初步的经典化，到了“五四”文学自觉的时代来临，人们才得以发现它的文学价值，遂又成为文学经典。以国家意志体现出的政治话语同样对于文学经典的塑造产生重大影响，如今天被确认的经典文本《保卫延安》也曾作为“禁书”遭到查禁，被“请”出读者的阅读书单。除意识形态等层面的影响

① 冯友兰：《我的读书经验》，《书林》1983年第1期。

② 迅雨（傅雷）：《论张爱玲的小说》，《万象》1944年第11期。

外，知识阶层掌控的文化权力也参与经典的塑造，这在今天表现得尤为突出。知识阶层可以通过知识话语和学术资源影响民众的阅读同时促使上层权力关注大众诉求，进而在确立经典文本的过程中发出自己的声音。今天的时代已经进入信息泛滥的阶段，特别是“微文体”（微博、微信等）的出现使公共知识分子和民众可以直接对话交流，探讨不同文本的价值。当前，一个有影响力的文化人的博客、微博瞬时可吸引数十万人的关注，一个有意义的文化话题引发的讨论可以以百万、千万为单位计数，文化人可以空前“近距离”地立于公众面前，使知识精英对经典的认知更有效地传达到普通民众。

对影响经典产生的诸多因素进行分析，可以看出经典的形成不是单纯由作品决定的。一个作家完成一部作品，作品所具有的价值和对人性的发掘等层面只是它得以成为经典的最基本条件，至于它能否进入经典之列，有着大量的工作需要评论家、读者和掌控意识形态的机构去推动完成。每一个时代都有自己的经典，同样也有自己塑造经典的权力。1949年后，人们对新文学经典的建构侧重于阶级性角度的衡量，是否吻合当时的时代需要是能否成为经典的主要标志。尽管现在看来这些“经典”中的许多作品没能经得起进一步的检验，但值得重视的是那个时代发出了自己塑造经典的声音。新时期以来，人们很快发现这种社会学的评价视角只是评断文学作品经典化众多标准中的一个，于是开始重塑经典。我们不能期望前人给我们提供永恒的、经久不衰的经典化的标准，而是要在时代语境中重新审查已形成的经典，建构属于当前时代的经典。20世纪80年代，大陆研究界重塑张爱玲、沈从文、钱锺书等人的例子，从一个侧面启示当前的研究者关注建构属于当下的文学经典，同时重新思考已形成的经典能否经得起当前时代的检验等。只有意识到经典不是一成不变的，还具有可塑性的特征，才有可能完成我们时代的经典塑型，同时更好地审视已成为经典的作品。

在文学经典化的过程中，不少读者倾向于被动接受，似乎经典文本是先天形成摆放在书架上的，这种认知在漠视主体感知的同时更不利于新时期以来中国文学经典化的实现，是导致对新时期以来中国文学经典性重视不够的潜在因素之一。抛开艾布拉姆斯文学活动四个构成因素

（世界、作者、作品、读者）和接受美学的探索不谈，新时期以来中国文学的经典化也离不开读者的有意识参与。当前时代，人们的阅读更倾向于信息的接受，每天大量浏览各种新闻、娱乐消息、股票涨跌等，往往忽略了从心灵深处与外在世界对话的诉求，对阅读的对象先天地丧失了经典化的考量，将阅读直接等同为浏览，缺少个体认知能力的参与。此种情形的出现对文学作品的经典化和新时期以来中国文学作品经典化的塑造有着深层伤害。经典不应是固定的，旧杂质淘汰的同时还要有新血液的补充。当前时代，读者阅读的平面化使眼下一些有深度的文本和作家的思考没有得到充分的重视。了解文学经典化的这些问题和新时期以来中国文学作品的生存处境，有利于更合理地推动其经典化的落实。

三

作家余华在一次研讨会上对新时期以来中国文学被漠视的现象曾发出激愤之词："我告诉你们吧！你们说的那些伟大的大家，你们拿出他们当年的作品给我们看看，他比得上我吗！他根本就比不上，那就是现在高中作文的水平……你们看看那个《荷塘月色》，《荷塘月色》哪个高中生写不出来呀？我们唯一的缺点就是我们还活着，我们还未死，所以你们就整天糟蹋我们。"① 余华激愤之词的背后透露出对人们以厚古薄今的思维评判文学作品价值高低的不满。深究起来，这种现象的出现是读者的阅读惰性造成的。将评判的标准交给外在，自己只做被动的接受者，导致当前时代中诸多优秀作品的价值没有得到合理的重视。"文必秦汉，诗必盛唐"，当我们对既往的东西只能顶礼膜拜时，它对当前时代的挤压和伤害是显而易见的。在此情形下，回归作品本身，以语文学的视角重新审查和重塑经典有利于此问题的改善。中国现代文学学科是一些知名的老作家和研究者共同开创的，这促使现代时期的优秀作品在阐释实践中得到较为充分的关注。与之相比，新时期以来的优秀文本却没有得到

① 王德威、陈思和、徐子东：《一九四九年以后——当代文学六十年》，上海文艺出版社2011年版，第410页。

足够的重视。文本深度关注的缺失往往使优秀文学作品的价值得不到充分的发掘。以汪曾祺的《受戒》为例，小英子和明海划船进了芦花荡之后，作者写了一段景物：

> 芦花才吐新穗。紫灰色的芦穗，发着银光，软软的，滑溜溜的，像一串丝线。有的地方结了蒲棒，通红的，像一支一支小蜡烛。青浮萍，紫浮萍。长脚蚊子，水蜘蛛。野菱角开着四瓣的小白花。惊起一只青桩（一种水鸟），擦着芦穗，扑鲁鲁鲁飞远了。
>
> ……

这段景物描写不少研究者已经关注，认为汪曾祺是在写性，学界的探索也大多止步于此，但深层思考会发现文字本身更不容我们忽视。“芦花才吐新穗”，后面有个特写镜头——“紫灰色的芦穗，发着银光，软软的，滑溜溜的，像一串丝线”，这表明芦花已经成熟但还未老去。后面写到蒲棒，用了“通红的，像一支一支小蜡烛”表明这种生物也已经成熟。紧接着作者提到两种植物“青浮萍，紫浮萍”突出了两种色彩。这两种色彩与前文的“紫灰色的芦穗，发着银光”、“通红”的蒲棒以及后文的“野菱角开着四瓣的小白花”交织在一起，写出了六种不同的颜色。六种颜色的融会构成的是绚烂的图景，绚烂不同于古朴单调，往往意味着热情和激情，是生命体成熟的暗示。植物之后，汪曾祺又写了“长脚蚊子，水蜘蛛”等动物，动物的出现给静谧的画面带来了生气。最后的话更有意味，“一只青桩（一种水鸟），擦着芦穗，扑鲁鲁鲁飞远了。”这里既有动物又有植物，而且动植物是浑然交织在一起的，动物是飞动的，在飞翔的时候是“擦着芦穗”飞向远方，作者还用了象声词“扑鲁鲁鲁”，如此，整个静谧的芦花荡也因为明海和小英子的闯入具有灵动的意味。在这一百一十一字的景物描写中，汪曾祺写了“芦花”、“芦穗”、“蒲棒”、“青浮萍”、“紫浮萍”、“长脚蚊子”、“水蜘蛛”、“野菱角”、“小白花”、“青桩”十种生物和“紫灰”、“银”、“通红”、“青”、“紫”、“白”六种色彩，同时作者还用了两个比喻“像一串丝线”、“像一枝一枝小蜡烛”和“软软的”、“滑溜溜的”两个叠音词以及一个象声词“扑鲁鲁鲁”。

景物的繁杂，作者叙述起来有条不紊，叠音词的出现增添了字句的抑扬顿挫感，象声词更是让这段文字具有生气。此段描写单从文字和蕴藏的深意看较之张爱玲笔下《金锁记》中的“月亮”意象和“白鸽子”的叙写丝毫不逊色，完全可以归入新文学最伟大的作品之列。回首看来，尽管《受戒》受到了不少读者的追捧，但笔者认为其经典价值还有增值的空间。

当前快餐式的阅读氛围中，人们往往忽略对文本的深入解读，不利于作品经典化塑造的完成，这就要求评论家和研究者深入文本中主动发掘优秀的文学作品，培养夏志清所言的“优美作品之发现和评审（the discovery and appraisal of excellence）”① 的能力。新时期以来的作家不论从构成还是从学养的积储方面看，都不弱于现代时期的作家和“十七年时期”的作家。现代作家大多有着留学背景，对于汉文化能够以其他文化作为参照系来加以审视，新时期以来的作家同样拥有沟通外界资源的能力。事实上，不论是莫言、余华还是贾平凹、王安忆、张炜等人，他们的作品早就在国外多次获奖，得到了外国同行的认可。如此，三十年时间的现代文学经典迭出，十七年甚至“文革”时期的文学也有经典推出，而新时期以来中国文学却缺少与之相匹配的经典塑型岂不是咄咄怪事？“对于一部经典作品来说，它的当代认可、当代评价是不可或缺的。尽管这种认可和评价也许有偏颇，但是没有这种认可和评价，它就无法从浩如烟海的文本世界中突围而出，它就会永久地被埋没。”② 这里的评价和认可的基础显然是一种对文本的深入关注。只有在语文学的视角下，切实投入到阅读中，发掘作品蕴藏的能量，才有助于作出经典与否的合理定性。

如果说文本研究是新时期以来中国文学经典化落实的基础，那么有意识地命名经典则是新时期以来中国文学经典化的重要支撑。当然，在命名经典的问题上，文学研究者承担着更大的责任。前文已经探讨过经典的生成过程，即经典的意义和价值不是自身先天地生长出来的，需要

① 夏志清：《中国现代小说史》，（香港）中文大学出版社 2001 年版，第 xlvii 页。

② 吴义勤：《文本研究：当下文本批评的软肋》，《南京师大学报》2007 年第 5 期。

同时代人有意识地塑造。以现今耳熟能详的经典作品《中国新文学大系(1917—1927)》的编写来看，编选之初的目的就很清晰，那就是潜在地构建新文学经典，此种理念得到了当时众多文化人的一致认可。事实上，对经典的塑造和命名离不开同时代研究者的积极参与，那种认为经典应该是自发生成的观点是很难经得起推敲的。“我不相信后人对我们身处时代‘考古’式的阐释会比我们亲历的‘经验’更可靠，也不相信，后人对我们身处时代文学的理解会比我们亲历者更准确。我觉得，一部被后代命名为‘经典’的作品，在它所处的时代也一定会是被认可为‘经典’的作品，我不相信，在当代默默无闻的作品在后代会被‘考古’挖掘为‘经典’。”① 我们今天耳熟能详的经典个案不论是《中国新文学大系》还是诸如鲁迅、钱锺书等人的优秀作品，在当时的时代早已是人们关注的重点，已经是具有典范价值的文本了，那种把命名权交给后代来完成的想法是研究者推卸责任的表现。有鉴于此，在深入阅读新时期以来的中国文学作品时，要敢于发现和确认经典。

新时期以来中国文学作品经典化的塑造同样离不开多种媒介手段的发掘使用。当前时代，文学作品的传播已摆脱以往单一的书面形式，纸质文本也已经同其他传播媒介紧密结合在一起。莫言获奖造成了作品脱销、小说选入教材、影视改编热潮等现象的出现。事实上，莫言最初为广大读者熟知离不开张艺谋导演改编的电影《红高粱》。电影《红高粱》的获奖不仅让外国人了解了中国的电影，同时也让他们得以管窥中国新时期的优秀文学作品，更带来了国人对莫言小说的关注。如果说莫言的小说《透明的红萝卜》、《红高粱》在当时的语境中产生了文学圈内的影响，在创作方法上让读者耳目一新，那么电影《红高粱》则将莫言的创作更直接地推向了大众，使更多的人接受、认可了莫言。在此意义上，众多新时期优秀的文学作品为影视等不同的艺术类型提供了可以开掘的资源，同时新媒介的出现又为文学的传播提供了新的载体。由此，在新时期以来中国文学经典化的问题上，关注各种传播媒介和载体，有助于

① 吴义勤：《我们为什么对同代人如此苛刻？——关于中国当代文学评价问题的一点思考》，《文艺争鸣》2009 年第 9 期。

读者更好地认知当前时代的优秀作品，更利于对当前文学的经典化塑造。

1949 年以后，中国文学的发展跌宕起伏，由于诸多外在因素的影响，直至“文革”结束后的新时期才走上健康平稳发展的康庄大道。可以说 20 世纪八九十年代的中国文学在创作上形成了一个高峰，是中国当代文学发展中难得一见的黄金时期。就此而言，新时期以来中国文学作品的经典性一直存在，只是众多的读者、研究者对其价值重视不够。莫言的获奖在为当前文学阅读打一剂强心针的同时，也促使我们更加关注新时期以来中国文学的经典化问题，重新思考与构建中国现当代文学新的经典序列。

（原文载于《广西师范学院学报》2014 年第 1 期）

后　记

广西师范大学现当代文学是一个历史悠久、积淀深厚的学科，1979年开始招收硕士研究生，是广西高校最早招收硕士研究生的学科之一。林焕平、李耿、林志仪、刘泰隆、刘焕林、万利华、李琼仙、周作秋、许敏歧、梁理森、苏关鑫、肖昭惠、蒙书翰、伍纯道、宋贤邦、林焕标、姚代亮、雷锐、向丹等是本学科的前辈教师，现在外省工作的朱剑飞、荣光启、肖百容等曾经在本学科任教。

《叠彩文存·中国现当代文学研究》收入的是广西师范大学现当代文学学科现任职教师的代表性论文。打开本卷文章，浏览李江的抗战桂林文化城戏剧研究、高蔚的纯诗研究、刘铁群的武侠小说研究、王瑜的文学史研究、冯强的当代诗人研究、李雪梅的文学与音乐研究，以及本人的当代小说与广西文学研究，真的是五花八门，异彩纷呈，每位作者都强烈表现了自己的研究兴趣，充分展示了自己的研究个性，由此也显示出中国现当代文学研究，道路越走越宽广，前景越来越光明。

广西师范大学地处广西，但本卷七位作者，绝大多数并非广西籍人。李江来自重庆、高蔚来自新疆、王瑜来自安徽、冯强来自山东、李雪梅来自福建，刘铁群出生黑龙江，只有本人土生土长、来自广西，真的是五湖四海，四面八方。不过，值得一提的是，在广西这片土地学习和生活过一段时间之后，这些来自大江南北、长城内外的作者，或主动，或被动，其研究视野，多多少少纳入了一些广西的风景。广西的文学与文化，因为他们的加盟，增添了别样的风采。

客观而论，对于现当代文学研究者，广西绝不是一片贫瘠的土地。就文学多样性而言，广西的多民族文学、海洋文学、边疆文学，都是文学研究的绝好题材；就文学品质而言，20 世纪文学桂军的崛起，提供了经济后发达地区文学发展的案例；就文学作者而言，梁宗岱、梁羽生、白先勇、林白、东西或可进入 20 世纪经典作家行列；就文学环境而言，抗战时期的桂林，在长达 6 年的时间里，成为全国的文化中心，文学出版中心。当时桂林出版的文学图书，数以千计；桂林出版的文学杂志，数以十计；寓居桂林的作家，数以百计。以至于直到今天，虽然已经有数以百计的研究成果出现，但是桂林文化城的文学研究，仍然还有许多空间尚未涉足，仍然还有许多思想的光芒，等待研究者们燃亮。

1984 年夏天，我从北京师范大学毕业分配到广西师范大学中文系，幸运地进入了当代文学教研室。我最初参加教研室会议的时候，教研室里还有李耿先生的身影，当时他已经七十多岁了。我第一次参加学术会议，来自蒙书翰先生的引领，他让我给会议做会务，也是蒙书翰先生的推荐，我在桂林电大第一次给大学生上课。在中文系第一次上课前，我在苏关鑫先生家里试讲，得到苏关鑫和姚代亮两位先生的专门指导。因为姚代亮先生的推荐，我参加了中国社会科学院研究生院举办的中国现当代文学课程学习班，参加了在石家庄召开的当代文学教材编写会并参与了教材的编写。我也曾经得到林焕平先生的召见，参与他主持的《新时期文学论》的写作。我也曾经主动请缨，参与了苏关鑫先生任总主编、雷锐先生任主编的《桂林文化城大全·文学卷·小说分卷》的编撰，参与了雷锐先生主持的《李敖幽默散文赏析》的编撰。

有时候我想，学问是个人的事业，每个人凭自己的兴趣爱好，信马由缰，走马观花；学术也是集体的事业，一代又一代学者积累之、传承之、光大之。以我身处其间的现当代文学学科而论，20 世纪 70 年代末，国家学位建设，因为有林焕平等先生的实力，我们学科才可能成为首批招收硕士研究生的学科；20 世纪 90 年代，广西学科建设，因为有姚代亮等先生的努力，我们才可能获得诸如重点课程、博士点建设学科等名目。

令人感动的是，前辈教师对本学科的关爱与扶持并不以他们是否在职而改变。2013 年，我们创意策划新西南剧展教学与科研项目，但我们在话剧导演领域完全是空白，只好向已经退休的向丹先生求助。向丹先生为大学话剧事业奉献三十多年，虽然已决意告别舞台，但想到话剧的事业尚未传承，又排除万难，重新出山，为新西南剧展劳心劳力，殚精竭虑。

作为学人，在学科安身，以学术立命。有这样一个空间和一份志业供我们安身立命，真是人生幸事。更值得庆幸的是，有这样一批令我们敬重的前辈学人，他们的人品和风格，引导我们在学问的追求中专心致志，一心一意。

今天，面对洋洋数十万字的《叠彩文存·中国现当代文学研究》，我脑海里反复出现两段文字。第一段是："云山苍苍，江水泱泱，先生之风，山高水长。"以此表达对前辈的敬意。第二段是："高山仰止，景行行止，虽不能至，心向往之。"以此作为我们的自勉。

黄伟林

2014 年 8 月 11 日于桂林七星半塘村